I NARRATORI DELLE TAVOLE

RYDAHL & KAZINSKI

# Morte di una sirena

*traduzione dal danese di*
Eva Kampmann

NERI POZZA EDITORE

Titolo originale:
*En havfrues død*



ISBN 978-88-545-1972-5

Il nostro indirizzo internet è: www.neripozza.it

Per tutta la sua vita adulta Hans Christian Andersen tenne un diario, in cui scrisse quasi ogni giorno dal 1825 fino alla morte, avvenuta nel 1875.

C'è soltanto un vuoto di un anno e mezzo.

Quando, nell'estate del 1834, rientra dall'Italia povero in canna, le sue annotazioni cessano di colpo.

Nessuno sa perché.

Questo romanzo inizia nel punto in cui il diario di Andersen si interrompe.

# Parte prima

*13-18 settembre 1834*

# 1.

Non è un uomo normale. Un uomo normale le strapperebbe i vestiti di dosso. La prenderebbe a spinte, si slaccerebbe i pantaloni per farle sbirciare dentro il buio, aspettandosi che la vista la entusiasmi. Un uomo normale sarebbe così stanco e ubriaco ed eccitato che non la vedrebbe nemmeno, non saprebbe che si chiama Anna, né che ha una figlia di sei anni, Piccola Marie, alla quale bada la zia, poche porte più in là. Un uomo normale la considererebbe soltanto una morbida fessura.

Ma questo cliente non è normale.

Non si è mai spogliato, né le ha dato spinte o mostrato qualcosa dentro i pantaloni. Non è ricco, ma nemmeno povero; forse è uno studente, una specie di scrittore, le è giunta voce, anche se parla poco. Conosce solo il suo cognome: Andersen. Anche stasera è insolitamente ben vestito e profumato. Dall'ultima volta si è fatto crescere i baffi; gli danno un'aria più virile, pensa Anna, ma non osa fare commenti. L'uomo è vicino ai trenta, o forse ha qualche anno in più, è difficile stabilirlo con esattezza. Si è seduto sulla panca addossata alla parete e ha tirato fuori le sue forbici e la carta colorata. Non vuole altro: solo contemplare Anna e realizzare un ritaglio che le somigli. Di tanto in tanto leva i grandi occhi, fugacemente, vergognoso, poi li riabbassa sulle forbici e sulla carta. È completamente assorbito dal lavoro delle lame: pezzettini di carta cadono mentre taglia. Le lame si muovono sinuose e intaccano la carta, come Anna non ha mai visto nessuno maneggiarle, neanche un suo zio che faceva il sarto. Ammira il modo in cui quest'uomo riesce a trovare il bello e a far sparire tutto il resto. Ed ecco una versione sottilissima di lei, con i capelli sciolti e fattezze innaturali: cancellato ogni particolare brutto, i tanti clienti che hanno lasciato il segno nei suoi occhi, l'incisivo mancante e le esili rughe di preoccupazione sulla fronte. La preoccupazione per Piccola Marie, per il suo futuro, se come madre sarà in grado di offrirle una vita migliore di quella che è toccata a lei.

A volte Andersen le fa una richiesta particolare. Le dispiacerebbe tendere le braccia e le mani verso il soffitto? Le dispiacerebbe alzare una gamba come le ballerine a teatro? E lei lo asseconda. O almeno, ci prova. Per la somma che lui le dà di solito, è disposta a fare praticamente qualunque cosa. Eppure, non le chiede mai di slacciarsi le sottogonne, non vuole mai vedere il suo sesso, solo i seni, le forme. Lei gli ha chiesto se si deve togliere l'ultimo, decisivo indumento. Oh, no, per carità. Secondo Molly, la sorella minore di Anna, è un pervertito. Non c'è da fidarsi di un uomo che non beve e non va con le donne, dice. In compenso puoi star certa che un uomo che beve e va con le donne prima o poi ti farà del male. Gli uomini sono tutti così.

Anna si sgranchisce, spinge il petto in fuori verso di lui, le mani posate sui fianchi stretti. Lui leva gli occhi e scruta il seno bianco che, libero da contenimenti, si muove in modo quasi impercettibile.

Fuori in strada risuona il canto del guardiano notturno. *Sono le nove e tutto va bene*. È sempre lo stesso guardiano, ciascuno ha la sua zona della città da tenere a bada. E in quella delle viuzze ci vuole un guardiano tenace, in grado di intromettersi nelle risse, di far rigare dritto gli ubriachi, di trascinare ladri con una gamba sola fino al palazzo di Giustizia, di ripristinare l'ordine nel caos.

«Ahi!» esclama Andersen, tirando a sé il dito: il sangue stilla sul pavimento.

«Lasci che l'aiuti» dice Anna e fa per avvicinarsi.

Con aria spaventata lui si succhia il dito: «No, no».

«Ma le esce sangue».

«È ora di andare, è tardi, tardissimo» ribatte lui, disperato come un bambino.

«Deve tornare dalla sua famiglia?» gli domanda lei rivestendosi di corsa, mentre immagina quell'uomo alto e magro con una moglie bella e pallida e un bimbo a ciascun seno.

Lui non risponde, si alza e infila il ritaglio in un portadocumenti di pelle nera. I suoi riccioli quasi toccano il soffitto, tanto è alto. E già, quasi quasi somiglia a quelle scimmie con le braccia lunghe che Anna ha visto al parco divertimenti.

«Per l'incomodo» le dice Andersen, premendole nel palmo una moneta calda che viene raggiunta da una goccia di sangue. «E per la sua discrezione» aggiunge.

Lei annuisce, ma pensa che dovrebbe anche fare la riverenza. «Posso vedere?» gli domanda, sorpresa di se stessa. Di solito non chiede mai nulla ai clienti.

Anche Andersen è sorpreso, spaventato: «Vedere che cosa?»

«Me stessa» risponde lei, indicando con il capo la cartella che lui stringe fra le lunghe dita quasi fossero artigli intorno a una preda.

«La prossima volta, la prossima volta. Non sono soddisfatto, non ancora» dice Andersen. «Ma non è colpa sua, assolutamente, è solo mia».

L'uomo apre la porta e guarda fuori nel corridoio. Come la maggior parte dei clienti, non ha voglia di incrociare gli altri uomini che vengono in visita. Poi saluta frettolosamente, non ha un cilindro da mettersi in testa come i signori distinti, solo un berretto morbido di seta nera troppo piccolo di una taglia e senza dubbio comprato all'estero, forse in Francia. Anna ha un vago ricordo di un cliente, ormai saranno passati anni, che portava lo stesso tipo di copricapo, e per giunta l'aveva pagata con banconote francesi fuori corso.

Andersen si abbassa nel vano della porta ed esce. Un rumore di stivali che si allontanano sul pavimento di legno.

Anna prova un senso di sollievo; lo scrittore magro era

l'ultimo cliente della giornata. Adesso può andare di là da Molly. E da Piccola Marie che, spera, starà dormendo.

Si rimette il vestito e raccoglie i pezzetti di carta. Sono sparsi tutt'intorno come grossi fiocchi di neve: riconosce un seno qua, una gamba là. Mentre ritagliava, diverse volte Andersen era rimasto insoddisfatto e aveva ricominciato daccapo. Anna infila la moneta nel borsellino e pensa alla zuppa di cavolo riccio con tocchi di pancetta tesa che servono giù all'angolo per sei scellini.

Bussano alla porta. Un rumore al quale non si abituerà mai, il rumore di un altro cliente, di altre nefandezze, uomini che vogliono scavare con le dita nelle sue aperture, farsi lavare con la sua urina, sculacciare con una cintura. Di solito i clienti la chiamano per nome, ma ora c'è solo silenzio. Forse lo scrittore è tornato, forse ha dimenticato qualcosa.

«È lei, signor Andersen?»

Nessuna risposta. Bussano di nuovo, il ritmo dell'imprevedibilità. Anna appoggia l'orecchio alla porta, sente qualcuno dall'altra parte. Potrebbe fare a meno di aprire, potrebbe rispondere che ormai è chiuso. Ma i soldi, hanno bisogno dei soldi per la locanda. Anna e Molly hanno intenzione di comprare la Tana di Giuda, che si trova a un'ora di cammino dal bastione della Porta ovest. Certo, non è la locanda più bella del paese, ma i viaggiatori a cavallo fanno spesso tappa lì, e ha una buona fama, perché il proprietario precedente non diceva mai di no. Per chiunque volesse fermarsi a dormire, fosse anche Giuda in persona, quello che tradì il figlio del Signore, c'erano un pagliericcio e una tazza di birra, purché riuscisse a trovare una moneta nel borsellino. E poi è l'unica locanda che Anna e Molly potrebbero comprare, alle donne è vietato possedere beni, ma il proprietario ha accettato di riportare il nome del defunto padre delle sorelle nell'atto di compravendita. Hanno già versato una caparra di cento talleri, i risparmi di sei mesi: sia Anna sia Molly hanno accolto chiunque bussasse alla porta. Con poche eccezioni.

Deve aprire per forza.

Nel chiarore della lampada a olio del soffitto Anna intravede una donna giovane, ben vestita, i capelli biondi coperti da un bellissimo foulard. Non è il tipo di donna che è solito frequentare la palazzina. Assolutamente. Forse si è persa. Forse sta cercando suo marito. È possibile che sia la moglie di Andersen che lo ha seguito, ammesso che quell'uomo ne abbia una?

«Posso aiutarla?» le domanda Anna.

«Permette, signorina Hansen?» chiede sottovoce la sconosciuta, indicando l'interno della stanzetta.

La donna è bellissima, sembra una parigina. E Anna preferisce evitare una conversazione fuori nel corridoio, dove tutti possono sentire. Ci sono due o tre prostitute, in particolare Sofie, o Succia-Fie, come la chiamano i soldati, le quali hanno così pochi clienti che passano il tempo a origliare. Anna lascia andare la porta e si fa da parte.

La donna sguscia dentro a passi rapidi. Si guarda intorno nella stanzetta, raggiunge la finestra. Dà uno strappo alla tenda anche se è già accostata. Anna è abituata a questi gesti, al nervosismo dei clienti, alla paura di essere visti in casa di una bagascia.

«Cerca compagnia? Purtroppo le posso dedicare soltanto un quarto d'ora». Anna si addossa alla porta. Le capita un paio di volte l'anno di avere clienti donne, e non ha nulla in contrario. Hanno un odore più gradevole degli uomini. E sono meno tirchie. Ma si vergognano tanto, anche se chiedono solo di essere abbracciate, toccate con delicatezza, magari un po' di solletico, mentre di solito gli uomini non sanno che cosa sia la vergogna, urlano e sono violenti come capi di bestiame stizziti prima di essere macellati.

La sconosciuta resta al buio accanto alla candela di sego. Sussurra: «Mi faccia vedere il seno».

Anna non è stupida: «Fanno otto scellini».

«Le darò cinque talleri» dice la donna. Sempre sottovoce.

Cinque talleri. Ma è una fortuna. Così arriverebbero

quasi a poter pagare la seconda rata della locanda. «Non voglio che mi strappi i vestiti» dice, ricordando l'ultima volta che un cliente ricco era convinto di poter fare tutto quello che voleva.

«Di questo non si deve preoccupare».

Anna allenta il corsetto e abbassa le spalline del vestito, scoprendosi il petto. La sconosciuta la guarda. La scruta: il punto vita e soprattutto il seno, come un macellaio che scruti le mammelle di una giovenca alla fiera del bestiame.

«Venga giù con me nella mia carrozza. È ferma dietro l'angolo».

«Non posso uscire. Mi spiace, signora. È troppo...»

La donna la interrompe, premendole un mignolo sulle labbra: «Giù avrà i suoi denari».

«Mi aspettano». Di solito Anna non si inventa scuse simili. Ma sicuramente una donna la capirà, capirà la sua situazione.

«La pagherò di più se viene con me» riprende la sconosciuta, mostrandole una banconota vera. Non le è mai capitato di essere pagata con una banconota, fatta eccezione per quel francese. «Se viene con me, sarà sua» bisbiglia la donna, una voce all'orecchio, vicinissima e calda. Anna vorrebbe lasciarsi tentare, hanno bisogno dei soldi. Guarda verso la stanza di Molly, dove Piccola Marie dorme mentre la sorella veglia su di lei. Anna e Molly si sono scambiate un giuramento inviolabile: non scenderanno mai in strada con un cliente. Mai e poi mai. Per le strade della capitale alle prostitute capitano cose orribili, e né i guardiani notturni né la polizia se ne curano. Ammazzare di botte una donna da marciapiede non costa niente. Qui dentro la palazzina le donne si proteggono a vicenda. Un grido d'aiuto riceve risposta.

«Mi spiace» bisbiglia Anna. «Non posso. Non mi è permesso».

Contrariata, la donna distoglie lo sguardo. «Allora, continui» le dice, indicando il suo seno.

Anna si slaccia il corsetto e si abbassa le sottogonne. Si siede sul letto, nella posizione che piace alla maggior parte degli uomini. Con le gambe mezzo divaricate e le braccia sollevate quel tanto che basta perché i seni si appoggino l'uno all'altro, come due ubriaconi che rientrano a casa.

La sconosciuta si siede, sfiora il seno sinistro di Anna con il dorso di una mano. «Quanti anni hanno i suoi seni?»

Sulle prime Anna è confusa. Come, i seni hanno un'età diversa dal corpo a cui sono attaccati? Spuntano solo dopo, in ritardo rispetto al corpo, per così dire? È questo che intende?

«Io ho ventotto anni» risponde, rinunciando a sottrarre dodici anni e mezzo dalla sua età attuale per arrivare a un risultato più preciso riguardo a quella del suo seno.

La sconosciuta si toglie il foulard, si riavvia i capelli e cerca qualcosa nella borsetta. «Le interessano i profumi? Le piace il mio?»

La donna tende il foulard verso Anna con un cenno del capo. Non come a dire *Faccia pure*, ma *Deve farlo*. È un odore debole, debolissimo, dolce e aspro allo stesso tempo, come miele mescolato a una sostanza rivoltante, forse olio di balena.

«È un odore strano» dice Anna.

«Io lo chiamo soffio d'angelo. Viene dai selvaggi neri delle Indie occidentali».

Anna affonda il naso nella stoffa.

«Non riesco...»

La donna l'afferra per la nuca e le preme il foulard contro il naso. Perché quel profumo è tanto importante? Anna boccheggia sentendo un esercito di formiche invaderle i polmoni. O qualcosa che fa quell'effetto. Vorrebbe chiamare Molly, o le altre, chiunque, ma non riesce più a dare ordini né al suo corpo né alla sua voce.

Il viso della donna scompare come un lucignolo dietro il fuoco.

## 2.

«Mamma è tornata?» domanda mezzo addormentata Piccola Marie.

La chiamano Piccola Marie perché è proprio piccola. Piccola per la sua età, perché mangia troppo poco e per colpa del padre stenterello che non fa più parte della sua vita né di quella di Anna. E poi perché nella palazzina delle prostitute c'è un'altra Marie, una sgradevole megera detta Marie la Scorbutica.

«Manca poco» risponde Molly, tendendo l'orecchio per sentire il guardiano notturno. Saranno quasi le dieci. Ormai Anna dovrebbe aver finito, e da un bel pezzo. Ha cominciato a prendere più clienti dopo che hanno versato la caparra per la Tana di Giuda. Dovrebbe farlo anche lei, nonostante Anna continui a dire che non occorre. Sostiene che lei ne risente di più. Dice che le sorelle maggiori sono più resistenti di quelle che vengono dopo. Molly sa benissimo che è una bugia. Per giunta Anna deve provvedere a Piccola Marie. Bisogna che si dia da fare anche lei. Domani. Domani accoglierà un paio di uomini in più nella stanzetta e ingabbierà la sua anima, così non potranno raggiungerla. Altrimenti lei, Anna e Piccola Marie non riusciranno mai ad andare via di lì, da quella casa di malaffare con la stalla al secondo piano, dall'eterno fetore di merda, foia e vomito.

«Zia?»

Molly guarda la bambina, che si è quasi tirata su a sedere. «Che c'è?» le domanda.

«Però mi devi rispondere con sincerità» dice Piccola Marie con quello sguardo a cui Molly non riesce a resistere.

«Lo farò, prometto. E poi, sincerità per sincerità, è ora di dormire».

Piccola Marie si prepara la domanda, le ci vuole tempo. Molly vede la faccina sforzarsi di trovare le parole giuste. Approfitta dell'attesa per sistemarsi i capelli arruffati e ribelli, la sua carta vincente in fatto di uomini, ma sempre arruffati e ribelli restano. Li raccoglie in una crocchia sulla nuca, fermandola con un lungo spillone. È un regalo di Anna, che a sua volta lo ha avuto da un marinaio cinese che aveva fatto cilecca. Anna non voleva farsi pagare e allora lui le aveva regalato lo spillone, che è lungo e piatto ma più sottile di una mannaia, e rosso e nero come le divise dei soldati. Anna ha detto che forse un giorno quello spillone le salverà la vita. Una che fa il mestiere è nuda e non ha nulla con cui difendersi, invece così Molly avrà sempre una sorpresa nascosta tra i capelli, la sua sciabola da prostituta, come lo chiama Anna.

«Dai, su, piccola» dice Molly. «Devi dormire».

«E mi rispondi sinceramente?» Piccola Marie la guarda con espressione scettica.

«Sì, sinceramente. E subito».

«Esistono le principesse? Sì, insomma, per davvero».

Molly sorride, si siede sulla sponda del letto, la paglia le punge il didietro. Scosta i capelli dalla fronte di Marie, cerca di fermare le ciocche biondissime dietro le piccole orecchie. È dispiaciuta, perché Marie non ha mai visto la città. La tengono chiusa in casa oppure giù in cortile, perché nell'ultimo paio d'anni il re ha infierito duramente sui figli delle prostitute. Il mese prima avevano preso i due maschietti di Karen, e Molly ricorda che la madre era saltata addosso all'ufficiale giudiziario e ai soldati gridando che rivoleva i suoi figli. Sono stati mandati fuori città. Secondo qualcuno sono stati affidati a famiglie di campagna, che usano quel genere di bambini come servi.

«Sì, Marie, le principesse esistono. E ora, dormi».

«Le hai viste?»

«Sì, le ho viste» risponde Molly. Ed è vero. Ha visto uno dei cocchi dorati del castello passare per strada, e dietro le tendine bianche un viso, un paio di occhi che la fissavano pieni di stupore. Ma si può vivere in condizioni tanto misere? Ecco che cosa dicevano gli occhi della principessa. No, avrebbe voluto rispondere Molly. Non si può. Ma così vanno le cose quando si è povere e ci si innamora dell'uomo sbagliato. Amare è pericoloso. Molly lo sa bene. Le viene voglia di sussurrarlo a Marie. Perché lo sappia anche lei. Perché stia attenta. Bisogna guardarsi dagli uomini. Sono pericolosi, il pericolo più grande che ci sia al mondo: ti innamori e ti ritrovi abbandonata, com'è successo a lei. Dopo, non ti resta che lasciare il paesello. Nessuno ti vuole quando sei stata usata e buttata via. Allora interessi solo ai marinai e ai soldati di passaggio, ai ciarlatani e ai filibustieri che si ritrovano qualche moneta in tasca, ai balordi dai denti marci e agli studenti con fantasie malate. Come lo scrittore che Molly ha visto infilare la porta di Anna poco fa. Quell'Andersen. Molly le ha detto di stare attenta. Gli uomini come lui sono i più pericolosi. Molly ricorda un ragazzo di Cala Odino, che aveva cominciato maltrattando gli animali; una volta gli era saltato in mente di strappare le ali a un merlo. E un giorno era stato arrestato per aver picchiato una ragazza del paese vicino, l'aveva riempita di lividi, le aveva rotto le braccia. E quello scrittore è uguale. Per il momento gli basta tagliuzzare la carta. Ma presto, fra un mese, o alla prossima luna piena, avrà bisogno di sensazioni più forti, succede così. Andersen aveva chiesto anche a lei di posare per i suoi bizzarri ritagli, ma Molly gli aveva opposto un netto rifiuto. Non può soffrire i malati di mente, a uno scrittore pieno di sé preferisce un portinaio scemo.

Molly aiuta Marie a bere l'ultimo goccio di birra calda. La bambina la manda giù con avidità. Al paesello nella Bassa si poteva bere l'acqua, qui invece no; qui tutti, grandi e piccoli, bevono latte corretto con l'acquavite oppure birra tiepida.

«Buonanotte, piccola mattacchiona». Molly vede la bambina raggomitolarsi nella paglia come un maiale magro. Troppo magro. Devono tirarsi fuori da questo buco. Se – o quando – avranno una locanda tutta loro, potranno permettersi più carne di maiale nella zuppa. E non dovranno più preoccuparsi dell'ufficiale giudiziario e nascondere Piccola Marie nella cassa sotto il letto, quasi fosse una bambola segreta.

In quello stesso istante risuona la voce del guardiano notturno. *Sono le undici e tutto è tranquillo*, urla l'uomo per coprire il chiasso di un cavallo irrequieto e di quella spugna di Otto che canta ballate giù nella bettola. Le undici? Com'è possibile? Di solito Anna non lavora mai fino a così tardi.

Molly si alza e si mette in ascolto alla porta. La stanzetta di Anna è in fondo al corridoio, sullo stesso piano.

È possibile che si sia imbattuta in uno scapolo disperato con un ultimo scellino in tasca? Siamo a metà mese: non è proprio il periodo in cui i braccianti, gli apprendisti e i garzoni dei poderi fuori città sono a corto di soldi. A fine mese alle volte cercano di tirare sul prezzo e capita che dicano cose spiacevoli e diventino difficili da tenere a bada. Ma di solito per Anna non sono un problema; con i clienti va per le spicce.

Nei primi tempi, quando la piccola dormiva, Molly era solita chiedere consiglio e aiuto ad Anna, le faceva domande su tutte le cose che una nuova del mestiere può chiedere a una navigata. Oggi si rende conto che certe domande erano davvero sciocche. Che cosa piace agli uomini, e perché vogliono tanto essere leccati da tutte le parti? Anna rispondeva alle domande, ma lei diventava sempre più curiosa, quasi avida di saperne di più e di capire. Dopo qualche mese Molly aveva scoperto che la sorella maggiore non ci sapeva fare granché. Aveva il seno grande, soprattutto dopo la nascita della bambina. Ed era stato al contempo la sua maledizione e la sua benedizione. Senza quello, forse sarebbe stata la prostituta più povera della casa, anzi, di tutta la città. Senza quello, tutt'e tre sarebbero morte di fame tre inverni fa, quando lei aveva perso il lavoro di inserviente all'ospedale. Molly aveva dovuto imparare il mestiere da sola. Quel mestiere maledetto, ma un mestiere come tutti gli altri, non molto diverso da quello del bottaio. Più si è brave e prima il cliente viene soddisfatto ed esce dalla porta. Molly chiedeva consiglio alle altre ragazze. Come lo tenete? Bisogna mungere quel bastoncino paonazzo come la mammella di una vacca, oppure è più come lucidare un candeliere? E la bocca? Come si evita di rimanere incinta, bisogna spalmarsi sotto con la birra leggera o con il balsamo per cuoio del calzolaio, come sosteneva Salomine, due dita di balsamo infilate dentro la mattina, prima di cominciare, e poi di nuovo un dito a fine giornata, così non si rimane incinte?

In seguito, dopo mesi, era stata Molly a dover insegnare ad Anna come abbindolare i clienti, come vestirsi per vendere al meglio il suo seno, e a quali clienti dire di sì. La fortuna era aumentata un pochino, ma solo un pochino. La piccola era cresciuta, aveva cominciato a camminare, messo i dentini e aveva detto mamma e zia e sapeva ansimare come un capitano sbronzo, e lei e Anna ridevano tanto da far muggire le mucche al piano di sopra.

Molly si abbandona a un sogno bianco e nebbioso, poi si sveglia di colpo quando le campane della chiesa suonano l'ora. Si alza e poggia di nuovo l'orecchio contro la porta in corridoio.

Nessun rumore. Anna deve aver finito.

Di nuovo l'inquietudine le guizza giù per la schiena. È successo qualcosa. E se quell'Andersen non avesse usato le forbici per tagliare la carta? Una rapida occhiata alla bambina: è completamente presa da qualcosa, le palpebre si muovono come un pagliaio pieno di topi.

Molly deve assolutamente uscire, un attimo soltanto.

Va fuori nel corridoio e supera la stanza di Succia-Fie che, magra come un piccione malato, è inginocchiata in mezzo alle gambe di un soldato. Il ventre di Sofie si era lacerato quando aveva dovuto espellere i gemelli morti, il buco del culo le era esploso e la carne si era rimarginata storta. Adesso può guadagnare soltanto con la bocca. Molly svolta di corsa l'angolo e raggiunge la stanzetta di Anna. Bussa un paio di volte, con delicatezza.

«Anna» chiama sottovoce, nel caso la sorella si sia addormentata fra le braccia del cliente. Succede. Di solito a quell'ora Anna è sfinita.

Nessuna risposta.

Apre la porta: le basta vedere il letto vuoto nella stanzetta vuota perché l'agitazione divampi. Lascia la maniglia e corre indietro per il corridoio passando davanti a Sofie e al soldato. Poi si ferma di colpo e torna alla porta aperta di Sofie: «Hai visto Anna?» le domanda. «Sofie, dov'è Anna?»

Sofie si districa dai pantaloni del soldato, la bocca bagnata. «Che hai detto?» domanda biascicando.

«Rispondimi, puttana, è importante. Dov'è Anna?»

Il soldato si contorce confuso e seccato, ma ha perso la favella.

«Che hai detto?» ripete Sofie. Deve aver bevuto ancora di più del suo cliente.

«Dannazione!» esclama Molly e corre giù per le scale e fuori in strada.

Cerca con lo sguardo i capelli biondi di Anna, che di solito porta raccolti in una crocchia. Cerca anche lo scrittore. Andersen. Ma c'è tanta gente per strada, anche la sera tardi. In questa zona della città c'è sempre confusione, e Molly ha difficoltà a distinguere le persone al buio. Con una spinta supera un mendicante senza braccia, passa davanti alla bettola dove è in corso una rissa, un giovanotto urla perché gli hanno rotto il naso. Un panettiere oscilla un bastone su cui sono infilzati dei pretzel dolci. Alle sue spalle una botte d'acquavite ha preso fuoco. Un vecchio inveisce contro un matto che gli ha rubato l'orologio. Una vacca muggisce. Molly imbocca via della Vigna. Un gruppo di marinai con i berretti flosci ballano gli uni intorno agli altri.

Molly scorge un guardiano notturno più avanti e lo raggiunge di corsa.

L'uomo ha l'aria stanca e indaffarata, ma le rivolge un rapido cenno del capo prima di accorgersi che è una prostituta, e allora affretta il passo.

«Mi deve aiutare» gli dice Molly.

«Parla, puttana. Sto andando giù in via dell'Ammiraglio, dove un uomo si è impiccato».

«Non so, io... Mia sorella è scomparsa, è... scomparsa con un uomo. Un uomo strano».

«Di quelli ce ne sono tanti. È una donna pubblica come te?»

«Sì, sì, ma lei non è come...»

«Allora, sicuramente si rifarà viva, non appena i maschi andranno a dormire».

«No, non è come dice lei, sento che...»

Ma il guardiano è troppo veloce e sparisce dietro un carro che trasporta pelli di vacca fetide. Molly si tura il naso e si guarda intorno.

«Anna!» grida appena vede una testa bionda sparire nel vicoletto dietro un grande albergo. «Anna!»

Il vicolo è pieno di casse e di legname e di botti. Qualcuno ha abbandonato un carro sfasciato. Non ci sono lampioni, solo una fioca luce arriva dalle finestre più vicine. Molly prosegue. Nell'oscurità intravede diverse coppie: persone piegate l'una sopra l'altra, visi eccitati, seni e spalle scoperti, un paio di natiche pelose, uomini sepolti da sottane.

Scorge un uomo in un paltò nero chino sopra un vestito verde.

«Anna?» domanda, scostando l'uomo con una spinta per vedere la donna.

«Vattene, razza di seccatrice» ribatte lui; ha i denti rosso sangue.

La donna si limita a levare lo sguardo verso Molly. Non è Anna.

Molly esce a ritroso dal vicolo. Scruta la calca, ascolta il chiasso e il caos delle viuzze. Le porte della città sono chiuse per la notte, Copenaghen è un carcere: senza i documenti giusti non si entra e non si esce. Non riuscirà mai a trovare Anna in questo modo. La quantità di vicoli, di scantinati, di cortili, di stradine e strade dove potrebbe essere sparita è superiore alle sue forze. Non è come a casa, a Cala Odino, dove non c'è una sola strada acciottolata, e la taverna chiude prima del tramonto. E dove si sa sempre chi è dove. Si ricorda di Piccola Marie, si affretta a tornare a casa, sale fino al primo piano e passa davanti a Sofie e al soldato.

La bambina dorme ancora. Per fortuna. Respira piano, spensierata, non sa che la madre è scomparsa. Ah, che male allo stomaco, è successo qualcosa di brutto. Anna non si dimenticherebbe mai di Marie, né di Molly. Non scenderebbe mai in strada a quell'ora, neanche per cercare un altro cliente, né per fumare tabacco o per farsi uno *snaps*. E poi Sofie l'avrebbe vista, se quello scrittore l'avesse trascinata fuori.

Ma se Anna non è passata dalla porta d'ingresso, allora come ha fatto a uscire? Molly guarda su per le scale. La stalla? Impossibile. Nondimeno, si precipita su fino al secondo piano. La porta della stalla, di solito chiusa, ora è aperta. Il signor Müller, il proprietario dell'edificio, teme che le prostitute rubino il latte direttamente dalle mammelle. Una delle tre vacche guarda Molly con un'espressione stanca e rassegnata. Anche la botola nel muro di fondo è aperta, e il paranco con cui il signor Müller fa scendere e salire le bestie è stato usato. Molly nota che, a differenza del solito, il grosso gancio non è stato tirato su. Passa davanti alle vacche e raggiunge l'apertura nel muro di fondo. Ecco, laggiù, al capo delle funi, il gancio con le cinghie di cuoio con le quali il signor Müller assicura le bestie quando le deve far salire oppure scendere per mandarle al macello o venderle in cambio di un terreno sull'isola dell'Uomo Morto. È da qui che quello scrittore, Andersen, ha calato Anna? No, impossibile; perché qualcuno avrebbe voluto rapire Anna?

Molly si volta e scorge i solchi nello strame vecchio. Li riconosce, sono tali e quali a quelli che si formavano nel sudiciume del pavimento della cucina, quando da piccole la sera lei e Anna dovevano trascinare fino al letto il padre ubriaco fradicio.

E allora se ne rende conto. Come una mano che si stringe intorno al suo cuore. È successo un fatto terribile. Un crimine orrendo, Anna è stata trascinata attraverso la stalla.

Anna è morta. La madre di Marie è morta.

L'unica speranza di Molly è stata uccisa.

## 3.

Manca qualcosa.

È il primo pensiero che viene in mente ad Anna appena si sveglia. Poi si rende conto di avere un dolore pulsante alla testa. Il sangue preme contro gli occhi, contro la bocca.

Crede di essere sdraiata, ma appena apre gli occhi vede tutto capovolto. È appesa a testa in giù e oscilla di qua e di là come il batacchio di una campana. Ha le braccia legate dietro la schiena, così forte che le spalle sono sul punto di slogarsi. Tutto il suo corpo urla tanto è teso e tirato al massimo. Tenta di chiamare aiuto, ma la sua voce è immediatamente soffocata dalla stoffa che qualcuno le ha ficcato in bocca e legato dietro la nuca. Ci riprova, più forte che può.

La stanza è lunga, il soffitto alto; lassù è fissata la corda, quella corda a cui è legata a testa in giù. Tutt'intorno ci sono botti e sacchi. Davanti a lei c'è un androne, una grande porta spalancata sul cielo, che è blu e rischiarato dalle stelle. Intravede il mare che balugina sotto la luna e un grande bastimento con le vele issate.

Ha freddo, anche se per essere fine estate fa ancora caldo.

Qualcuno si avvicina salendo una scala.

Una sagoma si staglia contro la luce della notte sopra l'acqua.

È la donna, quella che le ha fatto visita. È bellissima, elegantissima; nella mano stringe un piattino di porcellana con un elaborato disegno azzurro. Sul piattino ci sono due coltelli sottili, del tipo usato dai macellai per tagliare i tocchi rossi in pezzi più piccoli. I coltelli non si intonano alla donna, al vestito estivo chiaro e allo sguardo mite. Le si siede di fronte e la guarda negli occhi.

«Diventerà bellissima. Sarà la prima in assoluto, è come dice Schneider: noi stessi dobbiamo plasmare il mondo» le bisbiglia, accarezzandole il seno con una mano.

Anna si sforza di capire, non conosce quel tale Schneider, vuole soltanto implorare di aver salva la vita, per sua figlia. Ma riesce solo a emettere dei suoni disperati, soffocati dalla stoffa. La donna fa un respiro profondo, sceglie un coltello e si alza. Anna tenta di divincolarsi, ma è impossibile. Poi, ecco, lo sente: la pelle che urla, la carne che geme. La donna affonda ancora di più la lama nel suo corpo, vicino al seno. Anna fa per guardare in basso, ossia in alto, verso il suo corpo, ma viene colpita in viso dal suo stesso sangue.

«La compassione è inutile» dice la sconosciuta. Sembra esitare, sorpresa alla vista della carne pallida di Anna; forse si lascerebbe convincere, ammetterebbe di aver avuto un'idea terribile. «La compassione è inutile, è la rovina del genere umano» dice. Anna urla, urla contro la stoffa, urla e piange quando la donna affonda di nuovo il coltello. Anna guarda il pavimento: c'è uno specchio nero e rotondo. Riesce a vedere il proprio viso, quasi staccato dal corpo, sospeso al centro dello specchio come uno spettro. Poi una goccia colpisce lo specchio, che si increspa. Non è uno specchio, è una pozza di sangue.

# 4.

Fuori dalle finestre sta succedendo qualcosa. Qualcosa di più interessante della lettura di Hans Christian. Ormai gran parte dei signori distinti ha volto lo sguardo verso la strada.

Hans Christian si schiarisce la voce, riprende la lettura: «Venerdì 7 marzo mi sono svegliato a mezzanotte e ho trascorso le lunghe ore del mattino a letto senza riuscire a riaddormentarmi...»

«Noi abbiamo il problema opposto, non riusciamo a rimanere svegli, Andersen» urla qualcuno dall'ultima fila.

Uno scroscio di risa tra gli oltre cinquanta uomini riuniti nel salone.

Solo Edvard Collin è più giovane di Hans Christian, che ha ventinove anni e mezzo. Gli altri sono uomini fatti dell'alta borghesia, medici e professori e uomini d'affari. Molti hanno aiutato Hans Christian con elemosine fin da quando è arrivato in città, poco più di quindici anni addietro. Soprattutto i Collin lo hanno aiutato: il tenero Edvard e il suo imponente padre, che lo aveva accolto quasi fosse una bestiola arruffata, un gatto smarrito o un cane a cui era morto il padrone. Ed è proprio questo il problema. Quando lo avevano accolto in casa aveva quattordici anni, sprizzava vigore giovanile, era colmo di speranza. Ma ora il vigore è svanito, la speranza dissolta, la loro pazienza esaurita. E si sente. La sua grande opera drammatica su Agnete e il tritone si era rivelata un fiasco: lui era stato attaccato dai critici, e Monrad, il recensore più arrabbiato con la voce più grossa, aveva definito il testo «una ricerca di profondità fallita». Sulla via del ritorno dall'Italia, Hans Christian aveva giurato di riporre nel cassetto i sogni di diventare scrittore, era ora di finirla con l'eterna futilità.

Hans Christian sente una goccia di sudore colare dai capelli e solcargli la fronte. Continua la lettura: cos'altro potrebbe fare? «Allora salimmo fino ai ruderi della villa di Tiberio» legge e alza una mano per suggerire la magnificenza con cui le rovine si protendevano verso il cielo italiano. Ma è inutile. Almeno la metà del pubblico ha raggiunto le finestre del salone e guarda giù in strada, presa da quel che sta succedendo, anche se è solo uno scalpitio di cavalli contro il selciato, il rumore in assoluto più comune della città. Hans Christian non può competere neanche con simili banalità.

Abbassa lo sguardo sul testo, il resoconto del suo viaggio in Italia. Non ne ha granché voglia, ma deve portare a termine la lettura, per forza. Gli spetta un piccolo compenso e ha bisogno di quei soldi per pagare la pigione. O meglio, lo chiamano compenso per non fargli perdere la faccia, ma in realtà è una beneficenza camuffata. E lui lo sa, come lo sanno tutti i presenti. Incrocia lo sguardo di Edvard: la compassione dietro lo sguardo seccato. Edvard è come un fratello per me, è solito dire Hans Christian per tranquillizzare tutti. Ma è di più, qualcosa di più grande, di più fondamentale.

Al suo ritorno dall'Italia – con le parole dei critici come frustate fresche sul fondoschiena – Edvard gli aveva suggerito di mettersi a scrivere per i bambini. Adorano le storie, gli aveva detto. L'amico era senza dubbio in buonafede, ma Hans Christian aveva colto dell'altro in quelle parole. Aveva colto la verità, nascosta come un cardo dietro il consiglio amichevole. Se non era abbastanza bravo a scrivere per i grandi, allora restavano solo i piccoli. Ma Hans Christian detesta i bambini, nutre una profonda avversione per la loro cattiveria scoperta e l'indole selvaggia, e il vizio di infilare sempre le dita nei buchi. Perfino da piccolo detestava i bambini, a scuola preferiva addirittura girare tenendo per mano il maestro. No, è fuori questione. Non scriverà mai roba del genere. Tanto varrebbe tornare a casa a Odense, tanto varrebbe rinunciare a tutto, scomparire. A suo padre era toccata la stessa sorte. Sognava qualcosa di diverso, era intelligente, troppo intelligente per fare il calzolaio, ma non aveva trovato altre possibilità.

Fatta eccezione per quello di Edvard, ormai lo sguardo di tutti è rivolto alla strada, dove una carrozza si è fermata dietro il muro di cinta di villa Collin. Nell'aria tersa Hans Christian ode nitrire i cavalli. Si gira verso la finestra e vede un agente varcare il cancello.

Da qualche parte, in lontananza, la realtà bussa, colpi forti contro la porta, che viene aperta. È inutile continuare a leggere ormai, tutti sentono il rumore di passi imperiosi nell'atrio, poi su per i gradini fino al primo piano, e i presenti distolgono lo sguardo dalla finestra dirigendolo verso la doppia porta del salone.

Questa si spalanca con uno schianto. Entra un poliziotto con un cappello nero in testa.

«Hans Christian Andersen» dice l'agente, e lo sguardo di tutti corre da lui a Hans Christian, così come si segue il lancio di una boccia in una partita a birilli.

Il poliziotto si fa largo a spinte tra il pubblico mormorante, che si scansa impaziente di vedere gli sviluppi del dramma. Infine si pianta davanti a Hans Christian, che è ancora seduto con i fogli stretti in mano.

Andersen deglutisce la saliva, abbassa lo sguardo sul suo resoconto del viaggio in Italia, poi guarda Edvard, che scrolla le spalle perplesso. Se l'è cavata così male da dover essere addirittura arrestato?

«È lei Hans Christian Andersen?» domanda il poliziotto con un accenno di pancetta, portando una mano allo sfollagente fissato alla cintura. Probabilmente è come tutti i suoi colleghi che Hans Christian ha visto a Copenaghen, i quali distribuiscono con generosità sonori ceffoni, manganellate e un tuffo nella cunetta. Nella sua città natale i rappresentanti delle forze dell'ordine erano diversi, più gentili, più inclini a lasciarsi impressionare se ci si sapeva difendere con le parole. «E risponda, perdio!» urla l'agente.

«Sì».

«Allora deve venire con me». L'agente lo afferra per un braccio.

Hans Christian guarda di nuovo Edvard. «Sono davvero andato così male?» domanda.

Edvard si fa avanti. «Buon uomo, mi dica, che cosa è successo?»

L'agente, che sembra conoscere Edvard Collin, lascia subito il braccio di Hans Christian. Un'altra triste testimonianza dell'infima posizione che Andersen occupa nella società. Si è autorizzati a trattarlo come un sudicio ragazzino di strada, uno di quelli che vagano nei pressi delle porte della città a caccia di mercanzie cadute dai carri stracolmi dei contadini.

«Ordine del questore, signor Collin» risponde l'agente. «Vuole parlare con Andersen».

«Di che cosa?» domanda Hans Christian con un fremito al labbro inferiore, i pensieri che si inceppano nel tentativo di catalogare le sue azioni. Ha fatto qualcosa di male, ha scritto qualcosa di male, sono venuti a sapere di ciò che annota soltanto nel suo diario?

«Di che cosa?» gli fa eco Edvard, e il pubblico è scosso da un brivido. «Che cosa vuole Cosmus Bræstrup dal signor Andersen?»

Il poliziotto sembra a disagio. «Mi rincresce, ma ho solo ricevuto quest'ordine dal questore. Il signor Andersen deve venire con me».

Hans Christian balbetta una goffa protesta: non vuole, non vuole andare da nessuna parte. Davvero si deve far trascinare via? Come un bambino intrattabile? Un ricordo improvviso: l'unico giorno in cui ha lavorato in un opificio tessile a Odense. Gli operai navigati sostenevano che era una ragazzina, una vergine, volevano vedere il suo sesso, umiliarlo. Lui si era messo a urlare quando gli avevano sfilato i calzoni, mettendolo a nudo davanti a tutti gli altri ragazzi dell'opificio. Allora era corso a casa dalla madre, la quale gli aveva promesso che non sarebbe più tornato in fabbrica. Adesso sente lo stesso bisogno. Di correre, di scomparire.

«È un brutto momento, non posso piantare in asso il mio pubblico».

«Il questore non aspetta. Andiamo» ribatte l'agente, e lo afferra di nuovo per il braccio, lo tira su dalla sedia e comincia a trascinarlo.

Il pubblico si fa da parte, quegli uomini adulti, quei veri uomini, lo scrutano, si attorcigliano i baffi, uno stringe l'orbita intorno a un monocolo. Hans Christian evita gli sguardi, i suoi occhi cercano il pavimento mentre viene trascinato fuori dalla stanza.

Come uno spregevole delinquente.

Forse verrà espulso da Copenaghen, cacciato? Ai piedi delle scale la cameriera lo aspetta con il suo paltò. L'agente non riesce a mascherare il disprezzo. C'è un buco nella manica. E poi è troppo pesante per la stagione, ma dall'inverno scorso Hans Christian non ha avuto i soldi per comprarsene uno nuovo.

«Possibile che non sappia dirmi niente? È accaduto qualcosa a qualcuno che conosco?» domanda Hans Christian.

Attraversano la corte, la bellissima corte con gli alberi marroni davanti alla villa dei Collin, e raggiungono la strada. Un poliziotto anziano siede a cassetta. Su, dietro le finestre, gli uomini seguono la scena, l'ultimo atto della tragedia di Andersen. Appena sono entrambi saliti, l'agente fa segno al cocchiere e percorrono via Norvegia, attraversano piazza Nuova del re, e per poco non investono due cani randagi.

«Non dovevamo andare al palazzo di Giustizia?» domanda Hans Christian.

«Il questore è sul luogo del misfatto» gli grida l'agente giovane.

Il luogo del misfatto? Hans Christian non riesce a cavare un senso da quelle parole e volge lo sguardo verso le donne munite di piccoli parasole e i bambini con cappello e i vestiti buoni sulla piazza. Si dirigono verso il canale. Vengono assaliti dal fetore. Quel tratto del canale è l'immondezzaio dell'intera città, il punto di raccolta di tutto ciò che è stato mangiato, bevuto, usato, buttato via e si è putrefatto. Tutto ciò che prima galleggiava nelle cunette finisce qui, a volte suscitando allegria e divertimento, ma quasi sempre a vergogna della città. Specialmente in una tiepida giornata di fine estate come questa, in cui nulla può passare galleggiando senza suscitare un amaro ricordo di quel che c'era una volta. Hans Christian è costretto a turarsi il naso, mentre i due poliziotti non se ne curano.

In riva al canale si è raccolta una gran folla. Ragazzoni con le gambe che non si fermano un momento, giovani donne coperte da scialli, un imbianchino con la faccia macchiata di vernice, qualche ambulante con galline e oche in gabbia, l'eterna lotta dei copenaghensi per un soldino. Dopo la bancarotta di stato tutto è diventato più difficile, bisogna sgobbare il doppio in cambio di un terzo.

Vicino all'acqua sta succedendo qualcosa che attira l'attenzione generale, ma quando la carrozza si inoltra tra i curiosi, questi si scostano per far scendere l'agente e Andersen. Hans Christian viene spinto in avanti tra la folla, ed ecco che lo vede: una figura imponente in piedi su una vecchia cassetta da frutta, un piedistallo improvvisato.

Deve essere il questore, Cosmus Bræstrup, un uomo eretto con un paio di stivali lustri, i capelli scuri irti perché si è appena tolto l'elmetto, e un naso che sembra il becco di un'aquila.

L'agente giovane spinge in avanti Hans Christian, che si guarda intorno alla ricerca di una via di fuga, un varco nella plebaglia, dove filarsela e sparire tra la folla della città. Lui non ha fatto niente, è ingiusto, ma ormai è arrivato al bordo del canale e non può andare da nessuna parte.

«È lui, è lui» si ode tra la calca. Una voce femminile copre tutte le grida e i rumori della città. Quella voce induce Hans Christian a voltarsi. La conosce. Conosce anche il viso, forse ci ha parlato un'unica volta. È la sorella della prostituta. Gli zigomi sono più marcati e il mento è più grande, ma gli occhi nel viso della ragazza arrabbiata, forse poco più che ventenne, sono identici. Un'enorme chioma rossa le ricade sul petto da sotto un cappellino da quattro soldi, il vestito è slacciato e provocante grazie a un bottone saltato, e le sottane sono sporche del fango di diversi giorni.

Gli occhi gli fanno ritornare in mente lo sguardo che la giovane gli ha lanciato una volta, quando lui voleva ritagliare il suo viso e il suo corpo nella carta. Era pieno di orrore e disprezzo. No, che si togliesse dai piedi e si portasse appresso le sue morbosità. Ecco, quella sera il suo sguardo aveva detto tutto ciò. E adesso dice più o meno la stessa cosa. Ma lo arresteranno per questo?

«È l'uomo dei ritagli. È stato lui» grida la sorella, additandolo di nuovo.

Il questore si volta a guardare Hans Christian.

«Io non ho fatto niente» si difende lui. «Dev'esserci un malinteso».

«Un malinteso? L'hanno vista, è impossibile scambiarla per un altro». Cosmus Bræstrup scende dalla cassetta e sembra scrutare Hans Christian con occhio esperto.

«Visto? Possono avermi visto in tanti posti» ribatte Hans Christian sentendo il dito della donna ancora puntato contro di lui.

Il questore volge di nuovo l'attenzione al canale. «Fate portare a terra la donna» grida impaziente.

Sulle prime Hans Christian non sa chi intenda, né a che cosa si riferisca. Poi scorge una strana imbarcazione con un paranco, una specie di gru che si erge sopra l'acqua e sta issando qualcosa sulla banchina. Come un airone che pesca un'anguilla recalcitrante dalla melma. Due uomini gridano e manovrano la gru, che oscilla di qua e di là. Ed ecco che Hans Christian lo scorge: il cadavere di una donna in acqua. Si intravede a malapena il suo viso, ma basta a far concludere alla donna pubblica e alla polizia di chi si tratta. A quanto pare il cadavere è impigliato in qualcosa. Un altro uomo si sporge dal parapetto e colpisce dei cavi con un'ascia. Quando di colpo questa recide i cavi, tutta l'imbarcazione beccheggia e solleva rapidamente la donna morta verso il cielo.

Un sospiro corre attraverso la plebaglia raccolta sulla banchina.

All'estremità del cavo nero della gru pende un essere. Un bellissimo essere femminile con gli occhi chiusi. È tutto imbrattato dell'acqua lurida del canale, di feci e di putridume, ma i capelli che sfiorano le spalle scintillano di conchiglie. Corde, alghe e vestiti strappati hanno avvolto la parte inferiore del tronco e le gambe, facendoli sembrare un unico pezzo. La donna gronda acqua. Il suo busto è pallido, bianco, ma decorato con un motivo particolare, che fa un bell'effetto finché Hans Christian non si rende conto, anzi, finché non se ne rendono conto tutti gli astanti, che è ferita, mutilata e decisamente morta.

Un urlo di donna fende l'aria. È la sorella. «Che cosa le ha fatto, che cosa ha fatto alla mia Anna?» grida, le parole quasi soffocate dal pianto. Hans Christian vacilla. Il dispiacere, il dolore, gli sembra che di colpo il vento sia diventato più freddo, più impetuoso.

«Mi dica, signor Andersen, conosce questa donna?» Il questore si rivolge a lui, ma grida la domanda sopra la folla. «Deve guardarla per potermi rispondere».

Hans Christian non ha bisogno di guardarla. Questo è lo svantaggio della vita dello scrittore, l'avere un rapporto particolare con ogni dettaglio, l'essere schiavo della bellezza, come altri sono schiavi di un carattere collerico. L'ha riconosciuta non appena ha visto i suoi occhi chiusi, le sue lentiggini che sembrano un vivace foglio di musica, le sue spalle, i suoi fianchi.

«La guardi, Andersen» sbraita Cosmus Bræstrup, ma l'ordine non è solo di guardare la morta. Non deve solo guardarla, deve vedere che cosa le ha fatto. Lui alza gli occhi, il corpo di Anna è ancora sospeso sopra l'acqua sporca del canale, mentre il gruista si chiede come fare a scaricarlo a terra. In quell'istante Hans Christian nota un particolare che non è di Anna. È lei. E non è lei. Pochi conoscono il suo corpo come lui, che lo ha riprodotto nella carta. E un dettaglio è diverso, ma non riesce a individuare quale sia.

«Ho detto che è stato lui, è un depravato» sibila la sorella poco lontano.

«Non l'ho mai toccata» dice Hans Christian e prima che le parole siano uscite dalla sua bocca la folla comincia a cicalare, e tra colpi di tosse e urla si chiude intorno a lui, ancora più decisa a spingerlo nel canale. Altro non fa in tempo a dire. Poi sente qualcosa di vivo in faccia, uno sputo che gli cola lungo la guancia, vede la schiuma bianca di collera intorno alla bocca della sorella.

«Maledetto assassino» grida lei prima che il questore riesca a mettersi in mezzo.

«Portatelo via» ordina Cosmus Bræstrup a due agenti.

I poliziotti ubbidiscono. Le gambe di Hans Christian invece no, si rifiutano. «Non ho fatto nulla» bisbiglia. Allora lo portano via di peso, una mano forte sotto ciascuna ascella, gli fanno male, anche quando lo buttano sul fondo della carrozza, poi salgono e gli si mettono di fianco. Hans Christian sente uomini e donne, addirittura qualche bambino, urlargli dietro.

Bastardo, assassino, mostro.

«Via la testa» grida qualcuno, e altre voci si uniscono: «Via la testa! Via la testa!»

La gente inveisce contro di lui e al contempo ride. È un teatro, uno spettacolo nel quale lui recita la parte del cattivo. Hans Christian si tira su a sedere e scruta il popolino senza sapere perché, avrebbe fatto meglio a rimanere disteso sul fondo. Abbassa gli occhi e si guarda: solo a questo punto sente il calore bagnato nei pantaloni.

Il pianto inizia dalle labbra, è sempre stato così, le ingiustizie gli fanno tremare il labbro inferiore, poi arrivano le lacrime. Perché Dio è in collera con lui? Che cosa ha fatto per meritarsela? Ha sempre soltanto desiderato cantare le cose più belle che possano essere cantate, scrivere le cose più belle che possano essere scritte, danzare e intrattenere. Che male c'è? Era stato per l'onore di Dio, e non per il proprio, che aveva lasciato la casa paterna e le braccia materne a quattordici anni, viaggiando da solo fino a Copenaghen per lodare il Creatore con scritti e canti e sgambettamenti. E ogni cosa che ha fatto è stata respinta. Dev'essere l'ultimo saluto di Dio, ogni speranza è perduta. Ormai l'umiliazione è compiuta. È totale.

«È finita, mamma» bisbiglia, chinando il capo perché nessuno veda la sua brutta faccia. Quella faccia di cui hanno riso da quando è nato, quella faccia che è stata investita di urla e di sputi, guardata con disprezzo e rotear d'occhi. E prima che la settimana finisca, sarà ritratta in un disegno nel giornale sotto il titolo: «Scrittorucolo condannato a morte» e di lì a poco il rumore della lama del boia sul patibolo dell'isola dell'Uomo Morto sarà l'ultima parola sulla questione.

# 5.

Madam Krieger frequenta l'orto botanico da mesi. In un angolo riposto ha legato il ramo di melo al tronco del biancospino, praticato un buco in entrambi, e li ha visti diventare un tutt'uno. Quando aveva sentito Schneider parlarne, le era sembrata una cosa misteriosa, magica, ma adesso la vede con i suoi occhi. Il fiore del biancospino e la mela crescono sullo stesso tronco. Due cose sono diventate una completamente diversa. Ha ragione Schneider: non dobbiamo aver paura di creare il mondo che desideriamo.

La mente di madam Krieger vaga dal biancospino al foulard.

Ancora non si capacita di come abbia fatto a dimenticarlo in casa della prostituta. Aveva pianificato tutto. Nondimeno, ha commesso un errore. Riesce ancora a rievocare il terrore che l'ha colta quando si è resa conto che il foulard era rimasto nella stanzetta della prostituta morta. Potrebbe smascherarla. Rovinare tutto. Forse dalle iniziali su quel foulard di seta celeste riusciranno a risalire a lei. No, calma, si è detta in continuazione. A nessuno verrà in mente un'idea simile. Il cadavere della prostituta non verrà mai ritrovato. È stato portato in alto mare dalla corrente. Senza il cadavere non è neanche morta. È soltanto scomparsa, e questo succede a tanti. Soprattutto a quel tipo di ragazze. Lasciano la città, spariscono, si perdono.

Coglie la mela e le dà un morso. Non è rossa, bensì pallida, troppo acerba. Ma è senza dubbio una mela.

Una mela sul ramo del biancospino. Il suo esperimento è riuscito, il mondo di Schneider sta per arrivare. Prima in piccolo, poi ricreeremo tutto quanto daccapo. E sì che è possibile far diventare due rami un tutt'uno. È il tempo dei miracoli.

Un particolare della mela attira la sua attenzione. Un baco spunta dalla polpa pallida. Lo ha tranciato con il morso. Ha mangiato la sua testa.

Madam Krieger si sporge sopra il cespuglio e sputa, sputa finché il sapore croccante e salato non c'è più. Si pulisce la bocca e si guarda intorno. L'orto botanico è affollato, soprattutto in un giorno di fine estate: sopra le siepi spuntano parasole e cilindri, tra gli alberi pianti di bambini. Nelle immediate vicinanze c'è una coppia, la donna è aggrappata al braccio del fidanzato. I due ammirano una vasca di pesci, lo sguardo dell'uomo ha indugiato troppo a lungo su di lei mentre li superava, ma non le ha fatto nessun effetto. Tutt'altro.

Da alcune voci apprende che è successo qualcosa. C'è una gran confusione all'uscita. Un tizio vestito alla marinara urla, altri indicano col dito. È la curiosità a spingerla in quella direzione? O la paura?

Madam Krieger lascia l'orto botanico dall'uscita che dà sul Porto Nuovo e si mescola alla folla diretta verso il canale di Holmen. Tutti vanno nella stessa direzione, la gente è sconvolta.

Mentre segue la folla, ripassa di nuovo tutto quanto: nessuno l'aveva vista entrare nella palazzina delle prostitute, per strada c'era una calca di gente ubriaca fradicia, e lei aveva aspettato a entrare nel momento in cui una zuffa tra due prussiani e un orsante italiano aveva attirato l'attenzione generale. E la mistura delle Indie occidentali era stata efficace. Aveva avuto difficoltà a portare la prostituta sulle spalle e trascinarla, era pesante come una nassa piena di anguille. Su per le scale, attraverso la stalla con il fetore delle vacche, che madam Krieger non ha mai potuto sopportare. Se non altro quelle stupide bestie erano rimaste mute, limitandosi a lanciare qualche occhiata curiosa. In fondo all'angusta stalla la botola era aperta e madam Krieger si era calata insieme alla prostituta. Poi aveva trascinato la ragazza priva di sensi fino al carretto che aspettava al buio, e l'aveva nascosta sotto un telo liso. In tutto aveva impiegato meno di dieci minuti. Nessuno l'aveva vista uscire dal cortile con il carretto e dirigersi verso la via principale. Solo al momento di passare davanti al Corpo di guardia si era accorta di aver smarrito il foulard. Il foulard con il bellissimo disegno.

E le sue iniziali.

Confusione. La gente è agitata, mano a mano che si avvicina le diventa sempre più chiaro.

Madam Krieger sta attraversando piazza Nuova del re, quando un gruppo di giovanotti passa di corsa. Madam Krieger supera un rivendugliolo di conigli e barbabietole dell'anno scorso. L'uomo chiama ad alta voce il figlio, che sta correndo verso il canale tenendosi il berretto. Che succede, cos'è tutto questo trambusto? Il figlio risponde: è successo qualcosa giù al canale. Hanno trovato qualcosa.

Di colpo madam Krieger ode quelle parole ovunque.

Qualcosa. Un cadavere. Di una donna.

Non provengono da un unico punto, le sente passare tra la gente, tra i bottegai, tra due amiche che camminano strette l'una all'altra, tra un gruppo di signori anziani su una diligenza.

Una donna. In acqua.

Sulle prime madam Krieger decide di andare nella direzione opposta. Via di lì. Sa che i piromani amano scaldarsi le mani davanti alla loro opera. Che spesso la polizia trova il colpevole tra gli astanti più curiosi. Non vuole avvicinarsi.

Si ferma accanto a una donna grassa che vende inchiostro e calami esposti in una valigia. Guarda oltre la valigia, verso il canale. Alcuni uomini a bordo di una barca cercano di issare qualcosa sulla banchina, mentre due o tre guardiani ausiliari spingono indietro la folla. I giovani si sporgono dalla banchina per seguire le operazioni. Il trambusto è più che evidente; il questore sembra quasi sospeso sopra la folla e impartisce ordini ai suoi uomini; fa portare un carretto fino alla banchina, spinto da due inservienti dell'ospedale, una delle quali indossa una tonaca nera da suora.

Se vuole scorgere qualcosa, madam Krieger deve spingersi fino al canale, da qui vede solo le spalle del popolino. Forse non corre alcun pericolo. Forse dà più nell'occhio se è l'unica a non interessarsi a quel bizzarro trambusto che corre come un incendio lungo la banchina. E perché mai qualcuno dovrebbe su due piedi credere o sostenere che lei, una giovane e bellissima donna di buona famiglia, c'entri qualcosa?

La gru con il gancio scricchiola, madam Krieger riesce a farsi avanti a gomitate fino alla prima fila. Allora vede la figura pallida appesa ai cavi sopra l'acqua.

È scossa da capo a piedi dallo shock. Dalla frustrazione, dall'angoscia.

Dev'essere lei, dev'essere Anna. Dopotutto, quanti cadaveri galleggiano in giro per il canale?

Poi le urla aumentano di nuovo, il popolino si è trovato concorde su una richiesta semplice da rivolgere al questore: Via la testa! Via la testa!

Madam Krieger si guarda intorno, la folla guarda nella sua direzione: ha capito tutto? Che è opera sua? No, non ce l'ha con lei, ma con qualcuno alle sue spalle.

«Portatelo via» grida il questore.

Madam Krieger si volta e scorge il carro chiuso della polizia poco lontano. Chi lancia immondizia contro la vettura, chi sputa mentre il questore cerca di aprire un varco per far passare i cavalli. Madam Krieger si gira e scorge l'uomo dietro le piccole sbarre di un finestrino. Ha un aspetto bizzarro, che rimane impresso nella memoria. E a madam Krieger è capitato. Lo ha già visto. È il cliente che aveva fatto visita alla prostituta quella sera. Lei aveva aspettato che andasse via, a una certa distanza, tra il laboratorio del bottaio e l'impresa di pompe funebri, con lo sguardo levato verso le finestre. Ricorda l'agitazione mortificata dell'uomo mentre andava via di corsa. Si muoveva in modo goffo, e più che altro sembrava un ragazzino stupido cacciato di casa. Evidentemente era molto a disagio per la situazione, si nascondeva nel paltò come un uccello sotto l'ala.

«È l'uomo dei ritagli di carta. È stato lui a uccidere mia sorella!»

A gridare è una delle donne di strada. Forse una volta era una graziosa contadinotta con dei bei riccioli rossi; adesso, invece, non è che una comune prostituta con un indecoroso senso della dissolutezza, il vestito slacciato e invitante. Madam Krieger ha già visto anche lei. È la sorella della pettoruta Anna. Le ha viste insieme. Mano nella mano, due spregevoli bagasce che tirano innanzi facendosi fottere, aggrappandosi l'una all'altra. La donna addita fuori di sé l'uomo dentro il carro. Deve averlo visto, proprio come madam Krieger, quando è uscito dalla palazzina delle prostitute.

Madam Krieger segue con lo sguardo il carro, che finalmente è partito, e intanto si sforza di capacitarsi della propria fortuna. Una fortuna nella sfortuna.

È una sfortuna che il cadavere della donna di strada chissà come sia stato portato nella direzione sbagliata. Eppure madam Krieger aveva saggiato la corrente più volte. Con botti dello stesso peso di una donna. Sacchi pieni di rami. Perfino la carcassa di un cane. E tutti quegli oggetti erano stati portati verso nord, fuori dal porto, in direzione del mare aperto. Forse il cadavere della giovane si trovava in mezzo al tratto navigabile quando era passata la lunga chiatta che ogni giorno fa la spola con montagne di rifiuti e di calcinacci, e adesso è ormeggiata nel canale. Forse è stato risucchiato dalla scia e l'ha seguita come i bambini rincorrono un suonatore ambulante.

Deve temere per il suo piano?

Qualcuno sta forse tentando di mandarlo a monte?

Le sembrerebbe verosimile, se la fortuna non fosse appena girata, mandando in suo soccorso l'uomo imbarazzato.

Madam Krieger fa per allontanarsi, per sparire tra la folla, quando infine il cadavere della ragazza viene issato sulla banchina e sistemato sul carretto. Il corpo è opalescente e livido e non più bello da vedere. Forse è stato un bene che l'esperimento sia fallito. Adesso madam Krieger ha la possibilità di fare un altro tentativo. Ha tratto insegnamento dall'esperienza, è più preparata. Ma prima deve cancellare tutte le tracce. Il foulard. È molto importante. Deve trovarlo, farlo sparire dalla stanzetta della prostituta.

Ammesso che sia ancora là.

Sempre più persone si riversano intorno al canale attratte dal dramma, mentre madam Krieger si avvia nella direzione opposta. Sceglie la nuova zona commerciale. È più bella e più facile da percorrere con gli stivali nuovi di Parigi. Si riposa i piedi un momento, si ferma a guardare un tricorno, contempla la propria immagine riflessa nella vetrina del cappellaio, e ripensa alle parole di Schneider. Possiamo creare noi stessi e il mondo a nostro piacimento. Per farlo bisogna solo averne il coraggio. Bisogna ignorare l'elemento primitivo dell'uomo, i nostri sentimenti puerili, la nostra viscida compassione che uccide tutto. Ecco che cosa aveva detto, quando lei aveva ascoltato la sua conferenza alla Società delle Scienze.

Sulle scale davanti alla palazzina storta delle prostitute è seduto un uomo attempato che blatera di brodo di carne e non vede neppure madam Krieger, che infila con cautela la porta d'ingresso.

Da una stanzetta arrivano delle voci alte, un litigio per soldi. Sale al primo piano e si dirige in fondo allo stretto corridoio con le numerose piccole camere. Il fetore di bestiame del piano di sopra si infiltra tra le assi del soffitto: riesce a sentire i passi pesanti delle mucche, rumori irrequieti. Una porta è socchiusa e dentro, nella penombra, scorge una prostituta inginocchiata. Madam Krieger esita a quella vista: la verga del soldato nella bocca della femmina di malaffare. Il proibito la turba. Lo sente. Non è desiderio di essere la prostituta o il soldato che le affonda il membro nella gola, no, è qualcos'altro. È il proibito di per sé. Il proibito come una forza magnetica, risucchiante.

Madam Krieger si riscuote.

Sullo stipite e sulla porta della stanzetta di Anna la polizia ha affisso un cartello di legno. *Investigazione per conto del re. Vietato l'accesso*. Madam Krieger si ferma un momento in ascolto, poi, con una forte spinta, apre la porta staccando i chiodi dal battente e lasciando il cartello a ciondolare dallo stipite. Sguscia dentro la stanzetta e richiude piano la porta.

La camera è uguale all'altra sera, quando aveva trascinato Anna priva di sensi lungo il pavimento e su per le scale. La luce del giorno la fa sembrare un po' più piccola e ancora più triste. La polvere turbina. Madam Krieger fruga con gesti rapidi la coperta ruvida del letto, solleva il materasso che scricchiola per via della paglia vecchia. Guarda dietro il letto, dove la ragazza ha nascosto un sacco con i suoi averi, forse oggetti che ha rubato ai clienti. Ci sono anche cinque grosse scatole di zolfanelli, ma nessuna traccia del foulard.

Dei rumori fuori in corridoio. Passi e voci.

Madam Krieger si alza e resta immobile.

I rumori si dileguano.

Apre l'anta dell'armadio traballante. Forse qualcuno ha messo il foulard là dentro. A un filo sono appesi due o tre vestiti di pessima qualità, la moda dell'anno scorso. Sul fondo ci sono alcuni cappellini e un paio di stivali.

Il foulard è introvabile.

Di nuovo un rumore di passi. Prima sulle scale. Poi si avvicina lungo il corridoio.

Qualcuno grida: «Apri, Salomine! Sono io, Molly!»

Madam Krieger riconosce la voce: è la sorella della prostituta morta, a quanto pare si chiama Molly.

Madam Krieger guarda la finestra. Da lì non può uscire.

Forse può nascondersi dietro la porta? C'è un piccolo spazio dove potrebbe infilarsi, a patto che non venga spalancata. In compenso sarebbe perfettamente visibile se Molly dovesse entrare. Abbassa lo sguardo. E là, vicino alla parete opposta, nell'angolo, c'è il foulard.

Quasi grigio di polvere e di sudiciume, ma è il suo foulard, ne è sicurissima.

I passi si avvicinano.

Non fa in tempo a prenderlo. Deve nascondersi, non riesce a farsi venire in mente nessun pretesto che possa spiegare perché si trova in quella stanzetta. Molly si chiederebbe che cosa ci faccia lì, dall'altra parte del cartello della polizia. Griderebbe aiuto, facendo accorrere gli agenti. E lei sarebbe costretta ad aggredire Molly, come ha aggredito la sorella. Questa volta, però, non ha il suo soffio d'angelo per narcotizzarla. Sarebbe una colluttazione poco elegante in quella camera, sarebbe costretta a strozzare Molly prima che l'altra prostituta e il suo amico soldato sentano qualcosa. Niente da fare.

In fretta e furia si nasconde nell'armadio. Si infila dietro i vestiti, che fanno polvere e puzzano di muffa. C'è vita nell'aria, tarme svolazzano, spaventate dall'ospite improvvisa. Lei tira a sé l'anta e ammassa i vestiti e le giacche in modo che la nascondano.

Da una crepa sottile riesce a vedere il foulard al capo opposto.

Molly entra. La sua corporatura è diversa da quella della sorella, non ha lo stesso seno affascinante, in compenso si muove con maggiore agilità e il suo sguardo è più acuto. Molly si avvicina al letto. Si ferma.

La polvere dentro l'armadio è fitta. Le dà il prurito. Madam Krieger si sforza di rimanere immobile, di non grattarsi la testa, il naso, dappertutto.

Ancora rumore di passi. Davanti all'armadio. L'anta viene aperta, Molly è proprio davanti allo spiraglio tra i vestiti, e madam Krieger riesce a vedere le sue sottane sudicie. Molly scosta i vestiti e ne prende uno: si leva un turbine di polvere e madam Krieger ansima per non starnutire. Lo spiraglio si è ingrandito, penetra più luce. Madam Krieger è costretta a spostarsi verso sinistra, con cautela, senza far rumore. Basta con i sentimenti puerili, Schneider ha ragione, pensa al melo e al biancospino, creeremo tutto daccapo, e quella inutile puttana non dovrà essere d'intralcio.

# 6.

Sono troppo abituata a perdere, bisbiglia tra sé Molly, mentre valuta se il vestito di Anna potrà fruttarle qualcosa, anche solo quanto basta per procurare la cena a Marie. No, è troppo liso, troppo mangiucchiato dagli insetti. Bisognerebbe nascere tarma, così ci sarebbe sempre un pasto pronto in qualche armadio. Si siede sulla sponda del letto, ancora con il vestito in mano.

Non riesce a toglierseli dalla testa. I curiosi. Le loro facce rosse esaltate. Tutti quelli che erano accorsi al canale e speravano di vedere di più, saperne di più, apprendere più dettagli di cui parlare. Più morte. Più tragedia. Li capisce, eccome, le miserie altrui fanno dimenticare le proprie. Almeno per qualche minuto o un'ora. E ce n'è bisogno, in una città dove regnano la miseria e la fame e si sente tossire a ogni angolo di strada.

Anche Molly lo ha fatto, ha sfruttato le miserie degli altri per tirare innanzi. L'anno prima ha visto un contadinello rimanere schiacciato sotto un carro, e il ricordo delle sue grida disperate le aveva dato qualcos'altro cui pensare mentre giaceva con i clienti dai genitali sporchi e tremanti, almeno dodici per sera, domeniche comprese. Ma oggi nulla riesce a farle dimenticare la sua miseria. Nulla riesce a frenare la sua collera.

Per niente, niente al mondo dovrà passarla liscia per ciò che ha fatto a sua sorella. Se lo immagina, lo scrittore, quello strano disgraziato con il naso lungo. Lei sarà in prima fila quando verrà giustiziato, gli sputerà addosso, urlerà finché non avrà più fiato in corpo.

Un rumore. Un rumore quasi impercettibile.

«C'è qualcuno?» domanda Molly. Si porta la mano ai

capelli, afferra la sua sciabola da prostituta, lo spillone, e si guarda intorno.

Non riceve risposta. Non c'è nessuno. Solo un po' di polvere che mulina nell'ultima luce del pomeriggio. Eppure, ha la sensazione di non essere sola. Forse l'anima di Anna è ancora nella stanza? Molly riappende il vestito nell'armadio e apre la finestra, per fare uscire sia la polvere sia l'anima. Non sa bene fino a che punto creda a queste cose. Se Anna avesse davvero un'anima in grado di continuare a vivere senza il corpo, è improbabile che resterebbe in quella stanzetta; piuttosto, colmerebbe Piccola Marie di attenzioni e le bisbiglierebbe parole tenere all'orecchio, oppure sarebbe diretta a casa, a Cala Odino, per cercare riposo accanto alla tomba del padre.

Ma che diamine ne sa lei? Non capisce niente della vita dopo la morte. Capisce sì e no qualcosa della vita prima della morte. Sa soltanto che le dispiace per Anna e per Piccola Marie.

E per se stessa, si permette questo sentimento. Per un attimo solo.

Per tre giorni aveva tentato di convincere la polizia a cercare Anna. Si era messa in coda al palazzo di Giustizia e aveva fatto la denuncia a svariati guardiani ausiliari. Alcuni sapevano che era una prostituta, gli altri lo avevano scoperto non appena le avevano chiesto il suo foglio identificativo. Nessuno l'aveva presa sul serio. Solo un agente anziano coscienzioso si era dato la briga di prestarle ascolto. Aveva anche preso degli appunti quando lei gli aveva raccontato quando e come Anna era scomparsa e tutto quello che sapeva sul conto di Andersen, il pazzo ritagliatore di carta, che lei aveva visto entrare dalla sorella quale ultimo cliente della giornata.

Dalla finestra della stanzetta di Anna, Molly ode la gente parlare di una donna morta affogata. Le notizie corrono più veloci di quanto un passero riesca a volare. Fra poco lo sapranno tutti, per giorni Anna sarà sulla bocca della gente. C'è solo una cosa che i copenaghensi amano più di un bel pettegolezzo, ed è una tragedia cruenta, che fa rabbrividire le donne. Molly sente di nuovo la rabbia, non le va che qualcuno sparli della sorella, tanto meno davanti a una tazza di birra schiumante.

Ha ancora quella sensazione strana, che qualcuno la stia spiando, e le ritorna in mente quel ritagliatore di carta alto e pallido. Aveva un'aria spaventata e confusa quando il popolino lo aveva coperto di invettive. Molly si guarda intorno. Su una mensola sopra il letto c'è un piccolo scrigno con dentro un paio di anelli senza valore e una pietra piatta e bianca.

Sotto il letto trova un sacco con due o tre cose che potrebbe rivendere al massimo per un quarto di scellino. A Molly non piace starsene lì a fare la stima degli effetti personali della sorella, come se avessero soltanto il valore che ne ricaverebbe rivendendoli al mercato. La stanzetta le appare già estranea e sinistra. Forse è solo colpa del caldo e del fetore che sale dalla strada; oggi sono insopportabili.

Fruga nel letto con una mano, ma trova soltanto della biancheria sgualcita e un po' di peli pubici di diverse forme e lunghezze. Un saluto lasciato dai numerosi clienti che hanno contribuito alla caparra della Tana di Giuda. Tutti i ragazzini, i ragazzotti, i giovanotti, gli uomini che si sono fatti coccolare, sculacciare, succhiare, leccare, graffiare, mordere e fottere. E ora Anna è morta, inutilmente. Molly butta i peli dalla finestra e si sforza di distogliere la mente dalla vita che lei e la sorella hanno fatto. Così non va, deve riflettere, deve pensare a sopravvivere, qui e ora. Per Piccola Marie.

Accanto al letto trova la cassetta con lo zolfo e i bastoncini, e una bottiglia il cui contenuto sembra fango e puzza di merda. Tutte queste cose sono dell'inverno scorso, quando Anna era convinta che avrebbero potuto lasciarsi la miseria alle spalle vendendo zolfanelli fatti a mano. Avevano comprato il liquido scuro da un mercante inglese, il quale aveva assicurato che sarebbero stati i fiammiferi a sfregamento migliori del mondo, molto meglio del vecchio tipo, e che loro avrebbero fatto soldi a palate. Sfortunatamente, ci voleva troppo tempo per fabbricare gli zolfanelli e l'inverno era stato mite. Però l'idea era buona. In una rigida notte di febbraio la gente non ha la pazienza di usare i vecchi acciarini con la legna umida, i denti battono, il freddo è un nemico malvagio, peggiore della solitudine, Molly lo ha visto con i propri occhi. La paura della solitudine spinge gli uomini a fare pazzie, a pagare per andare a letto con donne che li odiano, loro e quelli della stessa fatta, ma il freddo, il freddo batte tutto. Una notte d'inverno con la luna pallida può indurre la gente a strillare come volpi impazzite, può indurre chiunque ad amputarsi un arto congelato. Di colpo perfino le nonne sarebbero disposte a uccidere per un minuto accanto a una stufa calda. E proprio in una notte simile è una buona idea vendere zolfanelli e legna asciugata dall'estate a prezzi maggiorati. Purtroppo, l'inverno scorso non c'era stata neanche una notte così, perciò si ritrovano con una libbra di zolfo, i bastoncini, il liquido magico e trucioli sparsi dappertutto. D'estate non valgono niente, l'essere umano non riesce a vedere al di là dell'indomani. Molly decide di tenere gli zolfanelli di Anna nella speranza di poter guadagnare sulle disgrazie altrui il prossimo inverno.

«Zia? Sei tu?»

È Piccola Marie. Molly non risponde, non vuole che la bambina entri.

Sente la voce di Salomine che tranquillizza la piccola. La vecchia adora la bambina, ci gioca e l'accudisce volentieri. Anna è sempre stata contraria. Salomine si ammala spesso e Marie viene contagiata con facilità. Per di più Salomine bestemmia come un galeotto. Il suo è un vizio fastidioso, divertente solo di tanto in tanto, e Piccola Marie assorbe tutto, ricorda ogni parola. Prima ancora del suo nome sapeva dire pompino, sborra e ditalino. Ecco, era quel genere di comportamento che la locanda avrebbe raddrizzato. Piccola Marie avrebbe imparato a leggere e a far di conto, avrebbe badato alle galline nel pollaio e contato l'incasso della giornata. Non appena l'ultimo cliente fosse andato via salutando con la mano, avrebbe dimenticato tutte le cose brutte. E adesso? Che cosa farà Piccola Marie adesso, che cosa farà Molly? E come riuscirà a dirle che la mamma non tornerà? L'altro giorno le aveva detto che mamma era andata a trovare i parenti a Cala Odino e sarebbe tornata presto. Non ce la fa a dirle la verità. Non ce la farebbe nessuno. *Mamma è morta*. Parole impronunciabili. Ma presto le altre prostitute della palazzina sentiranno le voci sulla morte di Anna, presto Salomine lo verrà a sapere, e allora lo verrà a sapere anche Piccola Marie. Così è.

Molly si gira di nuovo verso l'armadio e trova un vestito vendibile, richiude l'anta e prende il sacco.

Vicino alla parete scorge uno straccio.

Quando lo raccoglie, vede che è un foulard. Non lo ha mai visto prima, ma deve essere caduto ad Anna. È pieno di polvere, ma bellissimo, dopo che gli ha dato una pulita. Il tessuto ha un motivo fitto che ricorda dei pesciolini o delle gocce. È diverso dai fazzoletti che si comprano dal rigattiere o al mercatino, è del tipo che si trova nei negozi di lusso, dove Molly ama tanto fermarsi a sbirciare le grandi vetrine. In un angolo sono ricamate tre lettere. Riconosce soltanto la *A*, perché è la prima dell'alfabeto, delle altre non è sicura. Annusa il foulard, ha un profumo particolare, esotico. Vale qualcosa, anche solo per la seta: cena per una settimana per lei e Piccola Marie. Strano. Anna ne avrebbe accennato se qualche cliente le avesse fatto un regalo così bello, e non se lo sarebbe tolto con tanta noncuranza. Non può nemmeno essere dell'uomo dei ritagli di carta. Quell'uomo è, sì, strano e ha delle strane voglie, ma è tutt'altro che elegante. Molly guarda le tre lettere senza raccapezzarsi e si avvolge il foulard intorno al collo. Apre la porta, passa sotto il cartello della polizia e la richiude. Il corridoio è silenzioso, il sole balugina nella finestra del palazzo dirimpetto, quando una donna si sporge per stendere il bucato sul filo.

Molly nasconde il sacco nella sua stanzetta. Solo per questo pomeriggio. Forse riuscirà a vendere le cose domani. Ha calcolato che potrà ricavarne una manciata di scellini se troverà i clienti giusti, gente di campagna, uno stalliere sciocco che cerca un regalo per la fidanzata; o forse un po' di meno se venderà la merce a uno dei rigattieri, che di tanto in tanto fanno un buon affare. E magari il doppio per il foulard di seta. Si sente rimordere la coscienza. Anna è appena morta, è appena stata tirata su dalle acque del porto, e lei è già pronta a vendere i suoi averi. Ma lo fa per la piccola. A parte un boccone di pesce secco, non mangiano dall'altro ieri. Adesso, forse, si potranno permettere un po' di pane e di carne.

Varca la porta di Salomine e trova Piccola Marie seduta sulla sponda del letto, mentre Salomine è distesa sul pagliericcio.

«Non esagerare con le storielle, Salomine, o ti faccio mandare al bagno penale».

Molly prende in braccio Piccola Marie e fa per andarsene. «Tu sai leggere, vero, Salomine?»

«Certo che so leggere, credi forse che venga dalla Bassa?» ribatte la vecchia.

Molly le mostra il foulard. «Queste tre lettere. Questa è una A, vero?»

La vecchia prostituta strizza gli occhi e tende il braccio verso un raggio di sole. «AVK».

«AVK? Che significa?» domanda Molly.

«Sono delle iniziali».

«Ini... che?»

«Iniziali. Della persona a cui appartiene. Capisci. Per esempio Alberte Viggo Knudsen».

Molly indugia qualche istante con Piccola Marie in braccio e riflette sulla spiegazione di Salomine. Non conosce nessuna Alberte Viggo Knudsen. Riprende il foulard e con Piccola Marie si avvia verso la sua stanzetta. Nel corridoio intravede qualcuno, forse un cliente, sparire giù per le scale. Nell'aria c'è una debole, debolissima scia di uno strano profumo. Lo stesso del foulard. Ma non deve più pensarci, l'uomo dei ritagli di carta è nel posto che gli spetta, si merita solo il peggio. Tuttavia, Molly si siede sulla sponda del letto insieme alla piccolina e fissa le lettere, mentre sente una parola nuova nella bocca. *Iniziali. A e V e K.*

*AVK.*

## 7.

Hans Christian potrebbe abbandonarsi al pianto senza che nessuno se ne accorgesse. Nel grande palazzo di Giustizia tutte le voci si confondono. Il sedile duro contro le natiche, le manette arrugginite ai polsi, è immobilizzato alla sedia. I rumori dei guardiani ausiliari che spingono tutto e tutti come se fossero tante pecore. Due donne gridano che un ladro le ha derubate dei documenti. Un ubriacone cerca di farla franca fingendo di dormire. In un angolo ci sono un paio di scrivani, e vicino alle scale della guardina un gruppo di ausiliari stanchi aspetta di avere qualcosa da fare. Hans Christian chiude gli occhi e subito ritorna l'orrendo spettacolo di Anna, la bellissima Anna, martoriata, ferita, uccisa.

Un'idea improvvisa: è la fantasia malata? Suo nonno paterno era stato colpito dalla fantasia malata, era matto da legare, e Hans Christian lo teme da quando è nato: di ammalarsi in testa come il nonno. Se ne stava seduto a intagliare strane bestie infernali nel legno, girava per le campagne vendendole in cambio di una scodella di farinata. Quando la sera rientrava, era convinto di essere rimasto in casa tutto il giorno.

«Dio mio» bisbiglia Hans Christian, sentendosi tremare da capo a piedi. È successo? È impazzito? Riesce, come suo nonno, a convincersi di essere stato in un altro posto mentre in realtà ha ucciso Anna? È così che funziona la pazzia?

Un omettino dalla figura a botte e con un naso che per dimensioni fa concorrenza al suo si avvicina a Hans Christian con prudenza. «Pare che debba farle il ritratto» gli dice titubante.

Hans Christian si raddrizza. Evidentemente non è del tutto sconosciuto. «Se proprio non se ne può fare a meno» risponde, girando il suo profilo migliore verso l'uomo. Senza dubbio è ebreo. Non se la passano bene. Il giorno in cui Hans Christian era giunto nella capitale, all'età di quattordici anni, impaurito da tutti i rumori e dalle cose nuove, i commercianti della città si erano rivoltati contro gli ebrei e la loro ricchezza. Ricorda le vetrine rotte del negozio di abbigliamento dei fratelli Raphael, gli ebrei che venivano inseguiti per strada e picchiati con corde e clave. Era forse stato un segno? Arrivare proprio il giorno in cui la città era caduta in un incubo, in cui la malvagità umana infuriava, cittadini comuni aggredivano i vicini e le donne pubbliche venivano torturate nei cortili, in cui la rabbia e la frustrazione causate dall'indigenza e dalla vita dura della metropoli si scatenavano all'interno dei bastioni come la rabbia che imperversa in un branco di cani?

Per la seconda volta oggi Hans Christian ripensa alla madre, la quale voleva che andasse a bottega da un sarto, non che partisse da solo per Copenaghen troppo giovane, unicamente con i vestiti che aveva indosso e qualche spicciolo in tasca. Hans Christian chiude gli occhi e immagina la sua vita di apprendista. Aveva visto i ragazzi del maestro sarto Stegemann dentro il negozio, i capelli lisciati con l'acqua, chini sul lavoro con ago e filo. Anche Hans Christian aveva cucito da quando il padre gli aveva regalato un teatrino dei burattini, aveva dovuto farlo per forza, dato che i burattini non si facevano da sé. Ma quella era un'altra cosa, era un gioco, un atto creativo, non aveva voglia di cucire abiti per gli altri, non aveva voglia di sentire il maestro sarto alle spalle, la sua mano sulla nuca, forse affettuosa, forse qualcosa di più, qualcosa per cui mancano le parole. No, non era proprio il caso. Invece, aveva viaggiato senza biglietto sul postale per Copenaghen. Un ragazzino dinoccolato, che non stava mai fermo, partito da Odense, che aveva sgranato gli occhi quando era apparsa la metropoli. Per fortuna la madre e il padre non possono vederlo adesso. Per fortuna sono morti, irraggiungibili, e non possono vedere la sua disgrazia, vedere che è incappato nelle ombre della morte. La condanna per omicidio. La conosce, una volta aveva visto con i suoi occhi una testa rotolare, tanti anni addietro, quando aveva assistito a un'esecuzione. Aveva sentito il freddo del grande nulla. E ora lo sente di nuovo.

Il questore si accomoda in un'alta poltrona di fronte a Hans Christian. «Ah» dice scuotendo il capo. «Conosco il suo mecenate e *bonus pater*, Jonas Collin. Perciò mi sento in imbarazzo e in difficoltà a trovarmi seduto qui, davanti a lei, con un'accusa contro la sua persona».

«Non ho fatto niente, signor Bræstrup, non so che cosa sia accaduto a quella donna» risponde Hans Christian, tenendo il profilo rivolto verso il disegnatore, che non ha ancora finito di fargli il ritratto.

«Non faccia caso al nostro artista» dice Cosmus, tendendo un braccio in direzione del disegnatore. «È una novità che ho introdotto. Facciamo ritrarre tutti i delinquenti della città, in modo da potervi controllare meglio».

«Io non sono un delinquente» ribatte Hans Christian, perdendo la voglia di posare.

«Ah no? Ma se ha detto che conosceva la ragazza».

«È vero. La conoscevo. In un certo senso. Ma non l'ho uccisa» dice Hans Christian, sentendo di nuova la paura di essere davvero stato lui a pugnalare Anna di notte, un pazzo che poi riesce a convincersi che non è vero, che è semplicemente rimasto a casa a scrivere.

«Immagino che lei...» il questore abbassa la voce «...fosse un suo cliente».

Hans Christian impiega qualche istante a capire che cosa il questore voglia dire. «No, no» risponde. «Non in quel senso. Assolutamente no».

«E allora come faceva a conoscerla?»

Hans Christian riflette. Per tutto il tragitto fino al palazzo di Giustizia si è sforzato di trovare la risposta migliore a quella domanda. Non può dire la verità, gli mancano le parole per esprimerla: è attratto dalle forme della donna, da tutti i particolari che la rendono bella. È come il sarto di Odense, anche lui voleva farle un vestito, renderla più bella di quanto non fosse. Ma senza desiderarla, senza bramarla se non come forma, come oggetto. Ma è un concetto impossibile da spiegare, Hans Christian lo ha imparato alle cene dai Collin, quando si impegolava in questo genere di dichiarazioni.

«La... la figlia di mia madre, ossia, la mia sorellastra, se preferisce» dice Hans Christian. È la prima volta che la nomina da quando vive a Copenaghen, ma adesso forse gli può tornare utile. «La cercavo. Si è cacciata in un guaio. E una donna di strada mi aveva detto che potevo trovarla nella casa del peccato nella zona delle viuzze. Ho bussato e ho salutato la ragazza. Tutto qui» dice Hans Christian, incrociando lo sguardo del ritrattista.

La risposta soddisfa Cosmus. Però sembra ancora a disagio. «Quindi, se la nostra testimone afferma di averla udita far visita alla defunta nella sua stanzetta, dice il falso?»

«Può darsi che la testimone mi abbia sentito parlare con la ragazza, ma non mi risulta che sia vietato, visto che lo scopo della mia visita era del tutto innocente».

È difficile sentirsi innocenti con le manette. Gli pizzicano il braccio.

Cosmus si fa dare una pipa dal guardiano ausiliario e l'accende con uno zolfanello lungo. La fiamma divampa allegra, illuminandogli di sfumature gialle e rosse il viso rugoso e i baffi che sembrano una pelliccia.

«L'innocenza è una cosa che non ci capita di trovare qui dentro da, da...» Cosmus si incanta. Lo sguardo di Hans Christian vaga nervoso dal questore al ritrattista. «Dal dicembre 1822» riprende all'improvviso Cosmus. «Anzi, dal Natale 1822. Uno zingaro innocente, uno zingaro circense, di quelli con gli orsi e le marmotte. Purtroppo, si scoprì che l'uomo era innocente soltanto dopo che era stato giustiziato. Ma era prima dei miei tempi. E questa volta abbiamo una testimone che ha indicato un colpevole» continua Cosmus Bræstrup, puntando la lunga pipa di ebano e d'avorio contro Hans Christian: «Cioè, lei».

«Mi deve credere, signor questore. Non vado fiero della professione della mia sorellastra» dice Hans Christian. «Perciò avevo scelto quell'ora inopportuna. Avevo tirato tardi nella mia stanza a scrivere un nuovo dramma su un reduce ferito, quando all'improvviso non riuscivo a togliermi dalla testa la mia sorellastra. Ero oppresso dal senso di colpa. La mia povera sorella. Mi rincresce, signor Bræstrup. Ho commesso una sciocchezza».

Il questore sembra confuso. Da quella confessione e dai modi cortesi. Poggia la mano con la pipa sul bracciolo della poltrona, e il filo di fumo sale come un serpente verso il suo collo e il suo viso: «E a che ora è tornato nella sua stanza?»

«Ho sentito il guardiano notturno annunciare le nove, quindi probabilmente sono arrivato a casa verso le nove e mezzo».

«Così tardi! Qualcuno l'ha vista mentre rientrava o quando ha raggiunto la sua stanza?»

«No. Era tutto tranquillo. Il musicante del primo piano la sera non è in casa, e al terzo i bambini erano stati messi a letto già da un bel po'».

Cosmus lo scruta con un profondo sospiro, come un uomo che sa di essere ingannato ma proprio non ha le forze per scoprire come. Hans Christian è sempre riuscito a cavarsela a suon di chiacchiere. Da piccolo intratteneva le lavandaie con lezioni di anatomia umana; disegnava l'intestino, i reni e il cuore senza sapere minimamente di che cosa parlasse, ma le donne si divertivano e lui evitava di immergere i piedi nell'acqua fredda del ruscello per dare una mano come gli altri ragazzini. La questione è se questa volta riuscirà a farla franca.

Cosmus osserva Hans Christian a lungo. Poi fa segno a un ausiliario di avvicinarsi. «Togliamogli queste manette».

Hans Christian sente il sollievo. Una goccia di sudore

gli cola giù per la schiena. In quello stesso istante un giovane poliziotto passa di corsa e posa una cartellina davanti al questore. Ha le guance rosse e il fiatone, quasi avesse attraversato a precipizio mezza città per raggiungere il palazzo di Giustizia.

«Spero che capirà che non ho potuto ignorare la dichiarazione della testimone» dice Cosmus. «Troppi crimini rimangono irrisolti per il semplice fatto che non ho ancora abbastanza uomini alle mie dipendenze, in una città che diventa sempre più grande. Fra non molto si espanderà oltre i bastioni...» Cosmus si blocca, prima fa per alzarsi, poi guarda i documenti che il poliziotto gli ha consegnato. Come se avesse appena scoperto un particolare nuovo.

Il questore afferra la pipa, indica Hans Christian con il bocchino. «Ed era la prima volta che metteva piede nella palazzina delle prostitute, Andersen?»

Il tono cortese è sparito. E così anche l'espressione disarmata e sfinita. È diventato severo. Teso. «Ed eviti di mentire, non farebbe che peggiorare la sua posizione».

Ecco, di nuovo. La sua posizione. Hans Christian si raddrizzerebbe sulla sedia se le manette non gli fossero d'impaccio. «Non so niente di quella palazzina, né conosco le altre prostitute. Ho solo la sfortuna di avere una sorellastra che se l'è cavata male nella vita. Perché dovrei mentirle, signor questore?»

«Perché non vuole ammettere di essere spinto da un'evidente voglia malsana». Il questore prende una forte boccata dalla pipa, tanto che il tabacco si arroventa.

Di nuovo la paura. Si sta avvicinando, sente il suo odore, il suo sapore in bocca. «Ma che cosa dice? Quale voglia malsana?» domanda Hans Christian. Rivede con la mente il nonno pazzo, il suo viso esaltato alla luce del camino, dove sedeva intagliando il suo inferno interiore nel legno.

«Una voglia di tagliare le donne con le forbici». Cosmus porge un foglio a Hans Christian. Un pezzo di carta rotondo, raffigurante la silhouette della donna morta. Anche se non è la sua opera migliore, non ci sono dubbi, tutti possono vederlo: il suo profilo particolare, il seno grande, ma anche il naso, i capelli raccolti, il grazioso, esile collo somigliano ad Anna in modo impressionante, se Hans Christian dovesse dire la sua.

«Siete stati nella mia stanza?» Hans Christian si sforza di tirar fuori un tono offeso, anzi, scandalizzato, quasi fosse lui la vittima di un crimine. Un tentativo disperato di guadagnare tempo.

«Esatto. Ci sono andati i miei uomini perché, nonostante tutto, qualcuno ce l'ho. Hanno approfittato del momento in cui lei si trovava al canale per perquisirla. E hanno trovato questo».

Cosmus gli mostra un altro ritaglio. Un ritratto di Anna che aveva fatto l'estate scorsa, un bellissimo ritaglio doppio, che raffigura due Anne, entrambe con una gamba levata in aria come una ballerina.

«È lo studio di una ballerina» spiega Hans Christian.

«Una ballerina nuda?» sbraita Cosmus. «Con il sesso in bella vista? Con la stessa...» Cosmus cerca la parola. «Con la stessa corporatura della vittima?»

Hans Christian lo sapeva, lo sapeva già allora, un anno fa, quando aveva realizzato quel piccolo ritaglio. Aveva scelto di praticare una minuscola tacca nella carta rossa proprio nel punto in cui il corpo di Anna si divideva in due gambe, convinto che fosse al contempo un tocco geniale e folle, sconcio e riprovevole. Lo aveva fatto senza desiderare la prostituta, non in quel senso, nel modo più assoluto, ed è proprio questo che non riesce a esprimere a parole, a spiegare ad altri che a Edvard. Ecco perché faceva quei ritagli. Perché gli mancavano le parole. Hans Christian guarda il questore, e proprio in quel momento si rende conto di essersi cacciato in una situazione terrificante.

«È stato lei, è lei l'assassino dei ritagli di carta» dice Cosmus alzandosi. Grida al guardiano ausiliario che aspetta con le chiavi delle manette. «Sbattilo nel sotterraneo e lascialo continuare a inventare il suo racconto senza pane né acqua».

L'ausiliario trascina via Hans Christian, giù per una scala stretta, giù in un'oscurità che puzza di paglia marcia e di vomito vecchio. Tutto succede troppo in fretta.

Hans Christian vorrebbe gridare qualcosa di rimando a Cosmus, opporre resistenza, ma certi fiumi sono troppo impetuosi, certe storie troppo gravi, per poterli contrastare. A volte bisogna per forza lasciarsi trascinare via, sballottare di qua e di là per poi essere scaraventati fuori all'altro capo.

Nel sotterraneo un vento freddo spazza il pavimento, voci maschili si lamentano per la fame. Un lezzo attaccaticcio esce schiumando da un paio di lampade a olio di balena che mandano una luce guizzante. Hans Christian avanza incespicando, mentre a quanto pare il guardiano è abituato al pavimento scabro del sotterraneo: svolta angoli e scende gradini senza avvisarlo, e Hans Christian batte la testa contro una trave. Fa per controllare se gli esce sangue, ma l'uomo lo trascina oltre tenendolo forte per le manette.

La porta di una cella si apre e Hans Christian viene spinto dentro, poi sente chiuderla a chiave dietro di sé, e il rumore dei passi del guardiano che si dileguano.

Davanti a lui l'oscurità ribolle, è viva; o meglio, qualcosa vive al suo interno: non è solo. Hans Christian ha sentito parlare di che cosa fanno i detenuti. Di nuovo affiora il ricordo dell'opificio, gli operai che lo avevano assalito e gli avevano calato i calzoni. Uno era un tizio grande e grosso, con un paio di baffi rossicci sporchi che sembravano mettere in risalto il labbro superiore, spaccato da una coltellata durante una rissa e rimarginato male. Di solito l'uomo era un cretino gentile, che non cercava mai di umiliare nessuno. A quel punto, però, non era più riuscito a controllarsi. Hans Christian ricorda la sua lingua eccitata che spuntava da sotto il labbro rovinato come una creatura che prende aria troppo di rado, mentre l'uomo tirava e spingeva a tutta possa con una mano sotto il grembiule e con l'altra stringeva il fondoschiena di Hans Christian. A quel ricordo gli viene il voltastomaco.

Picchia contro la porta. «Non sono stato io» grida. Al guardiano, a Cosmus, a se stesso. «Non sono stato io. Non posso essere stato io».

Dapprima c'è silenzio, poi gli rispondono decine di voci. Voci delle altre celle, che lo fanno diventare piccolo piccolo, sentire sempre più solo, via via che altre si uniscono al coro.

«Non sono stato io».

«Non sono stato io. Non l'ho toccata, è stato lo spettro a prenderla, non io».

«Non sono stato nemmeno io».

«Nemmeno io. Nemmeno io».

## 8.

Rinchiuso. Con uomini che gli vogliono male. Sente qualcuno che russa e sbruffa nell'angolo, intravede degli arti nudi e una mano impiastrata di sudiciume. Così proprio non va. Deve uscire. Se solo potesse parlare con qualcuno in grado di capirlo. Se solo potesse mandare un messaggio a Collin. Una volta condannato, nessuno potrà più aiutarlo.

Hans Christian si avvicina a passi cauti alla finestra, posta molto in alto, e spinge gli scuri facendoli sbattere contro l'esterno del muro con un cigolio di cardini. La luce si riversa all'interno tra le sbarre massicce. Vede i mattoni che sporgono come tanti libri in uno scaffale. Una profonda cunetta attraversa la cella da un capo all'altro, per poi sparire sotto la porta. Al suo interno scorre della robaccia di un colore strano, Hans Christian non vuole sapere cos'è. Adesso riesce a vederlo, l'uomo per terra. Si raggomitola in un mucchio di paglia sporca, la maglia tutta strappata rivela muscoli e tendini.

«Sta' attento» gli dice l'uomo indicando la luce, quasi fosse contagiosa.

Hans Christian si gira di scatto dall'altra parte; non stuzzicare il can che dorme, questo lo sanno tutti.

L'aria dell'esterno – un cavallo ha pisciato per strada – è più gradita di quella che appesta la cella. Hans Christian deve mandare qualcuno a chiamare aiuto.

«Ehi, monello!» grida a un ragazzino che passa. Ma quello, spaventato dal suono proveniente dalla prigione sotterranea, si allontana di corsa. Tutti girano al largo dalle finestre. Lo ha fatto anche Hans Christian. Ha guardato con disprezzo misto ad attrazione le sbarre scure del palazzo di Giustizia e i volti distrutti all'interno. Adesso è uno di quei volti.

Alle sue spalle qualcuno cantilena, un suono che Hans Christian conosce dalla chiesa di San Pietro di Roma, un mormorio di voci gementi, che non provengono da un punto preciso, i muri che ansimano.

«...urina del re...»

L'urina del re? Chi parla di queste cose? È quasi una blasfemia. Hans Christian si scosta dalla finestra e raggiunge la porta a sbarre per ascoltare le parole che provengono dalla cella accanto. Ode la voce del vicino, profonda, vinta. «Ahimè, dell'urina del re fedele servente».

*Dell'urina del re fedele servente?*

Hans Christian scuote il capo e torna alla finestra: la gente impazzisce lì dentro, deve uscire. Al più presto.

Guarda fuori tra le sbarre, la piazza. In lontananza vede due o tre bancarelle, dove un contadino vende polli senza testa e grugni di maiale freschi. Un gruppo di donne passeggia all'altezza della fontana.

«Mi scusino, stimate signorine» chiama due donnone che passano di lì.

La voce di Hans Christian s'incrina nel tentativo di sembrare cortese, e quelle affrettano il passo. Un carro pieno di pentole e padelle attraversa con gran fracasso la piazza. Una domestica con la spesa in una cesta supera la finestra di corsa, lanciando un'occhiata furtiva.

«All'inizio lo facevo anch'io» dice l'uomo alle spalle di Hans Christian. «Me ne stavo in piedi a guardare fuori dalla finestra e gridavo alla gente. Ma un bel giorno ti passa la voglia. Non hai più voglia di sprecare energie per guardare la vita di fuori e gridare aiuto e inveire contro tutto quanto».

«Da quanto tempo si trova qui?» domanda Hans Christian.

«L'ultima volta che mi ha fatto visita, mia moglie mi ha detto che ero qui da quattro settimane. Lei è la quinta persona con cui divido la cella. Ora aspetto di essere trasferito ai Ceppi».

«Ai Ceppi?» prorompe spaventato Hans Christian. «Che cosa ha fatto mai per finire in quel carcere?»

«Ho solo detto ad alta voce quello che tutti pensano».

Hans Christian non vuole approfondire, sicuramente si tratta di qualcosa di oscuro, e non vuole che l'uomo dica qualche nefandezza. Che dia la stura alle sue fantasie libidinose. Pensieri di donne e uomini ammassati, corpi che si voltolano gli uni tra gli altri, peni e seni e ginocchia e natiche stretti in un groviglio come anguille fangose in una vasca.

«Io l'ho detto, sa. E lo ripeto volentieri. Che il re è un idiota. Non vuole concedere il diritto di voto a mio figlio perché sono un contadino, però non ci pensa due volte a mandarlo in guerra. È il dispotismo dell'idiota. In quanto contadini, siamo noi che saziamo il re e tutti quegli infoiati dei principi, siamo noi che paghiamo perché Ciccio Frits possa scorrazzare per la città con il cazzo in avanti».

Hans Christian si volta dall'altra parte, non è questo il modo di parlare, neanche se è la verità. Tutti hanno sentito le storie sul principe festaiolo, da qualcuno detto principe Frits; corre voce che gli piaccia bere col popolino, a patto che sia il popolino a pagare e a mettergli a disposizione le sue figliole. Hans Christian lancia un'altra occhiata furtiva al magro contadino sboccato. Per un istante lo invidia. Quelle poche parole hanno suscitato più scalpore delle migliaia che Hans Christian ha scritto e pronunciato. In compenso il contadino ha pagato un prezzo alto. Ed è diretto ai Ceppi, la peggior prigione di tutta la città.

«No» mormora Hans Christian tra sé. Scuote il capo: così proprio non va, non può rimanere lì, deve mettersi in contatto con Collin. Forse uno dei guardiani può portargli un messaggio, probabilmente anche a loro fa comodo uno scellino in più. «Guardia!» grida. «Vuole guadagnare un tallero? Conosco persone importanti».

«Anch'io conosco persone importanti» grida un detenuto. «E cavalli importanti. E uccelli».

Risuonano altre risate e altre grida. Quaggiù si viene messi alla berlina, e basta. È più umiliante del pavimento sudicio e del fetore e delle mani dure dei guardiani. Lo fanno sentire ancora più solo.

Quando finalmente le risate si affievoliscono, ode di nuovo la cantilena della cella vicina.

*Ahimè, dell'urina del re fedele servente*
*Per un misfatto altrui al patibolo andrò innocente.*

«Che succede? Chi è che parla in rima?» domanda Hans Christian.

«È un pazzo che si ripete come un carillon» risponde il contadino. «È qui da un paio di giorni e aspetta soltanto di essere condotto al patibolo».

Il patibolo. Quella parola gli fa venire le vertigini. Il patibolo è il posto sull'isola dell'Uomo Morto dove si giustiziano i criminali. Di solito i peggiori. Ripensa alla volta in cui ha assistito a un'esecuzione. Tre giovani, due ragazzi e una fanciulla incantevole, erano stati decapitati una mattina presto. Uno aveva gridato addio, mentre la ragazza aveva cantato con una voce bellissima, tanto che la canzone era continuata anche dopo che le era stata mozzata la testa.

«Che cosa ha fatto?»

«Ha aggredito una delle guardie del re davanti al castello. Quell'uomo è chiaramente pazzo. Nessuno sa che cosa gli può saltare in mente».

Cala il silenzio. Hans Christian tende l'orecchio per sentire la voce. Che quasi canta le sue filastrocche.

*Una donzella nella botte, un'altra in mezzo all'onde,*
*Eh, nel dettaglio il diavolo si nasconde.*

«L'onde... e il diavolo si nasconde, niente male» dice Hans Christian tra sé con una punta d'invidia. Dio lo sta dileggiando: ovunque vada ci sono talenti migliori di lui, perfino qui.

Il vecchio si solleva, puntellandosi sui gomiti. «Il pazzo faceva il bottinaio notturno: svuotava i pitali della città ed evidentemente ne beveva anche il contenuto».

Hans Christian ha visto quegli uomini, in città li ha visti chiunque sia rimasto alzato fino a tardi. I bottinai sono come i pipistrelli. Vengono fuori solo quando tutti gli altri dormono. Svuotano le latrine e i cessi e portano i liquami all'isola dell'Uomo Morto. Molti sostengono che la maggior parte dei bottinai non sappia né scrivere né parlare né pensare: probabilmente solo i matti privi di facoltà mentali sono in grado di fare quel genere di lavoro. Eppure, quel pazzo sembra più bravo a poetare di tanti autori.

Hans Christian torna alla finestra. Vede un bambino che attraversa la piazza di corsa.

«Ciao, garzone di calzolaio, dove te ne vai?» gli grida.

Il ragazzino per poco non cade, quando cerca con lo sguardo la provenienza della voce.

«Sì, dico a te. Vieni qui, garzone di calzolaio».

«Non sono mica un maschio, sono una femmina» ribatte la ragazzina, avvicinandosi. Non porta i capelli alla maniera delle bambine, ma corti e coperti da un berretto, in modo da sembrare un apprendista. Avrà sui dieci anni e ha già un bel viso. In spalla ha una piccola sacca.

«Vuoi guadagnare un tallero?»

«Che cosa devo fare?»

«Una commissione per me».

«Devo andare a casa. E poi ho promesso alla mamma di non parlare con gli estranei. Soprattutto con i detenuti».

«Fammi questo favore, corri in via Larga e cerca il signor Edvard Collin. Non il padre, Jonas, ma Edvard» le spiega Hans Christian.

Edvard non sa che Hans Christian è finito in guardina, e forse lo aiuterà, se viene a sapere del duro trattamento che ha subito. Collin padre è meno affidabile.

«E poi che cosa dovrei fare?» domanda la ragazzina.

«Portagli i miei saluti, di Hans Christian Andersen, e informalo che ho bisogno di lui, subito».

La ragazzina tace, limitandosi a guardarlo. Lo valuta. Hans Christian sa che spesso i bambini lo trovano strano, spaventoso. Spera che la pessima illuminazione gli sia d'aiuto.

La ragazzina tende la mano. «Pagamento anticipato?»

Lui fruga nella tasca in cerca del borsellino, facendo tintinnare le manette, e trova un pesante tallero.

«Ehi» dice. «Come faccio a essere sicuro che fai come ti ho detto e non sparisci con i miei soldi senza andare a chiamare il mio amico?»

«Te lo prometto» risponde la ragazzina.

«Dammi uno zoccolo, così sarò sicuro che rispetterai l'accordo».

«Se devo arrivare fino all'altro capo di piazza Nuova del re ho bisogno di tutt'e due gli zoccoli».

«Togliti anche l'altro e corri scalza» dice Hans Christian. «Resta comunque un buon affare per un tallero».

La ragazzina si toglie lo zoccolo sinistro e glielo porge con il braccio teso, mentre con l'altra mano aspetta che le consegni la moneta. Hans Christian riesce a mala pena ad afferrare lo zoccolo prima di cedere l'ultima moneta che gli resta.

«Sbrigati» dice, mentre la ragazzina indugia, guardando entusiasta il tallero. «Sei la mia unica speranza. Edvard Collin. Il figlio, ricordatelo, non il padre. Via Larga».

«Sì, sì» risponde lei e poi scappa via, prima tutta storta con uno zoccolo solo, poi se lo toglie e continua la corsa scalza, oltre contadini che vendono cavoli, cavalli e carrozze, cunette puzzolenti, cittadini con cappotto e cappello, e tutto quanto inizi per "c" qui nella capitale. Non deve pensare a queste cose adesso. Allitterazioni e parole. Si infilano nei suoi pensieri come vipere.

Hans Christian si lascia scivolare giù e si siede sul pavimento. Le manette gli stringono i polsi. Qualcosa sfreccia rasente il muro. E in lontananza il bottinaio continua a cantilenare le sue filastrocche a tempo con il tramonto sopra la città. Fra poco sarà notte.

Hans Christian si rende conto di essere solo da quando è

nato. Solo nei suoi pensieri. Solo nell'aula scolastica, quando il direttore Meisling lo derideva. Solo nella sua stanzetta con lo stridulo percorso del calamo sulla carta. Solo sulla diligenza, che avanzava a scossoni nel paesaggio prussiano ammantato dalla rugiada del mattino. Solo per le strade afose di Napoli. Solo, anche in presenza di tante persone. Eppure, non è mai stato tanto solo come ora che sente di essere in tutti quei posti simultaneamente. Nel passato, nel presente e nel futuro. Nella sua stanzetta, sul patibolo, nella cella. Se davvero è capace di trovarsi in posti diversi allo stesso tempo, come suo nonno, allora può essere stato lui a mutilare la bellissima Anna?

Chiude gli occhi. E quasi sente calare la mannaia del boia.

# 9.

Madam Krieger scruta il pigro traffico della mattina, uomini che smontano da cavallo e si dirigono verso l'Accademia di Chirurgia. È la terza volta che mette piede in quel posto. E lo detesta. Non perché non le piaccia assistere alle lezioni del professore, bensì perché l'accesso è riservato agli uomini. Per poter entrare è costretta a indossare la divisa. Pantaloni e camicia e giubba. Ha un paio di baffi posticci, ciocche dei suoi capelli incollate sotto il naso con la cera.

Davanti all'edificio sputa. Solo per sembrare più simile agli altri.

È giunto il momento. Deve entrare da una porticina e superare uno dei membri dell'accademia. È un orribile barbiere con le orecchie coperte dai capelli come un nobile prussiano. Nella mano stringe una lista di nomi e spunta quello di ogni persona che entra. Oggi deve andare meglio dell'altra volta. Madam Krieger non deve commettere altri errori. Pensa ancora all'inconveniente del foulard.

«Nome?» domanda il barbiere sbarrandole il passo.

Madam Krieger leva lo sguardo. «Krieger» risponde, sbirciando dentro la sala e dissimulando il nervosismo.

«Lei è già stato qui» dice il barbiere. «Come mai si interessa di chirurgia?»

«Sono un ufficiale di marina» risponde. «Sa, in mare dobbiamo cavarcela da soli. Fratture e arti strappati. Ho navigato con il principe Federico».

Pronuncia l'ultima frase perché fa colpo. E perché nessuno mentirebbe su un fatto simile.

«Con il principe Frits, ho capito» dice il barbiere, indugiando con lo sguardo su di lei, sui suoi baffi sottili.

Poi sposta il peso del corpo sull'altra gamba e la fa passare.

Lei trattiene il respiro fino a quando non lo ha superato ed è entrata nella sala, che è già piuttosto gremita. Si siede nell'ultima fila. In quelle davanti ci sono medici navigati con la fronte solcata di rughe e gli occhiali sulla punta del naso, e giovani studenti di medicina che vogliono dare un'occhiata a come vanno le cose nel mondo reale. Gira voce che oggi il professore supererà se stesso.

Lei guarda la pedana posta giù in fondo, al centro. Il tavolo è sgombro e coperto da un telo bianco che sembra una tovaglia o un lenzuolo. Cala il silenzio. E in quello stesso istante appare lui, un maestro nel suo campo. Giacca nera, camicia bianca.

«Quattro ore» il medico alza quattro dita. «Quattro ore hanno cambiato il nostro mondo. Quattro ore hanno cambiato il mestiere dei medici e dei chirurghi. La battaglia di Copenaghen del 2 aprile 1801 non segnò soltanto l'inizio della fine della Danimarca come regno, divenne anche l'inizio di un nuovo modo di guerreggiare. L'unica cosa buona che emerse dalle duemila vittime delle bombe di lord Nelson fu l'esperienza che acquisimmo sull'intima natura della chirurgia. In quelle ore, durante e dopo la battaglia, da giovane medico appresi di più sulle ferite, sulle lesioni e sulle capacità del corpo umano, di quanto avessi imparato come chirurgo di compagnia e, in seguito, all'Accademia ufficiali. Sono Benyamin Horowitz, medico e professore di anatomia e chirurgia, e quest'oggi lor signori potranno vedere che non solo siamo in grado di salvare vite, ma anche di migliorare la vita grazie alla scienza».

Un sussulto scuote il pubblico.

In quel preciso momento un assistente entra con una cassa avvolta in un telo nero. La sistema sul tavolo ed esce. Horowitz avvita un piccolo monocolo a una lente dei suoi occhiali.

Madam Krieger si sporge in avanti sulla panca. Non vuole perdersi nemmeno un particolare.

«Oggi vedrete come amputerò un piede al mio paziente, per poi riattaccarglielo. Sì, sì, lo so» aggiunge. «Fa impressione, ma rimarrete ancora più impressionati quando, fra poche settimane, anzi, forse già la prossima, avrete modo di constatare che il metodo funziona. Che il paziente si riprenderà. Completamente».

Il medico si avvicina alla cassa sul tavolo. «Ma prima di paventare che chieda a qualcuno di lor signori di offrirsi volontario, voglio presentarvi il paziente di oggi».

Toglie il telo dalla cassa, rivelando un piccolo gatto nero in una gabbia. Sembra stanco e pacifico, incapace di capire che presto sarà fatto oggetto di una lezione fondamentale di chirurgia. Dalle file si levano risate di sollievo.

Il medico tira fuori il gatto dalla gabbia e lo carezza, mentre l'animale si struscia sul suo braccio.

L'assistente spinge uno strano apparecchio dentro la sala. Sembra uno strumento musicale: un disco rotondo munito di cinghie, fili e viti. Con gesti rapidi il medico infila le zampe del gatto nelle cinghie, solo l'ultima gli crea problemi. Il gatto soffia disperato. Forse perfino una creatura senz'anima è in grado di presentire la propria fine. Madam Krieger lo percepisce dal suo sguardo. La rabbia perché il padrone ha approfittato del suo amore. Già, l'amore è pericoloso, lei sa tutto in proposito. Il gatto cerca di liberarsi, ora lo tengono immobilizzato all'apparecchio in tre, ma i suoi contorcimenti e le furiose scudisciate della coda hanno come unico effetto quello di infiammare il pubblico, che si agita sui sedili. Un uomo si precipita fuori, evidentemente indisposto, mentre tutti gli altri gli ridono e gridano dietro. Madam Krieger non sa che cosa provare. Anche le altre lezioni erano state entusiasmanti; nell'ultima un uomo era stato ustionato sul petto.

Il medico tira fuori un grosso bisturi dalla sua piccola borsa e si rimbocca le maniche.

«Finora abbiamo preso in esame la normale cicatrizzazione delle ferite. Più difficile e più istruttivo è il trattamento dell'avulsione. Ossia, l'asportazione di una o più parti dal corpo».

Non finisce la frase e nessuno fa in tempo a rendersi conto della situazione che il medico affonda il bisturi nella zampa del gatto.

Prima l'animale si tende quasi in trance, poi emette uno strillo come un neonato al quale abbiano rovesciato addosso dell'acqua bollente. La bestiola azzanna l'aria, mentre la zampa, ormai priva del piede, è scossa da fremiti violenti e la coda descrive cerchi battendo contro il tavolo e la giacca del medico. Un fiotto di sangue schizza dal moncone.

«Nonostante tutta la confusione, la cosa pericolosa non è l'asportazione in sé, bensì l'emorragia» spiega il medico, legando una cordicella intorno alla zampa del gatto. Al che gli spruzzi pulsanti della ferita cessano. L'uomo prende il piede reciso, si avvicina al pubblico e lo fa girare fra gli spettatori seduti in prima fila. «Sull'uomo, ma anche su creature primitive, qualsiasi parte anatomica può essere riapplicata con un intervento. A patto che, e sottolineo a patto che, la parte asportata venga riattaccata al corpo del paziente il prima possibile, in assenza di emorragie gravi».

Gli strilli del gatto hanno ceduto a un lamento, ormai l'animale si è afflosciato sull'apparecchio. Nessuno parla. Almeno, non a voce alta. Ma l'aria è fitta di mormorii, e da qualche parte qualcuno respira forte e si sventola con un foglio di carta. Uno degli studenti fissa Madam Krieger. L'ha smascherata? Ha capito che non è la persona per cui si fa passare? Per fortuna lo sguardo inquisitivo del giovane viene interrotto dal chirurgo, che recupera il piede appena arriva all'ultimo spettatore della fila. «Ho una notizia per voi. L'ultima novità proveniente dalla facoltà di medicina di Padova». Il professore raggiunge il tavolo e prende ago e filo. Introduce il filo nel piede. «Si è scoperto che il dolore è la reazione del corpo al calo della temperatura del sangue.

Per questo bisogna chiudere l'apertura alla svelta e risolutamente, per evitare che il sangue si raffreddi».

Madam Krieger trattiene il respiro.

Il medico si china sul gatto e con punti veloci riattacca il piede. Di nuovo il giovane la guarda. Questa volta le sorride. Con disprezzo? O affabilità?

Ogni volta che l'ago gli viene conficcato nel pelo, il gatto strilla, ogni strillo più disperato di quello di prima. «Non lasciatevi distrarre dal disagio del paziente, suturate con decisione, unendo le due ferite in una sola, e la temperatura si manterrà intorno ai cento gradi Fahrenheit, e questo vale tanto per gli uomini quanto per gli animali».

I presenti si agitano nervosi sulle panche dure; molti sono evidentemente turbati dalle sofferenze della bestiola.

«Ecco fatto» annuncia il professore, scostandosi. Si lava le mani in un catino e si tira giù le maniche. Intanto l'assistente slaccia le cinghie. Madam Krieger si aspetta, quasi spera, di vedere il gatto schizzare su dalla morsa, invece scivola semplicemente dall'apparecchio sul tavolo gemendo senza sosta e cercando di mordere la sutura insanguinata.

«La prossima volta vedremo l'animale di nuovo in forma, che si muove con disinvoltura sulle zampe, e vi spiegherò come regolare la temperatura se il paziente ha la febbre o delira».

Bam, bam, bam. Due o tre eruditi seduti in prima fila battono una mano sul tavolo in segno di plauso alla lezione del luminare. I colpi aumentano, e ben presto tutta la sala trema e rimbomba. Anche Madam Krieger batte, nonostante mal sopporti tutto quel frastuono.

È entusiasta, felice di ciò che ha appena visto. Del miracolo a cui ha assistito. È convinta di essere stata testimone di una conquista scientifica che serba possibilità inimmaginabili.

Con una giravolta il medico raggiunge la porta e sparisce.

Lentamente, troppo lentamente, il pubblico lo segue.

Madam Krieger sente il sudore stillare dalle ascelle. Tiene la testa bassa e facendosi largo a gomitate lascia la sala, attraversa l'atrio ed esce in strada. Aspetta qualche minuto, poi vede il medico sbucare dall'uscita est dell'accademia. L'uomo rifiuta di salire su una vettura di piazza, si infila le galosce e attraversa la strada.

Madam Krieger lo segue oltre i ruderi della vecchia chiesa. Un soldato la saluta. Aveva quasi dimenticato che indossa l'uniforme da ufficiale. La cera sotto il naso si è seccata e fra poco i baffi si staccheranno.

Deve fermarlo adesso. La sua testa trabocca di domande, di gratitudine, addirittura di elogi per il genio. Vuole parlargli della mela sul biancospino.

L'uomo attraversa la strada nel punto in cui un gruppo di conciatori è seduto a fumare la pipa sul bordo di una vasca di risciacquo. Si voltano a guardare il professore. Uno gli sputa dietro, mentre un altro con un colpo di tosse grida: «Sporco ebreo».

Il medico affretta il passo. Per l'età che ha cammina a una velocità sorprendente. Sono quasi arrivati alle viuzze e Madam Krieger teme che sparisca di colpo in un portone o dentro una casa.

«Signor professore» lo chiama. «Signor professore».

Dapprima lui non la sente, poi si guarda alle spalle. Ansioso.

«Perché mi segue, giovanotto?» domanda.

«Ho una domanda delicata da porle, professor Horowitz».

«Ha assistito alla mia lezione?» Il medico si ferma, come se non ce la facesse a rifiutarsi. «Non può farmela la prossima volta?»

Madam Krieger si guarda intorno. Si trovano sulla piazza nelle vicinanze della sinagoga. Non c'è nessuno nei paraggi che potrebbe sentirla. Un po' più in là un vetraio su una scala a pioli sta sostituendo una finestra rotta. È giunto il momento di ricordarsi il discorso che si è preparata.

«Non lo chiedo solo per interesse professionale, scientifico, lo chiedo perché è in gioco la vita e la felicità di un essere umano, la possibilità di ridare un senso alla vita di una poveretta che soffre. Lo chiedo perché lei mi ha già insegnato tanto sull'argomento, ma ho bisogno ancora di aiuto».

«Dica pure, dica pure, però ho un appuntamento». Il chirurgo è più impaziente e meno caritatevole di quanto immaginasse.

Madam Krieger continua. «La mia adorata sorella è stata rovinata dalla violenza di un uomo. Ha bisogno di ridiventare la donna che era, per poter conquistare il favore dell'uomo giusto e mettere su famiglia».

«E che cosa vuole da me? Me lo dica, così saprò risponderle».

«Come si può, come posso, con i suoi metodi, eseguire un intervento che dia a mia sorella un seno e un ventre nuovi?»

Il medico fissa a lungo madam Krieger, che si sente in dovere di restituirgli lo sguardo penetrante, per fargli capire chi è, e di che cosa è capace. Infine il medico distoglie il proprio.

«Lasci che le dia un grande aiuto iniziale, caro giovanotto» risponde. «La ammiro per l'amore che nutre per sua sorella e per la sua inventiva. Probabilmente un'operazione del genere sarebbe possibile con una prestazione chirurgica straordinaria. Ma la devo avvisare. Con estrema serietà. È un'idea immorale. Sua sorella diventerà una mostruosità, non agli occhi dell'uomo, ma a quelli di Dio» aggiunge Horowitz e si riavvia.

«Ma lei è un uomo di scienza» ribatte madam Krieger, seguendolo. «E Dio ha creato la scienza. E immagino che Dio voglia che perseguiamo la scienza fin dove è possibile».

«È un'empietà» sentenzia Horowitz. «In quanto uomini, possiamo soltanto unire ciò che la natura o una disgrazia ha separato. Come il mio esempio del gatto nella lezione di oggi. Gli ho restituito il suo piede, non quello di un altro gatto o di un cane».

«Mia sorella aveva un seno bellissimo; ora è distrutto, e solo un seno nuovo la renderebbe felice».

Horowitz si ferma davanti ai gradini d'accesso di una villa e ne sale un paio. «Non mi fraintenda. Approvo il suo desiderio di aiutare. Ma le conviene consolare sua sorella anziché proporle un seno nuovo. Dimentichi quest'idea empia prima di perdere il senno». Il medico si dirige verso il portoncino, che viene aperto da una domestica. «Inoltre» aggiunge, «lei non sarebbe in grado di eseguire un'operazione simile. Richiede l'esperienza e la perizia che solo una persona di questa città possiede, e quella persona, con tutta probabilità, sono io. E ovviamente io sto dalla parte di Dio. Buongiorno. E porga a sua sorella i miei più compassionevoli saluti».

La porta si chiude di schianto alle sue spalle.

Compassione. Madam Krieger non sa che farsene della sua compassione. La compassione è il veleno che impedisce all'essere umano di diventare libero. Possibile che quello stupido di un medico non capisca che la sua non è una contrattazione, ma un'esigenza? In quel momento pensa che sarebbe capace di sfondare la porta e di strappare l'anima del medico dal suo corpo.

«Isak, Isak». Ode la voce della domestica dentro la casa.

Madam Krieger guarda la villa. È slanciata, imbiancata di fresco e ha le travi incatramate. Sulla sinistra si apre uno stretto passaggio tra gli edifici. Riuscirebbe a sgusciare nel cortile sul retro senza essere vista? Alcuni ragazzi vanno e vengono, portando generi alimentari, verdure fresche e bottiglie di vino per la casa del ricco ebreo. Madam Krieger pensa all'uniforme che indossa, e ricorda a se stessa che la gente ha rispetto per le divise. Supera furtiva i ragazzi, s'infila nell'androne e raggiunge il piccolo cortile sul retro. Una finestra è aperta, e sente più chiaramente la voce.

«Isak, devi andare giù nello studio da tuo padre».

Fra le tende madam Krieger intravede le spalle del professore e la sua giovane moglie. Ci sono almeno trent'anni di differenza. Madam Krieger si indigna. Una casa bella ed elegante. Perché la vita felice deve essere dispensata in maggior misura a chi ha già tutto?

«Isak. Vieni giù da tuo padre, subito!» riecheggia la voce in tutta la casa.

Se vuole vedere di più, deve correre il rischio e prendere la scala a pioli, che è appoggiata al muro della casa. Lesta sale il primo piolo, poi i successivi, e intanto nella sua mente comincia già a prendere forma un piano. Se il medico non vuole aiutarla di sua spontanea volontà, dovrà convincerlo.

Ecco, ora lo vede, è seduto a una grande scrivania. Il figlio apre la porta con cautela. È grassottello e ha le orecchie tonde. Il medico si informa sulla sua lettura dei testi sacri ebraici. «Bisogna conoscere il Tanàkh, Isak mio» ripete più volte, mentre prende appunti su un foglio. Il bambino, che non avrà più di cinque o sei anni, dà l'impressione di non averne nessuna voglia.

«Altrimenti dovremo annullare la gita» lo minaccia il padre. «Non si può andare al parco dei divertimenti se non si studia, se non ci si esercita nella lettura».

Il bambino è contrariato, di colpo assume un'espressione disperata. «Prometto che leggerò. Lo prometto».

«Bene, bene, caro Isak» dice il professore e gli sfiora frettolosamente i capelli.

Il bambino fa per salirgli in braccio, ma il padre lo blocca. «E adesso, va'» dice, spingendolo verso la porta.

Il piccolo emette un paio di gemiti e allora il professore alza un dito. Evidentemente il figlio sa che cosa significa. Abbassa lo sguardo e si arrende.

Madam Krieger si ritrae. Si appoggia contro il muro all'ombra e vede Isak correre fuori dalla stanza. Non ha dubbi, il medico adora il figlio. Farebbe qualunque cosa per lui. Perfino calarsi nel ruolo del padre severo perché il bambino vada bene a scuola.

E per salvare il suo Isak, sicuramente sarà anche disposto a effettuare un intervento chirurgico, empio o non empio che sia.

## 10.

È stato contagiato? Contagiato dal mal di narrare, un impulso esagerato a inventare storie? È stato così impaziente di sedurre tutti con i suoi testi da due soldi che alla fine ha perduto la capacità di distinguere tra realtà e fantasia, come il nonno?

«No» bisbiglia Hans Christian, emergendo dalla ragnatela del sonno inquieto.

Deve riflettere. Ricordare. Rievocare quella notte.

Ricorda l'ebbrezza, l'ebbrezza di quando aveva finito il ritaglio della prostituta, emulato i suoi movimenti nella carta. Ricorda di aver percorso incespicando la strada immonda e attraversato piazza Nuova del re, ricorda perfino di aver tenuto lo sguardo basso sul selciato mentre passava davanti al Teatro Regio, che aveva rifiutato i suoi drammi. Ricorda di aver salito le scale piegato su se stesso, di essere entrato nella stanza e di aver mangiato, disteso al buio, una fetta di pane che aveva messo da parte dalla cena della sua padrona di casa un paio di giorni prima. Ricorda le briciole, che aveva cercato di convincere a restare nel pane invece di prudere nel letto. Si era divertito. Aveva alzato il ritaglio verso la luce del lampione: Anna si era messa a ballare, si era mossa, e lui aveva sentito qualcosa formicolare dentro di sé, qualcosa di inconcepibile.

Ma non aveva fatto del male a nessuno.

Hans Christian si alza in piedi.

Anche il sole si è levato.

Guarda fuori tra le sbarre. Tutto lascia pensare che sarà una giornata tiepida di inizio autunno. Un garzone sveglio tira la carretta attraverso la piazza, mentre richiama l'attenzione sulla sua mercanzia: pancetta affumicata avvolta in foglie di cavolo cotte al vapore. Hans Christian è tentato di chiamarlo. Un tocco di pancetta gli darebbe le forze per pensare con lucidità. Ma le sue tasche sono vuote, ha dato la sua ultima moneta alla ragazzina.

«Ha visto una ragazzina vispa con uno zoccolo solo?» grida al venditore di pancetta, ma quello sembra non udirlo.

Ha puntato tutti i suoi averi su una mocciosa sconosciuta. E ancora non ha ricevuto notizie.

«Lo avevo detto io» commenta il vecchio contadino dal pavimento.

È una di quelle frasi che tanta gente ama pensare o dire. Aver previsto il futuro, e preferibilmente il futuro sfortunato di qualcun altro, è la consolazione dell'uomo piccino.

Mosche entrano ed escono tra le sbarre ronzando.

Per qualche ora il bottinaio è rimasto silenzioso. Adesso ricomincia. Stessa filastrocca, daccapo, ripetuta all'infinito. Hans Christian riscontra una certa ispirazione in quelle parole, ma prova pena per i compagni di cella dell'uomo, che devono sentirsi sull'orlo della pazzia ogni volta che ripete la filastrocca.

*Una donzella nella botte, e un'altra in mezzo all'onde...*

*Il diavolo nel dettaglio si nasconde*, ormai Hans Christian la conosce a memoria.

«Hans Andersen» grida qualcuno. Una mano sullo spioncino, una chiave nella serratura. «Hans Andersen». La porta si apre e l'ausiliario fissa Hans Christian. «Tu. Vieni con me».

«Che cosa devo fare?» domanda lui spaventato. Hanno deciso di fargli un processo sommario?

Il guardiano non ha voglia di rispondergli e si limita ad aspettarlo fuori dalla porta con lo sfollagente in mano.

«Posso spiegare tutto. Perché ho fatto visita alla ragazza» dice Hans Christian con voce disperata, un flebile tremolio.

A quanto pare, neanche questo argomento interessa al

guardiano, che lo sospinge lungo il corridoio. Volti premuti contro le sbarre per vedere, braccia tese per toccare.

Dalla cella attigua alla sua risuona di nuovo la filastrocca. Hans Christian si ferma un momento e lancia un'occhiata all'interno. Una sagoma nuda siede contro il muro. I genitali e il viso sono impiastrati di sudiciume e di terra. Alle sue spalle sono scarabocchiate le parole della filastrocca: botte, piscio e dei soli con lunghe braccia ondulate, sei, come le stelle marine. Il bottinaio si precipita verso le sbarre, sporge un braccio, afferra la mano di Hans Christian.

«Quando nella galleria il bianco di rosso si sarà tinto...»

L'ausiliario interviene subito, un forte colpo sull'esile mano del bottinaio. Ma quello non demorde. «Quando nella galleria il bianco di rosso si sarà tinto...»

«Lascialo, pazzo che non sei altro» urla il guardiano assestandogli un altro colpo.

Il bottinaio molla la stretta e Hans Christian procede incespicando. Dietro di sé sente il bottinaio. «...Nell'eterno duello Schneider ci avrà vinto!»

«Forza, forza». Il guardiano, impaziente, spinge Hans Christian su per le scale, fino alla grande sala, dove tutto è uguale al giorno prima, anche i suoni. Lo stesso gran daffare, gli stessi lamenti rassegnati nell'aria. Manca solo Cosmus seduto nella poltrona come ieri. Tutto si ripete. Forse hanno altre prove. Altri testimoni che lo hanno visto nel vicolo buio dietro la palazzina delle prostitute, la sua lunga sagoma curva sopra la bellissima Anna, le forbici strette in una mano.

Quando Hans Christian fa per sedersi sulla panca dura, qualcuno glielo impedisce. Un paio di occhi familiari sotto sopracciglia irte: «Andersen?»

È Jonas Collin. Ha il colletto storto, come se si fosse appena alzato e diretto immediatamente al palazzo di Giustizia.

«Io...» Hans Christian non fa in tempo a dire altro che Collin alza una mano.

«Silenzio, ragazzo, basta così». Collin rivolge un cenno del capo al guardiano, che gli apre le manette. Poi afferra Hans Christian per il braccio e lo trascina fuori, giù per i gradini. L'elegante carrozza della famiglia Collin con le guarnizioni lucide aspetta in strada poco distante, quasi che il vecchio Collin si vergogni di essere venuto a recuperare il figlio di Odense al palazzo di Giustizia in simili circostanze.

La bambina degli zoccoli ha aspettato seduta su un gradino. Si alza e saltella verso Hans Christian. Alla luce del giorno sembra un po' più grande: «Ho fatto come mi hai detto, ho trovato il signor Collin» gli dice. «Non è colpa mia se il figlio non era in casa. Ho pensato che in cambio del tallero era meglio trovarti un Collin che nessun Collin».

Hans Christian lancia un'occhiata a Jonas, ma l'uomo sta montando in carrozza.

«Il mio zoccolo» dice la ragazzina.

Hans Christian lo ha dimenticato nella guardina. E lei è lì, su un piede solo.

«Mi dispiace» dice, guardandola a lungo, prima di salire nella carrozza. Che cosa ci può fare? Non tutto può avere un lieto fine.

Si abbandona sul sedile di fronte a Collin e solo a quel punto si accorge che a bordo c'è anche il questore, con le mani giunte su un bastone da passeggio che tiene tra le gambe. La carrozza svolta a scossoni l'angolo e prosegue sul selciato.

«Mi stia bene a sentire, Andersen» dice Collin. «Ho parlato con il signor Bræstrup...»

Gli occhi di Hans Christian cercano il questore, il quale gli restituisce lo sguardo aggiungendo una scrollata di capo.

«Sono innocente. Non ho fatto nulla a quella ragazza, deve credere alle mie parole...»

«Alle sue parole? No, non credo alle sue parole. Questa storia ha superato ogni limite» ribatte Collin. Ha gli occhi stanchi e arrossati. «Credevo che lei potesse diventare un essere umano, Andersen. Credevo che fosse solo questione di educazione, istruzione e buonsenso. Ma è come se tutte le ore passate dietro i banchi non abbiano sortito effetti, neanche le parole di Meisling hanno attecchito. Si direbbe che lei si rifiuti di imparare. Che ci disprezzi» continua Collin, abbassando lo sguardo. «Già, dopotutto forse la distanza è troppo grande».

La distanza. Hans Christian sa a che cosa allude. La distanza tra ciò che ha lasciato e ciò a cui aspira. Dal pantano di Odense alla bella vita della capitale. Fagiano arrosto e vino rosso in casa Collin. Il tè dolce nelle tazze eleganti dalla signora Rahbek. I bellissimi signori nei palchi del Teatro Regio.

Hans Christian si fa piccolo piccolo. Si sente umiliato. Si sente una scommessa persa. Collin ha fatto tanto per lui: lo ha mandato in collegio, ha pagato la retta, e lui ha buttato via tutto in tragedie scadenti e poesie insulse: «Signor Collin, emenderò, cerc...»

«No». Collin alza la mano. «Adesso lei non deve dire niente, deve ascoltare il signor Bræstrup».

Cosmus non parla subito, guarda fuori dai finestrini. Passano davanti a Marina Vecchia, dove è arrivata qualche pesciaiola e ha cominciato a vendere la mercanzia. Un soldato spinge un mendicante giù dal ponte. Il sole fa capolino sopra la chiesa di Nostra Signora. L'ordine delle cose.

Infine Cosmus apre la bocca: «Il signor Collin mi ha raccontato di lei e delle sue origini e della sua famiglia. Perciò non la biasimo, Andersen. Così come non si biasima un cane per i suoi denti aguzzi. Immagino sia nella sua indole ricordare male e mentire. E probabilmente è nella sua indole torturare gli innocenti».

Percorrono le viuzze. Stanno scaricando un carro pieno di pelli conciate, l'odore e il fumo del laboratorio di lavorazione del cuoio avvolgono tutta la zona. Su un basso filo da bucato sventolano vestiti e biancheria intima.

«Per sua fortuna» riprende Cosmus, «il signor Collin è

uno degli uomini di buon cuore della città, e insiste perché lasci il caso in sospeso per qualche giorno, per darle modo di riflettere a fondo. Personalmente non ho dubbi: lei è il responsabile di questo infelice decesso. E chiunque violi la legge deve essere punito con tutto il peso della giustizia. Mi farebbe piacere vederla al contempo decapitato e sulla ruota, se sarà condannato. Mi segue, signor Andersen?»

«Signor Bræstrup, io le prometto che...»

«Tre giorni, signor Andersen. Sono disposto a sospendere il mio sospetto per tre giorni. Su preghiera del signor Collin cercheremo altri colpevoli, se sarà possibile. Qualcuno che sia già un peso per la società. Non sono pochi quelli la cui assenza gioverebbe alla nostra città. Ma se non salterà fuori nessuno, e se le prove indicheranno ancora la sua colpevolezza, fra tre giorni sarà lei la persona che convocherò».

Cosmus infila una mano sotto la giacca e sventola dei fogli.

«Per questo ho sequestrato i suoi documenti e li terrò io finché il caso non sarà risolto. E lei non potrà lasciare la città».

Hans Christian lancia un'occhiata a Collin, il cui sguardo fissa delle macchie scure sul paltò del giovane, forse schizzi di una cunetta o sudiciume della guardina.

La portiera viene aperta. Hans Christian scende. Cerca di aggiustarsi il paltò.

È a Porto Nuovo, che pullula di vita. Uomini urlano, botti e casse vengono scaricate a terra, gabbiani volteggiano garrendo sopra un peschereccio ormeggiato. Hans Christian si volta e leva lo sguardo verso le finestre vuote del suo alloggio. Di colpo si sente sperduto. Come se fosse stato lontano centinaia di miglia.

Cosmus e Collin lo guardano dal buio della carrozza.

«Il questore le dà un'occasione» gli dice Collin. «Io le ordino di coglierla». Poi bisbiglia, per non farsi sentire da

Bræstrup all'interno della carrozza. «Dimostri la sua innocenza, ragazzo mio».

Cosmus bussa al soffitto e il cocchiere riparte. Ben presto la carrozza costeggia il porto e si immette nel traffico di piazza Nuova del re.

Hans Christian si avvia verso il portoncino e si fruga nelle tasche cercando le chiavi.

Un bambino è seduto nell'androne. È uno dei figli della vedova. Ha un'espressione assonnata, o forse un po' stupida: grandi occhi all'ingiù, come due virgole. Ha l'aria di voler chiedere qualcosa. Hans Christian si sbriga a trovare le chiavi.

«Sei tu che sei un mostro?» gli chiede il piccolo.

In un certo senso la sua domanda è più terrificante dell'accusa del questore. Tanto più perché il bambino non ha idea di che cosa gli abbia chiesto. Ignora la portata della cattiveria contenuta nella domanda che ha fatto.

«No» risponde Hans Christian, continuando a dargli le spalle. Non sopporta l'idea di doversi voltare e guardarlo negli occhi. «Tua madre non ti ha detto che cosa faccio? Scrivo drammi teatrali. Sono uno scrittore».

Il bambino tace.

Poi Hans Christian si volta per spiegarsi meglio. Sono uno scrittore famoso, come ha imparato a dire a Roma, quando si girava per i salotti presentandosi gli uni agli altri. *Sono un famoso scrittore danese*. Sono famoso. Ma il bambino non c'è più.

Hans Christian sale le scale di corsa, di colpo sono diventate tante, e si chiude a chiave nella sua stanza. Per un momento tende l'orecchio. Si sente tutto quello che succede nel palazzo. Quando la vedova ha gli incubi e sogna il marito. Quando il violinista del terzo piano piscia nel pitale la mattina. Quando i ratti fanno rumore nei muri imbottiti di paglia.

Sfinito, si siede sulla sua valigia. Forse dovrebbe rimettere mano al suo diario, come ha sempre fatto. Ma che cosa dovrebbe scrivere? Che morirà fra tre giorni? No, i fatti del giorno non si possono mettere nero su bianco, il diario dovrà attendere storie migliori.

Forse è la prospettiva di una condanna a morte a indurlo a guardarsi intorno con occhi nuovi. A guardare lo scrittoio, la sedia, il letto, la valigia su cui è seduto. Tutto ciò che possiede. Non si è mai deciso a farsi una casa vera. Qui non c'è porcellana fine, nessun quadro alle pareti, nessuna pendola a colonna che ticchetta nell'angolo come dai Collin. C'è solo qualche oggettino che ha raccolto dalla strada, dove era stato schiacciato contro il selciato o buttato in una cunetta. Una trottola, un soldatino di stagno, una penna bianca. Gli parlano. Gli oggetti.

È stato il padre a insegnargli la loro lingua. La sera, mentre riparava una scarpa, il padre ci parlava. «Ebbene, signorina scarpetta di seta» mormorava guardando Hans Christian da sopra la lente d'ingrandimento. Lui era a letto, accanto alla stufa a legna e seguiva attento. «Vediamo di rimetterti in forma, così potrai tornartene a casa di corsa dalla moglie del grossista».

Allora il padre aveva abbassato la voce e si era accertato che la madre fosse uscita in cortile ad attingere l'acqua, prima di continuare rispondendo nel ruolo dell'elegante scarpa di seta viola. «Ah, non pungermi, caro calzolaio, la moglie del grossista è un piè lesto stizzoso, punisce le domestiche, ogni santo giorno mi sbatte contro le grosse natiche di quelle poverette, tanto che si mettono a strillare implorando pietà».

A quelle parole Hans Christian aveva riso dalla sorpresa e dalla gioia. Fino a quando la madre era rientrata dalla porta.

L'indomani Hans Christian aveva guadagnato uno scellino per riconsegnare le scarpe alla moglie del grossista e intascare il compenso del padre. Aveva parlato in tono tranquillizzante alle scarpe di seta mentre attraversava la città con tutto comodo e aveva rivolto loro un sorriso di incoraggiamento quando una delle domestiche le aveva prese sull'uscio.

Così aveva imparato la lingua degli oggetti. Che gli oggetti parlano, se li si ascolta. Stupendo. Sa parlare con gli oggetti, ma a che cosa gli è servito? Eccolo là, seduto su una valigia con una condanna a morte sul capo. Senza nessuno che lo aiuti. L'unica persona che potrebbe fare qualcosa...

Si alza. «La sorella della morta» bisbiglia tra sé. Quella che gli ha sputato in faccia, quella che lo ha additato come l'assassino. Lei può aiutarlo. E solo lei.

## 11.

È lui, l'uomo dei ritagli di carta, non è possibile.

Molly è uscita per vendere i vestiti di Anna e ha appena imboccato vicolo Nero, dove tutto è in ombra. Si abita qui solo se si è poveri, ubriachi o si ha un aspetto repellente. Il vicolo è talmente stretto che allargando le braccia si arriva a toccare i muri di entrambi i lati. Bambini, vecchi decrepiti, gatti, cani e mucche sporgono curiosi il muso e altre parti del corpo dalle finestre, mentre il traffico nella stradina si blocca, si incolonna, supera con difficoltà un saltimbanco o un carretto di frutta con arance molli. Dappertutto si distilla acquavite, l'odore dolciastro di grano impregna la via. Molly ha tentato di vendere uno dei vestiti a una prostituta che conosce, una ragazza svedese famosa per i suoi riccioli biondi.

È passata davanti alla bettola affollata e ha percorso un tratto di vicolo Nero, quando lo vede. Alto e nero come un corvo su due zampe d'airone. Non può essere vero. È un assassino, un ritagliatore di carta malato, dovrebbe essere dietro le sbarre o senza la testa. La collera che ribolle dentro Molly da qualche giorno si mescola a un'altra emozione: paura, forse. È venuto per sottoporla allo stesso trattamento, per squartarla con le forbici come un'oca?

Ma l'uomo non l'ha vista. Avanza a passo lento per la stradina, alzando lo sguardo verso le finestre su cui siedono le prostitute.

Molly gli si avvicina. Com'è possibile? È evaso dalla prigione? Lo ha visto con i suoi occhi mentre lo portavano via, parecchi agenti sul carro, seguito dal questore a cavallo. Ha addirittura sentito il poliziotto anziano spiegare a una coppia che l'uomo sarebbe stato interrogato e messo in prigione, e sicuramente giustiziato entro la fine della settimana.

L'uomo avanza lungo vicolo Nero, sguscia oltre il venditore di sabbia.

Molly ha paura, ma non può fare a meno di seguirlo. Deve per forza vedere dove va, che cosa gli passa per la mente, non può lasciar andare l'assassino di Anna così. E se fosse alla ricerca di un'altra vittima? Lo segue a circa una decina di piedi di distanza, poi si nasconde dietro l'espositore con scope e pale del rivendugliolo. L'uomo si è fermato e adesso leva lo sguardo fin quasi al primo piano della palazzina dove abita, dove abitava Anna: quasi un'ammissione, un riconoscimento del suo delitto.

Molly si sente afferrare da una mano.

«Sei scellini». È un giovane sarto, che ha già esaminato il vestito, quello con la crinolina. È italiano, pallido e ha gli occhi infossati. L'ha seguita, e adesso prende il vestito come se l'affare fosse bell'e concluso.

«No» ribatte lei sottovoce, caparbia, perché prima ha rifiutato proprio i sei scellini. «Vale di più». In quello stesso istante l'uomo che la precede si volta. Solo a questo punto Molly ne è completamente sicura. È lui. Gli occhi azzurri, i baffi sottili che ora vanno di moda tra i giovanotti distinti. Le spalle esili nel paltò impolverato sembrano due rami dentro un sacco.

L'uomo la fissa negli occhi. Poi il suo sguardo cambia e pare riconoscerla. Scende le scale che stava salendo, fa dietrofront e si dirige verso di lei. Aspetta, sembra dire la sua mano alzata.

«No» gli risponde lei. «No, no».

Molly si ritrae adagio, cerca di nascondersi dietro un carretto con aringhe in botte e poi si mette a correre, scivolando su foglie di cavolo e mele marce, e per poco non travolge un uomo che porta un sacco sulle spalle. Si apre un varco e scavalca la cunetta con un salto, fa qualche passo oltre una bancarella dove una vecchina vende zucchero. «Attenzione,

attenzione» urla, agitando le braccia per dare modo a un paio di ragazzini di spostarsi.

Si guarda indietro e vede il ritagliatore camminare tra la folla, le sue gambe lunghe aumentano ancora di più il passo e per poco non va a sbattere contro una gabbia di galline che starnazzano a più non posso dietro le sbarre. L'ambulante gli grida addosso, spaventata dal bailamme: la città appare agitata e frenetica a chiunque arrivi dalla campagna per vendere la propria mercanzia.

Molly ha raggiunto la piazza, dove macellai e rivendugliolі hanno sistemato dei banchi, un paio di tende e dei carretti dove sono esposti lingue di vacca e interiora di pecora e i tagli più disparati di carne di maiale. Tutta la piazza sa di affumicato e di salato e di marcio e risuona del ronzio delle mosche. Molly si sente contorcere lo stomaco dalla fame. Si infila a gomitate tra gli ambulanti, le domestiche con le ceste piene e grasse signore con figlie e figli sotto vigilanza stretta. Costeggia i resti della chiesa, che è sempre stata un rudere da quando Molly abita in città. Anzi, da quando anni fa è stata rasa al suolo da un incendio.

Se solo riuscisse ad arrivare in fondo alla strada successiva e sbucare nella piazza grande. Là ci sono molte possibilità di dileguarsi. Purtroppo, il selciato è reso viscido dal grasso e dal sangue, e Molly scivola e cerca di sollevare il vestito per evitare che si rovini. Sbatte il ginocchio e il polso, ma si rialza subito e prosegue.

«Si fermi, mi aspetti». La voce è proprio dietro di lei.

Per tutta risposta Molly continua la sua corsa.

Ma la piazza è lontana e il suo ginocchio ammaccato scricchiola, le duole, e qualcosa la induce a infilarsi in un piccolo androne e a correre lungo un vicolo stretto tra un edificio nuovo e uno vecchio appoggiati l'uno all'altro.

Un cagnaccio nero e grigio con un occhio rosso, un bastardo macilento, fa un balzo in avanti e le addenta la manica, facendola cadere. L'animale sta per morderle il braccio, ma Molly fa in tempo a ritrarlo e la stoffa si strappa.

Si sforza di afferrare lo spillone, Anna le diceva sempre che avrebbe salvato delle vite, ma è proprio questo il momento?

«Via, via, via». Una voce maschile dietro di lei.

Il cane scappa di corsa, si busca un calcio nelle zampe posteriori e capitombola in mezzo alle foglie seghettate delle erbacce.

Molly leva lo sguardo. L'uomo che svetta sopra di lei le tende una mano. Non ha più l'espressione disperata e oppressa, bensì preoccupata, in un modo che lei non sa come giudicare. È tentata di sputargli addosso, di gridargli contro, di urlare forte, ma se lui avesse cattive intenzioni avrebbe potuto lasciare il lavoro sporco ai cani randagi. Però Molly non ha voglia di stringergli la mano, perciò si appoggia al palancato per tirarsi prima su in ginocchio, poi in piedi. Il vestito di Anna è tutto strappato. E il suo non è da meno. Brandelli, sangue e fango dappertutto. Le costerà caro. Troppo di quello che non ha: il tempo per lavar via sangue e sudiciume e i soldi per farli aggiustare. Forse addirittura un vestito nuovo. Sente rimontare la rabbia, ma soprattutto la stanchezza.

«Vattene, sparisci» gli dice, riuscendo finalmente ad afferrare lo spillone e a estrarlo dai capelli. «Se mi tocchi ti infilzo».

L'uomo indietreggia di un passo con aria spaventata.

Quella reazione la sorprende. «Dovresti essere in carcere, ti hanno arrestato».

«Non sono stato io, non potrei mai... Non l'ho toccata, è un...»

«Non sono stupida. Ti ho visto. Nel corridoio» mente lei per sembrare convincente.

«È vero. Le ho fatto visita. Ma non è nella mia natura. Deve credermi» dice l'uomo con voce sommessa e tremula.

«Non devo credere un bel niente. Tu hai ammazzato mia sorella» replica Molly; non ha nessuna voglia di abboccare a quell'elegante allocutivo *lei*. Le mondane danno del tu al mondo intero. «E adesso mi hai seguita. Per ammazzarmi.

Per prendermi a forbiciate» grida, sperando che le altre la sentano e vengano in suo soccorso.

L'uomo fa tanto d'occhi: «No, per l'amor di Dio. Io, io...»

Molly guarda il vestito per terra e perde la favella, perde la voglia di aggredire, di difendersi, di lottare contro tutto quanto. In meno di una settimana, da dura l'esistenza è diventata impossibile. Da quando è morta Anna, non ha i soldi per pagare la pigione né per sfamare se stessa e Piccola Marie. O per un vestito nuovo. Dalla scomparsa della sorella non ha avuto nemmeno un cliente.

«Ho bisogno di parlarle».

«Di parlarmi? Io con te non ci parlo. Non voglio neanche sentirti confessare i tuoi peccati o pregare per la tua vita».

Molly è arrabbiata. Arrabbiata con se stessa, arrabbiata con lui; vorrebbe sgridarlo, ma il suo aspetto la stupisce. È, sì, strano, ma sembra innocuo. Ha la camicia stropicciata, la cravatta sudicia, il paltò troppo grande. Come uno spaventapasseri. Anna diceva che è uno scrittore. Di quelli Molly non sa nulla. Per lei le parole sono come fiocchi di neve, belle e fredde, e spariscono prima che si faccia in tempo ad acchiapparle.

«Lei ha fatto credere alla polizia che sono io l'assassino».

«So quello che Anna mi ha raccontato di te. E quella sera ti ho visto».

«Le giuro, signorina. Dev'esserci una spiegazione diversa da quella che lei ha dato alla polizia. Se solo mi volesse aiutare...»

«Non ci sono altre spiegazioni. Non c'è nessuno che ti somigli più di te, né nei vestiti, né nei riccioli, né nel naso» ribatte lei.

«Magari ricorda qualche altro particolare che potrebbe condurre la polizia...»

«Se sei stato rilasciato significa che la polizia non mi dà retta, quella manica di stronzi. Perciò trova qualcun altro con cui fingerti innocente, io non ti credo» dice Molly, e lo supera mentre accarezza l'idea di conficcargli lo spillone nel petto, ma poi ci ripensa e se lo rinfila nei capelli.

Appena emergono dal vicolo, lui la rincorre con le falde del paltò che svolazzano.

«Ascolti, la polizia mi ha ritirato i documenti, e non posso lasciare la città. Sono sospettato, a meno che non trovino qualcun altro. Sono stato da sua sorella, questo è vero, ma non ho fatto nulla, e quando sono andato via era ancora viva».

Molly lo osserva mentre si dirigono verso piazza San Nicola. Qualcosa in lui dà un'impressione, se non di affidabilità, almeno di una certa tenerezza. Quasi di innocenza. Ma scaccia subito quel pensiero.

«Guardavo Anna, è vero. E ritagliavo la sua figura nella carta, anche questo è vero. E non è vietato. La pagavo. Mezzo tallero».

«Mi dici chi fa i ritagli di carta? È una cosa contro natura, da malati» ribatte lei.

L'uomo si ferma, per un momento Molly crede che stia per perdere i sensi, invece a fatica si mette in ginocchio. Giunge le mani. «Venga con me dal questore. La supplico. Gli dica che non sono stato io».

Molly si sente fremere di rabbia. Che cosa deve fare? Che cosa deve credere? Bisogna trovare e punire l'assassino di Anna. Se non è il ritagliatore di carta, deve essere qualcun altro. Forse potrà farlo cercare, pagare un guardiano notturno per investigare. «Cinquanta talleri» dice infine, incerta se l'uomo si possa permettere una simile somma. In un primo momento aveva creduto che fosse ricco, aveva sperato che lo fosse. Ora ne dubita. Ha i vestiti lisi e i modi grossolani. Ma la maniera in cui si muove e il suo linguaggio sono particolari. Come uno straniero che stia provando ogni cosa per la prima volta.

«Vuole essere pagata per dire la verità?» le domanda lui.

«Che male c'è? Come scrittore immagino che ti paghino per raccontare fandonie».

«Ma gli scrittori non guadagnano tanto» ribatte lui alzandosi a fatica. Dalla sua espressione Molly capisce che sta riflettendo. «Affare fatto. Cinquanta talleri. Per dire la verità».

«A pronta cassa» dice Molly tendendo la mano.

«Al momento non dispongo di una somma simile». Si spazza la polvere dal paltò. «Però sono un uomo di parola».

«Vuoi comprare a chiodo da una prostituta?» Molly scuote il capo.

Il ritagliatore di carta sospira. «Preferirei che si riferisse a se stessa con un'altra parola».

«Un'altra parola? Ma è quello che sono. Una prostituta».

«Non è solo questo. È la figlia di qualcuno, probabilmente l'amica di qualcuno, la fidanzata di qualcuno, la confidente di qualcuno. Le persone sono tante cose diverse. E poi, in questo momento, lei è la mia unica salvezza. La ringrazio. Ai miei occhi questo fatto la rende la persona più importante di tutta la città».

Molly non sa che cosa dire. Quell'uomo è davvero particolare, nessuno le ha mai parlato così. «Smettila con queste sciocchezze» brontola. «Cinquanta talleri da saldare al più presto. Chiuso l'argomento». Si incammina. Deve tornare a casa per vedere come sta Marie.

«Allora, andiamo subito dal questore» le grida dietro lui.

«Non ora, ritagliatore di carta. Ho da fare una cosa importante».

«La rimandi, non può aspettare?»

«No, non può. Ci vediamo fra due ore». Lo guarda.

Lui annuisce. «Va bene» dice, tendendole inaspettatamente la mano.

Non le capita di fare simili gesti dai tempi della confermazione nella chiesa della brughiera, tanti anni fa.

«E basta con questo ritagliatore di carta» continua lui. «Mi chiamo Hans Christian».

Molly gli stringe con delicatezza la mano, che è calda e morbida. Non indurita dai lavori di fatica come la maggior parte delle mani. Poi si libera dalla stretta e si mette a correre, attraversando a precipizio la piazza seguita dagli sguardi degli altri uomini.

«Signorina Molly, l'aspetto davanti al palazzo di Giustizia» grida lui. «Fra due ore».

L'aria nella strada è tiepida e il cielo cosparso di nuvole. Molly sente il vento trapassare la stoffa del vestito rovinato. Non sa che decisione prendere. Con i soldi potrà pagare la pigione e prendersi cura di Marie. Ma l'assassino di Anna? Se non è il ritagliatore di car... Se non è Hans Christian, allora chi è? Magari lui la può aiutare? A trovare l'assassino di Anna? In fondo, se non è lui, è il meno che possa fare.

## 12.

Un, due, un, due. Hans Christian sale e scende le scale del palazzo di Giustizia, su e giù, fino alle cinque e un quarto passate. Se lo sentiva, che Molly non sarebbe venuta.

Un'unica volta ha osato sbirciare giù nella cella dov'era rinchiuso anche lui quella stessa mattina, e ha visto l'altro uomo nello stesso punto in cui lo aveva lasciato. Ha sentito arrivare dal buio la poesia del bottinaio in un elegante schema ripetuto. *Una donzella nella botte, un'altra in mezzo all'onde. Eh, nel dettaglio il diavolo si nasconde*. Sente il morso dell'invidia, quella che i poeti provano per chiunque sia abile con le parole. Poi scruta di nuovo la piazza per vedere se la signorina è arrivata. Ma di lei neanche l'ombra.

Deve per forza entrare da solo. Ha passato il tempo a filosofeggiare sulla sua difesa e sulle parole da dire al questore. Ha perfino messo quasi tutto nero su bianco. Per poter rimarcare a dovere i particolari importanti, ad esempio il fatto che non avrebbe la forza di portare sulle spalle una donna, e un appunto riguardo l'ora. Si avvicina al bancone e cerca la sagoma di Cosmus Bræstrup, i suoi baffi imponenti.

«È venuto per confessare?» gli grida un po' troppo forte il guardiano tronfio non appena lo riconosce.

«Devo parlare con il questore».

«Riprovi domani».

«No, lei deve capire» attacca Hans Christian, ma si rende subito conto che l'ausiliario non capisce granché. Forse l'uomo è cresciuto in un paese dove il mulino a vento faceva tanto baccano che gli abitanti dovevano gridare, e il pozzo era così pieno di fango che bevevano birra da mane a sera, perfino la maestra, una signorina ammodo, e tutti i bambini e le oche davanti alla chiesa erano ubriachi.

«Il questore è andato a cena fuori, e per oggi non torna».

A cena? Sicuramente all'Anatra dorata, Hans Christian lo ha visto entrare e uscire dai locali eleganti insieme ad altre eminenze.

Lascia il palazzo di Giustizia e attraversa a passo svelto piazza Nuova in direzione dell'Anatra dorata. Un saltimbanco si esibisce insieme al suo assistente con palle infuocate e lecca le fiamme di bastoni ardenti.

«Hans Christian» chiama una voce alle sue spalle.

È Molly, con indosso un altro vestito, e si è anche tirata su i capelli rossi, mettendo in mostra il collo esile. «Sono venuta appena sono riuscita a liberarmi» gli dice. «Dovevo fare una cosa. Una cosa importante. Hai portato i soldi?»

Lui guarda la sua mano tesa. Che cosa può risponderle? In questo momento non può andare dal vecchio Collin a chiedere l'elemosina, né riuscirebbe a mettere insieme cinquanta talleri con un gioco di prestigio. Ma se lo dice alla ragazza, non sarà disposta ad aiutarlo, e lui verrà giustiziato e Molly non vedrà mai quei soldi.

«Ancora no, ma non ci vorrà molto» risponde Hans Christian, pensando a Edvard. Chissà se è ancora disposto a pagarlo per la sua lettura dei diari italiani, anche se è stata interrotta. Improbabile. Però può provare a chiederglielo, Edvard è sempre disposto a parlare.

Attraversano piazza Vecchia e percorrono diverse strade. Il ristorante è a pochi minuti da lì.

«Dove andiamo?» domanda lei.

«Il questore non era al palazzo di Giustizia. È andato a cena al ristorante».

Molly lo afferra. «Ma che modi sono questi? Non puoi cercarlo al di fuori dell'orario di lavoro. A quel genere di uomini queste cose non piacciono. Frequentano i saloni d'albergo per fumare un sigaro e discutere di politica. Rischi solo di peggiorare la tua situazione. Sarebbe meglio se trovassi un colpevole e lo facessi sbattere dentro».

Hans Christian aveva quasi dimenticato il suono della propria risata, non sembra provenire da lui, una risata acuta, sia nella tonalità sia nel volume. «Chi, io?» domanda, non appena nota l'espressione seria di Molly.

«Tu vuoi dimostrare la tua innocenza. E io voglio acciuffare il bastardo che l'ha uccisa».

«Non posso. Come potrei» Hans Christian abbassa la voce «trovare un assassino?»

«Tu sei speciale» dice lei. «Ci sai fare con le parole. E non molli». Hans Christian la osserva rapidamente: è passato parecchio tempo da quando qualcuno gli ha detto qualcosa di gentile.

«Lo diceva anche mia sorella. "Quel ritagliatore di carta"...»

Hans Christian la interrompe: «Questa definizione non mi piace».

«Scusa. "Quell'Andersen" diceva, "quello scrittore sopraffino vede cose che nessun altro nota"».

«La smetta».

«Sì, qualcosa del genere».

Molly mente, ne è sicuro. Però gli piace. Gli piacciono le sue parole.

Attraversano la strada di corsa diretti al ristorante, che è situato al primo piano.

«Adesso lei deve dire al signor Bræstrup che cosa ha veramente visto e sentito, e che cosa non ha visto e sentito, in modo che capisca che non ero io a trovarmi nella stanzetta di sua sorella dopo le nove. E poi non ho assolutamente la forza fisica per spostare una persona» le spiega Hans Christian, salendo i sette gradini che portano al ristorante.

«Solo se tu mi aiuti, solo se trovi l'assassino» dice lei senza muoversi. Ha un'espressione decisa, seria.

«Si tratta della mia morte prematura» ribatte lui, specchiandosi nei numerosi vetri della porta d'ingresso: la sua testa sembra mozzata più volte.

«E lo stesso vale per quella di mia sorella» dice Molly.

«Va vendicata. Nessuno deve farla franca per un atto del genere. Non in questo mondo, né in altri».

Ha ragione. «Io posso solo fare del mio meglio... per aiutare».

«Del tuo meglio. È più di quanto posso pretendere».

«Non deve arrabbiarsi se andrà male» aggiunge Hans Christian, ripensando alle ultime recensioni delle sue opere e chiedendosi perché finisca sempre per occuparsi di cose che hanno una probabilità di riuscita minima. Il teatro, i libri, il balletto, trovare un assassino.

«Andrà bene per forza» assicura lei, dandogli una stretta alla mano.

Hans Christian si sente imperlare la fronte di sudore e si asciuga con un fazzoletto sporco. «E adesso lei viene dentro con me e dice al questore che si è sbagliata?»

Molly annuisce.

L'Anatra dorata è un locale elegante. Hans Christian lo conosce solo perché una volta ha accompagnato il professore di fisica H.C. Ørsted, che doveva cenare con il fratello e le rispettive mogli. Allora era rimasto ad aspettare fuori, sperando che lo invitassero al tavolo con loro, ma non lo avevano fatto. Forse era colpa del suo abbigliamento, delle galosce sporche di fango e neve, era inverno. Ora attraversa i salottini separati da discrete cortine nere. Un cameriere tenta di bloccarli, ma non fa in tempo a raggiungerli che Hans Christian, tallonato dalla ragazza, è sgusciato tra i divisori fino alla sala con i tavoli. Nel locale un'anziana coppia sta mangiando un'oca arrosto. Più in là siede un gruppo di signori seri con piccoli calici di vino.

Finalmente scorge Cosmus, e i suoi baffoni e gli stivali tirati a lucido, immerso in una conversazione con un ometto con una sciarpa nera legata in un fiocco, una foltissima barba bianca e un paio di occhi azzurri lucenti. Dietro i due signori, quasi nascosto dalla cortina, c'è un uomo in piedi con un plastron bianco. Non è la prima volta che Hans Christian vede un uomo nero. Gli è già capitato qui a Copenaghen, ma anche in Italia e in Francia. Evidentemente per Molly non è così, e Hans Christian la sente indietreggiare istintivamente di un passo non appena scorge il cameriere.

«Signor Bræstrup, ho portato con me la sua testimone» annuncia Hans Christian, tirando fuori il suo discorso dalla tasca della giacca.

Il questore leva lo sguardo da un budino rosso scuro, l'espressione evidentemente seccata. «Ma che le prende, Andersen?» Si alza e si tampona il tovagliolo intorno alla bocca.

«Eccola». Spinge Molly in avanti verso il tavolo. Lei mostra una certa riluttanza, l'autorevolezza dei due uomini anziani è troppo, anche per Hans Christian. «Sostiene che non posso essere stato io».

Cosmus guarda la ragazza. La scruta da capo a piedi. Ancora più seccato. Solo a questo punto Hans Christian nota che il vestito di Molly è liso e pieno di polvere. Poi Cosmus si volta verso l'uomo seduto al tavolo con lui. «Le chiedo scusa, signor Schneider. Mi dispiace».

Schneider? Hans Christian ha già sentito quel nome, ma non ricorda dove. Inoltre, quello Schneider ignora sia lui sia la ragazza; è tutto preso da un grosso pesce adagiato sul suo piatto con la bocca aperta, il corpo sventrato, lische bianche in un mucchietto.

Il questore spinge Molly e Hans Christian oltre il cameriere nero. Oltre le cortine, in cucina. Un cuoco corpulento sta buttando dei gamberi in un pentolone. Alcuni camerieri passano di corsa, ma nessuno apre bocca. Escono da una doppia porta e raggiungono il cortile sul retro, dove tre maiali si abbeverano a una pozzanghera verdastra. Un macellaio sta squartando un'anatra, il sangue sulle mani.

Cosmus è rosso in viso. Meisling, il direttore del collegio che Hans Christian ha frequentato, diventava dello stesso colore ogni volta che lui apriva bocca. Hans Christian maneggia maldestramente il foglio.

«Non lo permetto, Andersen» sibila fra i denti Cosmus. «Sono qui in buona compagnia, e poi arriva lei tirandosi dietro la sua testimone, che non dovrebbe presentarsi in un locale come questo».

«E perché no?» domanda Hans Christian.

«Perché sembra quello che è. Una donna che guadagna peccando».

«Se le sue parole possono sbattermi in galera, immagino che possano anche tirarmene fuori».

«Sono stufo delle elucubrazioni e delle parole. Che cosa vuole da me?»

Hans Christian abbassa lo sguardo sulla sua arringa. Com'era che diceva? «La qui presente distinta signora è ora persuasa che ho lasciato la morta in vita, per così dire, e qualcun altro deve essersi presentato o, eventualmente, deve aver incontrato la morta per strada in un momento successivo».

È costretto ad abbassare di nuovo lo sguardo sul suo discorso, ma con una botta Cosmus glielo fa cadere di mano e con il piede lo affonda nella fanghiglia del cortile, i fogli bianchi trasformati in sudiciume marrone.

«E la smetta di leggere ad alta voce» dice Cosmus. «Mi ha costretto ad allontanarmi dal mio commensale per ascoltare una simile follia?»

Hans Christian si sforza di ricordare che cosa ha scritto. «Sono andato via già alle nove. L'omicidio ha avuto luogo più tardi, ne sono sicuro, e ora anche la sorella è della stessa idea» dice Hans Christian, cercando di avvicinare Molly al questore con una spinta.

Cosmus scuote il capo.

«Mi lasci indovinare, Andersen» dice Cosmus. «Le ha dato dei soldi per farsi accompagnare da lei? Per cambiare la sua testimonianza?»

«Ovviamente» dice Hans Christian, rendendosi conto troppo tardi di avergli dato la risposta sbagliata.

«Grazie, ho sentito abbastanza. Ora rientro. E non si azzardi più a cercarmi o a interrompermi di nuovo in questo modo. Mai più». Cosmus scavalca la pozzanghera e sale i gradini.

Hans Christian sente il richiamo della pazzia. «Signor Bræstrup, la prego, non sono fatto per stare in carcere. Pensi a tutto quel che di buono potrei realizzare seduto al mio scrittoio. Potrei ritrarla nel mio prossimo dramma. Come un eroe, l'eroe più grande di tutti».

Cosmus si volta sull'ultimo gradino. «Stia attento, Andersen. Se non smette subito con le sue insulsaggini, annullo l'accordo che mi ha fatto accettare Collin. Ci rivediamo fra tre giorni, Andersen. Forse il primo è già passato, diciamo fra due giorni. E non credo che ci saranno buone nuove».

Il cameriere nero aspetta Cosmus sulla porta e lo fa rientrare in cucina.

Hans Christian non si capacita della propria sfortuna. Si volta verso Molly per sgridarla perché non lo ha aiutato. Invece si vede mollare un sonoro ceffone.

«Perché lo hai fatto?» le domanda gemendo, convinto che in qualche modo quel ceffone abbia fatto sì che si diano del tu.

Lei ha le lacrime agli occhi. Quella vista lo sconvolge. Da quando ha lasciato la casa paterna, Hans Christian non ha mai fatto piangere una donna. All'epoca era stata la madre.

Il macellaio con l'anatra li supera ed entra nella cucina. Pare divertito da quel siparietto.

«Per te sono soltanto una prostituta che deve tirarti fuori da un guaio. Non hai capito proprio niente» gli dice Molly; poi si volta e va via.

«Ehi, aspetta» le grida dietro Hans Christian, e per poco non finisce addosso a un garzone che sta entrando nel cortile con due grossi secchi di anguille che si dimenano sferzando l'acqua. «Che cosa non ho capito?»

«Mi rimangio quello che ho detto. Sei un disastro con le parole, non sai parlare alla gente, rovini tutto» risponde Molly.

«Ah sì?» domanda lui, e ripercorre tutta la sua breve vita, i colloqui che ha avuto, il direttore della scuola, gli altri scrittori, gli operai dell'opificio nei pochi giorni in cui ci aveva lavorato a tredici anni: no, i colloqui non sono mai stati il suo forte, se la cava meglio per iscritto, forse addirittura con la danza. «È perché nessuno mi capisce» risponde, più che altro a se stesso.

«No. È perché sei incomprensibile. E il questore ti tiene in pugno, e ne è ben soddisfatto. Non ha nessuna fretta. Ha trovato un assassino» riprende Molly. Hans Christian la vede cambiare di continuo espressione, dalla rabbia allo stupore. «Non gliene importa niente se è l'uomo giusto o quello sbagliato» continua lei, muovendosi lesta tra la gente in strada, passando dietro una carrozza. Hans Christian non è in alcun modo in grado di correre sul selciato scabro. Solo quando sono quasi arrivati alla porta della città riesce ad agguantarla.

«Ma non saremo mai capaci di trovare un assassino. Guardaci» le dice, con la voce che gli si incrina, mentre parla cercando qualcosa in cui si possano specchiare. Trovato: la vetrina del rigattiere con le lise chaise longue rosso rabarbaro. Tiene Molly per il braccio, lei si divincola, ma poi si arrende all'immagine riflessa nella vetrina. Eccoli là, stretti stretti, uno scrittore magro, mezzo corvo e mezzo uomo in abiti neri lisi, i pantaloni un po' troppo corti. E il vestito di Molly ha l'orlo insudiciato da fango e sporcizia, ma non fa niente, tanto, quasi tutti gli occhi non scendono mai fin laggiù, si fermano al cordoncino tirato intorno al petto del corpino dorato e alle ciocche rosse che si inanellano qua, là e dappertutto: solo poche, le più mansuete, sono raccolte in una crocchia.

«Non siamo poi tanto male» dice Molly.

«Forse hai ragione» ammette Hans Christian, e intanto pensa che Molly gli conferisce qualcosa che non aveva prima. Una certa consistenza, come un vecchio cavallo con un'elegante sella e un ornamento di piume sulla fronte. Hans Christian riesce anche a vedere qualcosa di Anna nel viso di Molly: le lentiggini e il biancore, qualcosa che le signore italiane e le madame francesi non hanno. Adora viaggiare, ma le lentiggini di Molly gli ricordano la Danimarca, la luce della primavera e il buio dell'inverno, la pioggia sui rami e i raggi del sole nelle pozzanghere.

«Il cadavere» bisbiglia lui, rivedendo Anna con l'occhio della mente quando era stata tirata su dal canale.

Molly si distoglie dall'immagine riflessa. «Il cadavere, cosa?»

Lui continua: «Ieri giù al canale. Hai notato qualcosa in tua sorella?» domanda, consapevole di aver fatto la figura dello sciocco.

«Quasi non ce la facevo a guardarla» sussurra Molly, e distoglie lo sguardo.

C'era qualcosa. Hans Christian ne è sicuro; oltre all'orribile, al tragico, al brutale, il cadavere aveva un che di insolito. «Tua sorella aveva qualcosa di diverso» dice infine.

«Che cosa?»

«È successo tutto cosí in fretta, tu mi hai sputato in faccia e la gente gridava che dovevo essere giustiziato» risponde lui. «Ma c'era qualcosa di sbagliato». Si rende conto che le sue parole sono arzigogolate e incomprensibili, ma come potrebbe dirlo diversamente?

Molly lo afferra per un braccio. «Tanti anni fa ho lavorato come inserviente all'ospedale. E una delle anziane diceva sempre che i morti parlano, se li ascolti».

Hans Christian sente dentro di sé che ogni sua fibra vorrebbe fare altro, tornare a Roma, a casa a Odense, tutto, tranne che esaminare il cadavere della povera Anna. Tuttavia, sembra inconfondibilmente sua la voce che dichiara: «Bene. Allora sentiamo che cosa ha da dirci Anna».

# 13.

Ha scelto il posto con cura. Il carrettino con il baule è nascosto sotto i rami bassi degli alberi. Nessuno lo noterebbe chiedendosi chi lo abbia lasciato lì. E se nonostante tutto dovesse vederlo qualcuno, non sarebbe capace di immaginarne il motivo: presto servirà a nascondere un bambino e a portarlo via ai suoi genitori ignari verso l'affollato centro della città. Volatilizzato, prima che il buon medico si renda conto di che cosa è successo.

Madam Krieger li aspetta all'imbarcadero dove attracca il vaporetto.

Il suo sguardo corre da una persona all'altra, da un capo all'altro della passerella, ma invano. È come se metà dei ceti alti di Copenaghen fosse fuggita dalla polvere e dal chiasso della città per raggiungere il parco dei divertimenti. Donne con parasole gialli e cani, uomini con i cappelli spazzolati, un'orchestrina d'archi. Ma non il professore. Hanno cambiato programma? Il bambino non ha fatto i compiti?

No, eccolo là. Finalmente, pensa lei. Il medico scende per primo la passerella insieme alla sua signora, che deve tenere il cappellino. Due marinai li aiutano per l'ultimo tratto fino a terra. Li segue una domestica con il bimbo per mano. La donna ha l'aria confusa, forse sta male dopo il viaggio per mare. Padre e figlio indossano entrambi la kippāh e si somigliano.

Madam Krieger sente il cuore accelerare i battiti. Le piace, lo deve ammettere. È quasi come se il suo corpo desiderasse questo stato di eccitazione.

Punta gli occhi sul figlio. Piccolo, ben pasciuto, con due orecchie tonde e carnose, sicuramente superbo e insopportabile come quasi tutti i bambini che madam Krieger ha conosciuto. Ma ora come ora è la persona più importante del mondo. È lui che dovrà aiutarla ad andare avanti, il suo disperato grido d'aiuto dovrà arrivare fino al cuore del padre, costringerlo a riconoscere che non può respingerla.

Madam Krieger li segue, confondendosi con i numerosi gitanti che sollevano la polvere lungo il sentiero del bosco. L'aria freme di aspettativa. La gente non vede l'ora di fare un giro nel parco dei divertimenti, i bambini parlano di bastoncini di zucchero candito e di radici di liquerizia, e i grandi sono felici di trascorrere una giornata lontani dalla confusione e dal lezzo della città. Madam Krieger sta attenta a non perdere di vista il cappellino della signora, un intrico di colori, e la schiena curva del medico. La domestica tiene stretto il bambino. Madam Krieger volge lo sguardo verso la parte buia del bosco, dove ha lasciato il carretto e il cavallo legati a un albero. Il baule è necessario, se vuole riportare il bambino in città e superare le guardie della Porta est.

Nel primo tratto il bosco è silenzioso e bellissimo. Madam Krieger si fa coraggio e si affianca al professore e alla sua famiglia. Non sarebbe una cattiva idea se facesse in tempo a chiacchierare un po' con loro, magari addirittura a ingraziarsi il bambino. Così non sarebbe più un'estranea, ma un'amica, la signora tanto carina del bosco, quando più tardi lo prenderà per mano e lo porterà via con promesse di succo di lamponi e dolciumi.

«Anche voi volete vedere il pagliaccio?» domanda madam Krieger alla domestica, che sembra la più affabile dei grandi. Il medico le lancia un'occhiata, uno sguardo misurato. Non la riconosce. E perché mai dovrebbe? L'altra volta era travestita da uomo.

«E anche le scimmie, vero, Isak?» dice la domestica. «Quelle sì che ti incuriosiscono. Delle scimmie vere».

Un'altra occhiata del padre. Ha riconosciuto qualche particolare, nonostante tutto? In fondo è un chirurgo, è abituato a scrutare un corpo e le sue diramazioni con occhio professionale. Sta forse pensando: dove ho visto quegli occhi, quel naso?

«Ma che bel nome. Isak. Quanti anni hai?» gli domanda madam Krieger, posandogli una mano sulla nuca calda. Ecco fatto. Il primo contatto fisico. Adesso il prossimo sarà molto più facile.

«Cinque» risponde Isak e leva gli occhi con timidezza. Il suo sguardo sfuggente cerca aiuto dalla mamma. Madam Krieger sorride e si lascia distanziare. Bene così. Non avere troppa fretta.

Lungo i sentieri arrivano altri venditori ambulanti, saltimbanchi e piccoli imbroglioni che cercano di convincere i giovanotti a giocare a carte per soldi. La vista di tutta quella gente delizia madam Krieger. Ce n'è così tanta che per il medico e sua moglie sarà impossibile trovare il figlio, una volta che lo avrà rapito. Sparirà in mezzo alla folla, inghiottito da pagliacci multicolori, asini addobbati e siparietti musicali.

La folla si infittisce a ogni passo. Madam Krieger si sforza di restare nelle vicinanze del bambino mentre cerca dei punti in cui poterlo catturare e trascinare via. Tutto dipende dalla scelta giusta. Non deve commettere altri errori. Passano davanti a una baracchetta dove si lanciano palle per centrare dei cubi di tutti i colori. Il piccolo Isak si è fermato, guarda entusiasta le palle sgargianti che sfrecciano nell'aria. È questo il momento? Adesso che il bambino è rimasto solo per un istante? Madam Krieger ripassa il suo piano in un attimo. Se lo afferrasse forte per il braccio e lo trascinasse via, dietro a quei grossi carri, e poi dentro al bosco? Qualcuno noterebbe le sue grida? C'è tanto di quel chiasso, tre ragazzine strillano forte nelle vicinanze. No, l'occasione è sfumata, il bambino prosegue, mano nella mano con la domestica.

«Che fate, venite?» la moglie del medico, che non ha l'aria di divertirsi, sollecita la domestica e Isak. I due obbediscono allungando il passo.

Inizia una leggera discesa. Più avanti madam Krieger scorge un tendone verso il quale accorrono frotte di bambini. *Il giardino misterioso di Adriano* c'è scritto su un vecchio cartello. Accanto ci sono disegni di leoni con quattro occhi e orsi dalle lunghe zanne. Anche la domestica ha visto l'attrazione e propone al bambino di entrare. Il medico ebreo si accende la pipa, soddisfatto alla vista del figlioletto che fa un passo coraggioso.

Madam Krieger lo capisce subito: ecco, questa è l'occasione che aspettava. È il momento buono.

Supera i due di soppiatto e si infila nel buio rosso del tendone. C'è da perdersi là dentro. I muri del labirinto raffigurano alte siepi che si piegano ad angolo e conducono in vicoli ciechi. Al suo passaggio mani spuntano all'improvviso da piccoli buchi, grandi occhi roteano in facce grottesche. E qualcuno suona un tamburo, creando nel tendone un'atmosfera sinistra, esotica, che fa strillare i bambini e rabbrividire le madri. Giù in fondo si apre un'altra uscita, proprio accanto a un grande palcoscenico, dove c'è chiasso e tanta gente.

È perfetto.

Madam Krieger sceglie alla svelta un piccolo sentiero, dal quale riuscirà a vedere il bambino quando entra. Appena arriva, potrà trascinarlo via di corsa attraverso l'altro passaggio. Prima che il piccolo faccia in tempo a capire che cosa succede, saranno già nel bosco, diretti verso il carretto.

Un gruppo di bambini le sfreccia accanto. Una lampada arde sopra di lei; la spegne con un soffio e si raggomitola come un troll. Aspetta pazientemente. Poco dopo scorge il bambino all'ingresso. Proprio dietro di lui c'è la domestica, che lo sospinge pian piano. Il piccolo avanza con cautela di qualche passo e sgrana gli occhi. Scruta i meandri e si ferma davanti a un grande quadro raffigurante una statua con le corna e la lingua lunga. Gli viene meno il coraggio, si volta verso la domestica.

«Avanti, Isak, non fare la femminuccia» gli dice lei con una delicata spinta.

Il bambino si fa forza. Con un salto veloce supera il quadro e poi si inoltra nel labirinto. Madam Krieger riesce quasi a sentire il suo odore, la pomata che porta nei capelli. Fra poco la domestica non riuscirà più a vederlo, e sarà abbandonato a se stesso e agli altri bambini che corrono strillando in giro per il labirinto.

Agli altri bambini... e a madam Krieger.

Un altro passo, forza, pensa.

Il bambino avanza tentoni con le braccia tese davanti a sé, i suoi occhi non si sono ancora abituati all'improvvisa mancanza della luce del giorno. Sta per superarla e svoltare il primo angolo, quando qualcosa lo blocca. Ha paura? O forse è il suono del tamburo, oppure il lezzo di erba e piscio caldo del fondo del tendone.

Madam Krieger sporge il braccio per acchiapparlo, quasi sente la sua manina. Poi di colpo il piccolo fa dietrofront e corre fuori. Lo vede abbracciare la domestica e affondare il capo nel suo vestito. La donna gli dà un buffetto sulla kippāh e lo tira via dal tendone.

Piccolo stronzo, pensa madam Krieger. Piccolo, stupido, pauroso bambino di merda.

Ce l'aveva quasi fatta.

Madam Krieger infila di corsa l'altra uscita e poco dopo vede il professore e la sua signora... e il bambino, che tutt'a un tratto non è più interessato a niente. Neanche al funambolo e a un uomo forzuto che solleva la sua grassa assistente seduta su un cuscino. Il medico gli compra un bastoncino di zucchero candito a una bancarella, ma è più preso a salutare dei conoscenti.

Madam Krieger è ancora seccata. *Il giardino misterioso di Adriano* era il posto ideale, adesso deve farsi venire in mente un'altra idea. A un angolo la gente è stipata all'inverosimile. Si odono tanti «Ah!» e «Ih!»

C'è una gabbia con due scimmie, degli esseri disgustosi che saltano da una parte all'altra, e ogni volta il pubblico è scosso da un brivido. Entrambe le scimmie indossano un piccolo panciotto, un cappello e delle campanelle a ogni zampa. «Accorrete a vedere le bestie selvagge» grida l'uomo delle scimmie con un marcato accento italiano. A fermarsi sono soprattutto bambini e persone alla buona. Probabilmente lo spettacolo è gratuito a patto che gli spettatori lancino uno scellino in un barattolo o in un cappello quando lo si farà girare.

E subito a madam Krieger viene l'idea.

Si solleva il vestito e si affretta lungo le tende, dietro la gabbia. L'uomo delle scimmie si è appena seduto su uno sgabello a bere una birra con un amico. Fingendosi interessata, madam Krieger si accosta alla gabbia, che è chiusa da un normale chiavistello. Un meccanismo in cui un'asta viene spinta dentro una scanalatura e girata in modo che non torni indietro. Madam Krieger non deve far altro che girare l'asta e tirarla. Si tratta di un movimento semplice e rapido. Lo sportelletto si apre da solo. Una bambina davanti alla gabbia l'ha vista, ma non dice niente. Madam Krieger si scosta. Alle sue spalle un gruppo di bambini grida e stuzzica e infila bastoncini tra le sbarre della gabbia.

Madam Krieger guarda in direzione di Isak. E della domestica che lo trascina come se fosse un agnello ritroso portato al macello. Il bambino ha visto la gabbia delle scimmie, ma ancora non è interessato a niente di niente. Passa qualche attimo prima che le scimmie si accorgano che lo sportelletto è aperto. La libertà. Un bambino grida entusiasta: «Le scimmie stanno scappando, le scimmie stanno scappando».

Madam Krieger vede l'uomo delle scimmie alzarsi, la birra ancora in mano, sbalordito e incredulo. Come se pensasse che in trent'anni di lavoro non gli è mai successo. Nel giro di due secondi entrambe le scimmie sono uscite dalla gabbia, si sono arrampicate sul tetto e saltano verso un falò dove una donna grassa sta cuocendo le cialde. Allora il panico corre tra la folla come un incendio. Donne e bambini si precipitano in tutte le direzioni. Restano gli uomini confusi. Dalla zona delle altalene arriva un poliziotto.

Madam Krieger tiene gli occhi incollati sul bambino. Finora il suo piano è riuscito oltre ogni aspettativa. Adesso attende solo il momento giusto. La mano del bambino stringe quella della domestica che, insieme al medico e alla sua signora, si è lasciata prendere dall'atmosfera e ha raggiunto lo spiazzo antistante il palcoscenico. Madam Krieger li tallona. Si infila tra un gruppo di uomini ubriachi e una famiglia di saltimbanchi. Se si inginocchia, riesce a vedere il bambino in mezzo a tutte le sagome dei grandi.

Una delle scimmie corre sulla fune del funambolo come se niente fosse. L'altra è saltata giù per terra e ora scorrazza in mezzo alla gente. Non è altro che un animaletto, ma la gente scappa ugualmente in tutte le direzioni. Le madri trascinano i figlioletti al sicuro.

Anche il bambino l'ha scorta e arretra di due passi agitando le mani. La domestica sembra sparita, il medico e la moglie sono occupati a farsi largo tra la folla.

Madam Krieger è proprio dietro il bambino. Ora. Ora colpirà.

Gli prende la mano. La stringe. Senza che lui sospetti nulla. Senza che levi lo sguardo. Si lascia semplicemente guidare, via, lontano dalle grida e dalle urla. Gli cade la kippāh, madam Krieger lo vede cercarla con lo sguardo, ma affretta il passo, decisa ad arrivare il più lontano possibile prima che qualcuno la scopra. E prima che il bambino si accorga di stringere una mano sconosciuta.

Ormai il sole è basso dietro gli alberi. Un'ombra fredda cresce.

Per un momento madam Krieger perde l'orientamento e si affretta lungo uno stretto passaggio dietro alla moltitudine di carri e di tende. Sicuramente conduce via di lì, giù al lago e dentro il bosco. Il bambino non ha ancora aperto bocca, convinto com'è di stringere la mano della domestica.

Ma ecco che leva lo sguardo. Non è né allarmato né sorpreso. «Dove andiamo?» La sua voce è piena di fiducia. Fiducia nel fatto che una persona adulta sia benintenzionata nei suoi riguardi.

«A mangiare dei dolci» risponde lei. «Qui vicino». Forse quella promessa riuscirà a tenere occupati i suoi pensieri finché saranno arrivati nel bosco.

«Davvero posso mangiarli?» domanda il bambino. «Non ho voluto fare colazione».

Arrivano in fondo al passaggio, che trovano sbarrato da un grosso carro posto di traverso. Calma, pensa madam Krieger, cercando di mantenere la mente lucida. Non farti prendere dal panico, cerca un modo per far sparire il bambino.

«Dov'è il papà? E la mamma?» domanda il piccolo ebreo. Più stupito che spaventato.

«Mi hanno chiesto di portarti a fare una passeggiata. Perché sei così carino» risponde madam Krieger. Il bambino tace, crede alla sua bugia. Madam Krieger valuta la sua prossima mossa. Chissà se riuscirebbero a infilarsi sotto il carro, magari mandando avanti il bambino. Come se facessero un gioco. Ma è impossibile. Lo spazio è tutto ingombro di valige e coperte e casse pesanti.

«Dannazione». Inavvertitamente impreca ad alta voce. Devono tornare indietro, nel punto da cui sono venuti. Quando si avvicinano all'imbocco del passaggio, madam Krieger vede che la confusione scatenata dalle scimmie si è placata. Al centro dello spiazzo c'è il medico. Parla tutto agitato con l'agente e gesticola. Sia la signora sia la domestica corrono tra le bancarelle chiamando e chiedendo aiuto. Ha per caso visto un bambino?

«Posso ancora avere il dolce?» domanda il piccolo. Madam Krieger apre la borsetta, armeggia con il flaconcino di soffio d'angelo e ne versa un po' in un fazzoletto bianco. Forse troppo, forse troppo poco, non lo sa, deve fare in fretta. L'olio rosa emette uno strano scintillio, e madam Krieger scosta il naso.

«Fra poco» risponde. «Fra poco avrai il tuo dolce».

Poi preme il fazzoletto contro il naso e la bocca del bambino. Forte, una presa salda intorno alla nuca, lui oppone resistenza per un momento, si dimena nella stretta. Infine le gambe gli cedono e si accascia ai suoi piedi. Presto. Madam Krieger lo trascina di nuovo giù per il passaggio fino al carro con le casse stipate sotto. Ne tira fuori una, appena la apre appura che nonostante la pesantezza è vuota. Unisce i piccoli polsi paffuti del bambino, li lega stretti con delle corde che penzolano dai carri o fanno da rinforzo intorno alle casse. Per sicurezza gli ferma anche una corda dietro la nuca, tirandogliela forte tra le labbra, tanto che il suo viso assume una smorfia grottesca.

Madam Krieger agisce con rapidità ed efficienza, piega il bambino, le ginocchia contro il petto, lo pigia nella cassa. Deve ricorrere a tutte le sue forze per spingerlo sul fondo prima di poter finalmente chiudere il coperchio con un paio di grosse cerniere arrugginite. La cassa non chiude bene, una cerniera è allentata, ma non c'è tempo per cercarne un'altra. Madam Krieger ansima. Ha l'affanno e suda per l'emozione. Spinge la cassa sotto il carro e la nasconde dietro ad altre due. Infine, come se fosse una rappresentazione teatrale appena conclusa, copre il tutto con un grande telo nero.

Ecco fatto, pensa. Non ha tempo per valutare la bontà del suo piano. Ma è l'unico che le è venuto in mente, l'unica possibilità. Più tardi potrà tornare, per tirare il bambino fuori dalla cassa o per portarlo lungo il passaggio fino al bosco. In questo momento è troppo pericoloso. Troppo azzardato trovarsi nei paraggi. Tutti stanno cercando il bambino. Madam Krieger se ne rende conto quando torna nel piazzale. La domestica sta spiegando a una signora anziana che aspetto ha il piccolo.

«Isak! Isak!» Nelle vicinanze la madre lo chiama ad alta voce tra i numerosi visitatori, che preferirebbero non essere disturbati in quel momento di spensieratezza. La fuga delle scimmie è stata un dramma sufficiente per oggi, ora vogliono divertirsi e mangiare dolciumi.

Di colpo il medico si para davanti a madam Krieger e l'afferra per un braccio.

«Ha per caso visto un bambino? Mio figlio, mio figlio è scomparso».

Ancora non l'ha riconosciuta. Per niente. È troppo preso dalla sua disgrazia per ricordare che aspetto ha vestita da uomo. Per ricordare i suoi occhi e la sua bocca, che sono gli stessi.

«Ho visto un bambino andare da quella parte» risponde madam Krieger indicando la direzione. Ma il medico non le dà ascolto; ha visto qualcosa in terra e si china. È la kippāh del figlio. Schiacciata e insudiciata dai piedi della gente.

«Minna, Minna, ah, Minna!» chiama tendendo la kippāh alla moglie, che accorre e non riesce a trattenere le lacrime.

Madam Krieger si allontana in fretta e furia, si infila tra la folla che affluisce verso il palcoscenico. Il suo cuore batte di ferocia e di emozione. Fra poco, pensa. Fra poco andrò a prendere il bambino e lo porterò via. E allora il professore sicuramente mi darà ascolto.

## 14.

«Non so mica se ce la faccio» dice Molly per la seconda o terza volta, mentre si dirigono verso l'ospedale. Al solo pensiero di Anna, là, appesa all'estremità della gru, si sente male. Il volto della sorella, bianco ed esanime, le labbra come due lombrichi pallidi.

Hans Christian non la ascolta. È come un bambino che crede che gli oggetti inanimati parlino. E si deve fermare in continuazione a guardare qualche bazzecola, una formazione di nuvole oppure, come adesso, il rivolo giallo e fumante che scorre da uno degli scarichi dell'ospedale. Davvero quell'uomo strano sarà capace di trovare l'assassino di Anna? Molly già comincia ad avere dei dubbi.

Le loro ombre sono lunghe; il sole, che sta tramontando, è basso dietro l'edificio. Due guardiani sono appoggiati al muro dell'ospedale e parlano con una ragazza. Come accidenti faranno a entrare?

«È la nostra unica scelta» dice Hans Christian. «Magari l'assassino ha lasciato una traccia. E da solo non ce la faccio».

Molly si ferma e osserva l'ospedale. Una volta lavorava qui. Aveva un lavoro vero. Non è passato tanto tempo come sembra. Ma questo è l'effetto che le fa, come a tutte le altre ragazze che vendono se stesse. Ogni volta che una prostituta giace con un nuovo cliente, dodici o quattordici settimane vanno ad aggiungersi alla sua età. È come per i cani. Il tempo è più duro con le prostitute e con i cani. Lei e Anna avrebbero fatto meglio a rimanere a Cala Odino, adesso lo ammette. Un secolo fa le case raccolte intorno alla piccola insenatura nella Bassa erano state un covo di pirati, ora c'è soltanto un villaggio di pescatori. Un anno buono a Cala Odino era quello in cui non succedevano troppe disgrazie, non si doveva amputare qualche mano o gamba, il raccolto non andava male e la barca non si ribaltava. Ma la fortuna abitava nella metropoli. Anna e Molly ne erano convinte, perciò erano partite. Avrebbero potuto diventare tessitrici nella brughiera oppure lavorare le aringhe giù al porto, con le mani a mollo nella salamoia dodici ore al giorno. Ma non era abbastanza, così pensavano. Si erano sentite ricolme di gioia e di fiducia nella vita quando si erano fatte accompagnare all'isola degli Armenti con una barca a remi. Il giorno della partenza c'era calma di vento. Avevano dovuto arrivare a piedi fino a Punta Corvo per cercare qualcuno del posto che le portasse dietro compenso per il primo tratto del viaggio. L'uomo aveva proposto di essere pagato con le mani e la bocca anziché con un tallero. Era stato un avvertimento. Già allora, all'inizio del viaggio, avrebbero dovuto capire quale valore viene dato alle donne. Quella notte avevano dormito sotto le stelle sull'isoletta; l'indomani il tempo era cambiato e avevano trovato un'imbarcazione più grande diretta alla loro stessa destinazione. Avevano impiegato una settimana a raggiungere la capitale e, quando finalmente si erano trovate davanti alla porta della città, avevano consumato quasi tutti i sogni, e le uniche cose a cui riuscivano a pensare erano il cibo e il riposo.

Sono passati dieci anni. Cento, per una prostituta.

All'ospedale è un normale pomeriggio movimentato. Come sempre, c'è un caos gemente davanti all'ingresso, nell'androne e nel cortile al centro degli edifici. Bisognosi con indosso vestiti miseri e infangati, bambini che strillano con le pance vuote, tossiscono e hanno il corpo pieno di macchie scure.

«Dov'è l'obitorio?» domanda Hans Christian.

Molly indica l'angolo, dove una porta è sepolta dal buio in fondo a una breve rampa di sei o sette gradini. «Se sei fortunato, trovi la porta aperta. Di solito lo è».

«E se non lo è?» domanda Hans Christian, guardando terrorizzato l'entrata dell'obitorio.

«Allora si mette male. La chiave è appesa su dalle inservienti al primo piano. Non è facile da raggiungere. Vieni».

Molly si tiene nell'ombra, mentre si fanno largo nella calca, superano un carpentiere con un braccio slogato e un giovane, forse un apprendista fabbro, con ustioni sul volto. Quasi tutti gli altri non hanno lesioni visibili, ma sono preoccupati e confusi, come animali che sentono dolore senza sapere perché. Circolano sempre voci di colera, malattie del sangue, maledizioni contagiose e castighi di Dio.

L'angolo è l'unico punto del cortile dove non c'è nessuno. Come se un odore particolare avvolgesse l'obitorio, un lezzo di morte da cui tutti vogliono stare lontani.

«Vai avanti tu» dice Molly, dandogli una spinta.

Hans Christian attraversa il cortile, scende la scala e stringe la maniglia della porta. È chiusa a chiave. «Tieni» gli dice Molly, tendendogli lo spillone.

Lui lo guarda senza capire.

«Vedi se con questo riesci ad aprirla» gli dice lei, ma rinuncia a spiegargli come. Scansa Hans Christian con una spinta e si avvicina alla serratura. Muove lo spillone avanti e indietro, cerca di girarlo dentro il buco, con l'unico risultato di produrre un compromettente rumore metallico.

«Potremmo anche provare con un filone di pane di segale, o magari un violino?» propone lui alle sue spalle. Molly spera che stia scherzando, anche se non lo trova divertente.

«Non funziona» dice Molly e leva lo sguardo verso il primo piano. Poi sfila il fazzoletto dal taschino di Hans Christian e glielo preme contro il naso. «Dobbiamo procurarci la chiave» dice. «Se qualcuno ti chiede che cosa ci fai qui, rispondi che ti gira la testa e ti esce il sangue dal naso. Di' che aspetti un'inserviente che verrà a prenderti fra poco. Fa' la faccia malata. Così la gente si terrà di sicuro alla larga».

«Dove vai? Non puoi abbandonarmi. Non ce la faccio. Qui c'è puzza, e non sono né malato, né...»

Molly si allontana di corsa, lasciando Hans Christian a guardare con la coda dell'occhio la porta dell'obitorio, quasi temesse che la Morte, o qualcosa di peggio, venga fuori a prenderlo.

Si fa largo nella calca, sale le scale e arriva al corridoio pieno di gente seduta e distesa. Ci sono due o tre ubriachi, parecchie persone hanno uno sfogo simile a una corteccia rossastra su quasi tutto il corpo, ma la maggior parte è soltanto esausta, magra e inerte. Molly fa il giro largo intorno ai malati che sembrano più gravi, soprattutto quelli che tossiscono e respirano a fatica. Appena qualche mese fa una ragazza della palazzina è morta di mal sottile. Per settimane Molly ha avuto gli incubi su Berta, che a vent'anni giaceva nella stanzetta di fronte alla sua e si era ammazzata a furia di colpi di tosse. Alcune avevano tentato di chiamare un medico, ma non era mai arrivato.

Con cautela Molly sbircia nella stanza sulla destra. Sopra un grande focolare sono appese pentole piene di acqua bollente, e cinque inservienti si danno un gran daffare. Nell'armadietto sopra il banco sono appese le chiavi di tutte le stanze dell'ospedale. Il cuore di Molly fa un tuffo. Davanti al banco la direttrice, un donnone gigantesco coperto da un grembiule bianco, sta scrivendo qualcosa su un rotolo di carta.

Si chiama madam Knudsen. Probabilmente è l'ultima persona con cui Molly vorrebbe parlare o da cui vorrebbe essere vista. Madam Knudsen faceva il bello e il cattivo tempo all'ospedale anche quando ci lavorava lei, e fin dall'inizio era convinta che Molly avrebbe ceduto, sotto lo sgobbo e la paga misera, per finire nel peccato. In generale la direttrice aveva un'inclinazione tutta femminile a parlarle in tono sussiegoso e a umiliarla davanti alle altre ragazze, nonostante Molly non capisse che cosa aveva fatto. Non era ammesso difendersi né aprire bocca. Non si rispondeva per le rime alla direttrice, si ubbidiva agli ordini, e basta. In un certo senso era peggio, più umiliante che fare il mestiere. E adesso la direttrice le impedisce di arrivare alla chiave di cui ha bisogno.

Lo sguardo di Molly cade sulla vecchia campanella di ottone nell'angolo. Suona solo se c'è bisogno di aiuto nell'ala ovest, dove sono in cura i pazzi, le anime più tormentate in assoluto. È cambiato ben poco da quando Molly lavorava lì. L'unica differenza è che ci sono più malati, più poveri. A volte le è capitato di pensare che Copenaghen sia più che altro una fabbrica che produce malattia e indigenza.

Corre di nuovo fuori in cortile.

«Sei un bravo attore?» bisbiglia a Hans Christian, che ancora stringe il fazzoletto con l'aria di sentirsi male.

«Attore?» ripete lui raddrizzandosi. «Ho iniziato con la danza accademica a quattordici anni. Ho calcato le scene del Teatro Regio. Non credo ci siano dubbi sul fatto che uno dei miei grandi talenti è l'arte della recitazione».

«Quindi la tua risposta è sì?»

«Ma non mi senti quando parlo?»

«Non se le tue risposte sono così lunghe. Mi perdo nelle tue parole» risponde lei, aggiustandogli il colletto mentre gli spiega il suo piano. Prenderanno la chiave creando un diversivo. Lei tirerà il filo della campanella e Hans Christian dovrà arrivare di corsa, annunciando che il reparto dei pazzi è agitato. «Prima, però, devo procurarmi una cosa» aggiunge lei, guardando un vecchio che dorme seduto contro il muro con il bastone appoggiato accanto a sé, sicuramente l'unico oggetto che possiede. Molly prova una fitta di rimorso quando lo prende. Poi torna da Hans Christian e gli chiede di raggiungere l'androne insieme a lei. Su in alto, sotto l'arco, un filo corre dall'ala ovest all'ala nord dentro un buco nel muro. Molly alza il bastone in aria e lo riabbassa subito, una volta, due volte, finché il manico aggancia il filo.

Subito si sente una campanella suonare nella cucina.

«Ora!» dice lei, spingendo Hans Christian su per le scale.

Poco dopo lo sente: una voce stridula prorompe in un forte grido teatrale che riuscirebbe a farsi sentire per tutta piazza Nuova del re. «È scoppiato un pandemonio dai pazzi, litigi e aria di risse» grida. «Dovete sbrigarvi. Si ammazzano, si strappano braccia e gambe a vicenda, c'è sangue, il sangue del peccato, e schizza come l'acqua della fontana di Trevi di Roma».

Per un attimo Molly crede che il piano sia fallito, che quell'interpretazione enfatica e imbarazzante li abbia smascherati. Ma poi vede quattro inservienti capeggiate da madam Knudsen scendere tuonando le scale, attraversare di gran fretta l'androne e poi salire le scale dell'altra ala.

«Che cosa dicono le recensioni?» domanda Hans Christian fiero quando lei lo supera di corsa diretta in cucina a prendere le chiavi.

## 15.

Nell'obitorio fa caldo come nell'officina di un vasaio, e il fetore di cento tipi di morte diversi blocca Hans Christian. Puzza di carne bruciata, di peste e di piscio; e il lezzo dolciastro di putrefazione e di larve costringe entrambi a coprirsi il naso e la bocca con una mano. Hans Christian ha una gran voglia di fare dietrofront, solo la paura della condanna a morte lo spinge a proseguire. Tallona Molly, quella povera donna, forse è venuto qui anche per lei. E per Anna. Quando è stata tirata su dalle acque scure del canale, ha notato un particolare. Ma non saprebbe indicarlo con esattezza. Era Anna e allo stesso tempo non era Anna.

La stanza è grande, il pavimento cosparso di paglia. Non ci sono né lampade a gas né fiaccole, solo una fioca luce che penetra dalle finestre poste molto in alto.

Ci sono quattro scaffalature, quasi una sorta di letti a castello a tre piani. Senza materassi. Su ciascun ripiano c'è qualcosa – qualcuno – sotto una coperta grigia. Hans Christian trattiene il respiro. Poi con cautela solleva un telo. È un uomo con mezza testa sfondata da un calcio. Forse un cavallo imbizzarrito. Lo ricopre alla svelta.

«Tu controlla quelle tre brande, e io controllo queste altre tre» bisbiglia Molly alle sue spalle, e Hans Christian nota che la sua voce si incrina al pensiero di Anna, distrutta e senza vita, sotto uno di quei teli.

Lui sbircia sotto un altro telo. C'è una donna anziana, forse sui quarant'anni, il petto e il collo rovinati da ustioni.

Molly emette un gemito. Hans Christian sa che sta soffrendo. Per un momento si domanda se sia il caso di dirle di uscire.

Poi solleva un altro telo ancora: eccola, è lei.

«Molly?» bisbiglia e la sente dietro di sé. Molly non ha il coraggio di guardare, e gli prende la mano. Una sensazione strana. È dai tempi di Odense che non stringe la mano di una donna.

Tenendo Molly saldamente, avanza di un passo e guarda Anna. Il suo viso è già estraneo. Si sta trasformando. Ma è lei, è Anna, la povera Anna. Ha delle grosse chiazze rosse sulle guance e sulla fronte, e il suo corpo è gonfio. Le chiazze rosse sono dappertutto. Scendono lungo la pancia, spariscono tra i peli del pube per poi proseguire sulle cosce. Ha un aspetto orribile, Hans Christian sente Molly tremare. Sta per perdere i sensi? Lei si volta. «No» dice. «Non posso guardarla. Devi farlo tu. Dimmi che cosa vedi. Tu hai detto che c'era... *qualcosa*».

Hans Christian fa un respiro profondo e guarda le ferite di Anna sul petto. «Di sicuro le hanno fatto del male» mormora.

«Ah sì?» dice Molly, aspettando altri dettagli orribili.

Hans Christian si deve avvicinare di più, è difficile vedere con quella luce fioca, e l'acqua ha quasi dissolto la pelle.

«I piedi sono strani» sussurra, facendo scorrere il dito poco al di sopra degli strani cambiamenti del piede. «Ci sono dei segni. Lasciati da qualcosa».

«Segni?»

«Forse lasciati da corde. Piccole ecchimosi sulla pelle».

Molly lancia una rapida occhiata sopra la spalla di Hans Christian, guarda prima lui, poi di sfuggita le gambe e i piedi di Anna. Distoglie subito lo sguardo.

«Ci sono anche delle schegge. È possibile che sia stata trascinata lungo qualcosa? O sopra qualcosa? Forse quando l'hanno tirata fuori dall'acqua. Potrebbe aver sfiorato le pietre ruvide della banchina mentre la scaricavano a terra».

«Oppure quando l'assassino l'ha trascinata sul pavimento della stalla?» propone Molly.

Hans Christian si raffigura la scena, come sa fare lui. Vede Anna che viene trascinata, che oppone resistenza. O no?

Era stata picchiata fino a perdere conoscenza? Non si direbbe, non ha segni di percosse in testa, forse sotto i capelli?

«Che cosa stai controllando?» domanda Molly alle sue spalle.

«Sto cercando... una cosa».

Hans Christian sente Molly muoversi impaziente, il fruscio di un cappotto. In lontananza un bambino piange. E poi ecco che lo trova. All'altezza dei seni, quei seni che lui conosce così bene. Ci sono delle ferite tutt'intorno.

«Le sono stati fatti dei tagli» dice.

«Come, dei tagli? E perché?» domanda Molly.

«Non lo so» risponde Hans Christian, e riconosce di trovarsi costretto a violare un limite orribile. È costretto a toccare, a palpare, la luce è pessima, ha bisogno di ricorrere a un senso in più per capire. Sente qualcosa intorno ai seni, lungo i bordi, una scabrosità che non è una semplice ferita.

«C'è del filo lungo i margini, tutt'intorno...»

«Del filo? Che vuoi dire?» domanda Molly atterrita.

«Sottopelle, dei piccoli fili». Le dita di Hans Christian toccano un seno di Anna, l'indice segue il margine della ferita, sente la punta di un filo che sporge proprio sotto il seno.

«Hai ragione. Hai ragione. È stata cucita» dice Molly, dopo aver lanciato un'occhiata fugace al petto della sorella.

«Ci sono dei piccoli fili tutt'intorno al seno» riprende lui.

«A tutt'e due?»

«Sì. Sembra che l'assassino abbia cucito seguendo una forma. O uno strumento. Ma prima l'ha tagliata. In profondità. Come puoi vedere da queste righe rosse».

Molly si sporge con cautela a guardare da dietro la sua spalla.

«Forse ha usato un compasso per disegnare un cerchio» dice colto all'improvviso dal dubbio. Molly è mai andata a scuola? Sa che cos'è un compasso? «Oppure una tazza da tè o un altro oggetto adatto allo scopo» si affretta ad aggiungere.

Molly ritrae la testa, si allontana di qualche passo. «Il bastardo le ha tagliato i seni. E poi ha cercato di ricucire la ferita».

Hans Christian non è sicuro. Perché mai fare una cosa simile? Se si incide la carne, lo si fa per asportarla.

«Forse le ha amputato i seni. E poi li ha riattaccati con ago e filo» dice.

A quelle parole nella stanza cala il silenzio. Un silenzio grave, palpitante. In lontananza s'odono voci, il bambino che piangeva prorompe in un urlo stridulo. Un altro mondo.

«Non resisto più» dice Molly. «Voglio uscire di qui».

Hans Christian la ignora: «Perché asportarle i seni e poi riattaccarli?» domanda. «Non ha senso. Che cosa voleva fare?»

Hans Christian guarda Molly. Quella domanda la spinge a guardare di nuovo Anna. Poi succede qualcosa, lui lo capisce dal suo sguardo. «Non sono i suoi» dice lei.

«Non sono i suoi» ripete Hans Christian. Per quanto assurda, l'affermazione di Molly gli sembra uguale a quando gli viene una bella idea per una storia o un dramma: giusta.

«Era Anna. E non era Anna» dice lui, proprio l'impressione che aveva avuto quando l'avevano tirata su dalle acque.

Molly non lo sta a sentire, ha il viso accostato ai seni. «Sì» bisbiglia. «Sì».

«Sì?» domanda Hans Christian.

«Sembrano di un altro colore, di una pelle diversa rispetto al torace e alla pancia e al resto del corpo».

Perché Hans Christian non lo ha notato subito? I seni sono più piccoli e di forma diversa.

«Sono anche più giallognoli, mi pare. E c'è una voglia su quello sinistro» aggiunge Molly.

Hans Christian ne è sicuro. Quelli non sono i seni di Anna. Strano ma vero, non sono i seni di Anna. È pazzesco, così folle che deve appoggiarsi con una mano alla parete per non cadere.

Hans Christian è bloccato. Forse è la nuova scoperta a farlo rimanere senza parole. Poi gli si affaccia un pensiero.

«Ma se quell'uomo... quel mostro... quel diavolo» dice infine. «Se ha staccato i seni di Anna. E le ha attaccato quelli di un'altra donna. Allora, chi è l'altra?»

«Arriva qualcuno» bisbiglia Molly, e Hans Christian si sente di nuovo prendere per la mano, un gesto che potrebbe causargli dipendenza, un po' come il cioccolato e i liquori.

Un rumore di passi fuori dalla finestra. Numerose persone, voci che chiamano lungo il corridoio. «C'è qualcuno?» Sembra un guardiano notturno, forse li ha visti scendere laggiù.

«Sbrighiamoci» sussurra Molly. «Via, via».

Un'ultima occhiata ad Anna prima di ricoprirla con il telo.

«Dobbiamo andare via» sibila Molly.

«Sto venendo a capo di una cosa» le dice lui sottovoce. Sta venendo a capo del perché qualcuno avrebbe potuto fare una cosa simile. Se solo potesse restare qui e fissare il cadavere di Anna come aveva fissato la scultura dell'ermafrodito dormiente a Parigi, allora capirebbe tutto. Capirebbe l'incomprensibile, gli era successo anche a Parigi, ed era stato l'ermafrodito dormiente a fargli capire tutto.

«Su, vieni» gli dice Molly, trascinandolo fino alla porta, mentre fuori stanno maneggiando un mazzo di chiavi e qualcosa di peggio.

Escono e subito finiscono addosso a una guardia. L'uomo fa per inveire contro Molly, quando Hans Christian la prende sottobraccio con un'espressione autoritaria. Conosce quel tipo di miseri generali all'ultimo gradino della società: bastano due parole ed evitano lo scontro.

«Buonuomo» dice, fissando la guardia, «provveda a far chiudere bene a chiave questa stanza. È davvero inaudito! Chiunque può entrare senza difficoltà. E la nostra adorata mamma giace là dentro senza uno straccio addosso».

La guardia vaga con lo sguardo da Hans Christian a Molly, sforzandosi di trovare una risposta adatta. Per un momento abbassa gli occhi sulle chiavi, poi Molly trascina alla svelta Hans Christian lungo il corridoio e su per i gradini.

Fuori la temperatura è scesa, il buio è incipiente. Camminando in silenzio, arrivano giù al porto, dove sono rientrati gli ultimi pescherecci. La banchina pullula di pescatori e di clienti, di viaggiatori con le valigie e di giocatori di carte.

Solo allora Hans Christian guarda Molly, che è più pallida del solito.

«Sai che cosa significa questo?» le domanda.

«Che Anna ha fatto una brutta, brutta morte».

Hans Christian aspetta un po' prima di continuare, Molly deve versare delle lacrime. «Questo significa che manca una donna» dice infine lui, e osserva il viso di Molly mentre pian piano realizza.

«L'uomo ha preso due donne, Anna e un'altra. Poi ha asportato i seni di Anna e quelli dell'altra. E li ha attaccati ad Anna. E poi ha gettato entrambi i cadaveri nel porto. Anzi, no!»

Hans Christian afferra Molly per il braccio. È fuori di sé, adesso tutto acquista un senso: «Una nella botte, l'altra in mezzo all'onde» dice. «Una donzella nella botte, un'altra in mezzo all'onde».

«Che cosa vuoi dire?» domanda lei.

Hans Christian le racconta del matto rinchiuso nel palazzo di Giustizia, del bottinaio e della sua filastrocca perpetua. Era come se quell'uomo avesse qualcosa da dire, qualcosa di così importante che in una notte lo ripeteva mille volte, forse di più. Ma nessuno gli aveva dato ascolto, prima d'ora.

«Un pazzo? Nella cella di una prigione» dice Molly, e guarda Hans Christian come se avesse bestemmiato nientemeno che Dio Creatore. Indietreggia addirittura di un passo, e adesso tocca a lui afferrarla al volo. «Se l'onde... sono il canale» dice lui. «O forse il mare. E là è stata rinvenuta Anna. Allora ci manca di trovare l'altra. Ci manca la donna nella botte».

Una donna in una botte.

## 16.

Un grido.

Madam Krieger si sveglia. Sente il vestito umidiccio incollato alla pelle. Il sottobosco morbido sotto il carretto è coperto di rugiada del mattino. Inizialmente crede che sia stato il bambino a gridare. Dentro la cassa. Oppure un avanzo del sogno torbido che ha appena fatto, una grottesca pantomima di scimmie e saltimbanchi sdentati. Ma ecco che lo sente di nuovo. Leva lo sguardo. È un uccello, una cornacchia in cima all'albero sopra di lei.

Si alza, ha le membra anchilosate dalla terra fredda. Deve tornare di corsa al parco dei divertimenti, prima che il bambino si svegli e cominci a chiamare aiuto. Sulle donne l'olio delle Indie occidentali aveva fatto effetto per quattro, cinque ore, ma il bambino è più piccolo e sicuramente più sensibile. Si affretta fra gli arbusti.

Il parco è deserto, le voci e la musica sono sparite. Le tende abbandonate a se stesse, la nebbia del mattino si insinua tra i carri chiusi, le bancarelle sono serrate con gli scuri. Solo qualche garzone fruga in giro, quasi cercasse un boccone di pane nei mucchi di rifiuti. Qualcuno passa davanti a un falò crepitante: l'odore di carne cotta, forse di pane, viene portato dal vento.

Anche il passaggio è deserto e abbandonato, solo due gatti girano indaffarati. Nessuna traccia delle scimmie.

Madam Krieger osserva il carro sotto il quale ha nascosto la cassa con il bambino. Oscilla e fa rumore, qualcuno se la sta spassando là dentro. Esita. È rischioso. Tirare fuori la cassa, aprirla, prendere il bambino. Se qualcuno dovesse uscire dal carro mentre tiene in braccio il piccolo privo di conoscenza, per lei sarebbe finita. È meglio aspettare? No, deve correre il rischio, pensa. Non può aggirarsi qui con fare sospetto, fra poco ci sarà di nuovo un'invasione di folla. Con cautela scansa il tappeto e le altre casse. E tira fuori sull'erba quella giusta. Sembra leggera, più leggera di quanto dovrebbe essere. Le cerniere si sono aperte...

Come? Poi, ecco che ricorda: una delle cerniere era allentata. L'altra non è bastata a tenere fermo il coperchio, se il bambino ha spinto dall'interno. E adesso non c'è più. La cassa è vuota.

Come ha fatto a svegliarsi quel piccolo deficiente? Così presto? Ha sbagliato a non dargli una dose più massiccia di soffio d'angelo, e a non premerla più forte contro il suo naso: ecco che cosa succede quando si prova compassione. Stizzita, madam Krieger dà una spinta alla cassa mandandola a sbattere contro il carro.

«Smettetela con questo fracasso» risuona una voce profonda dall'interno del carro. Uno svedese. Oppure un norvegese. Uno grande e grosso, almeno così sembra dalla voce.

Madam Krieger scappa senza aprire bocca. Si chiede dove possa essere andato Isak. Che cosa farebbe un bambino viziato? Cercherebbe la polizia, chiamerebbe aiuto, seguirebbe il profumo del pane fresco? No, è terrorizzato, forse in preda al panico. La cosa più assennata da fare sarebbe bussare a qualche carro, chiedere aiuto. Ma un bambino di quell'età, un bambino che di rado esce dalla casa paterna, non ragiona a quel modo. Il suo unico pensiero di sicuro è stato fuggire, nascondersi.

Madam Krieger si guarda intorno, si avvia verso il bosco, supera un paio di tende e alcuni asini legati a un albero.

C'è uno stretto sentiero in mezzo agli alberi.

Un bambino spaventato correrebbe in quella direzione. Ne è quasi sicura.

Si guarda intorno, attraversa uno spiazzo e imbocca il sentiero.

Non vede nulla, nessuna traccia, nessun pezzo delle corde che legavano il bambino. Nessun bambino.

Il sentiero svolta leggermente, girando intorno a un ceppo.

Un po' più avanti madam Krieger arriva a una piccola radura ammantata di erba alta che scintilla di ragnatele. Fa per proseguire quando nota che vicino agli alberi l'erba è calpestata. Si accovaccia ed esamina i fili spezzati. Come un cacciatore che insegua un animale.

C'è un piccolo avvallamento nella terra morbida. Un'orma?

Un altro più avanti, della stessa grandezza. E un altro ancora.

Le orme si dirigono verso il lago? Madam Krieger lo intravede tra gli alberi. Si raffigura il bambino, ancora assonnato per via dell'olio delle Indie occidentali. Ha chiamato la madre? Oppure è solo corso via piangendo in preda a un panico incontrollabile? Forse è sceso passando per la scarpata.

Forse è nel folto sottobosco.

Purché non sia finito nel lago. Madam Krieger si affretta verso la riva, le barche a remi sono tirate in secco, un branco di cigni si lascia portare dalla corrente, la testa nascosta sotto l'ala. Madam Krieger afferra un grosso bastone e lo usa per scostare ninfee e rami in modo da poter vedere il fondo dell'acqua verde.

Poi scorge qualcosa in mezzo ai giunchi. Qualcosa di scuro e di bianco.

Il bambino con la sua giacca elegante e la camicia. Deve essersi perso e ferito contro un sasso. Ha annaspato un po' prima di annegare. Forse non cambia niente. Purché madam Krieger recuperi il suo cadavere. Deve riflettere sul piano, non sul bambino. In effetti, un bambino morto vale quanto uno vivo. Ed è molto più facile da maneggiare, più facile da nascondere. Potrà seppellirlo nel bosco. L'essenziale è che il medico creda che il figlio sia vivo.

Madam Krieger muove un piede nell'acqua bassa, tra i giunchi e i rami che spuntano dal fondo. Si solleva il vestito per evitare che si bagni. Che sciocchino. Come si può essere tanto stupidi? Lo afferra per un braccio e lo trascina verso riva.

Ma è leggero, troppo leggero. Si guarda le mani e poi scruta l'acqua e si rende conto di stringere una giacca estiva. Soltanto una giacca persa da qualche ubriacone.

«Preso qualcosa?» le grida un uomo dalla sponda opposta.

Madam Krieger è seccata per i minuti sprecati. Il bambino diventa più difficile da trovare a ogni secondo che passa. Si allontana sempre di più, potrebbe imbattersi in qualcuno e raccontargli che cosa gli è successo. Quel pensiero la innervosisce. Non può permettersi altri errori. Prosegue costeggiando il lago e cercandolo con lo sguardo, cercando tracce. Lungo la riva e nella parte inferiore della scarpata la terra è morbida. Le orme dovrebbero essere ben visibili. Ma non c'è niente. Se fosse passato di qui lei se ne accorgerebbe.

Comincia a salire verso il punto in cui ha visto le sue ultime orme.

Adesso c'è più animazione fra le tende e i carri. Il parco dei divertimenti si sta svegliando. Un paio di giovanotti girano per i sentieri affiggendo dei fogli sui carri.

Madam Krieger si avvicina, legge il titolo: *Cercasi bambino di cinque anni*. Sotto segue una breve descrizione dei vestiti che indossava e del suo aspetto. Il foglio è firmato dal primario professor Benyamin Horowitz, piazza Hauser 13, Copenaghen.

Il foglio è nuovo di zecca, pensa madam Krieger. Con tutta probabilità significa che non lo hanno ancora trovato. E questo a sua volta significa che lei può cercarlo senza dare nell'occhio.

Madam Krieger evita due ausiliari che parlano con un italiano sui trampoli e torna indietro verso il bosco. Cerca di setacciare la zona a fondo e con calma. Arrivata all'altezza della vecchia locanda vicino alla sorgente, e poi più in là, dove c'è una zona rigogliosa, scorge una distinta striscia nell'erba coperta di rugiada.

La traccia gira intorno a un paio di alberi e a un formicaio abbandonato.

Avanti, avanti: fino a una profonda forra.

Il burrone sembra essersi formato in seguito a una frana di fango.

Con una sorta di taglio netto il sottobosco cessa e precipita per una decina di braccia verso il fondo di una valletta, che si è ricoperta di una sterpaglia ostile e di panaci grossi come pecore. Piante e alberi hanno le radici scoperte, la tana di una volpe è stata scoperchiata. E in mezzo alle ortiche giace il bambino. È volato dritto nella forra ed è rimasto disteso nel punto in cui è caduto.

Prima di calarsi, madam Krieger si guarda intorno. Immobile, tende l'orecchio.

I carri più vicini sono dietro gli alberi, a una distanza di diverse centinaia di piedi. Nessuno la vede. Si cala giù aggrappandosi alle radici nude, che usa come corde. Arrivata in fondo, prende un ramo e scosta le ortiche, per raggiungere il bambino senza pungersi.

Il piccolo giace con il corpo contorto e le braccia e le gambe piegate in posizioni innaturali.

Madam Krieger considera l'idea di lasciarlo là. Passerà parecchio tempo prima che qualcuno lo trovi. E ben presto gli animali e le piante del bosco ne avranno cancellato ogni traccia.

Il bambino emette un lungo, sfinito sospiro. Madam Krieger lo fissa. Lui apre gli occhi. E la paura e il dolore sono così forti nel suo sguardo che quasi la muovono a compassione.

«Non fiatare» gli dice. «Devi fare esattamente come ti dico».

Lui si limita ad annuire. Prima adagio, poi forte.

«Di qua» gli dice, indicando verso sud, dove ha lasciato il carretto. Oltre la forra, al capo opposto del bosco. «Su, vieni».

Il bambino vacilla per un momento. Guarda spaventato le ortiche. Sa che farà male. Alla fine lei è costretta a spingerlo in avanti, seguendolo dappresso.

Attraversano una gola, dove i salici si rannicchiano formando una boscaglia selvatica perfetta. Quando emergono dall'altra parte e costeggiano per qualche centinaio di piedi un muro di pietre, madam Krieger si sente un po' sollevata. Fra poco arriveranno al sentiero, dove ha notato l'albero rovinato che somiglia a una mano.

Nel momento in cui stanno per superare il sentiero, madam Krieger sente una carrozza avvicinarsi a tutta velocità. Fa appena in tempo a spingere il bambino tra le erbacce e a immobilizzarlo con un piede, quando la vettura si ferma.

Una donna guarda fuori. «Buongiorno, signorina» dice. Indossa un cappellino nero. È la moglie del medico, madam Krieger la riconosce subito. Dietro di lei è seduta la domestica. «Che cosa ci fa qui da sola?» le domanda la signora.

Madam Krieger fa in tempo a riflettere. «È scomparso un bambino, signora. Mio marito e mio fratello mi hanno mandata da questa parte per cercare tracce di quel povero piccolo».

«È mio figlio quello di cui parla. Lei ha figli?»

«No, non ancora» risponde madam Krieger, odiando quella donna per la sua domanda insensibile. Intanto preme forte il bambino tra le piante. «È una gioia che non ho ancora avuto».

«Mio marito è un medico molto stimato a Copenaghen. Può riferire a suo marito e a suo fratello che vi includeremo nelle nostre preghiere».

«Io prego...» dice madam Krieger e abbassa lo sguardo sul bambino, che ha gli occhi sgranati e spaventati «...affinché lei e suo marito rivediate il vostro adorato figlio. Dio premia gli umili».

È il genere di chiacchiere che Schneider detesta, superstizioni, che tengono l'umanità schiava, legata alla sua rozza compassione. Ma ha un effetto disarmante.

«Grazie» dice la donna con un sorriso inquieto. Si ritrae nel buio dell'abitacolo, poi le ruote si mettono in movimento.

Madam Krieger indugia per un istante, seguendo la carrozza con lo sguardo. Ha ancora il piede piantato sul petto del bambino. Schiacciarlo sarebbe facilissimo.

## 17.

Hans Christian si osserva allo specchio, fa un tentativo sciacquandosi la faccia.

Non lava via niente. Né il brutto muso né i ricordi di ieri.

Anna, menomata, il seno reciso come un pollo squartato. Pensa a quel gesto malvagio: scambiare gli attributi più femminili di due donne. Come vengono certe idee? E a quale scopo? È follia, follia pura.

Si porta il rasoio alla guancia e taglia i pochi peli scuri della ricrescita. È un campo scabro: le guance non sono abbastanza fertili da fruttare un raccolto degno di questo nome. I baffi li ha desiderati a lungo, ma soltanto a Roma aveva trovato il coraggio di farseli crescere. Si può sperimentare con il proprio aspetto, quando si viaggia da soli. Aveva provato a farsi crescere i capelli fin sopra le orecchie, come i fienaioli austriaci che aveva incontrato, e il codino come i maestri di equitazione di Salisburgo, ma tutti quei tentativi non sembravano sortire altro effetto che mettere in risalto la cosa che non gli piace: la sua faccia.

Era stato Thorvaldsen a suggerirgli i baffi. «Fa' qualcosa per il tuo aspetto, che potrà tornare utile agli scultori fra cent'anni» gli aveva detto lo scultore in mezzo a una nuvola di calce e polvere di marmo. Thorvaldsen era dell'idea che, se si voleva diventare famosi, bisognava dotarsi di un profilo riconoscibile, qualcosa che fosse facile riprodurre nel disegno e nella pietra. Dei bei baffi, due sopracciglia irte, un paio di occhiali. «Ora come ora hai soltanto il naso» gli aveva detto. Ed era più ridicolo che virile. Hans Christian aveva anche preso in considerazione l'idea di un cappello altissimo, come quelli dei signori dell'alta borghesia.

Follia, pensa di nuovo, questa volta si riferisce alla propria. Sempre impegnato ad accarezzare idee di fama.

Non dovrebbe pensare a se stesso, ma ad Anna, alla stramba filastrocca del bottinaio.

*Una donzella nella botte, un'altra in mezzo all'onde.*

Il pazzo nella guardina sapeva qualcosa. Doveva aver sentito o trovato accidentalmente qualcosa, forse mentre svolgeva il suo umile compito di svuotare i vasi da notte; forse aveva udito per caso una conversazione in una taverna o all'angolo di una strada, in cui l'assassino si era vantato delle sue imprese. Altrimenti, come faceva a conoscere quei particolari?

Aveva spiegato la questione a Molly poco prima che si separassero. Dobbiamo parlare con i guardiani notturni, dobbiamo procurarci l'accesso alla guardina e sentire che cosa vuole dire quell'uomo. A Molly l'idea non era piaciuta. Tempo sprecato. Come rincorrere una foglia in autunno. Invece, dovevano cercare altre donne scomparse, anche se si rendeva conto che era un'impresa praticamente impossibile. Nei tre giorni in cui aveva cercato Anna, si era imbattuta in una storia dopo l'altra di donne scomparse, che partivano, sparivano, prendevano una nave per la Svezia o andavano a servizio da un mercante o da un fabbro senza dirlo a nessuno. Ci sarebbero voluti giorni, forse settimane, per indagare su tutte. E non avevano tanto tempo a disposizione. Alla fine Molly si era data per vinta e aveva approvato il piano di Hans Christian; così si erano dati appuntamento alle nove davanti al palazzo di Giustizia.

Hans Christian scende in strada. Nel canale le anatre starnazzano. La città si sta appena svegliando. È sereno, il cielo è azzurro come l'acciaio. Ha dormito pochissimo, si è voltato e rivoltato nel letto duro al suono cantilenante della filastrocca del bottinaio. *Ahimè, dell'urina del re fedele servente. Per un misfatto altrui al patibolo andrò innocente.*

Quelle parole lo avevano tenuto sveglio. L'immagine della mannaia che taglia tutto quanto. Faccia, naso e testa.

Un chiasso si leva alle sue spalle. Un cocchio passa sfrecciando. È della casa reale, con due cocchieri seduti in alto e un cavallo di riserva attaccato dietro. Nel finestrino Hans Christian intravede la principessa Guglielmina, una donna incipriata dal viso tondo e arrabbiato. Ne ha di motivi per essere arrabbiata, con tutte le voci che corrono sulle infedeltà del marito! Si mormora che abbia chiesto la separazione e che il principe Federico rischi di essere esiliato, ma della casa reale non ci si può mai fidare: è sempre oggetto di pettegolezzi, e il popolo ci sguazza.

Hans Christian svolta l'angolo di piazza Vecchia. Molly è davanti al palazzo di Giustizia. Ha l'aria impaziente, i capelli sembrano un lavoro a maglia ingarbugliato. Tiene per mano una bambina con i vestiti sudici e le scarpe troppo grandi.

«È la figlia di Anna» spiega Molly, lanciandogli un'occhiata dispiaciuta. «Non ho trovato nessuno a cui lasciarla. Non ho avuto scelta». Marie ha l'espressione spaurita, si stringe a Molly. «Le manca la mamma».

Hans Christian abbassa lo sguardo sulla bambina. «Anche a me manca la mia. Ogni santo giorno».

«È morta pure lei?» domanda Marie.

Hans Christian non è abituato ai bambini che si rivolgono agli adulti in quel modo. Quasi tutti i figli di buona famiglia che conosce parlano solo quando sono autorizzati dai grandi. Però gli piace, anzi pensa che dovrebbe essere sempre così. Libertà di domandare, di pensare. Guarda Molly. «Non sapevo che la bambina sapesse...»

«Ieri Salomine era ubriaca e se l'è lasciato sfuggire» spiega Molly.

«Ah!» esclama Hans Christian. Che cosa si dice a un bambino che ha perso la persona più importante della sua vita? Osserva la piccola. Somiglia sia alla madre che alla zia. «Sì, pure mia madre è morta» risponde, senza riuscire a trovare altro da dire. Fa un effetto meschino. Tirchio. Il silenzio è così insignificante, così deludente. Le parole, se non altro, possono dare speranza.

«Sta succedendo qualcosa fuori città» interviene Molly, per rompere quella strana atmosfera.

Solo a questo punto Hans Christian fa caso a quella singolare aria di allontanamento generale nella piazza antistante il palazzo di Giustizia. Gente che cammina a passo svelto. La cantastorie che narra del gran giorno al pascolo demaniale. Due o tre ragazzi che si avviano tirando grossi carretti con pane appena sfornato. Hans Christian scorge le finestre delle celle sotterranee del palazzo di Giustizia, dov'era rinchiuso lui stesso appena qualche giorno fa.

«Aspettami qui» dice. Poi costeggia le finestre e tende l'orecchio nella speranza di cogliere la salmodia.

Non ode niente.

Un prigioniero tende le mani sporche e lo afferra per gli stivali, ma Hans Christian riesce a liberarsi.

«Il bottinaio, dov'è il bottinaio?» domanda verso il buio, sperando di ottenere una risposta da qualcuno. Chiunque.

Un momento dopo un uomo si avvicina alla luce, Hans Christian lo riconosce: è il contadino che aveva offeso il re. «Puoi rilassarti, giovanotto, le filastrocche sono finite» dice l'uomo scrutandolo. «Ce l'hai un tozzo di pane? Un po' di pesce secco?»

«Le filastrocche sono finite?» domanda Hans Christian. «Che cosa intende dire? Dov'è il bottinaio?»

«Pane in cambio di informazioni. Mia moglie non mi fa più visita».

Hans Christian guarda verso Molly e la bambina. «Non abbiamo né pane né pesce».

Il contadino è contrariato, sembra soppesare le sue possibilità. «La guardia del re è morta ieri sera» dice infine. «E questo fatto trasforma l'aggressione in omicidio, e l'aggressore in assassino. Lo hanno appena portato al patibolo». Con un gesto della mano imita la mannaia che cala.

«Che cosa dice?» domanda Molly, che ha raggiunto Hans Christian.

«Dice che il bottinaio sta per essere giustiziato» risponde lui.

«Nel mondo libero non si perde tempo» commenta il contadino, lanciando un'occhiata persistente a Molly. Poi riscompare nell'oscurità.

Hans Christian guarda in direzione della folla che si dilegua in fondo alla strada. «Devo andare là. Al patibolo. Il bottinaio sa qualcosa. Chissà cosa. Devo andare e cercare di parlargli prima che...» Hans Christian si interrompe, guarda Piccola Marie.

«Veniamo con te» dice Molly prendendola per mano.

«Non puoi portarla, non sono cose per bambini, tantomeno adesso che...»

«Ai bambini fa solo bene vedere il vero volto della vita» ribatte Molly. «Tanto, lo vedranno comunque».

«No, non è vero. Io ho assistito a uno spettacolo del genere quando ero ragazzo» ribatte lui, ricordando che erano usciti dalla scuola, come fosse una gita, una sorta di scampagnata, uno svago.

Molly guarda la bambina. «Ce la caveremo, ce la caviamo sempre».

La bambina annuisce in silenzio.

Molly si incammina, si volta, guarda Hans Christian. «Allora, vieni?»

In tutta Copenaghen gli abitanti si riversano fuori dai palazzi e dai bassi casamenti che costeggiano il canale. Prima del ponte c'è la calca per attraversare. Venditori di biglietti della lotteria, impiegati e ragazze che vendono tocchi di zucchero candito avvolti nella carta. Ma anche orde di giovani e donne, famiglie, nonne e bimbi piccoli. Ricchi e poveri, più poveri che ricchi. Con panieri e pipe accese. C'è addirittura una compagnia di musicanti portoghesi in giacche colorate, uno suona un lungo piffero.

Camminano lungo il bastione e vedono la gente ammassarsi davanti alla porta dell'isola dell'Uomo Morto. Solo una porticina è aperta. Le guardie si sono strette e fanno passare la gente dopo aver dato una rapida sbirciata ai documenti. Molly afferra Hans Christian per il braccio e cerca di fermarlo. La calca tutt'intorno li spinge in avanti, un giovane soldato si fa largo e dice seccato qualcosa in tedesco.

«Non puoi uscire» dice Molly. «Non hai i documenti».

Hans Christian non ci aveva pensato. Si sente di nuovo invadere dalla paura di essere rinchiuso. Guarda la porta della città. La portineria gialla sembra un uomo grande e grosso con un cappello rosso e la bocca spalancata che inghiotte tutti i viaggiatori. «Magari riesco a passare di nascosto? E se poi mi riconoscono? Al palazzo di Giustizia mi hanno fatto il ritratto quando sono stato arrestato».

Molly gli bisbiglia all'orecchio: «Mettiti Piccola Marie a cavalluccio. Come travestimento dovrebbe bastare».

Forse ha ragione. Si gira di spalle, e Molly aiuta Marie a salire. È una sensazione nuova, il peso di una bambina. Prima scivola indietro, poi in avanti.

«Tienila per le gambe» bisbiglia Molly.

Hans Christian ubbidisce, afferra le esili caviglie, pelle e ossa, pesa troppo poco. Poco più di una pila di libri. Chissà se mangia.

«Ecco, così» bisbiglia Molly. Poi si lasciano trasportare dalla corrente oltre l'altra sbarra e attraverso lo stretto edificio, dove le guardie stanno contro il muro e gridano a tutte le donne con i capelli sciolti e agli uomini con l'acquavite sui carretti, levando lo sguardo dai fogli – ritratti di delinquenti in erba e debitori e relitti umani da trattenere – verso i loro proprietari.

Ma non è così per lui.

Con una bambina sulle spalle si diventa di colpo una benigna creatura bicefala. Hans Christian sente le piccole mani arruffargli i capelli, le dita fredde contro le sue grandi orecchie. La gente spinge da dietro, e si ritrovano più vicini alle guardie. Una lo ha comunque preso di mira e allunga il collo per annotarsi mentalmente il suo aspetto.

«Prendimi la mano, su, prendila» gli sussurra Molly.

Senza pensarci due volte, Hans Christian lascia una gamba di Marie e stringe la mano di Molly, piccola, calda e asciutta. Stranamente morbida.

«Adesso siamo una famiglia» dice Molly. Da vicino, Hans Christian sente il sorriso nella sua voce. Per un momento quasi ci crede, che sia possibile dimenticare chi si è e diventare un'altra persona. Forse la vita è solo un teatro dove si sceglie il ruolo più adatto? Ballerino. Scrittore. Marito. Padre. Chissà!

«Alt!» intima una delle guardie. «Alt!»

Molly lo spinge. «Va' avanti. Non ti fermare. Segui la folla».

Dall'altra parte la gente si riversa fuori dalla porta come il succo di prugna dal collo troppo stretto di una bottiglia. Tutti cercano di avviarsi verso i pascoli demaniali, e c'è un caos di voci, di cani che latrano, di cavalli che nitriscono. Hans Christian, Molly e Marie vengono trascinati via dalla folla, e nel frattempo la guardia rinuncia al suo intento. Tutti i carri e i carretti proseguono lungo la strada, le persone a cavallo e a piedi si sparpagliano per i campi, mentre parecchie si buttano nell'erba alta del fosso per concedersi una pausa.

Hans Christian depone Marie sull'erba.

In lontananza scorge il fumo della fabbrica di colla. E dalla parte opposta il patibolo. È quello il punto in cui tutti si radunano. C'è gente seduta su ogni albero e ogni ciuffo d'erba libero. Alcune tende oscillano al vento. Ci sono decine di carrozze cariche di spettatori che fischiano, già in posizione. Al centro si erge il patibolo. È una struttura grossolana di legno, un piccolo palcoscenico, dove il boia e la vittima si incontrano per la prima e l'ultima volta.

«Eccoli che arrivano» dice Molly indicando.

Hans Christian scorge un carro dimesso con due guardiani davanti.

Attraversa una ressa di uomini a cavallo ed è circondato da una fiumana di gente agitata, che corre accanto alle sponde e cerca di afferrare l'uomo seduto al centro del pianale scoperto.

«Dobbiamo parlare con lui» dice Hans Christian e si fa largo tra il popolino che si va stipando sempre di più. Un uomo canta una ballata. Molly arriva di corsa da dietro, tenendo Marie per mano. Il bottinaio siede incatenato al pianale. Hans Christian sente la sua voce cantilenante sotto il furore del popolino, sotto il rombo delle ruote che passano sopra i sassi.

*Quando nella galleria il bianco di rosso si sarà tinto.*

Riesce anche a vedere Cosmus Bræstrup con un paio di stivali lustri: il questore è in piedi sulla scala del patibolo come un direttore d'orchestra che spazi con lo sguardo sui suoi musicisti. Per fortuna, non ha scorto Hans Christian, ha occhi soltanto per il bellissimo cocchio della casa reale, un tiro a quattro. Nascosta dietro una tendina, la principessa attende l'avvenimento del giorno.

Il carro con il bottinaio è quasi arrivato al patibolo, mancheranno sì e no cento passi. Camminando di fianco, Hans Christian raggiunge il lato opposto del carro, dove Cosmus non può vederlo. Non c'è tempo da perdere. Supera con una spinta una donna che strilla e si lancia contro la fiancata del carro. Il bottinaio è seduto sul pianale, afflosciato come una marionetta.

«Signor bottinaio, so che lei ha un appuntamento importante» grida Hans Christian. «Però mi deve assolutamente spiegare il significato della sua poesia».

L'uomo si volta fiaccamente verso di lui. Ha gli occhi lucidi come quelli di un gatto.

«Lei dice che la verità sta nel dettaglio. Può spiegarsi meglio?» tenta Hans Christian, ma vede che le sue parole non gli fanno alcun effetto. Proprio come gli schizzi di fango e le pietre che piovono sul pianale e sull'uomo vestito di stracci.

Il bottinaio continua a cantilenare le sue rime. «Una

donzella nella botte, un'altra in mezzo all'onde, eh, il diavolo nel dettaglio si nasconde».

«Bottinaio, la prego, mi dica che cosa sa della prostituta morta» urla Hans Christian. «Altrimenti farò la sua stessa fine».

Non sembra riuscire a scuoterlo. Il bottinaio è in un mondo tutto suo, come se fosse dentro una bolla di vetro, impenetrabile alle parole. Nel suo viaggio attraverso l'Europa, per un giorno Hans Christian aveva diviso la diligenza con un uomo che aveva la stessa eccentricità. Un orologiaio attempato che elencava cantilenando i numerosi ingranaggi e funzioni del meccanismo in ordine alfabetico e montava orologi immaginari, mentre attraversavano gli staterelli e i principati tedeschi. Era come se quell'uomo possedesse un particolare talento in sovrabbondanza, e nient'altro. Anche a Odense c'era un uomo che conosceva tutti i nomi di tutte le lapidi del cimitero, era pure bravo in aritmetica, il rivendugliolo gli faceva fare le addizioni, nessuno era veloce come lui; in compenso non sapeva fare molto altro e se ne stava seduto in una botte per non fare la pipì sul pavimento. Eccentricità o talento? Era difficile stabilirlo. Quindi, come deve fare Hans Christian per cavare una risposta al bottinaio? Il tempo stringe. Ha l'impressione che l'uomo capisca soltanto le rime e le filastrocche.

Il carro passa vicino a un esile faggio, e il bottinaio è costretto ad abbassare la testa per non essere colpito dai rami. Hans Christian per poco non inciampa in una sterpaglia con delle spine spaventose.

Forse la soluzione è una sola. Parlare in rima.

Deve procedere per tentativi.

«Caro bottinaio, compagno di sorte» grida Hans Christian e riflette. «Siamo entrambi come selvaggina condannata a morte». Si guarda indietro e incrocia lo sguardo di Molly, che si allontana di corsa con Marie in braccio.

La rima è brutta, ma non è riuscito a farsi venire in mente niente di meglio. Dapprima il bottinaio non dà a vedere di aver sentito. Ma poi interrompe la sua filastrocca, si volta verso Hans Christian e lo osserva.

Hans Christian continua: «Il suo dolore è grande, vedo, più del mare; è il delitto di un altro che deve pagare?»

A questo punto il bottinaio lo guarda dritto negli occhi.

Hans Christian si aggrappa al carro. «La sua poesia testimonia un destino atroce, da dove mai le è giunta la voce?»

«Ahimè, dell'urina del re fedele servente, per un misfatto altrui al patibolo andrò innocente».

Oh no, fa in tempo a pensare Hans Christian. Spero solo che questo pazzo non ricominci a recitare la solita filastrocca. «Potrebbe, urgentemente, colmare la lacuna? Cerco una donna, forse più d'una?»

Sono quasi arrivati a destinazione, al patibolo, le grida della folla tutt'intorno sono aumentate di intensità. Uno dei guardiani si ritrova a dover spingere giù un uomo che cerca di salire sul carro.

«Un'altra in mezzo all'onde...»

Hans Christian. «Sì, quella ormai sappiamo che è una di due sorelle, ma da dove mai provengono le sue... ehm, mammelle?»

Il bottinaio continua a fissare Hans Christian negli occhi. «L'altra nella merda, merda, merda era seppellita, fuori dalla porta della città l'ho trasferita».

Per poco Hans Christian non inciampa per l'entusiasmo. Questo è un piccolo segno che il condannato a morte non è completamente pazzo. Che sa davvero qualcosa. «Ehm, la porta della città? Quale, quella ovest o quella est, presto... mi risponda, lei che della rima è maestro!»

Il bottinaio fissa spaventato il guardiano che vuole tirarlo giù dal carro. Hans Christian sente il poveretto bisbigliare. «Che fine farà l'anima del bottinaio, quando la mannaia avrà parlato, quando l'erba dabbasso il mio sangue avrà colorato?»

Hans Christian deve seguirlo, ma dietro il patibolo, per non farsi vedere da Cosmus. Si nasconde tra la folla che si stringe intorno al guardiano e al bottinaio, mentre si dirigono verso la scala.

I copenaghensi sono impazienti, fuori di sé, come corvi sopra un cavallo morto sul ciglio di una strada. Hans Christian non ha vissuto un'atmosfera così ributtante, così accecata dall'odio, da quel giorno di settembre di quindici anni prima, quando era giunto in città e aveva visto gli ebrei, uomini e donne e bambini, cacciati e trucidati per le strade. Forse il bottinaio pensa alla stessa cosa, o almeno così sembra, paralizzato dal terrore per tutte le grida ostili e gli incitamenti a far rotolare la sua testa. Hans Christian deve spingersi ancora più vicino per farsi udire nel chiasso. «La sua anima è eterna, signore, tutto continua, anche se la vita finisce con dolore, ma in amicizia mi dica quel che sa, e le renderò giustizia».

«Sotto la luna, con mio allarme, l'ho visto portare un cadavere in collo e farne un altro del gendarme».

Il gendarme? Sicuramente intende la guardia. La guardia che è morta. Quella che il bottinaio è accusato di aver assalito.

Sul patibolo Cosmus e il boia accolgono il bottinaio, che sale a fatica la scala con le gambe incatenate. Con una leggera pacca sulla spalla il boia fa inginocchiare il condannato a morte.

Cosmus allarga le braccia. «Onorati, probi cittadini, siamo qui riuniti per pesare un uomo, un criminale, sulla bilancia della giustizia». Si volta verso il cocchio: si intravede la mano di Guglielmina sul bordo del finestrino. «Sua altezza reale, è questo l'uomo che ha visto quella notte? È questo l'uomo che ha ucciso la guardia del re, con brutalità e senza altro pensiero che la morte?»

La gente ascolta, applaude, un garzone urla: «Tagliategli la testa».

La principessa si sporge, Hans Christian intravede il suo profilo pallido nel buio del cocchio.

Un cenno quasi impercettibile del capo: sì, è lui.

Solo chi è più vicino lo vede, ma il pubblico ha capito. Ben presto si leva un chiasso indicibile, grida e insulti dalla folla. Altre voci si uniscono. «Tagliategli la testa!» risuona sopra il pascolo demaniale.

Cosmus fa posto al boia, il quale dice all'uomo di piegarsi in avanti e di poggiare il capo sul ceppo. Hans Christian si infila sotto il patibolo, dalle fessure tra le assi grezze riesce a vedere gli occhi velati del condannato. Sono vicinissimi, separati soltanto dal legname. Temendo che il questore lo senta, bisbiglia. «Mi dica, orsù, dov'è colei che cerco con frenesia, mi dica tutto, prima che un angelo l'abbracci e la porti via».

«...là dove finiscono gli intestini della città...»

Il bottinaio rimane a bocca aperta, forse non ce la fa a dire altro.

«Là dove finiscono gli intestini della città? E poi, amico mio?» Con cautela Hans Christian infila le dita nella fessura, e il bottinaio tende la mano verso di lui, per un momento i loro polpastrelli si sfiorano, due condannati a morte, due uomini che il mondo ha pesato giudicandoli troppo bizzarri.

Poi il boia afferra le mani del bottinaio e gliele tira a forza dietro la schiena.

«Là dove finiscono gli intestini della città, in un posto che nessuno sa...»

Il boia rimette in posizione il bottinaio, gli sistema il capo sul ceppo.

Toccherà a me, pensa Hans Christian. Fra pochi giorni toccherà a me.

Sullo spiazzo cala il silenzio. Tutte le grida di scherno ammutoliscono. Di colpo si sentono ronzare gli insetti, il vento che gioca con i riccioli delle ragazze, un monello che mastica tabacco. Hans Christian nota le rondini che garriscono tuffandosi. E il boia che con un po' d'affanno solleva la mannaia.

Hans Christian vorrebbe porgere un ultimo saluto al

bottinaio, ma il primo colpo arriva così improvviso e inaspettato, forse anche per il boia stesso: in effetti fa pietosamente cilecca e la lama affonda nella spalla del condannato. Il silenzio assoluto è rotto dall'urlo del bottinaio, un urlo roco, senza rima. Il boia è costretto a puntare il piede sulla sua schiena per liberare la mannaia dalle cartilagini e dai tendini. Il bottinaio riapre gli occhi e guarda Hans Christian in cerca d'aiuto. Poi cala il secondo colpo, che centra il collo ma non lo mozza. A Hans Christian sembra di capirlo dall'ansimo artefatto del pubblico, che vorrebbe sembrare inorridito, e invece è estasiato. Il condannato respira a fatica, il sangue gli esce a fiotti dalla ferita. Poi il boia leva la mannaia per l'ultima volta. Hans Christian ci terrebbe tanto a salutare il bottinaio con una bella rima, ma non ha parole che lo possano aiutare, e chiude gli occhi per poi riaprirli appena il rumore cessa e l'entusiasmo esplode: sente degli esili spruzzi di sangue caldo solcargli la guancia.

## 18.

Hans Christian vomita dietro un alberello.

Molly non è stupita. Glielo aveva letto in faccia mentre gli uomini portavano via il cadavere del bottinaio, la testa in una cesta. Era troppo, per lui. Il sangue era defluito dal suo viso lasciando la pelle sottile e bianca.

«Dobbiamo andare da questa parte, credo, verso il mare» dice Hans Christian, tamponandosi la bocca con un fazzoletto sudicio. «Se seguiamo la strada maestra, arriviamo nel posto in cui è stata gettata la botte».

La folla è sparita, cavalli e carrozze, uomini e donne sono tornati al sicuro dietro le mura della città, mentre i campi e le sterpaglie si distendono schiacciati da tanti piedi e tante ruote. Se non altro si risentono i suoni della natura. Un picchio su un albero.

«Fermati un momento. È stato tutto uno sbaglio» dice Molly. «Stiamo perdendo tempo. Non troveremo l'assassino quaggiù. Qui non c'è niente. Solo qualche vacca, qualche albero e... uno stagno». Molly guarda preoccupata Piccola Marie, che siede immobile e fissa l'acqua. Aveva fatto appena in tempo a coprirle gli occhi mentre il boia calava la mannaia, ma non aveva potuto proteggerla dai rumori, dall'atmosfera. Forse Hans Christian aveva ragione, non era uno spettacolo per bambini.

«Davvero non hai sentito che cosa ha detto?» domanda Hans Christian pallido. «Ha detto dove possiamo trovare l'altra donna. Nel posto dove svuotano i pitali».

«Ah, smettila, solo tu puoi trovare tanto senso nelle parole di un pazzo. Ero proprio lì accanto, e ho sentito solo due scemi che parlavano in rima a turno. Ho fatto male a venire. Soprattutto a portare...»

Hans Christian volge lo sguardo verso Piccola Marie. «Ce la farà, vedrai» dice. «Forse le piace stare fuori, lontana da tutto quanto. Ehi, guarda l'airone».

Un uccello slanciato è apparso tra i giunchi dello stagno con una grossa rana nel becco.

Piccola Marie guarda con tanto d'occhi l'airone che ingoia a fatica la preda.

«Oh, no, ancora morte e distruzione» dice Molly, abbozzando un sorriso. Forse Hans Christian ha ragione anche questa volta. Forse ha fatto bene. È solo la seconda volta in tutta la sua vita che Piccola Marie si allontana dalla palazzina delle prostitute. Anna era un po' troppo protettiva nei suoi riguardi, un po' troppo timorosa di tutto.

Con due colpi d'ala l'airone si leva in volo sopra il pascolo pianeggiante.

«Comunque, dobbiamo verificare questa possibilità» dice Hans Christian. «Risaliamo la strada. Se non troviamo l'altra donna prima del crepuscolo, torniamo in città».

Molly accarezza la testa di Piccola Marie. «La bambina ha fame».

«Ci fermiamo in una locanda» propone Hans Christian.

Molly scuote il capo e prende Piccola Marie per mano. Si incamminano lungo una stradina di campagna che attraversa la pianura in direzione del mare. Superano alcuni poderi con maiali tra le betulle, passano davanti a una palude e a una torbiera, dove un padre e un figlio stanno caricando della torba su una carriola. Per molti versi il paesaggio, la natura, i suoni le ricordano i dintorni di Cala Odino. A parte gli ubriaconi, che giacciono abbandonati nel fosso, e gli immondezzai, che cominciano ad apparire, uno più grande dell'altro.

Si fermano a osservare colline di rifiuti, montagne di pattume, laghi di acqua putrida. I gabbiani garriscono. È una vista quasi affascinante, se solo non puzzasse tanto.

«È qui» dice Hans Christian, coprendosi la bocca con il fazzoletto, evidentemente indisposto, ma anche emozionato. «Adesso non ci resta che trovare la merda della città».

A questo punto Molly capisce che cosa sta cercando. Merda, merda, merda. Le parole del bottinaio. E sì che di merda qui ce n'è in abbondanza. È sull'isola dell'Uomo Morto che si svuotano gli intestini della città. L'isola di merda.

Oltrepassano un immondezzaio marrone e polveroso degli addetti alle pulizie dei carbonili. Parecchi operai coperti di sudore sono seduti sotto un albero, mentre due o tre indigenti frugano nei mucchi di rifiuti alla ricerca di cose da rivendere per uno scellino.

Molly vuole che Hans Christian chieda indicazioni, ma lui sta malissimo e deve appoggiarsi a un albero.

«Dove vengono svuotati i pitali?» grida Molly agli operai.

«La montagna delle latrine è più in là lungo questa strada» spiega uno degli uomini lanciandole un'occhiata lasciva. Uno dei più anziani saluta Piccola Marie con la mano. Nessuno fa caso a Hans Christian.

Poco dopo il cielo si spalanca, una fitta pioggia cade sui campi e affoga tutti gli odori e i suoni con un rombo sommesso, interrotto soltanto da un paio di fulmini.

«Vieni, dobbiamo trovare un riparo» dice Molly e indica una locanda sotto un paio di alti abeti. Un cavallo smagrito è legato fuori. Dentro, la locandiera sta sciacquando via la terra da delle vecchie verdure. Molly e Piccola Marie si siedono in un angolo. Hans Christian si toglie il paltò e si accascia su una sedia.

«Fatti dare qualcosa da mangiare per la piccola» dice Molly. «Stai troppo male per venire con me».

«Dove vai?» la voce di Hans Christian è senza forze. Forse non è tormentato solo dal fetore e dai mucchi di rifiuti, ma dal dramma del pascolo demaniale. Forse, in effetti, è lui che non riesce a sopportare quegli spettacoli. In un certo senso Molly se ne compiace.

«Vado a cercare la montagna delle latrine. Torno presto» annuncia lei.

Hans Christian fa per protestare, a Molly basta uno sguardo per capirlo. Ma poi lui si arrende e annuisce riconoscente.

Piccola Marie è un po' titubante a lasciar andare la zia. Le ci vuole qualche minuto per farsi convincere che tornerà presto. Fuori piove ancora più forte, la strada è fangosa e viscida. Poco più in là c'è una casa diroccata con un esile cancello di legno. La pioggia scorre a fiumi dal tetto.

«È qui che si consegna la merda?» grida oltre il cancello a un uomo che si è riparato per fumare una pipa curva. Un cane guaisce nelle vicinanze.

L'uomo non risponde, Molly cambia tattica. «Cerco un uomo che è stato qui un paio di giorni fa. Aveva con sé una botte».

«Qui viene parecchia gente, signora cara. Qualcuno porta rifiuti, ma la maggior parte viene a prendere letame» risponde.

«Forse è venuto mercoledì scorso. Ha buttato una botte con dentro qualcosa».

La risposta dell'uomo è un'indifferente alzata di spalle. La lingua della campagna, lei la ricorda molto bene; in campagna si parla meno, la gente risponde quando ne ha voglia.

Molly si è fermata sotto la tettoia, in attesa che smetta di piovere. Il suo vestito è bagnato fradicio, gocce le cadono nei capelli. Sente l'irritazione e la rabbia montare dalla pancia. Ha voglia di urlare. Di sgridare l'addetto alle latrine perché non vuole aiutarla. Sgridare Hans Christian perché è così strano. Sgridare se stessa per aver portato Piccola Marie fuori città e averla lasciata da sola con un uomo che non sopporta la vista di un po' di sangue e di merda.

L'aria si è fatta immobile, il sole penetra la coltre di nuvole e illumina la terra trasformata in fango. Un fetore quasi insopportabile si leva dal mucchio di letame marrone scuro. Respira con la bocca, pensa Molly tra sé. Il fetore le fa strada. È quasi come se la prendesse per mano e la guidasse oltre. Diventa sempre più distinto, Molly lo sente penetrarle la pelle, gli occhi, la gola.

Osserva l'inconcepibile campo di battaglia dei ricordini degli abitanti della metropoli. I ricchi, i poveri, i mendicanti e i reali, quaggiù sono tutti uguali. Centinaia di vasche di legno marrone ribollono e puzzano sotto un sole bianco. Dietro, i rivoli di merda marrone si sono uniti a formare un vero e proprio lago, un mare fangoso di escrementi umani. Una sorta di inferno sulla terra, pensa Molly. Più pacifico, più calmo, ma anche più puzzolente di quello da cui il parroco di Cala Odino le aveva messe in guardia. Molly osserva due uomini in grembiuli di cuoio che vuotano una botte in una delle vasche grandi e rimescolano il contenuto con un badile.

«Seguite un metodo particolare?» domanda avvicinandosi.

Uno le lancia un'occhiata e per tutta risposta scrolla le spalle.

L'altro addetto, piegato su se stesso come uno scavafosse, è in vena di chiacchierare. «Tutto quanto finisce qui» dice. «Le botti arrivano, e noi le vuotiamo nelle vasche e mescoliamo».

Molly fa un giro tra le vasche. Con un fazzoletto davanti al naso si ferma qua e là abbassando lo sguardo sulla melma marrone. Raggiunge il lago. Una barchetta malconcia è ormeggiata a un albero mezzo caduto.

«Che cosa c'è nel lago?»

I due si scambiano un'occhiata. Quello piegato su se stesso non riesce a trattenersi: «Piscio e merda mescolati ad acqua piovana e foglie degli alberi. Ci scaricano i bottinai che arrivano dopo l'ora di chiusura».

La superficie del lago non è solo marrone, sembra di lacca, una superficie dura senza vita.

«Posso prendere la barca?» domanda Molly.

«Che diamine ci vai a fare, signora cara?» domanda il più anziano, scoprendo due denti neri.

Molly non sa che cosa rispondere. Perché avventurarsi in un lago di escrementi?

Poi, ecco che la vede. Affiora solo la punta della scarpa. Solo una punta e il colore rossiccio e quasi impossibile da distinguere nella melma marrone.

Però è di sicuro una scarpa.

«Rispondimi e basta» ribatte lei. «Posso prendere la barca?»

L'uomo scuote il capo, Molly interpreta il cenno come un sì.

Segue il sentiero fangoso, costretta ad appigliarsi ai rami degli alberi. Di traverso sul fondo della barca c'è una pertica mezza marcia. Può usarla per spingersi avanti. Molly si accerta di avere il fazzoletto ben legato intorno al naso e alla parte inferiore del viso prima di afferrare la pertica e spingerla contro il tronco dell'albero. Poco dopo la barca scivola sulla melma nero-marrone.

Il sole balugina sulla superficie fetida, e dalla barca Molly vede grumi ribollenti e strani disegni, la carcassa di un ratto e un corsetto strappato. Non sono solo i rifiuti della città e gli escrementi degli esseri umani a guardarla di rimando. È tutto il putridume, la povertà, la disperazione, l'ingiustizia, che conosce molto bene. Tutte le cose in cui si specchia. Un mondo che ha ucciso sua sorella, un mondo che prende più di quanto dà.

Molly affonda la pertica nell'acqua; su e giù, fruga il fondo melmoso, cerca.

Che cosa?

Un cadavere.

Il fetore le provoca un capogiro. No, pensa. Da sola non può farlo. Non vuole farlo da sola. Lui la deve aiutare.

## 19.

Una manina. Nella sua.

Lui si sveglia di soprassalto.

La piccola lo guarda con i suoi occhioni. Il dolore dei bambini, quello lo conosce, non ha mai superato il proprio. L'unica cosa che lo alleviava era il racconto, sparire in un altro mondo. Non importava se era raccapricciante oppure meraviglioso. Se era raccapricciante, si sentiva sollevato a tornare alla realtà; se era bello e piacevole, poteva continuare a inventare, ad allontanarsi dal dolore con l'immaginazione.

«Marie?» dice Hans Christian.

La bambina lo guarda. Ancora non si fida completamente di lui.

«Vuoi sentire la storia della candela?» Prende il candeliere con la candela di sego.

Nessuna reazione. Non ha mai raccontato veramente ai bambini. I bambini sono così semplici, non comprendono i suoni vispi delle parole né i loro numerosi significati, non comprendono le numerose sfaccettature dell'amore. Però Marie annuisce con prudenza. A chi non piace una bella storia?

«La bella candela è innamorata» inizia lui e continua narrando dei genitori della candela di sego. «Secondo il padre sta meglio con il candeliere» dice, tirandola fuori dal candeliere e poi rimettendola a posto. «Il padre della candela di sego dice che candela e candeliere sono fatti l'una per l'altro, così come l'uomo è fatto per la donna e viceversa» racconta Hans Christian pensando per un attimo a Edvard. Il suo migliore amico, quasi un fratello, ma anche qualcosa di più, se potesse esserci di più.

Marie si agita impaziente.

«Ma la candela è innamorata di un altro» riprende Hans Christian sottovoce, il trucchetto del narratore: se non riesce ad avvincere il suo pubblico con il solo racconto, può sempre bisbigliare.

«Le candele non possono amare» dice la locandiera dal suo posto in fondo al locale. I suoi due ragazzini sono rientrati dal cortile e osservano Hans Christian con lo stesso scetticismo della madre.

«Sì, invece» ribatte Hans Christian. «Ogni cosa ha un'anima; i pavimenti sentono tutti quelli che li calpestano. E di notte i mattoni cercano di avvicinarsi gli uni agli altri, ecco perché l'intonaco cade, e questa candela è innamorata di...»

Hans Christian guarda Marie. «Di te. La candela è innamorata di te» aggiunge. Prende uno zolfanello dal tavolo e lo sfrega. «Ma la candela può vedere la sua amata soltanto quando è accesa».

Lascia che la fiamma trovi il lucignolo. Marie si alza e si accosta alla candela.

«Adesso la candela riesce a vedere la sua vera fiamma».

«Ma che stupidaggini della malora» commenta uno dei ragazzini scuotendo il capo. I due si dirigono in cucina scalpicciando gli zoccoli contro il pavimento.

Hans Christian non ci fa caso. Guarda Marie. Ha l'impressione che la bambina lo capisca. Che le cose vivono, che tutto parla se si ascolta, che perfino le candele e le lampade e i pali dei lampioni anelano a cambiare forma per diventare qualcos'altro.

«Si è quasi consumata» dice Marie, sentendo il calore della fiamma con le mani.

«Quando si spegne diventa cieca come una talpa; la candela ci vede solo quando è accesa. E poi si consuma. Ma la candela preferisce vederci e amare e morire piuttosto che essere cieca e vivere per sempre senza calore, senza amore».

La porta si apre, il vento irrompe all'interno e spegne la

candela. È Molly, avvolta in un fetore di immondizia. «Ho bisogno del tuo aiuto» gli dice.

Hans Christian guarda il lago.

Molly gli ha raccontato della scarpa. È sicura che fosse attaccata a un piede, forse a una gamba, forse al corpo della donna che manca. Fin qui lui riesce a seguirla.

Il problema è che non si possono raggiungere cose che stanno sul fondo del lago rimanendo seduti nella barca. Bisogna per forza immergersi. E Hans Christian è più alto. Molto più alto di lei.

«Preferisco morire» dice lui.

«È proprio quello che dobbiamo cercare di evitare» ribatte Molly alle sue spalle.

«E quelli là? Non possiamo pagarli per farlo?» domanda lui, indicando con un cenno del capo i due uomini che rovistano in una vasca di legno poco lontano.

«Con quali soldi?» chiede Molly.

Lui si batte le tasche, ma lo sa già. Non ha niente con cui pagare i due.

Non hanno scelta: se vogliono trovare l'altro cadavere, devono immergersi nel lago. E soltanto l'altro cadavere può convincere il questore che un pazzo, e non Hans Christian, ha ucciso entrambe le donne.

Hans Christian si sbottona la camicia e se la sfila, mentre nota lo sguardo di Molly. Non ha mai dovuto spogliarsi davanti a una donna. E non ha neanche mai dovuto camminare in un lago fatto di escrementi della città, né è stato mai accusato di omicidio. Evidentemente, è un periodo di prime esperienze disgustose. Hans Christian abbassa lo sguardo e si osserva, tanto per farsi un'idea di che cosa vede Molly. Le sue ossa sporgono nei punti più strani. Il petto è incavato: Dio aveva la luna storta il giorno in cui aveva plasmato Hans Christian da un tocco di creta intrattabile. Ma Molly non commenta, si limita a sorridere. Lui si sfila l'ultimo calzino, cerca un appoggio per il piede sulla riva melmosa.

«Laggiù» spiega Molly, indicando impaziente il centro del lago.

Se non fosse per gli indumenti intimi bianchi, Hans Christian sarebbe completamente nudo. Un flebile pianto si leva appena immerge le dita dei piedi nel lago fangoso. Per un momento crede che sia Marie, ma poi si ricorda che la piccola è rimasta nella locanda. La padrona si era mossa a pietà per la bambina e aveva trovato del pane vecchio e un po' di lardo nella dispensa. Quando erano andati via, Marie sedeva sul pavimento a giocare con la candela e il candeliere, e lui e Molly si erano affrettati verso il letamaio. A questo punto Hans Christian si rende conto che a piangere è lui.

«Forza» gli dice Molly, tendendogli la pertica. «Con questa puoi rovistare nell'acqua».

Da parte sua, Molly rimane nella barca e cerca di vedere sotto la superficie.

Passi piccoli, nessun movimento esagerato che potrebbe sollevare spruzzi di melma e colpirlo in faccia. Si sente rivoltare lo stomaco, ma è vuoto da parecchio tempo. Ben presto la merda gli arriva ai fianchi. È il caso di urlare? Incrocia lo sguardo di Molly, che scuote il capo come se gli avesse letto nel pensiero. Non c'è via di scampo, nessun urlo da donnicciola può aiutarlo come quella volta all'opificio, quando aveva urlato così forte che alla fine gli operai lo avevano lasciato andare, e lui aveva potuto tirarsi su i pantaloni e correre a casa. Adesso è senza casa, e anche senza talento, se c'è da credere ai critici, e la sua unica speranza è quella poco di buono dai capelli rossi che è seduta nella barca e oscilla in un lago di merda.

«Forza» ripete Molly.

Lui si tura il naso con l'indice e il pollice mentre con l'altra mano spinge la pertica sul fondo del lago. Come i suoi piedi, la pertica urta in continuazione una gran quantità di piccoli oggetti, sicuramente sassi e rami, pensa, ma non può fare a meno di immaginare che il lago nasconda ogni genere di cose rivoltanti, da pentole e padelle, pesci marci e cime di cavolo a creature grottesche dalle lunghe zanne.

«Senti qualcosa?» domanda Molly.

Lui annuisce. «Ma non... quello».

«Continua».

Hans Christian ubbidisce e avanza lentamente, un po' a sghembo. Il lago sembra diventare sempre più grande. La sponda opposta dista come minimo un miglio o due. Qualcosa gli si attorciglia intorno alle ginocchia e per poco non lo fa cadere. «No» dice appena ritrova l'equilibrio. «È un'impresa impossibile».

«Forza, ancora un po', da quella parte» dice Molly.

La melma marrone gli arriva all'ombelico. Sembra mezzo sepolto nella terra soffice.

Poi ecco lo sente, qualcosa lo sfiora. Si blocca.

«Che succede?» domanda Molly, sul punto di alzarsi in piedi nella barca.

Con prudenza Hans Christian immerge il braccio nel fango e rovista. A lungo. Più giù. Ormai è immerso con tutto il busto nel lago tiepido, solo la faccia è fuori.

«Trovato qualcosa?». La voce di Molly è nervosa, impaziente.

Quando Hans Christian ritira su il braccio dalla melma, stringe una mano esile. È sorpreso quanto Molly. Per un momento è tentato di cedere allo spavento e lasciarla cadere. Invece, tira.

La mano è attaccata a un braccio pallido. E il braccio è attaccato a una spalla.

«Tiralo... su. A riva» dice Molly e salta a terra.

Hans Christian fa fatica a maneggiare il peso, a tenere il braccio. Nel lago il recupero procede senza troppe difficoltà, ma quando raggiunge la riva il carico diventa più pesante. Per poco Hans Christian non scivola; tira con tutte le sue forze e poi si accascia a terra sfinito.

È un cadavere. Di una donna. I resti di una donna. Una donna nuda.

Hans Christian sente Molly emettere un grido soffocato.

La pelle della donna è marrone, le deiezioni l'hanno colorata. È più bassa di lei. Esile, tutt'ossa, sembra un'oca spennata. Ha i capelli lunghi, forse prima erano biondi, i lineamenti delicati.

Ma Hans Christian fissa un altro particolare.

Come nel caso di Anna, qualcuno ha ricucito la carne, e le due protuberanze che ha sul torace minuto non sembrano le sue.

Molly gli si è seduta accanto.

Lui non riesce a dire niente, si limita a indicare le suture.

Molly annuisce, e Hans Christian la vede asciugarsi gli occhi con la manica.

«È un lavoro abborracciato, più di quello fatto su Anna» dice lui indicando, mentre cerca di togliere il fango marrone dalle gambe con un po' d'erba bagnata e le calze, prima di rivestirsi in fretta.

«Forse era viva quando le è stato fatto» dice Molly.

La sua è un'idea disumana, l'idea di un mostro.

«O forse» dice Hans Christian, «forse ha cominciato con questa qui e poi, quando ha... suturato tua sorella, era diventato più bravo» spiega, cercando con difficoltà le parole giuste. Ogni volta che ci prova l'effetto è orribile.

«È stato lo stesso uomo» dice Molly con gli occhi lucidi. «Ecco la prova che ti serviva, adesso puoi andare da Cosmus».

«Sì» dice Hans Christian. Probabilmente ha ragione lei. Si alza e mentre raggiunge i due operai si volta a guardarla. Molly tiene la morta per la mano e le parla, ma lui non riesce a distinguere le parole. Anche da lontano la vista di quel dolore spezza il cuore. Hans Christian concorda con i due operai di far trasportare il cadavere in città, alla polizia. Quello più anziano accetta di mandare la donna con la chiatta dei morti l'indomani mattina: salpa da un imbarcadero nelle vicinanze e si ferma all'obitorio.

«Mi è venuta in mente una cosa» dice Molly appena

Hans Christian torna da lei. «Non è detto che sarai prosciolto dalle accuse solo perché abbiamo trovato questa donna».

«Che vuoi dire?» domanda lui.

«Può darsi che ti sospettino di un altro omicidio. Come fa il questore a sapere che non conoscevi né Anna né questa qui? Come intendi dimostrarglielo?»

Lui abbassa lo sguardo, chiedendosi perché tutto debba essere così difficile.

«Non capisci?» lo incalza Molly. «Devi trovarlo a ogni costo. Dobbiamo trovarlo a ogni costo. Forse non si fermerà, forse continuerà a uccidere le ragazze. A mutilarle».

Hans Christian si stringe nelle spalle, però lei ha ragione. Tutta questa storia è come il lago di merda in cui stava poco fa. E l'unica scelta è buttarcisi a capofitto.

Agita il fazzoletto e se lo mette davanti alla bocca, poi si accovaccia e osserva il cadavere. Per quanto esile, ha l'aria vigorosa: le braccia sono forti, le cosce più grosse delle sue, più muscolose. È difficile stabilirne l'età. Lo pulisce delicatamente con il fazzoletto, ma non fa che impiastrarlo ancora di più con la melma.

«Vado a cercare un po' d'acqua» dice Molly e va a riempire un secchio di legno a una pompa accanto alla casetta degli operai. Torna poco dopo e versa l'acqua sul cadavere.

«Bella» commenta Molly. «Però non faceva la vita. Non l'ho mai vista».

«Mhm» dice Hans Christian, afferrando le mani della donna ed esaminandole. «Si direbbe che usasse braccia, gambe e mani nel lavoro, forse faceva la fornaia».

«O la ballerina» dice Molly.

«Non credo» ribatte Hans Christian, guardando le gambe della morta. Ha ancora un pezzo di corda sfilacciata intorno al piede sinistro. E ci sono delle ferite profonde lasciate da corde sulle caviglie. E a entrambi i polsi, nota adesso. «È stata legata forte. Immobilizzata».

«Però non ha le stesse ferite, le stesse schegge nei piedi di

Anna» dice Molly, versando altra acqua addosso alla ragazza, per scoprire la pelle. Hans Christian strizza il fazzoletto e dà una pulita anche alle proprie braccia.

Poi, di colpo, fissa le mani della morta. «Conosco quelle mani» dice Hans Christian. «La pelle scolorita. Il bianco sotto le unghie».

«Forse è stato il letame?» domanda Molly.

«No, guarda: niente colore sugli avambracci e sulle mani, ma tanto sul resto delle braccia e sul viso».

Molly scuote il capo: «Che cosa significa?»

«Conosco quei colori, anche mamma era così. Tante ore di duro lavoro nell'acqua fredda a lavare i panni dei ricchi». Hans Christian leva lo sguardo. «Dobbiamo andare ai campi di sbianca: questa ragazza faceva la lavandaia».

## 20.

Deve esserci un senso. In tutto questo. Nel fatto che lui debba essere sospettato. Nel fatto che l'assassino mutili le sue vittime. Che una delle ragazze fosse una prostituta – come la sua sorellastra – e l'altra una lavandaia, come sua madre. O è solo un caso? Il diavolo che gioca a nascondino. Perché le lavandaie e le passeggiatrici sono le creature più umili della società? Facili da catturare, facili da eliminare. Se riuscirà a scoprire chi è la lavandaia, forse riuscirà anche a sapere se c'è qualcosa che la collega ad Anna. Forse avevano una conoscenza in comune?

Il vaporetto solca le onde e Hans Christian si mette a poppa, nella speranza che la fresca aria di mare riesca a eliminare il fetore di morte e di merda che ancora gli brucia nel naso nonostante si sia sfregato con alghe fresche nell'acqua salsa. È appena la terza volta che Hans Christian sale su una di quelle imbarcazioni, e gli fa uno strano effetto guardare la capitale, il profluvio di campanili e di guglie che scintillano mentre sfreccia tra le onde. Qui, al largo, ci sono solo le voci roche degli uccelli tra le nuvole e il gorgoglio continuo della macchina a vapore. È incantato da come il fuoco e il vapore riescano ad animare un mucchio di metallo morto. La prima volta che ha navigato su un piroscafo era stato in occasione di un viaggio a Aarhus. Gli avevano consentito di vedere la macchina, i suoi incredibili bracci che facevano girare la grandissima ruota. Tutto succede in gran fretta. Ben presto non ci sarà più motivo di camminare, si potrà semplicemente far trasportare la propria casa di qua e di là su grosse ruote azionate dal vapore.

Ora puntano verso la costa, un piccolo porto a nord di

Copenaghen. Il viaggio intorno alla capitale gli ha fatto risparmiare un po' di tempo, ma soprattutto gli ha evitato di dover varcare la porta della città senza documenti. Molly è dovuta rientrare con Marie.

Hans Christian scende a terra con un salto e annuisce al comandante per ringraziarlo del passaggio. Un poliziotto cammina lungo la strada, chiacchierando con un garzone che spinge un carretto carico di pelli. Hans Christian gli gira al largo e si trova ad attraversare un piccolo villaggio il cui mulino ha le pale tutte strappate; un operaio le sta riparando su una scala storta tenuta da una donna paffuta.

«I campi di sbianca?» grida ai due.

«Dopo la nuova piantagione di tabacco, vicino alle sterpaglie oltre il cotonificio» gli grida di rimando la donna. «Si sentono spettegolare fino alla strada» aggiunge, facendo ridere l'operaio sulla scala.

Almeno adesso sa dove cercare.

Prosegue lungo muretti e steccati bassi. Ci sono delle piccole case che spariscono dietro cespugli di rose vizze, e un carraio con l'officina aperta. Si sente che la metropoli si sta espandendo, il viavai si è, per così dire, riversato fuori dai bastioni, e anche quassù la gente corre da un posto all'altro alzando la polvere con le scarpe. Hans Christian supera quella che deve essere la piantagione di tabacco, con le piante tagliate ad altezza di ginocchio.

Tende l'orecchio per sentire voci, pettegolezzi nell'aria. È sulla strada giusta: il rumore familiare di tonfi e grida e racconti infervorati.

Imbocca il sentiero, lo segue passando sotto un paio di grandi alberi fino ad arrivare a una distesa erbosa. Dapprima crede di vedere delle persone sdraiate sull'erba, ma poi capisce che sono indumenti. Vestiti, camicie, pantaloni, sottovesti e sciarpe di tutti i colori. Nella bassa vasca ci saranno trenta lavandaie, forse più. La maggior parte è piegata sopra delle pietre e batte gli indumenti con una paletta. Alcune, in piedi sulla riva, proprio nel punto in cui l'acqua entra nella vasca, sciacquano i panni, che dopo vengono strizzati e manganati e distesi ad asciugare al sole.

Quando Hans Christian sbuca fra gli alberi e scende verso la vasca, cala il silenzio. Una delle addette alla sbianca leva lo sguardo.

«Deve aver sbagliato strada» gli dice la donna. «Il sarto abita più in là». Forse allude ai suoi vestiti logori. Al buco nella manica del paltò. A questo punto lo guardano anche tutte le altre, facendolo sentire in imbarazzo.

«No» risponde. Come spiegarsi? «Sto cercando una ragazza».

«Questo lo fanno tutti gli uomini». Il commento fa scoppiare a ridere le compagne. La sbiancatrice getta dei panni a riva, dove un'altra li distende sull'erba.

«Volevo dire...» riprova lui. «Il fatto è che questa ragazza è come voi, sicuramente la conoscete, avrà sedici, diciotto anni, forse qualcuno di più. Ed è bellissima, credo».

«Be', allora non può essere nessuna di noi» ribatte la donna facendo di nuovo la spiritosa, senza che lui riesca a risponderle per le rime.

«È una lavandaia» dice lui.

«Allora quella che cerca sa anche che non abbiamo tempo per stare a conversare con il suo elegante amico, o zio, o quello che è».

Hans Christian esita. Poi tenta. «Mia madre faceva la lavandaia. Ed era brava. Mi portava giù al ruscello. E io le vedevo battere e strizzare e manganare panni dall'alba a mezzogiorno».

A quel punto tutte sollevano la testa, con l'acqua che gocciola dagli indumenti bagnati.

«Era una buona madre» aggiunge lui, lasciando che quel pensiero si fissi. «Una buona madre e una lavandaia in gamba, fino al giorno in cui l'hanno trovata. L'anno scorso».

Le donne tacciono.

«Troppe di noi muoiono troppo presto» dice la sbiancatrice, salendo a riva. «Chi sta cercando?» domanda.

«La ragazza è morta» risponde Hans Christian, e sente la paura scuotere tutte le donne. «Cerco qualcuno che mi possa dire chi è. C'è una ragazza o una donna che non vedete da un paio di giorni, o forse da una settimana?»

«Ce ne sono tante» risponde la sbiancatrice. «Le lavandaie vanno e vengono come l'acqua in cui laviamo».

Le altre donne si uniscono alla conversazione. Storie di lavandaie che si sono ammalate, sono affogate, sono cadute nel fossato, sono state comprate da mercanti di schiavi o sono state vinte dalla peste. Storie di lavandaie che sono cadute tra le braccia di un giovane soldato, hanno avuto figli da un ricco prussiano, sono andate all'estero e hanno trovato lavoro nel teatro. Probabilmente la verità è, dicono, che le lavandaie hanno perso la voglia di vivere nella capitale e se ne sono tornate a casa, nella speranza di trovare lavoro in una tenuta.

E poi parecchie sono malate. Sempre parecchie sono malate, "malattia dell'acqua" la chiamano, una cosa che vive nell'acqua sporca e che fa venire uno sfogo rosso e prurito e tosse e febbre a settembre.

Le ragazze si guardano a vicenda. «E Petra?» domanda una lavandaia. «È da parecchio tempo che non la vediamo».

«È andata a servizio un mese fa» risponde l'altra. «In compenso è qualche giorno che non vedo Signe. E la figlia di Astrid».

«Astrid ha lo scorbuto e la figlia è a casa a prendersi cura di lei» dice la sbiancatrice.

«Signe dà una mano nella conceria. L'ho vista ieri» dice una terza ragazza.

Hans Christian lascia che le donne finiscano di parlare, senza capire che cosa fare. Tutt'a un tratto la vicenda sembra un vero e proprio gioco degli indovinelli. Forse la morta non era affatto una lavandaia. Lui l'ha soltanto guardata per pochi minuti, forse dieci, ed è stato troppo rapido nel trarre conclusioni.

«E Maren?» dice infine una. Le lavandaie si guardano

l'un l'altra: Maren non c'è. Maren Jensen di via del Cittadino manca da una settimana, ha appena diciassette o diciotto anni, una bella ragazza che non è mai mancata dal suo posto alla vasca di sbianca.

«Maren Jensen di via del Cittadino» ripete Hans Christian, mentre le lavandaie caricano dei panni asciutti su un carretto. Due lo spingono fino alla strada. Hans Christian le segue.

«Tornate in città?» domanda, immaginando l'effetto che farebbe nascondersi sotto gli indumenti. Sicuramente orribile, con il fetore della vasca di sbianca, la sensazione di soffocare. Ma sarebbe una buona soluzione per rientrare in città. Forse l'unica. Se viene pizzicato dalle guardie della porta, dovrà tornare nel carcere sotto il palazzo di Giustizia. La domanda è se riuscirà a convincere le lavandaie a portarlo, a nasconderlo. Con la storia della madre morta le ha commosse, magari deve caricarla un po' di più?

Una delle due fa spallucce. Perché lo chiedi? le legge nello sguardo.

«Quando nacque, mia madre era così povera» dice Hans Christian senza altre spiegazioni e si avvicina al carretto, una mano già sul legno marcio. «Così povera che nessuno si preoccupò di registrare il suo anno di nascita. La sua, di madre, era rinchiusa nella colonia penale. Non imparò mai a leggere e a scrivere» continua, notando dalle espressioni del suo pubblico improvvisato che il racconto fa effetto. «E anche se crebbe come figlia di ergastolana e spesso doveva andare a letto con la fame, era la persona più affabile che si possa immaginare».

Un paio di donne si asciugano qualche lacrima. Ecco, ci è riuscito, non ha mai avuto un pubblico migliore. «E che mi dite di questo carretto? Sono sicuro che ce la fa a portare qualche libbra».

## 21.

*Illustre professore di anatomia,*

*Le scrivo....*

Madam Krieger non è soddisfatta della sua grafia. Teme che la smascheri. Che riveli il suo segreto. Forse è solo perché nel magazzino c'è una pessima luce ed è stanca, e l'inchiostro fa i grumi.

Intinge di nuovo il calamo.

*...perché ho suo figlio.*

Forse è il bambino che la distrae.

Non ha urlato a più non posso, come credeva avrebbe fatto. Non è quello che fanno tutti i bambini di cinque anni? Invece, ha pianto in silenzio. E ha detto soltanto una parola. *Baba.* Il nomignolo della domestica. È stato rapito, legato e sbattuto in una gabbia, e l'unica persona di cui ha nostalgia è la domestica. Ecco quant'è crudele l'amore. Perfino quello di un bambino per i genitori.

Non ha toccato le fette biscottate, in compenso ha bevuto con avidità la birra. E ora dorme, rannicchiato in un angolo della gabbia, circondato da penne bianche e nere. Non sono né d'oca né di cigno. Sono uguali a quelle sul cappello di una ballerina. Provengono da un altro uccello, un uccello esotico, che è stato portato in Danimarca rinchiuso nella gabbia. Forse un grosso pappagallo o un pinguino. Madam Krieger ha visto molte cose durante i suoi viaggi. Strani pesci sui fondali, strane creature nel cielo, strani animali sulle spiagge e tra gli scogli. Tutto ciò la spaventa e la rende felice al contempo. Le creazioni geniali della natura, pericolose, orrende e bellissime; si può creare tutto, purché se ne abbia il coraggio. Dio era coraggioso il giorno in cui creò l'uomo, e ora ci chiede lo stesso coraggio. Così ha detto Schneider quando lo ha sentito parlare alla Società delle Scienze.

Riprende a scrivere la lettera: *Venga da solo. E sottolineo: da solo.*

Ecco fatto. Ha scritto la lettera, le manca solo un punto, quello che convincerà il medico ebreo a ubbidire. Con delicatezza tira fuori la mano del bambino tra le sbarre. Non si sveglia, si muove soltanto un pochino. In un modo o nell'altro dovrà far capire al medico che fa sul serio. Che è pronta a tutto. Se non avesse bisogno della sua esperienza, il figlio giacerebbe ancora nella forra in mezzo alle ortiche. Questo lo deve sapere. Poggia la mano del bambino di piatto sul pavimento di legno.

Il piccolo apre gli occhi. La guarda, capisce che cosa sta per succedere.

«No» dice con voce sommessa. Ancora intorpidito dalla birra e dal sonno.

«È per tuo padre» dice lei e cala l'ascia.

La lama affonda nel dito, ma si ferma a metà. Con un urlo Isak ritrae d'istinto la mano.

L'urlo è più forte di quanto madam Krieger avesse previsto. È come se la paura e il dolore facessero a gara a quale è più grande. Ma il peggio sono gli occhi del bambino, scuri e grandi come quelli di una lepre; spesso sono appese dal rivendugliolo con il pelo e le orecchie flosce e gli occhi neri quasi fuori dalle orbite. Come puoi farmi questo? domanda lo sguardo soffocato dall'urlo, che diventa sempre più forte via via che il sangue che esce a fiotti dal mignolo ferito.

«Smetti» pigola il bambino, stringendosi la mano dentro la gabbia.

«Tira fuori la mano» gli ordina lei. Tanta confusione per uno stupido dito. «Avanti, forza, altrimenti ti ammazzo».

Altro pianto, Isak trema di paura da capo a piedi.

«Tira fuori la mano, subito. Altrimenti apro la gabbia e ti spacco la testa in due».

Il bambino si è tirato su a sedere, tiene la mano ferita

contro il petto, la stringe con quella sana, le lacrime colano lungo le guance, il collo.

«Per l'ultima volta» dice madam Krieger, sollevando l'ascia per fargliela vedere, per fargli vedere il sangue che stilla dalla lama affilata. «Dammi la mano, mi ci vorrà un attimo, non sentirai nulla».

Le ultime parole non hanno senso, ma chissà, forse fanno effetto su un bambino stupido.

Infine la mano sbuca fuori, prudente e insicura. È quasi dissanguata, sembra quella di una bambola con piccole dita rigide.

Questa volta madam Krieger è più veloce. Con un movimento deciso afferra il polso del bambino con la sinistra, talmente forte che rischia di romperlo. Le ci vogliono tre forti colpi d'ascia per recidere completamente il dito. Pelle e piccole ossa resistono, le urla del bambino si sono fatte così forti che madam Krieger considera l'idea di ucciderlo. Se dovesse sentirle una delle guardie che fanno il giro dei magazzini, sarebbe finita. Invece no, pensa, si sforza di mantenere la calma. Nessuno sente niente. Questi magazzini sono sprangati, in attesa che il prossimo carico di zucchero arrivi per nave dalle Indie occidentali.

Tremante di dolore, il bambino si nasconde in fondo alla gabbia, si raggomitola. Le urla cedono al pianto, che la irrita in egual misura.

*Deve fare esattamente ciò che le ordino.*

Il dito giace sul pavimento. Madam Krieger sente l'emozione nel corpo, il cuore che batte forte, in un misto di orrore e di giubilo. È stato necessario. Ricorda quel che dice Schneider. Non dobbiamo lasciarci sedurre dalla compassione. È una malattia, ed è contagiosa. Prima c'è una persona che soffre ma, se si prova compassione, a soffrire sono in due, e così via, tanto che alla fine soffre tutto il mondo. Male. E poi, è l'unico sistema per fare in modo che il medico le creda. Subito. Non deve rivolgersi alla polizia. E non deve dire niente alla moglie. La moglie è inaffidabile, troppi sentimenti. Invece, il medico deve passare la vicenda sotto silenzio. Dirle che sicuramente il bambino tornerà presto.

*Se lo vuole rivedere.*

Madam Krieger ripensa al rifiuto del medico. Io sto dalla parte di Dio, aveva detto. Quel pezzo di merda ipocrita. Adesso vedrà che Dio non sta dalla sua. Dio non sta dalla parte di nessuno. Dio sta solo a guardare. Mentre l'uomo soffre. Mentre l'uomo muore. Mentre l'uomo finisce l'opera di Dio. Così è da secoli, forse da millenni. E solo a chi lo riconosce sarà dato di sentire la libertà ultima.

Resta a lungo seduta a fissare la lettera. Il frasario, la grafia, il messaggio: *Alle 17.00 nel Parco del re. Dietro il padiglione.* Alla fine non apporta nessuna correzione, è soddisfatta. Poi comincia a travestirsi da uomo. Gli abiti stanno in una vecchia cassapanca, la parrucca è bianca come i capelli di un angelo.

Quando lascia il magazzino, le urla del bambino sono cessate. Solo un singhiozzare sommesso la segue fuori nel porto, dove ben presto i suoi pensieri si volgono al passo successivo.

Il medico deve ricevere la lettera.

Deve leggerla, capire che la faccenda è seria. Che l'unica possibilità che il bambino ha di sopravvivere sta nella capacità del padre di ubbidire.

Fa il giro della piazza, finché dalla finestra riesce a vedere che il padre è in casa. Aspetta che si avvicini una rumorosa carrozza con il tiro a quattro. Poi si dirige a passo svelto verso il portoncino, vi appoggia contro la busta e solleva un'unica volta il batacchio. Si rifugia dietro la carrozza, che prosegue lasciando la piazza, e si volta fugacemente per vedere il medico sull'uscio con la busta in mano.

*P.S. Ho seguito il suo consiglio riguardo alla separazione di parti del corpo. La domanda è: per quanto tempo ha coraggio di rimanere diviso da suo figlio?*

## 22.

Di Maren Jensen ce ne sono tante, ma solo una che ha lavorato al campo di sbianca. Il nome sulla targa è quasi completamente grattato via. Ormai non c'è scritto nulla. Così vanno le cose a Copenaghen. Se sei via per più di un giorno o due, ti dimenticano. Questo fatto riempie Hans Christian di malinconia.

«Ehi, monello!»

I due ragazzini levano lo sguardo dal gioco con i cerchi di botte arrugginiti.

«Maren Jensen abita qui?»

Si scambiano un'occhiata. «Chi? Maren la Sbianca?» domanda uno, quello a torso nudo.

Hans Christian sorride tra sé: con quanta rapidità la gente prende il soprannome dal suo mestiere o dal suo aspetto. I genitori possono fare tutti gli sforzi possibili per dare ai figli un nome promettente. Hans Christian è cresciuto non lontano da Herkules Hansen, un bimbetto esile e strabico. Il padre era ritardato e la madre sbevazzava, lo si capiva dalle ossa fragili del figlio, e pochi anni dopo Herkules Hansen era stato ribattezzato Briciolo Hansen.

Maren abita nel sottotetto di un palazzo nascosto nel quarto cortile interno. I ragazzini gli fanno strada e lo accompagnano su per le scale. Indugiano mentre lui bussa alla porta.

«Non ci dai qualcosa?» gli domanda uno dei due.

«Qualcosa?» domanda Hans Christian, contando le costole del poveretto.

«Per l'aiuto».

«Purtroppo non ho niente. Vi posso solo ringraziare».

I ringraziamenti non si possono mangiare, lo danno a

vedere chiaramente i ragazzini, che scendono le scale strascicando i piedi. Ogni volta che capita in questa zona della città, Hans Christian ha l'impressione che gli abitanti e i loro figli patiscano la fame come non mai.

Bussa di nuovo, più forte. «Signorina Jensen?» domanda con prudenza.

La porta è serrata, ma il telaio è storto.

Hans Christian si appoggia al battente finché la serratura cede. Una nuvola di polvere si scosta, un ratto salta giù dal letto e sfreccia via sul pavimento.

Rimane impalato. Nella stanzetta fa caldo. Da un lucernaio un raggio di sole indica il letto. Su una cassapanca ci sono un paio di mutandoni e un vestito. Alla parete è addossato un piccolo tavolo con un catino vuoto, uno specchio, una spazzola e un bicchiere contenente un blocco di cera d'api indurita. Una candela è rovesciata.

Maren si è tolta gli stivali, uno è sotto il letto. Forse aveva premura. La ricognizione di Hans Christian finisce ai suoi stessi piedi e alla soglia. C'è un foglietto. Lo raccoglie. Qualcuno ha scritto un messaggio, lo ha ripiegato e spinto sotto la porta. *Avevamo un appuntamento*?

Avevamo un appuntamento. Potrebbe essere stato l'assassino a lasciare il biglietto? Hans Christian si raffigura la scena: l'assassino le ha dato un appuntamento, ma Maren la Sbianca si è insospettita e ha tentato di sottrarsi al suo destino, finché lui non l'ha trovata lo stesso. Congetture inutili, direbbe Molly, se fosse qui.

Hans Christian si avvicina al letto e si guarda intorno. Qui Maren Jensen si è seduta, distesa, spazzolata i capelli, ha dormito, sognato, si è specchiata, ha sperato, rimpianto, amato. Si sente importuno, là, nella stanzetta di una sconosciuta, a tentare di immaginare tutta una vita e un destino. È veramente della ragazza il cadavere che hanno trovato sull'isola dell'Uomo Morto? Com'è finita nelle stesse mani dell'assassino di Anna? È stata scelta a caso? Maren si prostituiva di nascosto?

La soffitta non sembra quella di una mondana, non c'è niente di rosso, né indumenti né tende. E i suoi vestiti sono troppo dimessi e troppo poco provocanti.

Hans Christian passa un dito sul fondo del catino. È granuloso. Come se fosse stato pieno e l'acqua fosse evaporata. Guarda dentro la cassapanca, trova qualche indumento. Era povera. I vestiti sono rattoppati, gli stivali bucati. La cera d'api è il trucco delle donne povere per le ciglia e le gote, se lo ricorda da una delle sue prime padrone di casa, che era tirchia. Non ci sono né libri né lettere. Forse perché non si poteva permettere un calamo, dei fogli di carta e qualcosa da leggere. Però sa leggere, altrimenti non le avrebbero lasciato una missiva sotto la porta. *Avevamo un appuntamento?* Un appuntamento con la morte?

Hans Christian si siede sullo sgabello davanti al tavolino. Qui lei si sedeva a curare il suo aspetto. Il piccolo specchio ovale è vecchio, e il vetro è crepato da destra verso sinistra. Divide il viso in due, quasi un avvertimento, un avvertimento a Maren la Sbianca della fine che l'aspettava. Hans Christian chiude gli occhi: mai lo avesse fatto! Nel buio vede solo le immagini di quel giorno. Maren in un lago di merda, gli occhi del bottinaio prima che calasse la mannaia.

Gira per la stanzetta a capo basso per non sbattere contro il soffitto.

Ha l'impressione che qualcosa non quadri.

Qualcosa.

Abbassa lo sguardo sulla spazzola. È ricavata da un unico pezzo di legno. Le setole sono fini, forse di cinghiale. Sul dorso ci sono delle incisioni raffiguranti vongole e ostriche con all'interno delle perle dipinte d'oro.

Non è una spazzola che si compra da un rigattiere o al mercato, bensì una che si commissiona a un artigiano. Il tipo che Hans Christian ha visto in mano solo a Ingeborg Collin.

La gira e la rigira.

Ha ascoltato i pensieri della candela di sego, sentito il

dolore dei soldatini di stagno e della carta quando brucia: forse riuscirà a parlare anche con la spazzola?

«Piccola spazzola» sussurra Hans Christian guardandola come se fosse un viso. Meno male che Molly non c'è, scoppierebbe a ridere di lui. «Piccola spazzola, chi ha preso la tua padroncina?»

La spazzola non risponde. Tra le setole ci sono dei capelli biondi. Li tira e li tende verso i fiacchi raggi di sole che entrano dalla finestra. Sono lunghi e lisci e potrebbero somigliare a quelli della ragazza, com'erano quando giaceva in terra vicino al letamaio.

«Che cosa hai visto? Hai visto chi ha preso Maren la Sbianca?»

Neanche una parola. È il caso che provi con lo specchio? A che cosa è più facile cavare la verità, a una spazzola o a uno specchio a mano? Hans Christian trova uno zolfanello solitario, lo sfrega e accende la candela di sego. Prende lo specchio.

«Specchio mio bello» dice. È la maledizione dello specchio: vedere tutto ma non poter fare nulla. Lo specchio non può rendere più belle le persone, né asciugare un paio di occhi arrossati dal pianto, eppure ci prova, per quanto gli è possibile, ogni singolo giorno, ogni singolo specchio al mondo. L'imperatore della Cina ha cento specchi, ma nemmeno uno lo soddisfa. Hans Christian si guarda. Il naso, gli zigomi alti, i ricciolini. Lo specchio non potrebbe modificare anche solo un po' l'immagine che riflette? Rimpicciolire un naso grande, spazzar via la stanchezza sotto gli occhi neri, fare di una misera peluria una barba degna di questo nome? No, lo specchio vede, e basta.

E allora, che cosa hai visto? Hans Christian tiene lo specchio alzato. Lo gira con delicatezza in modo da poter osservare la stanzetta di Maren la Sbianca nel buio incipiente e con la luce mutevole.

«Con chi aveva appuntamento Maren?» bisbiglia allo specchio: bisogna cavare le parole agli oggetti con le lusinghe. Non sono come i venditori di acquavite e i matti, che raccontano tutto, no; un divano o un letto devono essere convinti pian piano a rivelare chi ci si è seduto o disteso, che cosa hanno sentito.

All'improvviso, ecco che lo vede. Nello specchio. Dietro di lui, sulla soglia, c'è una donna vestita di bianco. È lei, Maren la morta. Il suo fantasma. Hans Christian si alza di scatto.

«Maren» dice voltandosi. Non si aspetta che esista veramente. Hans Christian è convinto che sia stato lo specchio a mostrargli qualcosa, a parlargli. Invece è proprio lì, con un cappellino in testa. «È tornata».

«Come, tornata?» ribatte lei, indietreggiando di un passo, sgusciando nel buio del corridoio. «Dov'è...?» la donna si interrompe.

«Maren la Sbianca?» domanda lui, convinto che sia la stessa faccia che ha visto giù all'isola dell'Uomo Morto.

«Non si avvicini» dice lei. «Sono armata». Tende qualcosa nell'oscurità. Hans Christian non sa se è un coltello oppure no.

«Non un solo passo avanti» gli ordina.

«Lei è Maren Jensen?»

«Chi lo vuol sapere?»

«Uno che insegue la verità».

«Quale verità?» dice lei sottovoce e nasconde il viso.

Ce n'è forse più di una? vorrebbe domandare Hans Christian, ma non fa in tempo ad aprire bocca che la donna sparisce giù per le scale.

Hans Christian indugia immobile per un momento, quasi incatenato alle sue grosse scarpe. Sa che cosa direbbe Molly adesso: *Su, corri, sciocco di un perticone. Quella ragazza sa qualcosa, qualcosa che può portare all'assassino di mia sorella.*

Hans Christian si precipita giù per le scale, tre, quattro gradini per volta. È impacciato, le pedate sono così strette che scivola. Fa appena in tempo a vedere una ciocca bionda spuntare da sotto il cappellino.

La donna esce in strada e corre via veloce.

Quando lui arriva, la vede sparire dietro una ditta di traslochi alle prese con un comò.

«Attenzione, attenzione» Hans Christian avverte un gruppo di imbroglioni che sta litigando con un venditore di uccelli variopinti chiusi in piccole gabbie. Si fa largo, svolta l'angolo e ha già percorso un bel tratto di strada quando scorge il cappellino e i capelli biondi. Non è abituato a correre come ha fatto negli ultimi giorni. Dietro a Molly, dietro al bottinaio e ora dietro a quella donna. È una sensazione sgradevole. Le sue gambe, anche se lunghe, non sono mai state leste.

Per fortuna la donna deve tenere il vestito sollevato per poter muovere le gambe.

Lungo la strada, oltre il Parco del re.

«Ferma» prova a dire Hans Christian quando l'ha quasi raggiunta. Tanto che riesce a vedere il suo cappellino marrone guarnito di fiori, lo scialle ricamato sulle spalle. Ma lei non si ferma, anzi affretta il passo e balza davanti a una diligenza che arriva a tutta velocità, tanto da mandare su tutte le furie sia il cavallo che il postiglione.

La donna somiglia a Maren la Sbianca, ma non è né una prostituta né una lavandaia, né appartiene a qualche altra categoria svantaggiata. I suoi vestiti e i suoi stivali sono di un lusso eccessivo. E poi non sembra pratica di quelle strade, bensì spaventata e confusa come una volpe inseguita. Voglio solo parlare con lei, fa per gridarle, ma non ci riesce, gli manca il respiro.

Hans Christian viene bloccato da un tiro a quattro con un pesante carico di legname fresco che deve passare, e perde di vista la donna. Si precipita verso delle stradine più piccole, di cui ignora i nomi. La cunetta è piena di polvere e puzza di escrementi di gallina e di scarti dell'ambulante che ammolla il pesce secco. Per poco non si scontra con un guardiano, il quale gli urla dietro: «Che diamine sta succedendo?» mentre lui continua a correre.

Scorge la sagoma del cappellino della donna in fondo a una viuzza con porte disposte una di fianco all'altra su entrambi i lati. Avanza tentoni lungo la stradina, superando casse di legno e botti e un cartello con i prezzi, i resti dell'esposizione esterna di un rivendugliolo.

La donna si ferma davanti a una porta e si volta di scatto per guardare nella direzione di Hans Christian. I loro sguardi si incrociano, per un attimo, poi lei apre la porta e se la richiude di schianto alle spalle.

«Ferma, si fermi» dice lui mezzo soffocato, mentre per poco non inciampa addosso a un ubriacone sdraiato lungo il muro.

Raggiunge la porta.

«Altolà!» È la voce del guardiano passato un momento fa. È giù in fondo alla viuzza. «Si faccia avanti nella luce, in modo che possa vederla».

Hans Christian fa il contrario e vede l'uomo venire immediatamente lungo la viuzza, verso di lui. Hans Christian non vuole rinunciare all'inseguimento, ma non può neanche rischiare di essere fermato. Se solo ci fosse un numero sulla porta, ma non c'è. In effetti, nessuna è contrassegnata da un numero, e sembrano tutte uguali: la stessa forma, lo stesso colore, la stessa maniglia. Solo rifiuti ed escrementi e il beone addormentato le differenziano l'una dall'altra, ma sono particolari che possono cambiare nottetempo.

«Le ho detto di farsi avanti» grida il guardiano, un pezzo di marcantonio abituato ad averla vinta e a rompere un paio di costole e un naso lungo, se gli salta il grillo.

Che fare? Hans Christian si guarda intorno. Là. Un sasso bianco, il giocattolo dei bambini poveri. Lo raccoglie – il guardiano notturno lo ha quasi raggiunto –, poi appoggia la pietra alla porta e traccia una croce ben calcata sul legno marcio. Domani tornerà insieme a Molly per tentare di far parlare la donna. Appena è sicuro che la croce si vede bene, corre nella direzione opposta rispetto al guardiano notturno, che sbraita alle sue spalle. Supera contorcendosi un gruppo di uomini intenti a piazzare una scommessa davanti a una bettola gremita, e si nasconde tra la folla che proprio in quel momento esce da uno spettacolo nel piccolo teatro danzante in via Grande del re.

Solo quando arriva dall'altra parte della strada e può passare davanti al Corpo di guardia a un'andatura normale, sente l'agitazione che ha addosso diminuire un pochino.

Era lei.

La donna che giaceva morta nel letamaio, ne è sicuro. Anche se, ovviamente, non può essere vero. Non si può essere in due posti diversi allo stesso tempo, essere vivi e morti, una lavandaia pallida e una signora elegante con capellino e vestito lungo. Eppure.

Qualcosa proprio non quadra, pensa. Una strana sensazione, che non ha mai avuto prima. Che questa è una vicenda troppo grande per lui. Due donne assassinate, con gli attributi muliebri recisi, scambiati e ricuciti. E adesso una delle due è risorta.

O è andata così.

Oppure Maren la Sbianca ha una sosia, una che le somiglia, una gemella, una sorella. E in qualche modo, lei è la chiave di tutto.

# 23.

Sembra un portagioie dell'estremo Oriente, ma contiene tutt'altro. Madam Krieger si rigira la scatola tra le mani. Si sente calma, convinta che il dito del bambino chiuso nel cofanetto farà impressione al padre. Aveva considerato l'idea di allegarlo alla lettera, ma poi si è convinta che sia meglio questa soluzione.

Prima la lettera e la richiesta di un appuntamento.

Poi il dito, per convincere il professore che fa sul serio. In qualsiasi confronto bisogna dimostrare di essere determinati a vincere. Questo lo ha imparato. L'esito della battaglia viene deciso prima di combatterla.

«Prego, signore» le dice un portiere, si scappella e la fa passare, per uscire in strada e dirigersi verso il Parco del re. Il suo travestimento funziona, meno male. E ha scelto con cura il luogo. La robusta inferriata fra la strada e il parco e la visuale che le permette di vedere se arriva qualcuno.

Ecco, lo ha scorto, sotto gli alberi giovani. Il medico consulta l'orologio da tasca. Alle cinque meno qualche minuto si agita. Alle cinque comincia a fare avanti e indietro sul vialetto inghiaiato. Alle cinque appena passate si toglie il cappello e si asciuga la fronte, suda, impreca.

Madam Krieger ha bisogno di tempo, ha bisogno di assicurarsi che sia solo. E lo è, adesso ne ha la certezza assoluta. La moglie non c'è. E neanche la polizia. E non ha ingaggiato un paio di aiutanti che si nascondessero tra i cespugli. A meno che non siano quelli che giocano a lanciare ferri di cavallo intorno a un'asta conficcata nel prato. No, tre donne con indosso dei vestiti chiari insieme a due uomini, troppo contenti e presi dalla compagnia femminile, non possono avere nulla a che fare con il medico.

«Benyamin» lo chiama, avvicinandosi all'inferriata che li separa.

Sulle prime lui non reagisce. Probabilmente non è abituato a essere chiamato per nome.

Lei lo pronuncia di nuovo, più forte: «Benyamin».

L'uomo si volta e la scorge. È sorpreso che l'incontro debba svolgersi in quel modo. Divisi dall'inferriata. Il medico si guarda intorno e si avvicina.

«È lei» dice stringendo l'inferriata, quasi volesse spaccarla storcendola.

«Ho assistito a tutte le sue lezioni, e lei mi nota solo adesso».

«E lui dov'è?»

«Zitto» risponde madam Krieger, soddisfatta di vedere un uomo facondo ridotto al silenzio. Gli tende il cofanetto attraverso l'inferriata.

Lui lo guarda. A lungo. Quasi presentisse che il contenuto lo turberà. Infine lo apre.

Prima urla. Come il figlio. Il professore non smette di urlare. Poi l'urlo cede a un pianto roco, distrutto.

Un uomo accorre. È uno di quelli che lanciavano i ferri di cavallo. «Si è fatto male?» gli domanda.

Madam Krieger scocca un'occhiata allo sconosciuto.

«No» risponde il professore in tono aspro, e poi si asciuga la bocca. «Va tutto bene».

«Ha bisogno di aiuto?»

«Ci lasci in pace» risponde il medico.

L'uomo dapprima rimane di stucco, poi sputa sulla ghiaia, si gira e torna indietro. Madam Krieger lo vede raccontare l'accaduto agli altri, alle donne del gruppo. Uno accorre per aiutare e si ritrova importunato da un ebreo di tal fatta.

«Lei è meschino, un mostro» bisbiglia il medico. «Mio figlio non c'entra. Lo lasci andare. E poi ne potremo riparlare».

«Le ho chiesto aiuto. Ho fatto appello alla sua misericordia» ribatte fra i denti madam Krieger. «Ma lei si è rifiutato. Non mi ha dato ascolto».

«Mio figlio morirà, se non lo aiuto».

«No, morirà se lei non aiuta me».

«Ah, il mio Isak, il mio principe». Il medico nasconde il viso nel fazzoletto.

Il suono dei suoi singhiozzi toglie l'ultimo dubbio a madam Krieger. Il professore non ha più voglia di resistere. Si è dato per vinto, ha riconosciuto di aver perso. Non riesce più a pensare ad altro che a riavere suo figlio. Vivo.

Poi mette via il fazzoletto, la guarda. «Che cosa devo fare? Vuole dei soldi? Posso procurarli, posso procurarle oro, mi dica che cosa vuole».

«Non voglio né il suo denaro né il suo oro».

«È perché siamo ebrei? È questo il motivo?»

«No» risponde lei. «Non c'entra nulla. Per il momento deve solo fare quello che fa di solito».

«Non posso. Tutta la mia casa è in agitazione. Ieri mia moglie ha avuto un crollo nervoso. Non posso lavorare. Abbiamo affisso annunci dappertutto».

«Dica a sua moglie che vostro figlio è al sicuro. Con me. Va tutto bene. Tornerà a casa fra una settimana. Se lei farà quello che io le dirò».

«Cioè?»

Madam Krieger vaga con lo sguardo lungo l'inferriata: stanno arrivando due uomini. Una coppia di soccorritori bruschi con un berretto in testa. Sono poliziotti?

«Ha detto a qualcuno del nostro appuntamento?»

«No, a nessuno!» risponde impaurito il medico.

Nondimeno, quei due hanno un non so che nella camminata, come se cercassero di dissimulare qualcosa, di apparire rilassati. Lei si avvia nella direzione opposta.

«Come, va via?» Il medico la segue dall'altra parte dell'inferriata. «Mi faccia vedere mio figlio. La prego. Mi lasci medicare il suo dito. Poi farò tutto quello che mi chiederà».

«Si porti il dito a casa. E aspetti che la mandi a chiamare».

Il medico guarda inorridito madam Krieger: «Come può fare questo? Che cosa ho fatto?»

«Niente» risponde madam Krieger e si ferma un istante. «Mi spingerò fino al punto di dirle che l'ammiro. Lei mi ha mostrato che cosa è possibile fare. E ora è giunto il momento di mostrarlo al mondo intero. Resti qui. Non mi segua. Se mi succede qualcosa, suo figlio morirà».

«Il mio bambino». L'uomo scoppia di nuovo a piangere, stavolta in ginocchio.

«Sfrutti l'attesa per esercitarsi».

«In che cosa?»

«In quello di cui abbiamo parlato» ribatte seccata madam Krieger: certa gente riesce solo a pensare a se stessa.

«Di che cosa... Di che cosa abbiamo parlato?»

«Di mia sorella. Di darle una nuova femminilità. Di aiutarla a ridiventare quella che è veramente, quella che è nel suo intimo».

Madam Krieger attraversa la strada. A ogni angolo si volta per guardarsi indietro, fino a quando è sicura che né il medico né nessun altro la segue.

È quasi sera. I guardiani notturni accendono i lampioni, e i commercianti di piazza Nuova del re se ne vanno a casa. Gli alberi vicino al Corpo di guardia sono stracarichi di castagne matte verdi, che rilucono nel crepuscolo.

Madam Krieger sente uno sprazzo di felicità, perché il piano tiene. Ha sistemato il medico, ha il bambino come garanzia, adesso le manca solo la donna. La vestitrice della principessa. Quella che madam Krieger intendeva prendere fin dall'inizio.

# 24.

Circondata da indomabili cespugli di rose selvatiche, la Tana di Giuda sorge un po' discosta dalla strada maestra. Ci sono sempre viaggiatori ritardatari, che non fanno in tempo a varcare la porta della città prima che la chiudano per la notte e le chiavi vengano portate su al re. C'è bisogno di un posto dove dormire, un posto dove farsi una birra e una zuppa bella densa, un posto dove incontrare altri viaggiatori e cantare una ballata. Ecco che cosa avevano pensato Molly e Anna la prima volta che avevano parlato di comprare la locanda a nome del padre morto. All'inizio era solo un sogno sciocco, una fantasia romantica, qualcosa che gettava un filo di luce sull'oscurità dell'esistenza. Ma a poco a poco l'idea era cresciuta fino a diventare un progetto, un progetto arduo, quasi impossibile, coraggioso, ma pur sempre un progetto. Doveva esserci un modo di tirarsi fuori con le unghie e coi denti dalla palude in cui erano finite. Voltare pagina, se non altro per Piccola Marie.

Ma forse era stato tutto troppo facile, troppo campato in aria, troppo stupido, pensa Molly tirandosi su il bavero. Il sogno è morto, il progetto è andato a monte. Da sola, senza Anna, non può guadagnare i soldi necessari a comprare la locanda.

La mattina è fredda e nebbiosa. Molly non aveva voglia di alzarsi, le sembrava brutto lasciare la piccola. Ma doveva farlo per forza, lo sapeva. Certo, non diventerà padrona di una locanda, ma deve almeno cercare di farsi restituire i soldi, i cento talleri che hanno dato come caparra a Carl, il proprietario.

In effetti, era cominciata bene. Anche la moglie di Carl veniva dalle parti di Cala Odino, e l'uomo si era impietosito e aveva accettato che versassero la somma pattuita un po' per volta, a piccole rate, anche se con gli interessi. Certo, tre volte cento talleri era una fortuna, quasi impossibile da mettere insieme per due prostitute, ma se avessero preso il doppio dei clienti, lavorando a turno dalle nove del mattino alle due di notte, avrebbero potuto farcela, benché a stento. Dieci, dodici clienti al giorno, di più il venerdì e il sabato. La domenica pomeriggio era il momento più redditizio in assoluto, perché i postumi della sbronza dei clienti si manifestavano sotto forma di intemperanza e lascivia sfrenate. Anche violenza, di tanto in tanto.

Sgobbavano e spendevano solo per quantità insufficienti di cibo, candele di sego, riparazioni alle spalline dei corsetti quando venivano strappate e agli stivaletti quando si rompevano.

Ma adesso è cambiato tutto. Anna non c'è più, Molly deve provvedere da sola a tutto, anche a Piccola Marie, e ha appena sentito dire che quell'idiota di Carl il locandiere ha intenzione di vendere la Tana di Giuda ad altri. Indugia per un istante davanti all'ingresso della locanda. Il pomello arrugginito è allentato. Riflette su che cosa dire. Poi spalanca la porta e guarda dentro il locale pieno di fumo, dove un cacciatore è seduto davanti al camino.

«Ma guarda un po' che cosa la strada maestra ha scaricato nel fosso!» esclama Carl il proprietario, facendo il giro del banco: l'uomo pelato è costretto ad abbassare la testa sotto le grosse travi del soffitto. «Molly Hansen. Questa sì che è una sorpresa».

Il cacciatore leva brevemente lo sguardo, poi riprende a fissare il fuoco.

«Sono venuta per farmi restituire i cento talleri» annuncia Molly, leggendo subito lo scetticismo nel viso di Carl. «Anna è morta, ho bisogno dei soldi» spiega.

«Ah?» dice il locandiere, facendosi il segno della croce. «La notizia mi addolora».

Lei lo guarda con insistenza: «Non posso lavorare, non

ho i soldi per comprare da mangiare né per pagare la pigione» aggiunge, chiedendosi se sia il caso di parlargli di Piccola Marie. Lei e Anna avevano taciuto la sua esistenza a Carl e alla moglie, che sono entrambi religiosi praticanti. Il locandiere era restio a vendere a due prostitute, ma l'idea che avrebbero abbandonato il mestiere per comprare una locanda aveva fatto una buona impressione alla coppia. Adesso Molly teme la reazione del proprietario, se gli rivelasse che Anna aveva una figlia senza padre e non battezzata. Continua: «E siccome hai intenzione di vendere la locanda ad altri, spero in un po' di correttezza da parte tua e che mi restituirai i soldi».

«Ah» dice Carl, mentre con lo sguardo segue fuori dalla finestra una diligenza che passa tuonando sulla strada. Scuote adagio il capo e si appoggia al bordo del banco. «Stammi a sentire, ragazza mia. Adesso ti insegno qualcosa sulla correttezza. La correttezza è quando si mantiene un accordo. La parola data è data».

«Ma Anna è morta» ribatte Molly, odiandosi per aver detto quelle parole, per averle dovute dire.

«E che Dio l'abbia in gloria» dice Carl. «Ma pensa a tutti quelli a cui ho detto di no. Tutti quelli che ho deluso per dare a due donnacce la possibilità di dire addio al peccato».

Molly vorrebbe difendersi, spiegarsi, ma lui alza una mano per farla tacere.

«È stata la mia Ella a mettere una buona parola per voi. Ha giurato che da Cala Odino venivano solo anime buone. Ma io adesso mi ritrovo senza la somma che avevamo pattuito, e per me è un problema».

Anche per me, pensa Molly; non ce la fa a guardarsi intorno nella locanda, di cui avrebbero dovuto diventare le proprietarie. Nelle loro intenzioni sarebbe stata la prima vera casa di Piccola Marie. Niente più palazzina delle prostitute, niente più rogna e tisi, niente più mestiere.

«E come faccio a trovare un altro acquirente? Ci hai pensato a questo?» Carl si gira verso il cacciatore. «Villy, vuoi comprare la mia locanda?» gli chiede. Il cacciatore leva lo sguardo confuso, ma non risponde. Carl fa il giro del banco. «Ho detto di no a un mercante dello Jylland. E a Svenningsen di Slagelse. Bene, giovane Molly, hai molto da imparare sulla vita tra uomini onesti. Quei soldi sono miei, punto». Carl sparisce in cucina, chiudendosi la porta alle spalle.

Fuori, sotto gli alberi, spuntano le lacrime. Molly manda Carl a quel paese, impreca contro la sua pia, grassa moglie, che sicuramente ha ascoltato il colloquio nascosta in cucina. Hanno distrutto il suo sogno, il loro progetto. Il futuro di Piccola Marie. È insopportabile. Raccoglie una mela dal fosso e la lancia contro l'insegna della locanda, che emette un cigolio cupo e oscilla nella catena.

Poi si riavvia verso la porta della città.

Molly vede il viso di Anna. Per tutto il tragitto attraverso la calca della città, ovunque, quegli occhi spenti, i seni insanguinati. Stanno di nuovo per spuntare le lacrime, ma questa volta sono lacrime di rabbia. Se trova il colpevole lo ucciderà. Mentre è presa da questi pensieri scorge Hans Christian, quell'uomo bizzarro che il destino le ha fatto incontrare.

È in piedi, appoggiato al muro, e appena la vede leva una mano piegata in segno di saluto. Forse può prestarle dei soldi? Ha già un grosso debito con lei, le basterà farsi prestare il resto e magari riuscirà a convincere Carl a venderle la locanda nonostante tutto. È la sua unica possibilità. Ma Hans Christian non sembra ricco. Non dà quest'impressione. Il suo paltò è strappato, la camicia sudicia e gli stivali hanno fame. Però ha degli amici ricchi, a quanto ha capito.

«Ti devo chiedere una cosa» gli dice. Esita, prova una ritrosia istintiva a chiedere soldi. Cavarsela da sola fa parte della sua indole.

«No, prima ti devo raccontare una cosa io» ribatte Hans Christian. E le parla, diffusamente e gesticolando infervorato. Molly è sul punto di interromperlo per chiedergli i soldi quando all'improvviso il garzone di un macellaio apre un cancello alle sue spalle e vuota sul selciato un secchio pieno di sangue e intestini di animali. Molly si scansa con un salto, mentre Hans Christian conclude: «Perciò secondo me dobbiamo tornare là e trovare quella porta».

«Non capisco» dice Molly, rendendosi conto che non è il momento di chiedere soldi. «Hai seguito la donna morta? Ehi, aspetta un momento, devo parlare con Salomine».

Molly si volta, sale di corsa le scale. Ha una gran confusione in testa. La vecchia Salomine se ne sta distesa a cantare ballate popolari, mentre Piccola Marie, seduta per terra, gioca con uno scarabeo. La bambina è così ostinata, molto più forte di Molly quando aveva la sua età. Salomine si dice disposta a restare sveglia e sobria per qualche altra ora, fino a mezzogiorno. E baderà a Piccola Marie.

Quando torna indietro, Molly trova Hans Christian dove lo ha lasciato. Si incamminano.

«Però» riprende Molly, «sappiamo che la donna è morta. Morta come...» cerca un paragone adatto. Morta come Anna. Morta come Piccola Berta e tutte le altre che si ammalano di tisi. Morta come papà nel cimitero vicino alla cala.

Hans Christian la previene. «Morta come la giornata di ieri, che non può tornare mai più. So che effetto fa, ma so anche che cosa ho visto. Un fantasma».

Molly si ferma, incrocia il suo sguardo: «Un fantasma? Io non credo ai fantasmi».

«Allora, diciamo una che le somigliava» dice Hans Christian. «Una sosia».

«Una sosia? Che cos'è?» domanda Molly.

«Una persona che somiglia a un'altra come una goccia d'acqua» spiega Hans Christian. «Stesso viso, stessa altezza, stessa corporatura».

«Non ne ho mai sentito parlare, mi sembra strano. Potrebbe essere una sorella? Forse una gemella?» suggerisce Molly.

«Era figlia unica. Mi sono informato».

«E dove è scappata?»

«Ci arriviamo fra un momento» risponde Hans Christian, imboccando una stretta viuzza. La percorrono per un tratto, mentre lui si guarda intorno. «È cambiata rispetto a ieri, però ho disegnato una croce. Eccola». Indica la porta davanti a loro, e la sua voce è piena di gioia infantile.

«Bussa» dice Molly. «Dai, bussa».

«E che cosa le dico?» domanda Hans Christian. All'improvviso Molly gli è così vicina che sente il suo odore, un vago odore di sudaticcio sotto vestiti vecchi, e qualcosa che è lui e nessun altro, e che in un certo senso le piace. Però questo significa che anche Hans Christian può sentire il suo di odore. E lei non si è lavata, né sopra né sotto, da... dalla notte della scomparsa di Anna.

«Allora lo faccio io» dice Molly e batte una nocca contro la porta. Il battente si apre, un uomo con un berretto da notte bucato guarda fuori spaventato e confuso. «C'è un incendio?»

«Possiamo parlare con la signora?» domanda Hans Christian, che è dietro a Molly.

«Qui non c'è nessuna signora» risponde l'uomo. «Siamo gente povera».

«Ieri sera una signora è sparita dietro la sua porta. Aveva i capelli biondi lunghi» spiega Hans Christian dopo essersi fatto avanti.

«Ma mi faccia il piacere» ribatte l'uomo. «Nessuno sparisce dietro la mia porta. E ora voglio tornare a letto, non sono neanche le sette».

L'uomo richiude di schianto. Molly si guarda intorno con un sospiro. «Forse ricordi male, forse è entrata da un'altra porta?»

«No» risponde Hans Christian indicando la croce. «È questa».

Molly lo trascina fino a quella successiva. «Che ne dici di questa?»

Anche quella è contrassegnata da una croce.

Per un momento Hans Christian rimane impalato con la bocca aperta e tanto d'occhi.

«E questa!» Molly indica la porta dopo. E quella dopo ancora.

Su tutte è disegnata una croce bianca.

Hans Christian deve appoggiarsi al muro, è sul punto di crollare. Molly considera l'idea di aiutarlo, di dargli una mano come agli ubriaconi del vicolo nero, quando le bettole chiudono ed escono barcollando sul selciato scivoloso. Mentre lui racconta della croce che ha tracciato sulla porta, Molly si chiede se lo scrittore sia davvero pazzo o, perlomeno, abbia delle esperienze che non capitano a nessun altro. È abituata alla follia e alla dissennatezza, a uomini incapaci di contare o ricordare o parlare in lingue comprensibili, uomini più inaffidabili di un ratto affamato. Non lo sta ad ascoltare mentre farnetica della sua memoria labile, del fatto che i suoi sensi hanno cominciato a tradirlo.

«Ho forse tracciato una croce su tutte le porte e poi me ne sono dimenticato?» domanda. «Ma a che pro? E se sono più pazzo di una gallina ubriaca, allora può darsi che... sia io l'assassino».

«Che cosa?» domanda Molly.

«Sono pazzo. Ricordo quel che mi fa comodo, sono stato colto dalla fantasia folle, come mio nonno. Sta' lontana da me» dice, agitando una tavola. «Sono pericoloso».

«Smettila» dice Molly, afferrandolo. «Che ne dici di tentare – e so bene che può essere difficile – di essere meno preso da te stesso?»

Hans Christian la guarda sconvolto.

Molly agita una mano davanti ai suoi occhi spenti. «Non sei stato tu, può essere stata soltanto lei» dice Molly. «Lei, la signora. Forse era proprio dietro la porta e ti ha sentito mentre disegnavi la croce. E invece di cancellarla ne ha disegnata una su ogni porta. Per confonderti».

Hans Christian annuisce e comincia a parlare della spazzola che non gli aveva detto niente, e dello specchio che gli aveva mostrato la donna, e dell'inseguimento per le strade, e del guardiano notturno che somigliava a un grosso cane.

«Basta così» taglia corto Molly. «Chiudi quella bocca. E rifletti».

«Sono sicuro che era qui, proprio qui. C'erano delle casse e un uomo disteso per terra» dice indicando il punto. Non si vede niente.

Hans Christian bussa a un'altra porta. Passa un momento.

Si affaccia una donna. Non può essere quella che cerca. È bassa e brutta, ha i denti marci che sembrano radici d'albero. «Sì?» domanda.

«Sto cercando una signora alta così, bionda».

«Qui ci siamo soltanto io e mio marito» risponde la donna e sbatte la porta così forte che la maniglia scricchiola.

Di colpo tutto sembra inutile. Se c'è una croce su ogni porta, come faranno a trovare quella giusta? Ci sono strade dopo strade piene di porte, viuzze dopo viuzze piene di porte, tutta la città consiste solo di porte. Possono bussare fino a quando tramonterà il sole e fino alla prossima settimana.

«Chi è quella donna?» domanda Hans Christian. «Un fantasma, una sosia, una gemella? Tutto si riflette e raddoppia e inganna come in una stanza degli specchi».

«Hai ragione. Dobbiamo vederci chiaro. Non sappiamo abbastanza» dice Molly.

Hans Christian annuisce. E sembra riprendersi un po'.

«Qualcuno deve pur conoscerla» dice Molly. «Se non è un fantasma, magari abita in zona, in una di queste strade».

«Ma perché somigliava alla donna del letamaio?» domanda Hans Christian.

«Che aspetto aveva? Spiegati meglio» dice Molly.

«Aveva un labbro...» dice Hans Christian riflettendo. «Il labbro superiore era volto all'insù, come una vongola che si è appena schiusa, la fronte era tonda, del tipo che si abbronza non appena spunta da sotto il parasole, e gli occhi sembravano quelli di un gatto».

«Possiamo chiedere a qualcuno di disegnarla?» domanda Molly. «Così potremmo mostrare il disegno alla gente. Chiedere se qualcuno la conosce, se sa dove abita?»

«Al palazzo di Giustizia c'era un disegnatore» dice Hans Christian. «Ma forse ci riesco io. Però per farlo ho bisogno di una modella. Quindi, ci ritroviamo al punto di partenza».

Indugiano in silenzio, mentre un gruppo di bambini sfreccia lungo la viuzza.

«E la ragazza del letamaio» propone infervorata Molly. «Hai detto che si somigliano».

«Sì, si somigliavano. O si somigliano. Come due gocce d'acqua. Che cosa hai in mente?»

«Un'idea geniale» risponde Molly. «Ammesso che tu sappia disegnare. Lo sai fare?»

«Be', sì, direi di sì» risponde Hans Christian e spiega che non è un genio con il carboncino come lo è con il calamo, ma durante il suo viaggio aveva disegnato la vita nelle piazze romane, un bambino per strada, il panorama dalla sua finestra.

«Allora forse hai qualcosa su cui disegnare e un pennello, o quello che serve?»

«Sì, in camera ho carta e carboncini».

«Andiamo a prenderli e poi corriamo giù all'obitorio di Ponte Lungo» dice Molly e si avvia di buon passo nella viuzza. «Non dovevano portare in città il cadavere con la chiatta dei morti stamattina?» domanda.

«Sì» risponde Hans Christian proprio alle sue spalle. «Almeno, così mi pare. Perché? Non capisco dove vuoi arrivare. Che ci facciamo con la morta?»

«Hai bisogno di una modella per disegnare».

In tarda mattinata finalmente la vedono arrivare. La chiatta dei morti, la lunga imbarcazione che scivola lenta sotto il ponte verso l'obitorio situato subito dopo. Nel canale c'è quasi calma, la piccola vela ha rinunciato a prendere un soffio d'aria, meno che meno vento, e spenzola dall'albero come una foglia secca. Così i due uomini della chiatta si sono messi ai remi, ma non hanno nessuna fretta.

Molly guarda preoccupata Hans Christian.

È davvero un buon piano? Prima lo ha definito geniale. Adesso, qualche ora dopo, le sembra molto meno ponderato, piuttosto folle. Hans Christian è veramente capace di fare un disegno da cui la gente potrebbe riconoscere la donna che stanno cercando?

«Eccoli, stanno arrivando, spero che abbiano portato il cadavere» dice Hans Christian alzandosi. La sua figura allampanata sembra rattrappita, indugia per qualche istante facendo oscillare le braccia. L'unico sedile che hanno avuto a disposizione era il duro bordo del marciapiede.

«Speriamo» dice Molly, avviandosi verso la banchina.

«Venite dal letamaio?» grida Hans Christian quando gli operai lasciano i remi e gettano la gomena di poppa sulla banchina. L'afferra e fa per assicurarla alla bitta, ma uno degli uomini salta a terra e gliela strappa dalle mani.

«È la donna del letamaio, vero?» domanda Molly per appianare le cose. Intravede un sacco grigio sul fondo della chiatta.

Il più grosso dei due operai la guarda e fa cenno di sì. Il più piccolo si asciuga il sudore dalla fronte. A quanto pare è stato un viaggio difficoltoso.

«L'abbiamo trovata noi» dice Molly. Forse così potranno rivederla prima che il cadavere venga trasferito per la visita necroscopica.

«Dobbiamo soltanto portarla all'ospedale» dice l'uomo basso e prende il sacco, come se fosse pieno di rape, ma è troppo pesante per lui. Il più grosso afferra l'altro capo, e lo issano sulla banchina.

Hans Christian guarda Molly come se volesse proporle di prendere il sacco e darsela a gambe. Ma non arriverebbero lontano.

«Vorremmo rivederla» dice Molly, tastando il sacco di tela. Sente crepitare il fieno fresco che avvolge la morta.

«Sedici scellini» dice l'operaio basso, salendo dall'imbarcazione. «Se volete che la ritiriamo fuori. Comincia a puzzare».

«Ah!» esclama Hans Christian. Probabilmente non gli viene in mente altro da dire. Non hanno un soldo; mentre erano seduti ad aspettare non avevano neanche una moneta per comprare un pesce secco dall'ambulante. Molly pensa di nuovo che sarà difficile, forse addirittura impossibile, avere un prestito da Hans Christian. Dietro quel viso borioso e il naso imponente si nasconde nient'altro che un artista fallito.

Molly deve farsi avanti. «Buonuomini» dice. Le lacrime nei suoi occhi sono quasi autentiche. «La donna nel sacco è mia... sorella. Datemi almeno la possibilità di dirle addio. Sono una povera diseredata. Vi prego, datemi questa dimostrazione di pietà. Soltanto cinque minuti».

I due operai si guardano a vicenda. E Hans Christian guarda Molly come se tentasse di capire che cosa è commedia e che cosa è verità.

Poi il più grosso dei due annuisce. «Ti do cinque minuti. Tanto dobbiamo andare all'ospedale a prendere un carretto. Ma non azzardatevi a scoprirla completamente».

Molly ringrazia e annuisce agli uomini quando si allontanano.

Poi comincia ad aprire: ha le dita leste, la corda è a un'estremità come in una sacca da marinaio. La prima cosa che spunta è del fieno fresco, Hans Christian le dà una mano, tira giù la stoffa fino al collo di Maren la Sbianca. Rivederla fa un effetto orribile, è più morta della volta scorsa.

«Sbrigati» gli dice Molly.

Hans Christian si dà da fare con gesti rapidi ed efficienti. Prepara la carta e tira fuori i carboncini. Toglie il fieno dai capelli della morta.

Molly lo osserva mentre lavora. «Sei bravo» gli dice, non

può farne a meno. Il carboncino quasi danza sulla carta, sembra così facile. Una coppia sposata passa e guarda spaventata la ragazza e il sacco, e si allontana di fretta.

«La donna che ho seguito era pallida, più pallida di questa» dice Hans Christian, mentre disegna la fronte, le orecchie, i capelli. «Dev'essere una donna che lavora al chiuso».

Lentamente, molto lentamente, il disegno comincia a somigliare sia a Maren la Sbianca sia alla donna misteriosa. Ma è difficile. Tutti i dettagli devono emergere, trovare la via per arrivare alla carta. Ha i capelli più lunghi, spiega lui. Le guance sono un po' troppo paffute, e il naso è sbagliato, non sempre riesce a farsi ubbidire dal carboncino. La cosa più difficile è animare il soggetto, insufflare vita nell'illusione. Cogliere l'anima di una persona, la sua essenza, è un'impresa impossibile.

«Forse, se le facessi cambiare posizione...» propone lui. «In modo che la luce cada meglio sul viso». La sposta un po'. Riprende a disegnare.

Rumore di ruote sul selciato: gli operai sono tornati e non hanno nessuna voglia di aspettare.

L'ultimo piccolo tocco. È soddisfatto? È somigliante? Hans Christian lancia un'altra occhiata al disegno. Molly coglie un movimento nel suo viso che non ha mai visto prima. Un movimento degli occhi, che si strizzano fino a ridursi a due fessure.

«Ora basta» dice l'uomo basso e afferra il sacco. Il viso della lavandaia sparisce nella ruvida tela.

Purché il disegno sia somigliante, pensa Molly. Purché qualcuno nella viuzza la riconosca e possa aiutarli a proseguire la ricerca.

# 25.

«Ha visto questa donna?»

Hans Christian mostra il disegno. È arrivato il momento di scoprire se il ritratto può assolvere al suo compito, ossia identificare la donna misteriosa.

«In effetti, non ne sono sicuro» risponde l'uomo. Forse è un orologiaio, forse un tabaccaio. Ha le fedine grigie e una lunga pipa infilata nella cintura. «Somiglia un po' a mia moglie da giovane, ma non può essere lei che cercate. Mi spiace». L'uomo s'incammina.

Hans Christian e Molly si danno il cambio a domandare. Uomini e donne, giovani e anziani, tutte le persone che frequentano la viuzza. E ogni volta ottengono una variante della stessa risposta: una scossa del capo, un no scortese, un'alzata di spalle.

Molly si è fermata vicino a un lampione e guarda un annuncio di scomparsa. Hans Christian legge da sopra la sua spalla. Si tratta di un bambino, sparito nel parco dei divertimenti. È figlio di un medico. C'è una ricompensa per chi lo troverà. Infine l'invito al lettore di ricordare almeno il piccolo nella preghiera serale.

E chi prega per Hans Christian, un innocente accusato di aver commesso un grave crimine? Nella viuzza trovano ben poco aiuto. L'idea del disegno non ha avuto successo.

«Non funziona» dice Molly, sedendosi su un uscio. Hans Christian la osserva. Per un attimo nel suo viso vede la propria madre. Lo sfinimento: essere donna è dura, più dura che essere uomo, ma ancora più difficile è essere una via di mezzo.

«Sei sicuro che somigliava alla lavandaia?» domanda Molly.

«Sicurissimo» risponde lui. «Dai, torniamo nella sua stanzetta. E vediamo se quella donna si rifà viva. Oppure possiamo domandare se qualcuno la riconosce dal disegno».

Molly scuote il capo. «Se si somigliano tanto come dici, allora la gente di via del Cittadino riconoscerà la lavandaia morta quando le mostri il disegno. Se vogliamo trovare l'altra non abbiamo scelta: dobbiamo restare nelle vicinanze del punto in cui è sparita».

Le ombre sono lunghe, presto farà buio. Tutt'a un tratto c'è un sentore d'autunno nell'aria, ora che il sole è tramontato e le nuvole si sono posate sopra la città.

Molly ha ragione. È più riflessiva di Hans Christian. E per il momento è l'unico appiglio che hanno. Girano per la zona cercando qualcuno del posto a cui domandare. Ormai il disegno si è sporcato e sbaffato a furia di passare di mano ed essere tirato fuori dalla tasca e rinfilato dentro. E adesso viene colpito da un paio di gocce, una pesante pioggia tiepida che minaccia di distruggerlo.

Una donna minuta avanza rasente il muro. È poco più alta di un grosso cane. Da persona pratica del luogo evita i punti in cui la pioggia cade a scrosci dal tetto.

«Chiedi a quella là» dice Molly, dando una gomitata nel fianco a Hans Christian. «Le vecchiette vedono e ricordano sempre tutto».

«Mi scusi, signora. Ha per caso visto questa donna?» domanda Hans Christian, costretto a chinarsi per mostrarle il disegno. «Devo assolutamente rintracciarla».

La donna guarda prima il disegno, poi Hans Christian e infine Molly. «Non l'ho mai vista» risponde, scuote il capo e si allontana sotto la pioggia.

«Che razza di bugiarda» gli bisbiglia Molly nell'orecchio. Il suo fiato caldo contro la guancia, più vicino di quanto da molto tempo gli sia stata una donna. Un piccolo brivido gli corre giù per la schiena.

«Sì» ammette lui e segue la vecchietta con lo sguardo.

«Vieni» gli dice Molly. «Pediniamola».

Hans Christian ha la sensazione che si stiano avvicinando a qualcosa. È sul punto di scavalcare di corsa la cunetta.

Molly fa appena in tempo a dargli uno strattone. «Non precipitarti, altrimenti va a finire come l'altra volta».

Hans Christian si ferma, sa che Molly ha ragione: lui dà nell'occhio, spicca come un airone in una pozzanghera. «Valle dietro tu. Io mi terrò a distanza» propone.

Molly, d'accordo, prosegue da sola. Così è meglio, per la vecchietta sarebbe più facile riconoscere una coppia nella calca. Molly si muove svelta tra i signori e le signore eleganti con gli ombrelli aperti, la camminata sciolta, conosce il ritmo della strada. In fondo, è più viva, più interessante di tutte le donne che Hans Christian conosce, il suo viso cambia di continuo espressione, quando parla e pensa, lo si vede, gli occhi vivaci, le pupille che diventano sottili come quelle di un gatto quando lo fissa...

La pioggia si infittisce. Alcuni marinai corrono per mettersi al riparo in una locanda.

«Ti sei bloccato?» Molly è tornata e lo tira. «Ho visto dove è entrata». Hans Christian la accompagna giù per la viuzza dov'è sparita la sosia di Maren la Sbianca. Molly si ferma bruscamente vicino a un paio di botti e casse ammonticchiate, le scansa e indica la porta. Più che altro è una specie di botola per scaricare merci.

Hans Christian vi si avvicina, la tasta con una mano, la croce che ha tracciato la notte prima si sente a mala pena con le dita, ma non si vede.

«Molly, è qui, l'abbiamo trovata» dice. E spera che la botola li porterà a una soluzione, o meglio, a una risposta, in modo da poter essere scagionato dai sospetti ed evitare la mannaia. In modo che possano scovare l'assassino di Anna, e Molly possa trovare pace.

«Entriamo?» domanda lei.

«Dopo di te».

Molly spinge la botola: per un momento sembra incastrata, poi si apre. Ai lati di un gradino alto ci sono due larghi scivoli per facilitare l'entrata e l'uscita di grossi carri. Ma la porta non apre su una casa. Invece, si ritrovano in un cortile esagonale formato dal retro dei palazzi. Il cortile è lastricato con delle grosse pietre, in un disegno che ricorda la forma delle conchiglie. È buio, l'unica luce proviene da qualche finestra su in alto.

Non c'è niente. Non ci sono porte, nessun posto dove nascondersi, niente di niente.

E nessuna donna minuscola.

«Che fine ha fatto?» domanda Molly. «Non può mica sparire così».

Hans Christian trattiene il respiro. Prima il cadavere della donna sull'isola dell'Uomo Morto e ora una vecchietta che si dilegua come una visione. Cammina lungo i muri, cercando una porta nascosta o una maniglia che apra un ingresso segreto. Ha letto di queste cose nei romanzi d'avventura. Nell'ultimo libro di Victor Hugo il gobbo trova in continuazione porte segrete nella chiesa di Parigi.

Ma nel cortile di Copenaghen non c'è niente.

«Sei sicura che era qui?» domanda.

«Sì, sono sicura» risponde Molly. «È entrata qui».

«Sta' zitta un momento» dice Hans Christian tendendo l'orecchio.

«Sei tu che parli. Prova a stare zitto anche tu».

«Sst». Forse riescono a sentire la vecchietta correre o lamentarsi e tossire nel suo nascondiglio. In lontananza si odono una musica e un asino riottoso che raglia. E poi c'è il rumore della pioggia, che scende in grossi zampilli dai tetti. Con lo sguardo Hans Christian segue l'acqua, che si raccoglie ribollendo in sei basse cunette.

Nell'angolo più lontano l'acqua piovana sembra ribollire in modo completamente diverso.

Hans Christian si ferma e guarda giù.

È come se l'acqua formasse dei cerchi e poi sparisse. Come in un secchio bucato. Hans Christian si abbassa e intravede i contorni della maniglia di una botola. Senza esitare l'afferra, solleva la botola e si ritrova a fissare dentro una profonda buca nera, dove l'acqua prende subito a riversarsi lungo i lati. Uno strano odore di catacombe e di cappella sepolcrale sale dalla buca.

«Non sarà mica andata laggiù?» dice Molly, fissando anche lei l'abisso. «C'è qualcosa? Un pozzo, una cantina, un condotto che scende nel nulla?»

«È una galleria» risponde emozionato Hans Christian. «Come nella poesia del bottinaio. Significa che siamo sulla pista giusta».

All'improvviso intravedono dei guizzi di luce. Giù, giù, in fondo alla buca, forse a una trentina di piedi di profondità.

«Hai visto?» sussurra Molly. «Una candela? Una torcia?»

Hans Christian annuisce. Per un attimo hanno visto un chiarore. Ora non c'è più. Hans Christian non ha più dubbi. La donna è sparita per di là: sottoterra, passando per la galleria. Si mette in ginocchio, sporge la testa e il braccio nel buio e tasta il bordo.

«Che fai?» domanda Molly inorridita. «Che cosa cerchi?»

«È passata di qua». Fruga con le dita lungo i lati del condotto e trova una staffa di ferro, poi un'altra, fissate a mo' di scala. Proseguono verso il fondo. «E noi dobbiamo seguirla» dice, spingendo le sue lunghe gambe dentro il buco.

«Aspetta» dice Molly, raggiungendo di corsa la botola. «Non possiamo scendere al buio così. Cerco qualcosa con cui fare luce, una lampada. Torno subito».

Hans Christian aspetta seduto sul bordo. Spera con tutto se stesso che la minuscola vecchietta faccia capolino da una finestra e si riveli l'innocente, normalissima moglie di un rivendugliolo, e non sappia nulla né di lavandaie né di prostitute con il petto squartato. *Il sangue rosso sopra la pelle pallida*. Quando mai il bianco può diventare rosso? È seccato perché la filastrocca del bottinaio gli sembra ancora il delirio di un pazzo. Forse l'ha interpretata male. Forse nell'oscurità li aspetta qualcosa di atroce, non osa pensarci.

Poco dopo Molly arriva con un pezzetto di candela di

sego e uno zolfanello. «L'accendiamo appena arriviamo in fondo».

L'aria fredda della galleria ha quasi intorpidito completamente le gambe di Hans Christian. Fa un respiro profondo, il cuore gli batte forte. «Che cosa significa l'eterno duello?»

«È importante, proprio adesso?» domanda Molly.

«È l'ultimo verso della poesia del bottinaio» le spiega. «*Quando nella galleria il bianco di rosso si sarà tinto... nell'eterno duello il tal dei tali ci avrà vinto*. Non ho idea di che cosa significhi».

«Abbiamo trovato la galleria. Siamo sulla pista giusta. Sono proprio dietro di te».

Hans Christian poggia il piede sulla prima staffa, che cede un pochino.

Un duello tra il bene e il male, tra la paura e il coraggio, pensa. Una lotta che non ha mai fine. Tra la morte e la vita. Su in alto la luce sparisce dal viso di Molly. Subito dopo Hans Christian viene completamente inghiottito dal buio.

# 26.

Madam Krieger ha pedinato la vestitrice per tutto il giorno.

È la meglio abbigliata del seguito. Probabilmente è normale per una con la sua mansione. Probabilmente è normale per quella fanciulla che il principe si è accaparrato. È vestita meglio della principessa, che pare una campana nel suo abito rosso, e delle dame di corte, due ragazzotte scialbe senza gusto né per i colori né per le forme.

Johanne, invece, è così elegante, così leggiadra nelle movenze, che madam Krieger quasi non riesce a odiarla con tutta se stessa. I capelli della ragazza sono di una bellezza fluente, il suo collo esile e pallido come una colonna di marmo. E il seno, il seno è fasciato stretto e con eleganza, un fiocco fa sembrare il solco al centro un regalo impaziente di essere scartato. Madam Krieger non riesce a staccarle gli occhi di dosso, la osserva mentre parla e racconta, cinguetta ora di questo ora di quello, e quando ride i suoi seni saltellano leggermente sotto il corsetto, un sobbalzo appena accennato, che fa ribollire tutto il suo animo di eccitata collera e gioia. Sono l'unica cosa che le manca. Lei è l'unica che le manca. L'ultimo dettaglio perché tutto sia definito. L'ultima volta la vestitrice è riuscita misteriosamente a sfuggirle, ma oggi, oggi è il giorno buono.

Nel pomeriggio è andata a controllare il bambino. Ma se ne stava disteso sul fondo della gabbia come un animale ammalato. Certo, non gli avrebbe negato qualcosa da mangiare, ma non aveva voglia di imboccarlo. Prima di andare via si era assicurata che le corde fossero ben strette, e il bavaglio impossibile da togliere. Meglio essere sicuri che gentili.

Adesso nulla deve andare storto. Il medico è pronto. Gli esperimenti sono conclusi.

Mentre la principessa e il suo seguito entravano e uscivano dai negozi, su e giù per via della Seta, madam Krieger è rimasta nelle vicinanze. Si è finta interessata alle vetrine e ai venditori ambulanti, e intanto teneva d'occhio e vedeva la principessa provare un'infinità di cappelli, di guanti, di stivaletti, perfino corsetti. Per tutto il tempo la vestitrice ha un'aria paziente e sorridente, anche quando la principessa rimane bloccata in un completo di prova e il venditore di tessuti è costretto a liberarla con le forbici.

Ora stanno uscendo dalla pasticceria viennese, dove hanno mangiato paste alla panna montata, e percorrono la Piccola via del re, la principessa davanti, le dame di compagnia dietro e, ultima, Johanne.

Comincia a piovere. Madam Krieger risponde al saluto militare di un cadetto, che ha scorto l'insegna sulla controspallina della sua uniforme, ma per il resto cerca di passare inosservata mentre sbircia la compagnia sul lato opposto della strada.

Stanno aprendo gli ombrelli quando sente una delle dame di corte gridare a Johanne: «Dobbiamo sbrigarci. Fra un quarto d'ora suoneranno la campanella». Attraversano la strada di corsa fino alla piazza Nuova del re.

C'è un traffico sparso. Persone a passeggio che scappano dalla pioggia e ambulanti che si affrettano a riporre la mercanzia. Madam Krieger coglie uno scorcio dell'abito rosso della principessa mentre il gruppo sparisce dentro il Teatro Regio.

Ma certo. Vanno a teatro. Ecco perché hanno girato in tondo intorno alla piazza nell'ultimo paio d'ore.

Madam Krieger fa per seguirle, ma poi ci ripensa.

I teatri sono posti pericolosi, se si ha intenzione di rapire qualcuno. Troppa gente, troppi occhi. E il Corpo di guardia è proprio dietro l'angolo. D'altro canto, il buio e il trambusto del teatro insieme al fragore della musica di ottoni possono aiutarla a catturare la vestitrice, come il parco dei divertimenti con tutte le attrazioni e il caos si era rivelato il luogo ideale per rapire il bambino. Con un po' di fortuna e di audacia potrebbe farcela. Sarà costretta a narcotizzare Johanne e poi a portarla fuori di peso. Se qualcuno, ad esempio una guardia, dovesse fermarla, potrebbe sempre spiegare che la signora sta male e deve andare all'ospedale. Nel teatro ci sono un caldo e una calca spaventosi, è pieno di gente, e magari la vestitrice ha dimenticato il ventaglio... È svenuta, ha bisogno di una boccata d'aria, un giovane ufficiale la porta fuori, prende una vettura di piazza. Chi si meraviglierebbe?

«Un biglietto per lo spettacolo di stasera? Otto per uno, quattordici per due».

Madam Krieger si volta. La voce è dura, ma appartiene a una donna, una bagarina appoggiata al muro del teatro per ripararsi dalla pioggia. Ha un bambino brutto in braccio, un altro è seduto per terra ai suoi piedi. «Altrimenti può comprare da me, costano meno».

«E un posto in un palco quanto costa?» domanda madam Krieger.

«Quello è più caro. Dodici scellini per uno» risponde la bagarina, sputando tabacco da mastico.

Madam Krieger non ha voglia di mercanteggiare. Ci vorrebbe troppo tempo. Preme le monete nella mano della donna e prende il suo biglietto. Si affretta dentro l'atrio e cerca con lo sguardo la vestitrice e la principessa, ma sono già salite ai loro posti. La campanella ha suonato un paio di volte. La maggior parte degli spettatori lotta per accaparrarsi i posti più economici nel parterre e nei loggioni, mentre le scale rivestite di velluto che portano ai palchi sono quasi deserte. Madam Krieger mostra il biglietto, sale la scala e fa appena in tempo a entrare nel palchetto a destra del palcoscenico che l'orchestra finisce di accordare gli strumenti.

Tutta la sala è rovente come una fucina.

Nei loggioni sopra madam Krieger e sul pavimento della sottostante platea è pieno di bambini che piangono, di uomini che mangiano, di donne che applaudono, di dita che si infilano leste sotto i vestiti, di acquavite in bottiglie tintinnanti e di grida impetuose da un capo all'altro. Ferve una lotta accanita per i posti migliori, si spinge e si spintona, un tizio per poco non cade dal parapetto sul pubblico in piedi del parterre, ma poi il sipario si alza e tutto è dimenticato.

Il giullare sulla scena indossa un cappello troppo grande, la chitarra è sproporzionata per le sue braccia corte. «State per assistere alla storia di Ivanhoe, il cavaliere più valoroso che abbia mai combattuto nella guerra delle due rose, la rossa e la bianca» grida. «Questa è la sua avventura e la sua battaglia per conquistare il cuore della prescelta».

Il popolo fischia e chiama ritmicamente Ivanhoe; qualcuno ride, mentre altri lanciano pane secco o capi di biancheria intima.

Madam Krieger è stata a teatro solo due volte prima d'ora, non conosce quel vaudeville e non riesce a interessarsi. Invece, vaga con lo sguardo per i palchi. Le lampade Argand verde rame illuminano il teatro, sono alimentate a olio di balena e diffondono un fetore di animali marini morti. Madam Krieger intravede la principessa nel palco centrale, seminascosta da un ventaglio rosa. Le dame di corte siedono a destra, e nel palco accanto c'è la vestitrice. Ma Johanne non è sola. Condivide il palco con una signora anziana: una donna traccagnotta, seduta proprio dietro di lei e con il cappello in testa. Probabilmente è la moglie agiata di un mercante che non conosce l'etichetta del teatro.

Madam Krieger sente il sangue pulsare nella tempia. Come farà ad avvicinarsi a Johanne, se la moglie del mercante è d'intralcio? Perché è così sfortunata? Non ha mai creduto nei proverbi e nelle maledizioni. No, come dice Schneider, sono la fede e la superstizione, la pietà e la compassione, i quattro elementi contro natura che ostacolano il progresso dell'umanità.

Al giullare si unisce un cavaliere, che entra in scena seguito da forti colpi di tamburo provenienti dal golfo mistico. Il pubblico esulta. Anche Johanne.

Forse può riuscire ad attirarla fuori nel corridoio? E se una maschera volesse vedere i biglietti? O se le arrivasse un messaggio della principessa? Qualunque stratagemma possa far uscire Johanne dal palco e superare la moglie del mercante.

Il cavaliere sulla scena si infila nei pensieri di madam Krieger.

«Non sia mai detto che mi sono lasciato allontanare da una bella preda senza battermi per lei» canta, pestando ritmicamente il pavimento.

Madam Krieger lancia di nuovo un'occhiata al palco della vestitrice. Succede qualcosa. La moglie del mercante ha chiuso gli occhi.

L'operetta è iniziata da appena dieci minuti e lei già dorme. Forse, nonostante tutto, la fortuna esiste.

*Ora.*

In preda all'agitazione si alza e si precipita fuori nel corridoio. È deserto, qualcuno ha buttato gli avanzi di un pasto consumato in uno dei palchi. Madam Krieger conta le porte, cerca di individuare quella giusta. Ecco, quello è il palco centrale, dove si trova la principessa. Quello il palco delle dame di corte.

E là.

Là è seduta Johanne, pensa madam Krieger, varcando con cautela la soglia. Si ferma dietro la pesante cortina di velours bordeaux che ripara il palco dalla porta. Da uno spiraglio riesce a vedere Johanne che oscilla irrequieta sulla sedia e ride ogni volta che il giullare salta su e giù sulla scena. La moglie del mercante è seduta al fianco sinistro di madam Krieger. È ancora silenziosa, ma non più piegata su se stessa come prima. Forse ha cambiato posizione nel sonno. Oppure si sta svegliando? Madam Krieger le preme delicatamente la spalla con un dito. La donna reagisce con un brontolio sommesso, ma la sua testa è ancora poggiata pesantemente contro il petto.

Il pubblico esplode d'entusiasmo. Forti scrosci di applausi, un uomo grida *Viva il re*. L'intervallo si avvicina. Madam Krieger deve assolutamente agire. Subito.

Con cautela versa uno spruzzo di olio nel suo fazzolettino. Né troppo poco, né troppo, altrimenti Johanne non si risveglierà più. Se morisse, tutto sarebbe rovinato. Il sangue deve circolare in tutte le membra del suo corpo, altrimenti sarebbe inutilizzabile. Madam Krieger si infila il flaconcino in tasca e respira piano. In quello stesso istante la porta del palco si apre. Una donna minuta varca la cortina. È agitata e impaziente e quasi cade inciampando nei piedi di madam Krieger. È così buio che non vede nulla.

«Ti ho cercata, Johanne. Dappertutto» dice sottovoce la donna.

«Zia, che ci fai qui? Sei bagnata fradicia».

«Non possiamo parlare qui, vieni fuori» dice la zia, guardando la donna addormentata.

«Non badare a lei, e dimmi che cosa è successo». Johanne parla in tono impaziente, seccata per essere stata interrotta nel bel mezzo dello spettacolo.

La zia bisbiglia: «Lo dicevo io, lo dicevo io che dovevi stare attenta. Sei stata scoperta».

Madam Krieger resta immobile. Tende l'orecchio per sentire che cosa si dicono, ma le loro voci si mescolano alla musica dell'orchestra e ai colpi di spada sulla scena sottostante. Si sporge dallo spiraglio e riesce a vedere le sagome delle due donne. Sembrano agitate, quella minuta cinge le spalle di Johanne con entrambe le mani.

«Sei stata scoperta, lui ti sta cercando» dice la zia. «Hanno un tuo ritratto».

«Chi? Un ritratto? Ma che dici?»

«No, me lo ha mostrato lui per strada, e allora sono venuta subito a cercarti».

«Dove ha preso il ritratto?»

«Non lo so» risponde la zia. «Ma quell'uomo aveva un aspetto orribile: alto e magro e con i capelli ricci e un nasone spaventoso. Se vuoi il mio parere, sembrava la morte che cammina».

Madam Krieger si ritrae. Sulla scena è calato il silenzio. Solo il giullare balla di qua e di là, e sbeffeggia un gruppo di bambini sul pavimento. Di chi stanno parlando? Non sarà quel... ritagliatore di carta? La descrizione corrisponde. Ma non lo avevano fermato e sbattuto in guardina?

«Ne hai parlato con qualcun altro?» domanda la vestitrice. «Chi sa qualcosa?»

«Nessuno. Sono venuta non appena ho saputo che eri qui. Stammi sentire, Johanne, adesso questa storia deve finire. Mi hai sentito? Tua madre non mi perdonerebbe mai se venisse a sapere... a sapere che cosa combini».

«Smettila. Mia madre non era mica migliore, e tu lo sai. E poi tutto finirà dopo il ballo in maschera. Lui partirà. E non lo rivedrò mai più».

«Ti scongiuro. Dimentica quel ballo in maschera».

«Ora devo andare» dice Johanne. Si alza, fa tre rapidi passi, varca la cortina con una spinta ed esce dal palco senza notare madam Krieger.

«Johanne, fermati» dice la vecchietta, tallonando la nipote.

Madam Krieger resta dov'è. Da sola con la donna che dorme. Deve seguirle? No, c'è troppa calma, pensa. Lei ha bisogno di chiasso, di voci, di qualcosa che distolga l'attenzione della gente. Solo quando la campanella suona di nuovo e lo spettacolo riprende, esce nel corridoio.

Le scale sono cosparse di rifiuti e di uomini ubriachi. Madam Krieger cammina assorta. Esce dal teatro, sulla piazza Nuova del re. Che cos'è successo?

È stato un altro tentativo fallito? Oppure si è manifestata un'opportunità completamente nuova?

Il ballo in maschera. È quasi un'ironia della sorte.

Una festa del travestimento, dove ognuno, nascosto dietro la maschera, può mostrare chi è veramente.

È la sua occasione. La migliore che potesse capitarle.

L'ultima volta che era stata al castello, aveva fatto fiasco. Aveva commesso un errore, credendo che quella distesa nel letto fosse Johanne, e si era accorta dello sbaglio solo quando, con la ragazzina tremante e implorante fra le braccia, aveva notato che sì, somigliava un po' alla vestitrice, ma non era neanche lontanamente pettoruta né incantevole come lei. Ne era scaturito il pasticcio con la guardia e il bottinaio, che per poco non aveva rovinato tutto. Ma per fortuna aveva imparato la lezione.

E adesso avrà la possibilità di eseguire un'azione perfetta. Di fare ordine nelle cose.

Di mostrare il suo vero io.

Ma prima deve occuparsi del ritagliatore di carta. Quell'uomo non deve intromettersi nel suo piano. È troppo vicino. Forse è solo un caso, ma se veramente la sta cercando, deve essere perché sa qualcosa. Come ha fatto? Madam Krieger ha saputo che la guardia è morta all'ospedale senza avere il tempo di dire qualcosa. E se invece avesse fatto in tempo a riferire qualcosa alla polizia, che poi lo aveva detto al ritagliatore di carta in occasione del suo interrogatorio? In ogni modo, è un pericolo. Bisogna fermarlo.

Poi, appena il gran ballo in maschera sarà varato, prenderà da Johanne ciò che le è sempre appartenuto. Prima che sia troppo tardi.

# 27.

Le staffe sono conficcate tra le pietre. Cedono un pochino a ogni passo che fa. L'acqua piovana si riversa nel condotto. Tutto è viscido e bagnato. Hans Christian si sente troppo grande, le sue spalle urtano contro i lati dello stretto passaggio, pezzi di intonaco e di calcina precipitano. Non ha idea di quanto sia profondo il condotto, né di quanti gradini manchino per arrivare alla fine.

Ma devono assolutamente scoprire che ne è stato della donna e perché hanno visto una candela guizzare nel sottosuolo. Pensa alla storia di Aladino, che scese nelle viscere della terra dove prese la lampada magica. Forse li aspetta una grotta incantata piena di ricchezze e di magia. O forse l'assassino di Anna li attende da qualche parte nell'oscurità. E la vecchietta? È l'aiutante dell'assassino?

«Ancora non vedi niente?» bisbiglia Molly sopra di lui.

«No» risponde Hans Christian. «Non ancora».

La sua voce rimbomba facendo cadere l'intonaco tra le pietre, mentre una creatura nera e pelosa gli sfreccia vicino alle orecchie. Forse domani sarà un uomo libero. Libero di scrivere. Pensa alla fama, arriverà, arriverà, dice una voce che conosce fin troppo bene, perché è la sua: la sente da quando era piccolo, dalla prima volta che ha avuto modo di esibirsi ricevendo il dolce applauso di un adulto. Ora rimbomba cupa. Gli basta arrivare vivo alla prossima settimana con la testa e il senno intatti, ecco, è più di quanto osi sperare.

Scende una staffa e poi un'altra. Il rumore di acqua corrente, un forte lezzo dolciastro di sterco di cavallo. Un vento freddo gli passa tra i capelli. Infine mette i piedi nel fango, che subito gli risucchia gli stivali e le suole rotte. È arrivato in fondo. Il buio è totale e nelle vicinanze non ci sono né candele né lampade né fiaccole. L'aria è fredda e odora di metallo. Il condotto adesso è quasi in piano, solo una leggera pendenza lo fa scendere ancora: è la porta dell'inferno, Hans Christian ne è sicuro.

A tentoni avanza lungo il muro, forse per cinque, sei piedi, finché il buio lo avvolge così fitto che quasi gli manca il respiro. Nell'acqua galleggia di tutto, lo sente intorno alle gambe. Sembrano braccia che lo cingono, mani che tentano di ghermirlo. E all'improvviso sente una mano sulla spalla, gli prende un colpo, si volta aspettandosi di vedere la morte negli occhi.

Invece incrocia lo sguardo di Molly.

«Luce, dobbiamo fare luce» sussurra lei, sfregando lo zolfanello e accendendo la candela di sego.

Lo stoppino crepita un po', come se la luce avesse paura del buio. Poi il chiarore lambisce le pietre nere che grondano acqua. Delle travi di legno sono tese tra la terra e il soffitto, come per impedire che crolli qualcosa.

«Affascinante» sussurra Hans Christian. Una galleria che passa sotto Copenaghen. Chissà dove conduce? A un covo di ladroni? In Svezia? In un paese straniero dove si parla all'incontrario e si cammina sulle mani e le carrozze volano tra le nuvole?

Scorgono due fiaccole spente in un supporto arrugginito sulla parete.

Hans Christian ne prende una e la tasta.

«È calda. Qualcuno l'ha appena spenta».

«Accendila. E anche l'altra» bisbiglia Molly.

Si avviano nell'acqua verde-marrone, che diventa sempre più profonda mano a mano che si addentrano nella galleria. Un giornale e una teiera e un berretto da marinaio fluttuano intorno alle loro ginocchia.

«Oh, no» sussurra Molly, indicando i resti di un cigno completamente svuotato. Qualche animale ha mangiato l'uccello da parte a parte, lasciando solo le penne e il becco. «Chi farebbe una cosa del genere?»

Hans Christian non fa in tempo a risponderle che lo sentono entrambi: uno squittio ringhioso ovunque. Occhi spariscono nel buio. Code si immergono nell'acqua melmosa. Sono ratti. Decine, forse centinaia. Su in città dividono lo spazio con le persone e le vacche e i maiali e le galline e i cavalli. Quaggiù, invece, probabilmente la fanno da padroni, quaggiù comandano loro. Solo la luce della fiaccola li tiene a distanza.

La galleria sbuca in una stanza alta, dove si incontra con altri cinque condotti. In più di uno scorre acqua nera. Nel soffitto sopra di loro si intravede una luce fioca, l'idea di una botola simile a quella da cui sono scesi.

«Che facciamo?» domanda Molly.

«Tu esplora quei tre là, io gli altri due, e poi ci rivediamo qui».

Molly risponde con un cenno d'assenso. Si avvia lungo il primo condotto. Hans Christian vede sparire la sua luce e poi si addentra nel secondo. Dopo qualche minuto trova il passo sbarrato da un cumulo di pietre e di travi. Cerca di scavalcarlo e di aggirarlo, ma deve darsi per vinto. Se cercano il posto dove la vecchietta e la donna misteriosa, forse l'omicida, sono sparite, non è questo.

Hans Christian torna nella stanza grande. Per un momento tende l'orecchio, sperando di sentire Molly, poi imbocca la seconda galleria, che è più stretta e più bassa di quella da cui è venuto. Termina sotto un buco quadrato nel soffitto: un'altra botola. È socchiusa: pagliuzze e un po' di fango gli cadono sulla spalla quando prova ad alzarla. Impossibile. D'un tratto vede del movimento, sente qualcosa che sferraglia. Cavalli. Una stalla.

Si trova sotto una stalla. Ecco da dove viene l'odore di sterco di cavallo. Quindi, probabilmente, non è neanche fango quello che ha sulla spalla. In basso riesce a vedere soltanto le proprie orme nella paglia e nella merda e nel sudiciume. Fa luce intorno a sé con la fiaccola. A quanto pare nessuno lo ha preceduto in questa direzione.

La fiaccola incendia un paio di pagliuzze. Bruciano in fretta e si spengono, ma la fiamma fa agitare il cavallo nella stalla sovrastante, che nitrisce forte e scalpita nervoso nel box. Evidentemente il rumore dei suoi zoccoli contro il pavimento di pietra mette in allarme qualcuno. Un capo stalliere. Hans Christian ode una voce che cerca di calmare l'animale.

«Ehi, chi va là?» prorompe il capo stalliere. Deve aver visto la luce dalla botola.

Hans Christian arretra di corsa e torna a precipizio nella stanza grande. Ansimante aspetta Molly. Il livello dell'acqua è salito parecchio. Adesso gli arriva a metà pancia.

Molly emerge da un condotto: «Due erano senza uscita» annuncia.

«E il terzo?» domanda Hans Christian.

«Sbucava in una specie di vasca. C'era acqua dappertutto, pezzi di legno e roba strana che galleggiavano. Ho provato a misurare quanto era profonda con uno stecco lungo, ecco, era così, più alto di me, e non ha toccato il fondo. Non credo che sia passata di lì. E tu, che mi dici?»

«Il primo era senza uscita» risponde sottovoce Hans Christian, sentendo crescere la disperazione. «L'altro finiva sotto una stalla. E, come hai detto tu, non sembrava che qualcuno fosse passato di lì. Però credo di essere stato visto da un uomo su nella stalla, perciò mi sono allontanato alla svelta. Deve esserci sfuggito qualcosa» conclude, sforzandosi di cavare un senso da tutto quanto.

Comincia ad avanzare nell'acqua seguendo lo stesso percorso da cui sono venuti. La sua vita è sempre così: una lotta per andare avanti. E tutte le vie sono senza uscita. Forse, per venire a capo di qualcosa, deve rifare l'intero tragitto all'incontrario fino al posto da cui è partito, fino a Odense. Tornare alla sterpaglia presso il ruscello, alla riva melmosa dove stava seduto a cinque anni, proprio nel punto dove il sole batteva il pomeriggio in cui lo sconosciuto lo aveva guardato dicendo che era nato per girare il mondo a piedi.

Hans Christian aveva raccontato l'episodio alla madre. Lei non conosceva quell'uomo, ma probabilmente era un viandante, gli aveva spiegato, uno di quelli che vagavano sempre tra una città di provincia e l'altra e chiedevano l'elemosina lungo il cammino, e quindi forse aveva voluto indurlo a prendere la stessa strada. Ma anche se lo sconosciuto era un mendicante di nessun conto, le sue parole gli erano rimaste impresse. Avevano destato qualcosa nel suo intimo. Il desiderio di viaggiare, di cercare la fortuna al di fuori dell'abbraccio della madre e al di fuori di Odense.

Nella stanza grande il livello dell'acqua è salito tanto che Hans Christian deve tenere la fiaccola sopra la testa. Alla luce della fiamma riesce a vedere che anche qui c'è una serie di staffe nel muro.

Salgono verso l'alto.

«Aspetta» bisbiglia e lascia la fiaccola in un supporto. Afferra le staffe e si arrampica.

Molly lo chiama, ma lui non si ferma.

Arrivato all'ultimo piolo si ritrova su una stretta sporgenza. Una corda funge da corrimano. Hans Christian afferra la corda e avanza camminando di fianco. L'aggetto è viscido. Procede rasente il muro, svolta l'angolo e poco prima di arrivare in fondo scorge una botola nel soffitto. La pioggia scende a scrosci. Il rumore di una carrozza che sfreccia sul selciato filtra dalla botola. Hans Christian appoggia la mano sul battente e spinge. Non lo spalanca, apre solo uno spiraglio per poter guardare fuori. È un grande cortile chiuso. L'odore fresco di pioggia, i ciottoli caldi, finestre lontane.

Molly sotto di lui: «Vedi qualcosa? Lei è lì?»

La carrozza si ferma proprio sopra la sua testa. Vede tanti piedi, scarpe e stivali nelle pozzanghere, un soldato che tiene la portiera. È una caserma?

«Che succede?» domanda Molly.

«Sst».

E poi, ecco che capisce. Un paio di eleganti scarpe femminili dorate, mezzo coperte dalle galosce.

Infine due grosse gambe calzate da stivali lustri raggiungono la carrozza, una portiera viene aperta. Una voce: «Bentornata a casa, Sua altezza reale».

Le portiere si richiudono. La carrozza riparte. Hans Christian la vede varcare il cancello e raggiungere una grande piazza dove soldati in pantaloni azzurri sono in posizione davanti a piccole garitte. Dietro, sotto la pioggia, intravede il maestoso edificio con le sei colonne, lo stemma e il balcone dove il re era stato festeggiato dal popolo nel ventesimo anniversario della sua salita al trono.

Adesso Hans Christian sa dove si trova. Adesso sa dove sono sparite la vecchietta e la donna misteriosa.

Molly lo ferma appena ridiscende, lo afferra con una mano. «Che succede?» domanda arrabbiata. «Perché non mi rispondi?»

«È una cosa troppo grossa. Dimentica la vecchietta, dimentica Maren, dimentica tua sorella» le sussurra, «dimentica tutta questa storia».

«Che vuoi dire? Come faccio a dimenticare Anna, non posso...»

«È il castello del re, Molly» dice, scuotendola. «Non troveremo mai l'assassino. E se dovessimo farlo, allora... allora sarebbe ancora peggio. È una cosa troppo grossa. Troppo, troppo grossa». Si volta e mette un piede davanti all'altro. Torna indietro per il condotto, si arrampica ed emerge in strada. Ha le tasche piene di fango e pagliuzze nei capelli. Deve andare via di lì, a casa, attraversa di corsa la città, sale le scale, entra nella stanza, si accascia sul sottile pagliericcio. L'unica cosa che aveva era la speranza. E quel che gli restava della fiducia di riuscire a realizzare qualcosa di grande. Ora gli è stato tolto tutto. Nessuno sfida la casa che governa la Danimarca e il Nord da mille anni. Nessuno. Tanto meno lui. Un nessuno venuto da Odense.

# Parte seconda

*19-26 settembre 1834*

# 1.

Sente le voci.

Sulle prime crede che sia il mormorio del sonno, la voce della madre, le labbra della madre contro l'orecchio. Non devi partire, figlio mio, resta con noi, fatti assumere come apprendista sarto dal signor Christoffer. Ma non è la madre. Allora pensa che siano rumori provenienti dalla casa della vedova, una visita notturna o uno dei figli che ha gli incubi. Oppure giù in strada, uomini in divisa che saltano giù da una carrozza.

Invece no. È qualcos'altro.

Si tira su a sedere.

È la penna che stride. Il calamaio che geme. La candela di sego sfrigola nel candeliere, rientrando si era dimenticato di spegnerla. Si infila una camicia da notte, si siede allo scrittoio, come il padre si sedeva all'incudine la mattina e preparava la prima scarpa della giornata.

Fuori è ancora buio. Cambia la candela con una nuova e guarda il suo diario sul davanzale. Ha sempre tenuto un diario. Ma non nelle ultime settimane. Non ha trovato né la pace né le parole per tutto quello che è successo. Donne che sono state uccise per scambiare la loro femminilità. Immagini riflesse di donne bellissime che scompaiono e riappaiono. E di colpo la freccia indica la casa reale. La famiglia più eminente del paese, che ha creduto in lui e lo ha sostenuto con aiuti in denaro quando frequentava il liceo in provincia. Non può. Non può crederci. Non può fare niente.

Non può neanche scrivere una poesia: abbassa lo sguardo sul foglio bianco.

Ma no, adesso le sente davvero, le voci. Piedi pestano i gradini.

*Bum bum*. Qualcuno bussa a una porta.

Non è possibile. Guarda il suo orologio sulla mensola. Non sono neanche le due e mezzo.

Bussano di nuovo. Forte.

«Ah, ma che succede?» domanda la signora Larsen.

«Aprite, in nome del re».

Hans Christian butta il foglio. Ora capisce: sono venuti a prenderlo. Il questore gli aveva dato tre giorni per confessare o essere scagionato. Ne sono trascorsi due e mezzo. E da come si sono messe le cose, è più vicino a confessare che a essere scagionato.

Sente la porta che si apre. La vedova Larsen spiega a quale piano possono trovare Andersen. «Su per le scale, la porta a sinistra» pigola.

Hans Christian si alza e comincia a girare per la stanza. Spegne la candela. Apre l'armadio e lancia oggetti dappertutto. Ogni sorta di ciarpame, guanti, un binocolo, uno zoccolo, un sacchetto con pietre del Colosseo.

Dov'è la corda?

Bussano alla sua porta. «In nome del re, Hans Christian Andersen» gridano.

Finalmente trova la valigia sopra l'armadio e la apre.

Ecco la corda. Arrotolata come una vipera pigra.

«In nome del re» gridano di nuovo.

«Un momento» risponde lui. È notte fonda, la luna splende. Ma dalla finestra intuisce che invece la luna non c'è, si nasconde dietro le nuvole, il tempo è ancora brutto e piovoso.

Ecco, è arrivato il momento. Tante volte ha immaginato di essere costretto a calarsi con una corda per evitare di morire in un incendio. E adesso la terra gli brucia sotto i piedi.

Di corsa lega la fune intorno alla canna fumaria della stufa.

Poi apre la finestra – che dà sull'orto botanico – e fa srotolare la corda, che termina qualche braccio sopra una sterpaglia piena di spine. Sarebbe stato meglio calarsi dalla finestra dello studiolo e atterrare in piedi al Porto Nuovo, ma da quella parte si rischia di essere visti sia dai poliziotti sia dai primi pescatori dell'alba intenti ad attrezzare le barche.

Li sente aprire la porta con un calcio.

Non c'è tempo per altre soluzioni.

Segue la corda. La testa in avanti, scavalca il davanzale con il busto rigido, stringendo la fune, poi quasi si tuffa nell'aria e sbatte contro il muro e le finestre del piano di sotto, dove abita il musicante. La corda ruvida gli scortica i palmi. È un dolore lancinante, caldissimo; Hans Christian lascerebbe volentieri la presa, se la terra non fosse ancora tanto lontana. Le mani quasi scoccano scintille, poi cedono e lo fanno precipitare al suolo. Ha portato la corda con sé nei suoi viaggi, senza separarsene mai, per paura di un incendio a Parigi o di fiamme a Roma. Adesso annaspa in un cespuglio danese con le mani dolenti e spine conficcate nella schiena.

Su in alto qualcuno urla, un viso si affaccia alla finestra. «Fermo, Andersen».

Ma lui non si ferma. Sente le gambe dimenarsi sotto il corpo come due capretti giocosi, e corre. La pioggia tambureggia sugli alberi e sui cespugli. Rami e ramoscelli e steli e foglie bagnati lo sferzano da tutte le parti. Ranocchietti saltano dentro pozze di fango con un *plop*, una volpe inghiotte un ultimo viscere di topo mentre lui le sfreccia accanto, un'apparizione nel bel groviglio di piante.

Giù, nelle vicinanze delle casette dei giardinieri, Hans Christian si infila attraverso un cancelletto minuscolo e si ritrova sul retro della piazza Nuova del re. Scorge delle luci dalle parti del Corpo di guardia, e teme addirittura di veder puntare i cannoni su di lui, ma non accade nulla, e poco dopo infila le strade squallide dietro l'albergo. Quanto vorrebbe scendere in quell'elegante hotel attorniato da tanto clamore e con la valigia piena di lettere di ammiratori, ma – ahi lui – ormai è tutto quanto fuori dalla sua portata. Si ferma a riprendere fiato. Deve togliersi dalla strada. Attira troppa attenzione, un'attenzione del tipo indesiderato.

Solo una porta rimane ancora aperta per Hans Christian. Ammesso che lei sia disposta a parlargli.

«Ma va' a quel paese» dice Molly.

Gli sbatte la porta in faccia.

Un'altra prostituta sbircia fuori nel corridoio con un occhio pesto, poi sparisce. Hans Christian tenta di farsi più piccolo di quanto sia.

«Molly, aprimi» dice, guardando dal buco della serratura. La vede fare avanti e indietro nella stanza. In camicia da notte, i capelli in disordine.

«Dammi una scusa qualsiasi» risponde lei. «Mi hai piantata in asso».

Lui si raddrizza. Questo gli riesce bene. Ha il diploma in scuse. Ai tempi della scuola doveva scusarsi per cose che non aveva fatto, e per cose che non aveva detto, e per tutte quelle che diceva ma nessuno capiva.

«Hans Christian?» Molly è proprio dietro la porta.

«Scusa» dice lui. «Ho avuto paura, non posso agire con coraggio, è in gioco la mia testa».

Non accade nulla.

«Sono in camicia da notte» aggiunge.

Molly apre la porta e lo tira dentro. «La polizia ti ha visto correre qui?»

«No» risponde lui e si siede ai piedi del letto. All'altro capo Marie è distesa e lo guarda con occhi assonnati, raggomitolata come un cagnolino. «Non dovrebbe dormire?»

Marie scuote il capo.

«Da quando sua madre è stata ammazzata non riesce a prendere sonno».

«Devi proprio usare queste parole?» le domanda Hans Christian, tendendo la mano verso quella della bambina. «Mentre lei ti sente?»

«Non è più tempo per questo genere di riguardi» ribatte Molly. Arruffa i capelli di Marie, che si limita a lanciarle un'occhiata. «Le anime delicate hanno traslocato quando è morta Anna».

Molly allarga una coperta sul pavimento. «Sdraiati qui. Resta ancora un po', prima che il sole sorga. Poi domani parliamo».

Spegne la candela di sego.

Hans Christian si lascia scivolare giù sul pavimento. «Che cosa bisogna fare qui, se dovesse scoppiare un incendio?» domanda nell'oscurità, pensando alla sua corda che penzola dalla finestra di casa. Ai poliziotti che frugano tra le sue carte. Sbirciano nel suo diario. Per la seconda volta in meno di una settimana.

«Lanciarsi dalla finestra» risponde Molly. «Oppure tentare di saltare dal dirimpettaio, se al fuoco non viene la stessa idea».

Non gli piace sentire queste cose. Di salti ne ha fatti fin troppi.

Si calmano.

«Zia» dice la bambina. «Può raccontarmi una storia?»

«Una corta» risponde Molly.

Hans Christian sta per dire che è troppo stanco e che non è capace di raccontare ai bambini. Ma poi sente la piccola scendere dal letto e raggiungerlo, le zampette di ragno sulla sua coperta.

«C'era una volta» dice, e gli sembra un buon inizio. Ma che cosa ha bisogno di sentire Piccola Marie? Marie, che ha perso la persona più importante al mondo. Ma soprattutto, le storie riescono a lenire? E, cosa ancora più importante, riescono a fare altro?

«Su» dice Molly, dandogli un buffetto sul braccio.

Hans Christian si schiarisce la voce: «C'era una volta una mamma che morì».

«È la mia mamma?» domanda Marie.

«Potrebbe essere la tua, potrebbe essere la mia, potrebbe

essere un'altra ancora» bisbiglia Hans Christian e racconta di questa mamma. Che muore e va in cielo. Lassù vede tutti i fili che pendono, fili invisibili per i vivi, ma fili che i morti possono tirare per aiutare i vivi. Hans Christian ripensa alle marionette che ha visto a Parigi, mentre inventa il resto della storia sulla mamma che aiuta i suoi figli contro la malvagità del mondo. D'un tratto se ne accorge: Marie si è addormentata da un pezzo.

«Era molto noiosa?» chiede a Molly.

«Un pochino. E molto strana» risponde lei, avvolgendo la piccola nella coperta, ma lasciandola distesa accanto a Hans Christian. Nel chiarore del primo mattino Molly lo guarda.

«Mi è venuta un'idea» gli bisbiglia. «E se riuscissi a entrare nel castello? E se riuscissi a scoprire chi è la donna misteriosa?»

«E come?» bisbiglia lui di rimando.

«Ho saputo che cercano personale per le cucine, cuoche, domestiche. Una volta entrata, forse riuscirò a parlare con qualcuno, a origliare, a sentire le dicerie».

«Se ti scoprissero...» riflette Hans Christian, sul punto di spiegarle che cosa succede se ci si oppone al re. L'aspetterebbe una vita in catene, la colonia penale, e chissà che ne sarebbe di Marie. Ma non fa in tempo, perché Molly lo interrompe prima.

«Non riesco ad accettarla, Hans Christian. L'ingiustizia, proprio non ci riesco. E non voglio accettarla. Dobbiamo entrare in quel castello. Non è che un castello. Un edificio come tanti».

«Non riuscirai a farti ingaggiare così, su due piedi. Bisogna... bisogna avere un libretto di referenze».

«Un cosa?»

«Un libriccino con referenze e informazioni sui posti dove hai lavorato. Altre persone distinte che ti hanno avuto a servizio».

«Quello me lo puoi fare tu» dice Molly, avvicinandosi a

lui e mettendogli una mano sulla spalla. Poco dopo anche lei si distende sul pavimento, Hans Christian sente il calore del suo corpo.

«Falsificare, vuoi dire?»

«Inventare» gli dice all'orecchio. «Non è quello che fai per mestiere?»

Hans Christian riflette. Certo, ha visto diversi libretti di referenze, raccomandazioni, gliene hanno anche scritte. Il mondo è fondato sulle referenze, amicizie vengono forgiate da lettere di presentazione, il suo stesso viaggio attraverso l'Europa andava da una raccomandazione all'altra.

Silenzio. Il massimo del silenzio possibile in una palazzina di prostitute.

«Quando ritagliavi mia sorella nella carta» dice Molly.

Hans Christian non sopporta quel pensiero adesso, è troppo mortificante.

«Non ti è mai venuta voglia di andare oltre?»

Lui ha capito che cosa intende. Almeno, crede. Ma non sa come spiegarsi. Adora le donne, è attratto dalle loro forme, dai loro capelli, dalla loro bellezza, dal modo in cui si vestono, dal modo in cui sanno leccarsi le labbra dopo aver bevuto la birra, ma... Ha un desiderio più profondo. Un desiderio che non riesce a esprimere a parole.

Molly si gira e poggia la testa sul suo stomaco piatto e sul suo petto duro. «Non sei mai stato con una donna?» gli domanda sottovoce, da molto vicino.

«Molly» dice lui. A disagio, ma al contempo eccitato. Spaventato, ma curioso. Tutto quello che non ha mai detto a nessuno, che non dirà mai a nessuno, di colpo ce l'ha in punta di lingua, pronto a uscirgli di bocca, a fissarsi sulla carta, a rivelarsi al mondo.

«Posso mantenere un segreto. Se tu mi dici il tuo, io ti dico il mio».

Hans Christian riesce a vedere i suoi occhi al buio: è tornata bambina.

«No» le risponde.

«No? No, non sei mai stato con una ragazza? Oppure no, non ne vuoi parlare?»

«Fai tu».

«Non ci sei stato» dice lei tendendo la mano, carezzandogli la guancia.

«E il tuo qual è?» domanda lui. «Il tuo segreto?»

«Non ne ho, l'ho detto solo per allettarti» dice ridendo. «Preferiresti andare con un ragazzo?»

«Basta così, Molly. Non è divertente» bisbiglia, però sorride: quella sua schiettezza un po' divertente lo è. Non gli è mai capitato. Di parlare così delle cose più intime. Ma è ovvio: anche il macellaio si abitua alla vista del sangue e della morte, dopo qualche anno il panettiere non si scotta più con il forno, e Molly non arrossisce parlando del peccato biblico.

«Potrei mettermi un berretto in testa, legarmi i capelli, da dietro potrei sembrare un ragazzo. Se desideri qualcos'altro. Si possono fare tante cose con un po' di fantasia».

Hans Christian si tira su a sedere. «Lui brama qualcos'altro» sussurra.

«Sì, così. Calati nel ruolo» gli dice Molly.

«No» ribatte lui. «L'assassino. Quello che fa alle donne. Non è mosso dall'odio né dalla malvagità, ma dalla brama. Di qualcos'altro. Stiamo cercando un assassino spinto dalla brama».

## 2.

Mentre è diretta verso il castello, Molly si sente il nervosismo in corpo, che le pizzica e si contorce nello stomaco. Non ha mai fatto un colloquio per un posto così distinto, nel suo campo basta saper chiudere gli occhi, pensare ad altro e finire al più presto. E non dimenticare di farsi pagare in anticipo. Ovviamente, è anche la prima volta che mette piede dentro il castello. Ma non è solo il colloquio a innervosirla. È tutto quello che Christian le ha detto a proposito dell'assassino spinto dalla brama. Non capisce, secondo lei non ha senso. Chi uccide per brama?

Nondimeno, gli crede. Hans Christian vede cose che gli altri non vedono. E se c'è un assassino che uccide spinto da una brama di qualche sorta, non si ferma. Perché la bramosia non finisce, Molly lo sa. Per tutta la vita ha bramato. Prima l'amore, poi una vita migliore, e ora brama giustizia.

Il sole brilla sui pavimenti di legno laccati alla perfezione. Un comò decorato sembra un mobile cinese, forse è un regalo dell'imperatore. Alle pareti tappezzate di rosso scuro sono appesi quadri dalle cornici dorate raffiguranti ruderi e colonne antiche; chissà perché, pensa Molly, qualcuno ha voglia di dipingere roba del genere quando esistono case che non sono rovinate. Si intravede in uno specchio ovale. Molly sembra minuscola, come se l'ambiente sontuoso influisse in qualche modo sulle sue spalle e sul suo portamento. Stringe il libriccino che Hans Christian ha fatto per lei. Vorrebbe tanto riuscire a leggere che cosa ha scritto, l'elenco delle case signorili in cui lei avrebbe lavorato, tenute e manieri con nomi aristocratici che lei non ha mai sentito. Sono tutte panzane, ma la sua grafia piena di svolazzi è molto bella.

«Da dove viene?» le domanda la governante, quando Molly è stata chiamata e si trova di fronte all'anziana signora con la faccia coperta da una cipria quasi azzurra e gli occhi spenti.

«Da Køge» risponde. «Non molto lontano da qui».

«Grazie, lo so dove si trova Køge» ribatte la governante. «Ho avuto ai miei ordini ragazze originarie di tutti i miserabili, anonimi villaggi del paese. E tutte le ragazze ingenue hanno in comune il fatto di credere che Copenaghen le renderà felici. Perciò cercano un posto nella casa più aristocratica del paese, per affogare i dispiaceri nella fatica» continua la donna e tende la mano senza levare lo sguardo. Molly le porge il suo libretto di referenze.

Ecco. Adesso verrà smascherata, pensa. Adesso il piano fallirà. Ma come hanno fatto a pensare che una misera prostituta potesse essere assunta nel castello del re?

«Mhm» dice la governante, scorrendo la pagina con i lavori svolti da Molly. Tutte le belle trovate di Hans Christian. La governante non l'ha ancora guardata negli occhi. Tutto il linguaggio non verbale della donna segnala che non le importa assolutamente nulla di lei. Si dà tempo, scruta a fondo la pagina, gode a farla aspettare.

Molly ha già passato un'ora e mezzo nel grande atrio del palazzo insieme a una decina di altre ragazze vestite molto meglio di lei e più agguerrite. Già lì si era fatta un'impressione del castello come di un luogo dove si fa tutto con calma. Nessuno ha fretta, ecco, così le era sembrato quando donne in eleganti vesti leggere superavano lei e le altre senza degnarle di uno sguardo. Non come nella casa delle prostitute, il suo mondo, dove la fretta regna da mane a sera, tra clienti che vanno serviti e soldi da cavare di tasca ai soldati ubriachi prima che ci ripensino. Corre voce che al castello ci sia solo un posto vacante, e che i requisiti siano rigorosi.

La governante posa il libretto sul tavolo, continuando a non guardarla. Ecco, ci siamo, pensa Molly. Ora l'inganno verrà smascherato.

«È indubbio che lei ha la giusta esperienza, questo lo ammetto» dice la governante, dandosi un'aggiustatina alle frange a cappio dell'abito.

Il sole si riversa all'interno dalle grandi finestre. La polvere turbina nell'aria pesante. Molly sente il calore come un avversario, per un momento non riesce a pensare ad altro che ad andare via di lì.

La governante riprende: «E poi è stata a servizio nei posti giusti. Ho notato anche le ottime referenze di Collin. È un uomo saggio. Tutto sommato, va bene».

«Grazie, signora» dice Molly a disagio. Tornano brutti ricordi, ricordi degli anni in cui lavorava all'ospedale. Non era il lavoro faticoso né il fetore o la vista quotidiana della sofferenza umana a darle fastidio. Era l'ossequiosità. Tutti i convenevoli superflui. A Molly queste cose non vanno giù. Forse è colpa del suo lavoro, ma sa meglio di chiunque altro che le persone, che indossino vesti eleganti o miseri stracci, alla fin fine sono tutte uguali.

«Ebbene, che cosa devo dire?» dichiara la governante, restituendole il libretto. «Potrei farle i complimenti per le ottime referenze, sono in poche ad averle...»

«Grazie, signora» risponde Molly. «Farò del mio meglio».

«...ma anche se ci manca ancora una ragazza, non posso assumerla. Annoto qui che la domanda numero ventitré è respinta. Deve uscire da quella porta là».

Molly resta impalata, in preda alla confusione. Perché è stata respinta? La governante ha capito in qualche modo che lei non sa né leggere né scrivere? Che le sue referenze non sono che un falso abborracciato?

«Immagino che ora lei si stia chiedendo in che cosa ha sbagliato» riprende la governante. «Lo pensano tutte le signorine, quando le respingo. Ma, vede, dopo diciassette anni passati in questa casa una cosa la so per certo. Le copenaghensi saranno pure sveglie ma spesso sono pigre. Non sono fatte della sostanza che rende una persona della servitù non brava, ma eccellente. Quelle che vengono dalle piccole isole sono generose, ma colleriche fino a risultare insopportabili. Le ragazze della Bassa sono robuste, ma ostinate e poco intelligenti. Quelle dei villaggi di pescatori della costa occidentale sono indomabili, e il puzzo che hanno addosso non va via con niente. Solo le ragazze originarie della zona di confine tra la Danimarca e la Germania possiedono l'indole e la prontezza e la passione di servire di cui ha bisogno questa casa. Perciò, la ringrazio e la saluto».

Molly si arrabbia. Il suo primo impulso è di sputare in faccia alla governante. E non solo a lei, ma a tutta la raffinatezza tronfia che questo posto rappresenta, proprio non la sopporta. Di tutti i distinti signori e signore che girano qui, nessuno sa che cosa significa lottare. Per la sopravvivenza, per il cibo, per avere un tetto sopra la testa. La governante non l'ha neanche guardata. Nemmeno un'occhiata, nemmeno una minima presa d'atto della sua presenza. Ciononostante, Molly fa la riverenza ed esce.

Questa faccenda non riguarda me, pensa. Né la mia opinione. Riguarda Anna. Lo scopo è trovare il suo assassino. Smascherare la malvagità, quale che sia la casa in cui abita, e per quanto bramosa Hans Christian sostenga che sia.

Molly esce nel cortile e guarda dentro l'atrio, dove siedono le ultime sette ragazze, nervose, senza parlare fra di loro. Aspettano che suoni la campanella del soffitto e arrivi il turno della prossima.

Una ragazza robusta si alza e tira fuori le sue carte. Scalpita nervosa, forse somiglia a una copenaghense. Molly immagina che sia stata a servizio nelle case signorili della città. C'è un che nel suo viso, una sorta di superbia acquisita. I suoi riccioli biondi ricadono alla perfezione, gli stivaletti brillano. Senza dubbio è una delle ragazze che vogliono lavorare a corte per sentirsi più importanti delle altre, vuole provare il bizzarro borioso autocompiacimento di far parte di questo posto, perfino quando pulisce il vomito dei reali dal pavimento dopo una delle loro famigerate feste. Molly considera l'idea di metterla sull'avviso, di raccontarle delle ingiustizie della governante, delle categorie insensate e piene di pregiudizi in cui suddivide le speranzose candidate.

Le viene un'idea. Perché non riprovarci, visto che la governante non l'ha neanche guardata? Se potesse fare un altro tentativo, saprebbe esattamente che cosa dire. L'unico problema è il suo libretto di referenze. Quello non lo può riutilizzare, la governante la scoprirebbe. Deve inventarsi qualcosa.

Va a sedersi di nuovo nell'atrio, le altre ragazze le lanciano occhiate stupite. «Mi vuole rivedere» spiega Molly e sente subito l'invidia. Non riceve né un sorriso né congratulazioni, solo un commento sarcastico: «Evidentemente la governante gradisce le unghie sporche e le scarpe troppo grandi» dice la ragazza magra di fronte a lei, lanciandole un'occhiata risentita.

Ecco, suona la campanella. La prossima.

«Si ricordi solo di dire che viene dalla costa occidentale della Norvegia» le dice Molly. «Io sono passata per questo motivo. Quante di voi sono della costa occidentale?» domanda, rivolgendosi alle altre.

Quasi tutte alzano la mano. Tranne due.

«Se vi dico che la governante stessa è figlia di pescatori della costa occidentale e che non le piacciono tutte le parti del regno, non credo di aver detto troppo» aggiunge Molly. «E non bisogna assolutamente dichiarare di venire dalla regione danese-tedesca del regno. Quella la governante non la può soffrire proprio».

La ragazza con i riccioli va di là, le altre rimangono sedute in silenzio.

L'atrio resta imponente. Ma più si guarda intorno e più Molly riesce a vedere che il pavimento è consumato da troppe scarpe con i tacchi, e che i fiori nei vasi enormi sono intristiti. I cuscini rossi sulle panche hanno gli angoli lisi, e le piume volano nell'aria.

Il silenzio viene interrotto da un pianto. È la ragazza di

prima, i riccioli si sono un po' afflosciati. Attraversa il cortile a precipizio. Due guardie le aprono il grande cancello.

Il cattivo consiglio di Molly deve aver fatto effetto.

La campanella suona di nuovo. Un'altra ragazza si avvia verso la porta. Molly percepisce l'agitazione tra le altre aspiranti. Certo, c'è una concorrente in meno, ma il pianto della ricciolina aleggia ancora nell'aria.

Continua così, le altre vanno di là dalla governante, a una a una. Per quasi tutte non passa più di qualche minuto che la candidatura viene respinta, e la governante suona di nuovo la campanella.

«Aiuto, che cosa devo fare?» domanda la ragazza, l'ultima rimasta.

Con rammarico di Molly proviene dalla regione danese-tedesca. Una ragazza robusta con un viso largo, da rana, e una cuffia stretta. Ha l'aspetto ideale, pensa. Non è come le altre ragazze magre e rigide; sembra capace di spostare un grosso mobile, di portare il bucato e di ubbidire con sottomissione germanica da mane a sera senza lamentarsi. In compenso è arrossita per il nervosismo. Più delle altre, il sudore le tinge di scuro le ascelle.

«Posso vedere il suo libretto?» domanda Molly.

La ragazza lo tira fuori. Un debole tremolio rivela la sua apprensione.

«Ha delle ottime referenze» dice Molly, senza riuscire a leggere una sola parola. Ma sicuramente la ragazza ha l'esperienza ideale, lo si vede dalle braccia e dalle mani. Ha spazzato e portato e lavato e cotto e svuotato e sfregato e munto e colto e battuto e fatto la riverenza fin da quando ha imparato a camminare. Sicuramente presso ottime famiglie, che le hanno dato ottime referenze, a giudicare dalle numerose parole e dalla grafia fitta. Sotto tanti aspetti la ragazza è perfetta, proprio quello che ci vuole. È più giovane di Molly, ma sembra una quarantenne. Al servizio della governante sicuramente si ammazzerebbe di lavoro e finirebbe nella fossa con i rimorsi di coscienza.

«Complimenti» dice Molly.

«Sì?» domanda la ragazza, alzandosi con le gambe tremanti.

«Mi è venuta un'idea» aggiunge Molly. «Se mi aspetta fuori dal castello, le prometto di mettere una buona parola per lei di là. Si ritenga fortunata a non dover incontrare la governante».

«Dice sul serio?» domanda la ragazza. Molly legge sia tentazione che scetticismo nel suo sguardo.

«Ma certo» risponde. «Un uccellino mi ha detto che forse hanno bisogno di due ragazze. Secondo me sarebbe meglio che metta io una buona parola per lei. E poi, dopo, vengo fuori a prenderla».

La ragazza si illumina. «È veramente disposta a fare questo? Grazie infinite. È molto gentile da parte sua».

Molly annuisce e sorride. «Come si chiama?» le domanda.

La ragazza guarda Molly stupita. «Cathrine Jensen» risponde indicando il foglio. «È scritto proprio qui».

«Già, è vero, Cathrine» dice Molly sorridendo. Una veloce, solidale stretta di saluto. Segue con lo sguardo e una fitta di rimorso la ragazza che attraversa l'atrio. No, pensa. Questo genere di sentimenti non deve ostacolare la caccia all'assassino di Anna. Inoltre, forse le ha fatto un favore, soffiandole con l'inganno il lavoro in quel posto orribile.

Un respiro profondo. Adesso è Cathrine Jensen.

La campanella suona di nuovo.

Molly trattiene il fiato. Ultima occasione, pensa, e si alza.

## 3.

Il castello del re. Una galleria che passa sotto la città. Un assassino bramoso.

Hans Christian cerca di concentrarsi. È seduto in fondo alla sala con le spalle rivolte agli altri ospiti. Pensa alle donne, alla galleria, al duello eterno, a tutto ciò che il bottinaio aveva nominato.

*Quando nella galleria il bianco di rosso si sarà tinto, nell'eterno duello il tal dei tali ci avrà vinto.* Non ricorda chi. E non sa che cosa sia l'eterno duello. La lotta tra il bene e il male, tra ricchi e poveri?

Ah, ma che ne sa lui, in effetti?

Rinuncia a risolvere l'enigma con la forza del pensiero. Molly è a un colloquio di lavoro al castello. Se verrà assunta, forse hanno una possibilità. L'unica pista che rimane è la ragazza del disegno. Se solo riuscissero a trovarla, a parlare con lei. O forse potrebbero parlare con la principessa e chiederle che cosa ha visto la notte in cui il bottinaio ha assalito la guardia. Anche con un po' di fortuna la riuscita sembra difficile, pensa Hans Christian con il berretto calato sul viso. È un vecchio berretto da monello di strada che Molly aveva in casa, non ricordava come fosse finito lì. Con tutta probabilità lasciato lì da un cliente, forse un apprendista, che aveva riscosso la prima paga ed era corso dritto alla palazzina delle prostitute nella zona delle viuzze.

Hans Christian ha una gran paura di essere scoperto. Riconosciuto. Adesso deve evitare a ogni costo quella che è sempre stata l'aspirazione della sua vita: il riconoscimento e la fama. Forse per questo prova un senso di vuoto. Quasi di solitudine. Vorrebbe tanto potersi permettere un tè, una tazza da rimescolare. Si volta leggermente e incrocia lo sguardo di una donna seduta alle sue spalle. Sta ordinando del tè al cameriere, è molto bella ed elegante, ha uno sguardo un po' duro, ma chi non ce l'ha in questa città? Probabilmente è una figlia dell'alta borghesia, però non è troppo aristocratica per starsene seduta da sola. Quasi tutte le donne della sua età non troverebbero mai il coraggio di bere il tè da sole senza il fidanzato, il marito o il padre, per paura di apparire civettuole o disperate. Per fortuna non è così per gli uomini. Ci si può sedere da soli, eventualmente leggere un giornale o guardare la gente che passeggia per strada, ma Hans Christian preferirebbe essere in compagnia, magari di Edvard o del professor Ørsted. O, se è per questo, anche di Molly. Ah, una tazza lo rimetterebbe al mondo. Ha la bocca secca, e pure la gola. A parte un tozzo di pane raffermo, che la vecchia Salomine ha tirato fuori stamattina, non mangia da tempi immemorabili.

La porta si apre. È Molly. Si precipita dentro come una ronzina imbizzarrita. Tutt'altro che brutta, pensa lui.

«Ce l'ho fatta. Guarda qui, Hans Christian» gli dice, sedendosi.

Gli mette davanti un foglio. Una lettera di assunzione. Lui la studia, gli occhi di Molly lo seguono dall'altra sponda del tavolo. È fiera, e lui ricorda l'effetto che gli aveva fatto essere invitato a cena da Collin, o la prima volta che era andato al Teatro Regio.

«Che cosa c'è scritto?»

Hans Christian aveva completamente dimenticato che Molly non sa leggere. Questo ha i suoi vantaggi, per esempio si può far sembrare speciale un'arida lettera di assunzione. Si schiarisce la voce, abbassa lo sguardo sulle poche frasi, una serie di dati noiosi, un nome che non è neanche il suo, la dichiarazione che può essere punita corporalmente nel caso dovesse commettere errori, addirittura essere giustiziata se questa dovesse essere la volontà del re.

«Che ti prende? Non sai più leggere?» domanda Molly.

«Ho paura a leggertela a voce alta, finiresti col montarti la testa» risponde lui. In effetti, l'aspettativa fa bene, la gente deve pregare per farsi raccontare una storia. Finora lui ha provato solo il contrario: pregare per poter raccontare.

«Te la sarai montata tu la testa! Leggi ad alta voce, altrimenti sarà peggio per te» bisbiglia Molly serrando il pugno mezzo coperto dai brandelli della maglia di lana.

«Bene, la governante scrive di te... che possiedi tutte le qualità che il re per volontà di Dio apprezza. Ovvero, un'indole affascinante, una bellezza naturale che si armonizza con quella delle principesse, e ben sei misure di talento».

«Sei misure?»

«Così è scritto» risponde lui.

«Quante se ne può avere?» domanda Molly, morsicandosi insicura un'unghia.

«Sette».

«E tu quante ne hai?»

«Solo tre. Purtroppo».

«Sei misure di talento. Dove c'è scritto talento?»

Hans Christian scosta un po' la porcellana fine e indica le parole «punita a piacimento di Sua Maestà» al centro della pagina. «Quando inizi?» le domanda scostando il foglio, prima che Molly impari improvvisamente a leggere.

«Devo iniziare subito» risponde. «Oggi stesso. Stanno preparando una specie di festa. Un ballo in maschera. Per questo hanno assunto nuove domestiche e sguattere».

«L'hai vista? La donna che cerchiamo?»

Molly scuote la testa: «Non ancora».

«E la principessa? C'era?» domanda Hans Christian.

«No, ma sicuramente la vedrò oggi». Molly continua: per svariati minuti racconta del castello e della governante e di qualche pettegolezzo che ha sentito quando le hanno fatto fare il giro delle cucine. Hans Christian stenta a credere che si sia accaparrata quel posto al castello con l'imbroglio. Che abbia il coraggio di ficcanasare in casa della famiglia più nobile del paese per trovare l'assassino. E per salvare lui dalla mannaia.

«E visto che siamo qui, ci prendiamo un tè» annuncia Molly. Ha messo piede in quella sala soltanto una volta, parecchi anni fa con un cliente anziano al quale piaceva passare il tempo così.

Hans Christian fa per dirle qualcosa. Dirle la verità sulle sue finanze.

«Tranquillo, offro io» lo rassicura lei, chiamando il cameriere con un cenno. «Mi sono fatta prestare qualche soldo da Salomine. E non attaccare con la storia degli uomini e delle donne».

Poco dopo il cameriere versa lentamente la bevanda. Il sottile vapore si leva in una colonna danzante dalla tazza bianca e blu della porcellana reale. Molly aspetta che si sia allontanato, poi riempie il cucchiaino e ingurgita il tè come se fosse un brodo leggero. «Ih» strilla. «È un po' amaro, non capisco che cosa ci trovino i signoroni».

«Mettici un po' di zucchero» propone Hans Christian. «Credo sia compreso nel prezzo». Segue con lo sguardo due uomini dall'aria seria che sono entrati dalla porta e vanno a sedersi in fondo alla sala.

Poi Molly riprende a raccontare. Della sua paura di essere scoperta. Delle altre domestiche che non fanno che parlare della festa e del principe.

Hans Christian mescola il suo tè. Le foglioline che sono riuscite a passare dai forellini della teiera si depositano sul fondo. Non ha voglia di aggiungere lo zucchero, ma non resiste e ne prende mezzo cucchiaino. Ciascun piccolo granello frange la superficie e scende verso il fondo. Quando gira il cucchiaino, i granelli turbinano e spariscono come schiuma sulla superficie. Uno manda un luccichio rosso, solo per un attimo, poi sparisce, ormai disciolto.

«C'è qualcosa» bisbiglia. «Non so cosa. Nello zucchero». Hans Christian infila il cucchiaino nella zuccheriera e fruga. Ne cerca un altro.

Eccolo. Per poco non scompare nella scintillante distesa bianca della zuccheriera.

Ma Hans Christian riesce a prenderlo. Con la punta del cucchiaino. E lo tende verso la luce.

Un cristallo di zucchero rosso.

Molly smette di lappare il tè e si sporge. Poi scoppia a ridere. Una risata sorpresa, lieve e contagiosa. «È la prima volta che vedo dello zucchero rosso» dice.

Non può essere vero. Com'è possibile? Il rosso e il bianco. Hans Christian giurerebbe di avere le allucinazioni, se Molly non avesse visto la stessa cosa. Guarda di nuovo il tè. Ne ha appena bevuto un sorso. D'un tratto si sente male. Una nausea gorgogliante.

«Qualcosa non va? Sei stato avvelenato?» gli domanda Molly.

«Come? No, devo solo...» Si alza e attraversa la sala.

«C'è qualche problema?» gli chiede il cameriere. «Posso fare qualcosa per lei?»

Hans Christian lo supera e si dirige verso le scale che portano giù al piano terra. In fondo c'è un cucinino. La porta che dà sul cortile è aperta, un forno a legna romba in un angolo. Un uomo con un berretto da pasticciere in testa sta decorando un intero vassoio di dolci di pasta di mandorle.

Il cameriere lo ha seguito giù per le scale. «Non può entrare qui, signore, la devo pregare...»

Hans Christian guarda le mensole con flaconi e barattoli e grossi vasi contenenti un'infinità di spezie. Un'intera parete è tappezzata di strani utensili: pinze, supporti e spatole. E grossi sacchi di farina in diverse sfumature di grigiolino.

«Mi faccia vedere il suo zucchero» dice Hans Christian al pasticciere.

L'uomo si pulisce le mani strofinandole e solleva nuvole di farina tutt'intorno a sé.

«Di sopra ce n'è tanto di zucchero, la prego di tornare nella sala» dice il cameriere.

«Voglio vedere il suo zucchero» ripete Hans Christian,

lo sguardo fisso sul pasticciere. «È zucchero, questo? Le dispiacerebbe aprire il sacco?»

Un'occhiata scettica da parte del pasticciere. Poi scuote adagio il capo: «Lei non può stare qui. Se ne vada».

Hans Christian afferra il sacco. Il suo gesto è un mero riflesso. Tra un momento lo butteranno fuori, è la sua unica occasione.

«Ma che fa?» urla il cameriere tirando forte il sacco, ma Hans Christian non molla la presa. Un rumore di qualcosa che si strappa. Lo zucchero vola dappertutto. Hans Christian, il pasticciere e il cameriere vedono milioni di cristalli riversarsi sul pavimento. Poi Hans Christian si butta per terra e fruga nello zucchero, ne prende una manciata e lo guarda, la butta e ne prende un'altra. Niente, niente, niente di niente. Si è infilato sotto un tavolo e ne scorge uno, poi un altro. Li raccoglie subito con un polpastrello bagnato. Due cristalli rossi, tende il dito verso il pasticciere, ma quello non fa in tempo a vedere di che cosa si tratta; lo zucchero si è sciolto e i granelli rossi si sono trasformati in due macchie rosa. Finalmente Hans Christian trova una piccola manciata di zucchero completamente rosso e lo tende verso il cameriere.

«Guardi qui, lo sapevo, il bianco è diventato rosso, lo sapevo».

Sulla cucina cala il silenzio, un silenzio assoluto. Si sente soltanto il calore crepitante del forno in sottofondo.

«Ora basta» sbotta il cameriere. «Vado a cercare un guardiano ausiliario. E lei dovrà risarcire tutti i danni».

Hans Christian si è irrigidito. Non sa bene quale sia veramente la questione. I suoi pensieri sono sparsi come lo zucchero nel locale angusto, e si raccolgono solo lentamente intorno al pezzo di sacco che ancora stringe nella mano.

«Mi voglia seguire immediatamente di sopra» dice il cameriere. Afferra Hans Christian e lo tira su in piedi, mentre parla in tono arrabbiato al pasticciere.

Compagnia danese delle Indie occidentali.

Il nome sul sacco. È una società che importa e vende zucchero. La compagnia è famosa per svariati prodotti reperibili in tutta la città. Caffè e tè e cannella e pepe. E zucchero. Compagnia danese delle Indie occidentali.

Sopra il nome è stampato il famoso marchio. Un sole. Raggi che si piegano. Adesso Hans Christian ne è sicuro. È lo stesso sole che il bottinaio aveva disegnato nella sua cella.

*Quando nella galleria il bianco di rosso si sarà tinto.*

Fa dietrofront e si precipita fuori dalla cucina.

«Dove va?» domanda il cameriere. «Deve pagare...»

Hans Christian se ne infischia. Corre su per le scale, si rimette seduto al tavolo.

Molly gli lancia un'occhiata severa. «Ti comporti proprio in modo strano» gli dice. «La gente ci guarda».

«*Il bianco di rosso si sarà tinto*» dice lui agitato e tende a Molly il pezzo del sacco di zucchero. «Il bottinaio aveva riempito la sua cella di disegni di questo sole. Credevo avesse a che fare con l'esecuzione, che si sarebbe tenuta all'alba. Invece, si riferisce allo zucchero tinto di rosso. E a questa compagnia. È collegata agli omicidi. Però non so come. Non ancora».

Molly guarda oltre la spalla di Hans Christian: «Il cameriere ti sta fissando. Che cosa hai combinato?»

«Ascoltami bene, Molly. Tutto quadra. Lo zucchero, il castello, il bottinaio: è tutto collegato agli omicidi. E la risposta si trova qui: Compagnia danese delle Indie occidentali».

Molly non apre bocca. Scosta il tè con un'aria indisposta.

«Ma perché proprio lo zucchero rosso?» domanda Hans Christian, sentendosi stanco e un po' stupido. «Perché tingere lo zucchero di rosso, e che cosa c'entra Anna con questa storia?»

Tacciono entrambi.

«Sangue» dice Molly alzandosi. «Dobbiamo andare via prima che ci buttino fuori».

Prende il suo documento e la sua sciarpa e si avvia.

Hans Christian la segue, passando fra i tavoli: «Niente male come idea. Niente male». Si fanno strada fuori dalle porte ed escono. «Ma per quale motivo avrebbero dovuto mettere del sangue nello zucchero?» domanda Hans Christian, ignorando il cameriere che gli urla dietro.

«Non lo hanno fatto apposta» dice Molly, svoltando un angolo. «Deve essere stato un incidente».

«Hai ragione» concorda Hans Christian. «Può darsi che il garzone di un macellaio abbia squartato un maiale un po' troppo vicino ai sacchi di zucchero. O forse uno dei portuali ha perso un dito mentre lavorava. Oppure, oppure... forse l'assassino si è nascosto nelle vicinanze della Compagnia danese delle Indie occidentali».

«Che cosa stai cercando di dire?» domanda Molly, fermandosi davanti a un calzolaio. Punta un dito nel petto di Hans Christian. «Vuoi dire che il sangue è di mia sorella?» Indica il pezzo di sacco. «Nello zucchero che abbiamo appena versato nel tè?»

Hans Christian la guarda. Solo adesso il suo cuore ha ripreso a battere. «Non lo so» risponde. «Forse».

Lo sguardo di Molly si fa cupo, arrabbiato. Per la prima volta Hans Christian ha l'impressione che somigli ad Anna. E perfino alla piccola. Solo un pochino. «Adesso devo andare» dice lei. «Devo tornare al castello».

Hans Christian non fa in tempo a rispondere che lei è già lontana. Allora fa dietrofront, attraversa la strada e si dirige verso il porto. Sa dove sono i magazzini e i grandi capannoni delle compagnie mercantili.

E dove è di casa lo zucchero.

## 4.

Madam Krieger li vede accomiatarsi. Lo scrittore si dirige verso il porto, mentre la prostituta si allontana nella direzione opposta. Lei segue lo scrittore.

Andersen.

Era lui l'uomo di cui aveva parlato la zia della vestitrice a teatro. Era lui che aveva cercato la vestitrice. Aveva girato per strade e stradine con un disegno, chiedendo di lei. Qualcuno sapeva per caso chi era, dove abitava? Madam Krieger ancora non si spiegava come avesse fatto ad arrivare a Johanne, né quanto sappia, perciò lo aveva seguito nella sala da tè, sistemandosi proprio alle sue spalle, quando di colpo era balzato in piedi ed era corso giù in cucina. Non potendo seguirlo, aveva cercato di scoprire il motivo di quel gesto. Apparentemente c'entrava lo zucchero. Madam Krieger aveva ascoltato frammenti della sua conversazione con la prostituta, che era entrata nella sala e gli aveva addirittura offerto il tè, mentre avrebbe dovuto pagare lui, che era l'uomo. E poco dopo Andersen aveva trovato qualcosa, qualcosa di misterioso, nel suo tè e si era precipitato dabbasso. Strano, inquietante.

La prostituta era rimasta seduta al tavolo, pallida e imbarazzata, a guardare un documento che aveva davanti.

Andersen era tornato su ancora più agitato di prima, e poco dopo erano scappati insieme fuori dalla sala, seguiti dalle grida contrariate del cameriere. «Non possono andare via così. Devono pagare».

«Provvedo io» gli aveva detto madam Krieger, non appena Andersen si era allontanato. «Però mi mostri che cosa ha fatto». Il cameriere le aveva permesso di vedere la cucina e il sacco di zucchero strappato. E solo allora lei aveva capito che cosa aveva provocato quello strano comportamento in Andersen. A quanto pareva, c'era del rosso nello zucchero. Zucchero rosso. Della Compagnia danese delle Indie occidentali. E a madam Krieger era venuto un sospetto tremendo: che la questione la riguardasse personalmente. Che il sangue della prostituta o dell'altra donna fosse colato attraverso il pavimento del magazzino, finendo nello zucchero. Chissà come. Quasi che qualcuno, o qualcosa, il Dio del medico o la dottrina di Schneider, la mettesse alla prova.

Andersen si era insospettito. Per quanto strano e pazzo sembrasse, aveva fiutato qualcosa e non intendeva mollare. Su questo non c'erano dubbi. Quanto al perché e al come, le era del tutto oscuro. Ma quell'imprevisto poteva diventare pericoloso. Pericoloso per lei, pericoloso per tutto il suo piano. Per fortuna, lo aveva scoperto in tempo, e aveva scoperto Andersen; non aveva avuto difficoltà a risalire a lui, chiedendo informazioni dalle parti del palazzo di Giustizia. Uno degli uomini dietro le piccole feritoie l'aveva aiutata in cambio di un po' di pane e salame. L'uomo le aveva detto che sì, Andersen era stato dentro ed era sospettato dell'omicidio della prostituta, ma poi quel tipo bizzarro era uscito dalla guardina grazie all'aiuto di un signore importante che si chiamava Collin. Era anche riuscita a cavare qualche parola da un guardiano notturno, il quale le aveva detto che Andersen era una specie di scrittore, viveva della carità dei ricchi e abitava in affitto al civico 20 di Porto Nuovo.

Allora aveva tenuto d'occhio il suo alloggio. Prima si era fermata per un'oretta sotto la pioggia sul lato opposto di Porto Nuovo. Poi aveva fatto il giro dell'edificio ed era entrata nell'orto botanico, per vedere l'appartamento da quel lato. Andersen era rientrato verso le dieci o le undici, stanco, forse ubriaco; lo aveva visto accendere una candela e girare per la casa. Sicuramente di lì a poco avrebbe spento la fiamma e si sarebbe coricato. Madam Krieger aveva accarezzato l'idea di penetrare nell'abitazione e narcotizzarlo. Magari affogarlo nel catino o appiccare il fuoco all'appartamento, un gesto che avrebbe potuto sembrare un incidente. Ma Andersen non aveva spento la candela. Proprio quando lei aveva cominciato a pensare di andare a casa, e magari entrare di nascosto l'indomani mattina, era arrivata la polizia, capeggiata dal questore. Li aveva sentiti salire tuonando su per le scale e aveva visto Andersen alzarsi dal letto e correre di qua e di là agitando le braccia e fissando il buio della notte fuori, terrorizzato in volto. All'improvviso aveva aperto una finestra e si era buttato giù. Era scappato per l'orto, sotto la pioggia e la neve bagnata, mentre gli agenti entravano e scoprivano troppo tardi che era fuggito. Madam Krieger aveva visto tutto e lo aveva seguito finché era entrato nella palazzina delle prostitute, e poi era andata a casa a dormire. Era rimasta distesa per tutta la notte con gli occhi aperti, tentando di trovare un collegamento sensato tra lo scrittore e la prostituta. La donna aveva sputato in faccia allo scrittore quando il cadavere di Anna era stato rinvenuto nel canale, ma ora quei due miserabili formavano una sorta di coppia. Due contro uno. Questa era la sua impressione.

Quella mattina, poi, era tornata all'angolo di fronte alla palazzina delle prostitute. Prima era uscita di corsa la donna di malaffare, poi Andersen, che si era messo a passeggiare un po' a caso per le strade e infine era entrato nella sala da tè. Le era venuta una strana voglia di abbordarlo e lo aveva seguito dentro il locale. Si era seduta al tavolo vicino, ma poi l'episodio dello zucchero aveva rovinato tutto.

Adesso lui si sta dirigendo verso i magazzini. Madam Krieger lo segue dappresso. È una sensazione forte, quasi di invincibilità, quella di essere disposti a fare qualunque cosa per il proprio piano. A sacrificare tutto. Nella vita tante cose vengono stravolte dalla smania di piacere e dalla gentilezza e dalla falsa modestia. Ma ora lei rende onore a Schneider mettendo in pratica le sue parole. Se solo più persone lo ascoltassero, tentando di capire che cosa intende quando afferma che nulla deve essere d'ostacolo al progresso.

Madam Krieger osserva la strana camminata di Andersen: ogni singolo passo sembra prendere lo slancio dalla punta dei piedi. Ha un'aria molto innocente, anzi, innocua, ma per lei è pericoloso, potrebbe rovinare tutto. Se lo chiedesse a Schneider, lui le darebbe ragione. L'insegnamento di Schneider si fonda sui filosofi greci, su Socrate e Platone, con l'aggiunta del progresso del mondo moderno e delle sue conquiste di territori sconosciuti. Bisogna edificare uno stato ideale, governato dalla scienza e dalla logica. Come un corpo in cui il comune cittadino, l'artigiano e il contadino costituiscono lo stomaco, l'interno che lavora, e l'esercito e la polizia il petto, il cuore leale verso lo stato. In cima, e più importanti, ci sono i pensatori e gli scienziati che tengono la verità innalzata come una torcia. E in fondo, preferibilmente al di fuori del sistema, c'è l'arte, l'inutile gioco vacuo, l'affabulazione futile, che trasforma lo stolto in re e la verità in una questione di gusti. Non dovrà assolutamente conquistare il potere né diventare influente, basti guardare che cosa ha portato in Francia e in Inghilterra. Madam Krieger non ha mai parlato personalmente con Schneider, ha solo seguito la sua ascesa vertiginosa da soldato e capitano a navigatore e mercante, e infine a statista moderno. Ha letto alcuni dei suoi pamphlet e lo ha ascoltato un paio di volte alla Società delle Scienze, dove aveva entusiasmato il pubblico con le sue dichiarazioni veementi e numerose citazioni di filosofi ed eruditi. Schneider è un visionario, un uomo che guarda lontano nel futuro. Al confronto l'artista vale quanto la talpa, una creatura cieca senza una meta.

È cieco anche quell'Andersen, oppure ha davvero scoperto qualcosa? Madam Krieger è irritata dalla sua curiosità, ma non le dispiace affatto che ora sia diretto ai magazzini, che sono fuori mano e quasi sempre deserti. In questo periodo dell'anno c'è attività solo un paio di volte al giorno, quando qualche grossista viene per caricare un carro o due di merce al piano di sotto, di solito la mattina presto. Al piano superiore la compagnia mercantile ha impiantato uno zuccherificio su modello inglese. Quando è stagione, arrivano due o tre brigantini al mese con zucchero di canna dalle Indie occidentali danesi. Poi le caldaie ribollono e sfrigolano, e tutto l'edificio ha un odore stucchevole come una pasticceria. Finito il lavoro, gli operai spariscono. Col tempo madam Krieger ha imparato a conoscere bene quel posto. Sa quali assi cigolano, e quali porte deve scegliere per entrare e uscire senza essere vista.

E, più importante di tutto, sa che non ci sarà nessun altro.

Fra poco ci saranno soltanto lei e Andersen.

Percorrendo il vicolo dei magazzini madam Krieger supera lo scrittore. Lui la ignora, assorto nei suoi pensieri scombinati. Fra poco, si spera, finiranno per sempre.

## 5.

Mentre al castello si dirige verso l'ingresso del personale, Molly prova sensazioni che non le sono mai capitate prima. Sguardi d'approvazione. Sguardi di bambini e di donne che passano in strada. Finora è stata soltanto fatta oggetto di sguardi lascivi, sprezzanti, da parte sia di uomini che di donne. Ma questo, mai. Una sorta di rispetto: impercettibili, benevoli cenni del capo. La cosa le fa piacere e la infastidisce al contempo. Perché lei e Anna hanno dovuto subire il tormento di una vita nell'ombra, praticando un mestiere che suscita ribrezzo, mentre altre possono crogiolarsi nell'apprezzamento per un lavoro che è meno impegnativo e come minimo altrettanto umile? Certe volte l'esistenza è rovesciata di sana pianta e l'imparzialità assente.

Mentre indossa la nuova divisa da domestica, si chiede quale sia la pena per essere entrata nel castello del re con l'inganno. Nome falso, carte false. È tradimento della corona? Spionaggio? Non osa completare quel pensiero. Il pensiero che forse rischia la vita.

Peccato, Cathrine Jensen.

Ma questa è la loro unica possibilità. Molly deve trovare la donna del disegno di Hans Christian. Si sforza di ricordarne il viso. Il labbro all'insù, come piace agli uomini, soprattutto quelli anziani. Scruta ogni singola donna che incontra nei lunghi corridoi, negli stretti passaggi e nelle sale affollate, cercando di abbinare bocche, nasi e capelli al disegno.

Ma finora non ha trovato nessuna che le somigli.

In compenso non ha mai visto tanta ricchezza, tanta volgare abbondanza. Frutta glassata in profonde ciotole provenienti dalla Cina e dall'America, vino in raffinate caraffe, piatti traboccanti di dolci sui tavoli e nei davanzali, lampadari e tappeti orientali di seta e maniglie d'oro sugli stipi, sulle porte e perfino manici d'oro sugli spolverini. La famiglia reale non sopravvivrebbe un solo giorno nel mondo vero. Chi farebbe le pulizie? Chi preparerebbe da mangiare, chi verserebbe il vino, liscerebbe le tovaglie, luciderebbe le posate, rifarebbe i letti e avvolgerebbe i suoi membri nelle coperte quando hanno mangiato troppo e bevuto fino a star male?

«Venga con noi» dice una grossa ispettrice col monocolo. Dà ordini e distribuisce il lavoro con un ritmo schioccante nella voce.

«Sissignora» risponde Molly, perché ha imparato che deve dire così, e segue la donna e altre due ragazze. Portano secchi e stracci e flaconcini di profumo da spruzzare sulle tende e sui cuscini per coprire l'odore di muffa. Molly lavora da appena due ore, ma ha già visto quanto basta e avanza. Si è fatta un'idea della famiglia reale come delle creature particolari che mangiano più cibo, occupano più spazio, sporcano di più, cacano di più, fanno più disordine e baldoria di chiunque altro. I loro desideri vengono esauditi all'istante e non hanno conseguenze. Inoltre, sono tantissimi. Ci sono principi, principesse, mogli e amanti, figli piccoli e grandi, legittimi e illegittimi, contessine, conti e contesse, eleganti signore incipriate di bianco con titoli che Molly non ha mai sentito prima.

Nondimeno, ha voglia di mettercela tutta. Di annuire e inchinarsi e raschiare. Di recitare il suo ruolo al meglio. Non è che una di decine e decine di ragazze, però si sente importante lo stesso. È come se servisse a uno scopo, fosse anche quello di asciugare il naso a una contessa.

La mattinata passa a fare le pulizie in un salone e a battere la biancheria da letto di una contessina e a cambiare d'abito un principe e a cercare di afferrare la polvere in una sala dei banchetti dove i ragni regnano tra i lampadari.

A parte un paio di domestiche e l'ispettrice, nessuno le

ha ancora rivolto la parola. In una sola occasione un tronfio signore anziano – un conte di vattelapesca, le avevano detto in seguito – l'aveva bloccata con un cenno della mano dicendole di voltarsi per dargli modo di valutare il suo personale mentre si succhiava le nocche. Certe cose non cambiano mai.

«E datti una mossa, Cathrine Jensen» dice l'ispettrice. «Qui non c'è posto per le anime pigre».

Molly deve fare uno sforzo per non risponderle per le rime.

I palazzi e i corridoi labirintici del castello sopra e sotto terra la disorientano. Attraversano una sala dei banchetti via l'altra, passano davanti a biblioteche, balconi e specchi dorati, e salgono e scendono particolari scale riservate ai cuochi e alle sguattere, alle domestiche e alle dame di corte, al gran ciambellano e al gran scudiero, che corrono tutti dentro e fuori da sale e stanze ogni volta che suona una campanella o qualcuno grida abbastanza forte. E ogni volta che Molly vede una faccia nuova, la guarda con molta attenzione. Ha qualcosa che potrebbe somigliare al ritratto di Hans Christian? Se solo avesse modo di guardare il disegno o di mostrarlo alle altre ragazze. Allora sarebbe facile. Ma non si può, darebbe adito ad altre domande, le voci si spargerebbero, forse fino alle persone sbagliate.

«Forza, datevi da fare» dice l'ispettrice, dando l'ordine di inginocchiarsi.

Dell'acqua è entrata dalle crepe lungo le finestre, probabilmente è pioggia. Si attacca ai folti tappeti. Le ragazze strizzano gli stracci all'infinito, riempiendo i secchi che poi vuotano dalla finestra.

«Forza, Cathrine Jensen». L'ispettrice guarda Molly con il monocolo, l'occhio ingrandito, come se cercasse di capire di che pasta è fatta. «Non devi guardare fuori dalla finestra ogni volta che vuoti il secchio. Lo so che sei nuova, ma una volta finito qui, ci sarà da sgomberare il salone delle feste, e bisogna lucidare le porcellane delle cucine. Sempre che tu voglia restare fino alla fine della settimana, anzi, fino a fine giornata. Hai capito, Cathrine Jensen? La principessa non sopporta la gente che sogna a occhi aperti».

Molly si affretta ad annuire, ma dallo spiraglio della porta sbircia nella stanza attigua, che è luminosa, con grandi specchi e comò dorati lungo le pareti. Mentre le altre due domestiche e l'ispettrice sono occupate a vuotare i secchi, apre la porta con una leggera spinta e intravede la principessa – nuda. È in piedi vicino alla finestra, ha la pelle bianca, e grosse pieghe di grasso pendono sulla pancia e sui fianchi. Due dame di corte stanno cercando capi di abbigliamento, le mostrano vestiti e calze e per tutta risposta ricevono una sprezzante scossa del capo. A quel punto la principessa vede Molly.

«Che cosa ci fa per terra?» le domanda con una risata artefatta.

Un fremito freddo scuote Molly. La sensazione di essere sul punto di scoprire qualcosa. La principessa ha assistito all'aggressione compiuta dal bottinaio. E la sua parola lo ha mandato al patibolo. Molly si sforza di resistere a una voglia irrefrenabile di scappare. Ha udito appena qualche parola pronunciata dalla principessa e già percepisce un disgusto appreso nell'arco di generazioni.

«È acqua, Sua altezza reale, acqua piovana» le risponde, strisciando dentro la stanza. Le dame di corte ridacchiano. A Molly non importa. Comincia ad asciugare il tappeto sotto le finestre, come se lo avesse sempre fatto, e né la principessa, né le cameriere personali aggiungono altro. Continuano a tirar fuori indumenti dai comò e da un grande armadio per mostrarli alla principessa che, con le braccia lungo i fianchi, si fa incipriare il décolleté, il collo e il viso con un grosso pennello.

«Ma dov'è finita?» domanda seccata la principessa.

«Arriva tra poco, Sua altezza reale» risponde una delle due dame di corte chinando il capo. Molly fissa il suo naso. Ha una piccola curva che punta verso il labbro superiore come nel ritratto. La bocca, invece, è diversa dal disegno di Hans Christian. Non è lei.

«Sì, arriva tra poco» conferma l'altra dama di corte che si sta occupando dei capelli della principessa. Molly si infila dietro una psiche e le guarda. La dama di corte è piccola e bruna e non assomiglia assolutamente alla donna del ritratto. Fissa delle ciocche posticce ai capelli della principessa, per far sembrare che le arrivino alle spalle. C'è un'atmosfera nervosa, entrambe le dame sono tese. Sudano e sbuffano anche se la stanza è fresca. Si aiutano a vicenda a calare una leggera sottoveste sopra la testa della principessa. Qualcosa va storto, la sottoveste si incastra, forse nelle forcine, forse lo scollo è troppo stretto. Quando finalmente l'indumento è a posto, la principessa è rossa in viso sotto la cipria bianca.

Il ceffone arriva subito. Un breve, forte schiocco.

Poi cala il silenzio.

«Guardami, sgualdrina» bisbiglia la principessa alla bruna, che ubbidisce.

Poi la colpisce più forte, come se il primo ceffone le avesse solo stuzzicato l'appetito.

«Bene» dice sollevata la principessa.

E le dame si rimettono al lavoro in silenzio.

Molly strizza energicamente lo straccio. Spera di riuscire a cavarne qualche goccia d'acqua. Senza, non ha scuse per stare lì e rischia di essere buttata fuori. O peggio.

«Ah, signorina Poulsen» dice la principessa. «Finalmente ha trovato un po' di tempo per me».

La porta è aperta. Una giovane donna con indosso un vivace vestito giallo indugia sulla soglia. Lo stesso sguardo basso di tutte le altre ragazze esperte, solo un po' più fiero.

«Si può sapere perché non viene quando la chiamo, madamigella?»

«L'ho fatto, eccomi qua, Sua altezza reale, ero dalla sua adorata sorella, che aveva chiesto il mio aiuto».

«Lei non è la vestitrice di mia sorella, ma la mia, l'ho

detto e ridetto non so quante volte. E poi non può assentarsi se non sono ancora vestita».

Al capo opposto della stanza Molly cerca di girarsi e di avvicinarsi, in modo da avere una buona visuale della principessa e della vestitrice. Al momento sono entrambe voltate di spalle.

«Ovviamente, ha ragione, Sua altezza reale» risponde la donna. «Non si ripeterà».

«Quanto a mia sorella, si dovrà arrangiare. Tanto, il suo Ferdinand non la nota comunque».

«Certo, Sua altezza reale» risponde la vestitrice, avvicinandosi.

Con delicatezza infila un braccio della principessa in un corsetto aperto, poi l'altro. Tira i lacci negli occhielli, con molta cura, chiude il corsetto e poi le gira intorno, permettendo a Molly di vederla nello specchio.

Eh, sì. Non ha dubbi.

È lei la donna del disegno. Hans Christian l'ha ritratta con una precisione quasi inquietante. L'unica cosa che non ha colto è la sua rara bellezza. La bocca atteggiata a una naturale dolcezza. E il seno imponente. Quello non c'era nel disegno.

«Signorina Poulsen» dice la principessa, mentre la donna le stringe il corsetto. «Non mi è piaciuto il modo in cui ci ha lasciate. A teatro. Lo ha fatto senza il mio permesso».

«Chiedo scusa, Sua altezza reale. Mia zia mi ha recato una triste notizia» spiega la donna.

«In che senso triste, signorina Poulsen?» Un tono nuovo si è insinuato nella voce della principessa. Come se percepisse un punto debole, una crepa nella sua sfolgorante bellezza.

«Mio padre è malato, è in fin di vita» risponde la vestitrice. «Mal sottile».

La principessa agita subito la mano davanti al naso, come se perfino le parole potessero contagiare. «Non era malato da parecchio tempo? Mi pare di averne già sentito parlare. Non poteva essere così grave da farla scappare da uno spettacolo».

La vestitrice spinge in avanti la schiena della principessa e tira i lacci, provocandole un ansimo quando la stretta le fa uscire il fiato.

«No» risponde la donna. «Non accadrà più».

Molly non riesce a strizzare neanche un'ultima goccia dallo straccio. Teme di insospettire le dame di corte. Le cade l'occhio su un vaso affusolato sopra un tavolo. Nessuno si accorge che versa l'acqua del vaso sul tappeto, in modo da avere ancora qualcosa da fare. Intanto vede la vestitrice agganciare un cuscino sul sedere della principessa e una crinolina sui fianchi. Molly non ha mai visto una sottogonna così ampia. È come una gabbia che si fissa intorno al corpo, ed è contenta di non doversi abbigliare a quel modo. Però deve ammettere che il vestito verde è bellissimo e di grande effetto.

Una delle altre domestiche fa segni a Molly dalla porta, ma lei indica il pavimento. Non ho ancora finito, prova a dire. Seccata, la ragazza scrolla le spalle e si allontana. Purché non vada a chiamare l'ispettrice. Potrebbe portare guai.

«E deve partecipare al ballo in maschera» riprende la principessa. «Magari, chissà, è nei pensieri di qualche giovanotto».

Le dame di corte abbassano lo sguardo.

«E chi sarebbe mai, Sua altezza reale?» domanda la vestitrice, cominciando ad applicarle dei fiocchi nei capelli. Molly è arrivata all'ultima finestra e non c'è più acqua da nessuna parte. E neanche altri vasi nelle vicinanze.

Una ragazza fa capolino sulla porta e porge un foglietto alla vestitrice, che lo legge e se lo infila nel vestito, continuando per un po' a occuparsi dei fiocchi per poi scostarsi e studiare i capelli della principessa. «Mi deve scusare, Sua altezza reale. Mi hanno mandata a chiamare dalla tessitoria. Con il suo permesso».

«E i miei guanti?»

«Fa troppo caldo per indossare i guanti, Sua altezza reale,

e lei non è mai stata tanto avvenente come in questo momento». Lo charme acidulo della vestitrice non passa del tutto inavvertito sotto il naso della principessa.

Un altro attimo di silenzio. Alla principessa non piace l'indipendenza della vestitrice. Ma le piacciono le adulazioni. Infine si limita ad annuire e a osservarla mentre indietreggia verso la porta e lascia la stanza. Con una profonda riverenza Molly esce insieme a lei.

Appena varcata la porta è colta dall'affanno. L'atmosfera tesa aveva completamente vuotato la stanza dell'aria. L'estate precedente era corsa voce che la principessa avesse fatto chiudere in prigione e torturare un giovane per averle lanciato occhiate sconvenienti un pomeriggio in cui lei aveva attraversato la piazza in cocchio. La principessa è una forza subdola, cattiva come una vipera che aspetta pazientemente la sua vittima per poi sferrare il morso.

Molly evita di imbattersi nell'ispettrice e segue la donna, che si è tirata su l'abito e attraversa gli appartamenti per poi scendere le scale di servizio. Più volte Molly è sul punto di cadere sui tappeti scivolosi e sui pavimenti lucidi perdendo di vista la vestitrice, ma fa appena in tempo a scorgere delle dita che scivolano sul corrimano, sempre più giù, fino al sotterraneo, dove si trovano le cucine.

Le tessitorie non sono da quella parte, questo almeno Molly lo sa.

Perché la vestitrice ha mentito? Che ci va a fare nelle cucine?

Quando passa davanti a qualcuno, Molly tiene gli occhi bassi, cercando di darsi un'aria indaffarata. Si sforza di trovare una scusa convincente del perché talloni la vestitrice. Ma nessuno le fa domande, incappa solamente nello sguardo ostile di una grassa cameriera personale.

A passo svelto Molly attraversa una stanza via l'altra dove sono riposti in grandi scaffali tovaglie e vassoi e candelabri. Alcune domestiche sono intente a lucidare le posate, un cameriere sta travasando del vino in bottiglioni. Molly coglie uno scorcio dell'abito giallo della vestitrice in fondo alle cucine. Un gruppetto di cuochi cala la carcassa di un enorme cervo in un pentolone; un pasticciere batte a più non posso un impasto, sollevando una nuvola di farina. Molly afferra un vassoio con mele, pere e dei frutti rossi pieni di puntini che non conosce. Può servirle da alibi. Nelle vicinanze un cuoco sta sgridando uno sguattero. Ha afferrato il ragazzo e lo scrolla forte dandogli del rammollito, mentre gli altri cuochi ridono e battono le pentole.

Molly apre una porticina con il gomito e prosegue su per una scala che conduce nel salone dei banchetti. Non c'è nessuno. Però sente un cigolio. Fa appena in tempo a intravedere la vestitrice, soltanto un riflesso giallo che sparisce oltre una porta nascosta dietro un grande quadro un attimo prima che si richiuda. Ha sentito di quella porta. Che esiste una scala segreta. *Das geheimliche Treppe*. Così l'aveva chiamata una delle altre ragazze. In tedesco, Molly non sa perché, a parte il fatto che il tedesco è sempre più raffinato del danese. Posa il vassoio e afferra la maniglia. Una scala stretta, quasi più stretta delle sue spalle, sale ripida... verso il buio. Molly si ferma un attimo e tende l'orecchio, cercando di sentire il cigolio di una porta, voci o rumori di passi.

«Ma tu non dovevi venire qui» esordisce la vestitrice.

A Molly prende un colpo. Sulle prime crede di essere stata scoperta.

Poi sente un'altra voce, maschile: «Faccio quello che mi pare. Sdraiati».

«Mi pigliasse un accidente se mi sdraio sul tuo cibo disgustoso» ribatte lei.

Molly sale le scale con cautela. Vede solo la luce di una candela guizzare sul soffitto. Si chiede chi sia l'uomo. Un soldato, un domestico?

«Non avevo nessuna voglia di starmene seduto ad aspettarti, mi sono fatto portare in città con un paio di giorni di anticipo. I miei ordini vengono eseguiti. Su, vieni qui, stupida fagiana» dice l'uomo.

Dal rumore sembra che un oggetto pesante venga sbattuto in terra e rotoli. Forse una pentola di ferro.

«Sei un idiota. Qualcuno ci segue. Lei sa qualcosa, ne sono sicura».

Molly continua a salire, con cautela, quasi non ha il coraggio di respirare.

«Guglielmina, eh» dice l'uomo. «Quella non vede altro che il proprio deretano incipriato».

Molly sale un altro gradino. Ancora due. Infine riesce a vedere uno spicchio del soffitto.

«No, smetti, lasciami» ridacchia la vestitrice. «Parlo sul serio. Qualcuno mi ha seguita. L'altro giorno. Per strada».

Il rumore di un oggetto che cade, vetro o porcellana.

«Gli uomini sono fatti così. I maschi sono fatti così. Sono libidinosi. Sono pazzi di te. Io sono pazzo di te». Succhia qualcosa. «Assaggia questo, dai».

Il rumore di una percossa. Un ceffone. E poi un altro. Molly si irrigidisce.

Là dentro si dispensano più sberle che nella zona delle viuzze.

«Smettila. E non è un uomo qualunque pazzo di me. Era uno strano tipo. Alto e magro. Come uno spaventapasseri. Mi cercava. Chiedeva di me».

La voce dell'uomo si fa aspra. «Non hai detto niente, vero? Alle tue amichette? O a tua zia? Guarda che ti faccio decapitare, perdio».

«Sei scemo? Mi prendi per scema? Nessuno sa niente».

Molly cerca di interpretare il tono. È un gioco? Fanno sul serio? Parlano come due bambini. Le sembra di riconoscere qualcosa nella voce dell'uomo che le ricorda i clienti della palazzina delle prostitute. Un accesso di desiderio. Una voglia incontrollabile. Un cazzo ritto in un paio di pantaloni troppo leggeri.

«E ricordati di tenere la matita lontana dal tuo libriccino» dice l'uomo.

«E tu che ne sai? Sei stato in camera mia? Hai letto

qualcosa?» La voce della vestitrice è venata di rabbia autentica.

«Ah, perdio, scrivi quello che ti pare, Johanne. Scrivi pure di tutto. Delle tue amichette e delle tue serate a teatro. Non me ne frega un accidente! A patto che tu non scriva di questa storia. Niente tenere confessioni, niente racconti romantici».

«Non sei abbastanza cavalleresco per questo» commenta la vestitrice.

Molly fa un altro passo cauto. Il penultimo.

«Sono un cacciatore, e tu sei la mia fagiana» dice lui.

Il rumore di qualcosa che si rompe.

«Ahi, per la miseria!» esclama la vestitrice.

E ancora un gradino.

Ora Molly riesce a vedere un pezzo di pavimento. Coscetti d'anatra e mele fritte sono sparsi dappertutto. La vestitrice è distesa prona su un tavolo con il culo nudo in bella mostra. L'uomo svetta sopra di lei con un tovagliolo nello scollo e forchetta e coltello in una mano, mentre cerca di slacciarsi i pantaloni.

La donna striscia carponi sul tavolo e gli lancia addosso cavoli e frutta, un'ala del volatile e un grumo di marmellata rossa, che gli cola giù per la faccia fino alla camicia bianca. L'uomo è grosso e in carne. Dita paffute con grandi anelli. Sembra quasi felice.

«Fagiana mia» ride lui e la tira per le gambe divaricate facendola scivolare sul tavolo. Accosta la bocca al buco del suo culetto e soffia. Lei grida, scalcia con tutt'e due i piedi.

«E sta' ferma» le dice, prende la salsa calda e gliela versa sulle natiche, al che lei strilla e si gira con una carcassa d'anatra in mano, che gli lancia addosso. L'uomo fa appena in tempo ad abbassarsi, mentre lei scivola giù dalla parte opposta tirandosi dietro la tovaglia bianca: vino e composta di bacche rosse e avanzi di cavolo e di arrosto e prugne fritte volano tutt'intorno.

Molly si accuccia nel vano delle scale, temendo di essere vista dalla vestitrice, invece i due si rincorrono intorno al piccolo tavolo, l'uomo ancora con i pantaloni calati intorno alle ginocchia, facendo rimbombare e gemere il pavimento. Lui la immobilizza contro la parete, le strappa i vestiti e un seno ricade pesantemente fuori dal corsetto, il capezzolo scuro e turgido. Lei gli stringe il cazzo.

«Voglio vedere i fatti, capisci?» gli dice.

Lui la guarda: ha i capelli biondi scarmigliati, proprio come l'aveva disegnata Hans Christian, poi l'allontana con una spinta. «Donna, tu mi fai impazzire».

«Avevi promesso di dirlo, Frits. Che sarebbe diventato più facile. Ma continua a essere solo un gioco, e ti piace un mondo».

Frits? È possibile che sia il principe, il principe Federico, il marito della principessa Guglielmina, il genero del re? Molly ha sentito delle voci, storie su di lui e sul suo irrefrenabile bisogno di donne nuove, più giovani, più grasse, più belle. Ma anche se sa qualcosa sulla fame insaziabile degli uomini, non ha mai creduto veramente a quelle storie pazzesche. Adesso si è convinta e prova un moto di compassione per l'insopportabile principessa.

«Tu non capisci niente, donna. Non è così semplice come credi. Non sono io che comando. Non ancora. Vogliono mandarmi via. Sono stato bandito, sono un uomo senza terra, capisci? Secondo te, che cosa accadrebbe se lo rivelassi ora? Parlano di mandarmi in Islanda. Non finisce bene, credimi».

«Allora abbiamo chiuso, Frits» dice lei, sistemandosi il corsetto. «Per sempre».

Presto! pensa Molly. Se la vestitrice va via adesso, la scopre. Molly scende la scala di corsa, scende con cautela, con cautela all'indietro, giù e fuori dalla porta.

La porta cigola. Troppo forte.

«Ehi, che cosa è stato?» domanda l'uomo.

Molly raggiunge di corsa il salone dei banchetti. Con il

cuore che le batte forte lo attraversa a precipizio. Sente la porta segreta che si apre, e l'uomo che grida: «Chi è là? Alt».

Arrivata in fondo alle scale si avvia per le cucine. Si accorge di aver dimenticato il vassoio, ma spera che non possano risalire a lei. Domestiche passano di corsa. Il cantiniere di corte sta assaggiando del vino insieme a due cuochi e al maestro di cerimonie, famoso per la sua parrucca nera. Molly svolta a sinistra e si ritrova in un deposito con casse di cavoli e conigli appesi a uncini e sacchi di noci. Si siede su uno sgabello in un angolo a riprendere fiato.

Non riesce a venire a capo di quello che ha appena visto. Non riesce a collegarlo ad Anna e alla lavandaia morta. Però la vestitrice è importante. In qualche modo.

Ma più importante in assoluto è il libriccino nell'alloggio della vestitrice.

Molly ne è quasi sicura: là c'è scritto tutto. Tutte le risposte di cui ha bisogno.

Se solo avesse imparato a leggere.

## 6.

*Quando nella galleria il bianco di rosso si sarà tinto.*

Non può essere un caso. Oppure sì? Hans Christian cammina lungo il porto, si cala il berretto ancora più giù: ha sempre la sensazione di essere spiato. Che fra pochi istanti sarà arrestato, sbattuto di nuovo in cella, oppure direttamente sotto la lama della mannaia. Ma le strade non sono più affollate del solito, un carraio ripara una carriola, un gruppo di giovanotti su di giri esce da una taverna con dei libri sottobraccio.

Come le altre società mercantili che trasportano carichi da un capo all'altro degli oceani, la Compagnia danese delle Indie occidentali ha sede nel porto. Hans Christian non ha voglia di chiedere indicazioni. Darebbe nell'occhio, desterebbe stupore; è l'effetto che un estraneo fa da queste parti. Gli chiederebbero che cosa è venuto a fare, chi cerca, forse addirittura di mostrare i documenti che non ha. Perciò osserva gli operai esperti che manovrano le gru, e gli scaricatori forzuti che portano giù dalle navi di tutto. Casse alte come un uomo vengono calate lungo la murata, forse contengono vasi provenienti dalla Cina, avvolti in seta e ovatta e fieno vecchio, oppure zanne di elefanti indiani. Carri fanno avanti e indietro sulla banchina con piante per i giardini d'inverno dei ricchi. Sbircia dentro magazzini freddi con botti di aringhe e rum alla spina e mercanti che battono le pipe l'una contro l'altra concludendo affari importanti.

Ma ancora nessuna traccia di zucchero.

Il buio ha avvolto il porto, e la nebbia è sospesa sopra le acque.

«Ehi? Che cosa ci fa lei qui?»

La voce è roca, viene da un punto alle spalle di Hans Christian e lo induce a voltarsi.

«È vietato l'accesso agli estranei. Chi cerca?»

Hans Christian sente il sangue defluire nelle calze, la capacità di pensare lucidamente si volatilizza nell'incontro con la voce brusca. È ancora abbastanza lontano, un uomo dalle spalle curve. Hans Christian dovrebbe darsela a gambe, ma i suoi piedi sono come incollati al selciato.

«Devo consegnare un apparato di notifica» grida verso il guardiano e svolta di corsa l'angolo del primo magazzino. Un apparato di notifica? Come gli è venuto? Non ne ha idea, però certi individui particolarmente tronfi si paralizzano di fronte a parole assurde, e su quelli molto stupidi a volte frasi del genere hanno l'effetto di un duro colpo. Ma evidentemente non su questo. Hans Christian lo sente da qualche parte dietro di sé. «Vieni avanti, so che sei qui».

Hans Christian non viene avanti. Al contrario. Si allontana di corsa.

L'uomo lo segue? Avviserà gli altri guardiani, dicendo che un ladro si aggira nel porto? Ha sentito dire che è una zona cara ai ladruncoli e ai saccheggiatori di merci. Una cassa di spezie esotiche vale parecchi soldi. Poco tempo fa un guardiano notturno è stato ucciso e buttato nelle acque del porto mentre cercava di fermare una banda di ladri.

Ma lui non è un ladro. E men che meno un assassino. Se solo il mondo riuscisse a capirlo. Non vuole rubare nulla né fare del male a nessuno. La vittima è lui. Vittima di un crimine che non ha commesso. E per questo motivo si aggira qui al buio con fare furtivo.

Il sole lo blocca.

In cima al timpano del capannone. I suoi lunghi raggi si tendono sopra il muro.

Eccolo di nuovo. *Compagnia danese delle Indie occidentali.* Si avvicina. Cammina rasente il muro, facendo il giro dell'edificio in cerca di un ingresso. Scorge una porta sul retro, con accanto casse marce e pezzi di legno portati a riva dalle onde all'alba dei tempi, sicuramente il fasciame di qualche carretta che ha fatto la spola sull'Atlantico tra qui e il continente dei vaccari, dove chiunque può diventare proprietario di una miniera d'oro, se riesce a traversare l'oceano e a battere i buoni selvaggi che vivono sugli alberi. Hans Christian si ferma un momento, immaginando una terra desolata e grande come l'America, dove buoi galoppano in giro senza padrone e si può vivere da soli senza sorveglianza, senza restrizioni. Ah, non è il momento di pensare a certe cose. Deve entrare. Fa per aprire la porta ma è serrata, ovviamente è serrata. Punta la spalla contro il battente, spinge con tutto il suo peso, ma invano. Indietreggia di qualche passo e scorge la finestra. È posta piuttosto in alto, però è socchiusa. Ogni sua fibra vuole che vada via di lì, che se ne torni a casa. E questo lo irrita, proprio come a volte il suo naso e i suoi occhi assonnati lo irritano quando è davanti allo specchio per radersi: si stizzisce perché non ha praticamente un briciolo di coraggio in corpo. Non ha nessuna voglia di arrampicarsi su per il muro ed entrare dalla finestra. Proprio nessuna. Perché non può essere come Aladino, che è pieno di voglia di esplorare e di sfidare? Si introdurrebbe subito nel magazzino e di lì a poco dimostrerebbe la sua innocenza davanti al questore e a tutti gli altri che non gli credono. Ma non è svelto. E non riesce ancora a intravedere la libertà dell'innocenza, tanto è buio il porto.

Raggiunge le casse e, afferrandone una, gli si infila una scheggia sotto un'unghia.

Due basteranno. Due casse sistemate una sopra l'altra proprio sotto la finestra.

Ode delle voci dall'altra parte del magazzino. Lo stanno cercando. Deve fare in fretta. In un attimo punta i gomiti sulle casse impilate e solleva il suo corpo magro. Agita i piedi. Un ricordo orrendo gli si affaccia alla mente. La scuola di danza. Dei tempi in cui sognava una vita nel mondo del balletto. Gli sforzi e le umiliazioni che aveva dovuto sopportare prima che il maestro e tutte le persone del teatro, e infine lui stesso, si rendessero conto che era sgraziato, goffo e brutto. Negato per fare il ballerino. L'unico suo punto forte era la convinzione di essere sublime. E questo lo aveva fatto entrare al Teatro Regio, gli era valso un posto nella compagnia diretta dal bravissimo Dahlén, perfino un ruolo nel balletto *Armida*, ma nient'altro: i suoi piedi e i suoi arti gli erano d'intralcio. Le recensioni erano state fulminanti. Un assaggio di ciò che lo attendeva.

Finalmente è salito. Deve sforzarsi per spalancare la finestra. Poi porta un ginocchio al petto, contorcendosi come un lombrico.

Entra. E sente la finestra chiedersi di schianto alle sue spalle.

Per un momento è buio, poi la luce bianca della luna penetra dalle finestre. E Hans Christian scorge una scala a chiocciola, un deposito e scansie talmente stipate da formare delle vere e proprie pareti che suddividono il vasto locale. Scende tra le lunghe corsie di prodotti nell'aria asciutta. Alcuni sacchi sono aperti, altri chiusi da un legaccio. Intravede frutta secca e strane capsule e rametti, di forme e con foglie che non ha mai visto. In un armadio ci sono alcuni sacchi di zucchero simili a quello che avevano nella sala da tè. Hans Christian li apre e guarda all'interno. Infila tutta la mano e fruga. Non è bianco, ma marrone e grezzo.

Sente le voci all'esterno. Lo stanno ancora cercando. Se lo prendono qua dentro, chiameranno la polizia. E per lui sarà finita. Prima assassino, poi ladro. Non deve fare il benché minimo rumore.

Davanti a sé intravede una porta accostata. Afferra la maniglia e un vecchio cardine geme riluttante. Poi varca la soglia. Le stesse cose: scansie piene di prodotti, compresi dolciumi. Uno scricchiolio sotto i suoi piedi.

Lo raccoglie con le dita, assaggia. «Zucchero» bisbiglia.

Il magazzino svetta sopra gli altri edifici del porto. Sei piani. Per un momento Hans Christian si stupisce che non ci sia nessuno. In alcuni degli altri depositi c'era parecchia attività, ma forse è l'ora, o forse non è la stagione dello zucchero. Continua a sentire lo scricchiolio sotto i piedi, il pavimento è cosparso di zucchero.

In fondo al locale un tubo sporge dal muro. Hans Christian contempla la struttura, con casse piene di sacchi vuoti sistemate vicino al tubo. Immagina che per riempire un sacco lo si fissi allo sbocco e lo zucchero venga versato da un deposito che si trova più in alto. Adagio infila un braccio nell'oscurità e gratta l'interno con le dita, estrae la mano e la guarda nel chiaro di luna gialligno.

È coperta di cristalli bianchi.

Ma poi ecco che vede dei puntini rossi. Nel buio scintillano come occhi di drago. Là, là e là.

*Quando nella galleria il bianco di rosso si sarà tinto*. Di nuovo le parole del bottinaio nella sua testa.

Forse la galleria non era affatto quella che passava sotto il castello, come lui e Molly avevano creduto?

Hans Christian infila nel tubo la testa, poi tutto il corpo. Su, su, in cima, c'è luce. All'imbocco. L'estremità opposta del tubo si trova più in alto di diversi piani. Un attimo dopo la paura lo attanaglia. Il pensiero di rimanere incastrato in quel tubo stretto, mentre lo zucchero scende tutt'intorno a lui, affogandolo, soffocandolo in un sapore dolce. Scende tutto da lassù. Scorre nel tubo fino ai sacchi. E una parte dei cristalli è rossa.

Se solo riuscisse a salire.

Adesso ha capito. Deve tornare nel punto da cui è entrato, alla scala a chiocciola.

Presto. Fuori si odono ancora le voci: sono almeno due guardiani notturni, Hans Christian ne riconosce una.

La scala è stretta, i piccoli gradini sono troppo corti per i suoi piedi. Stringe il corrimano con entrambe le mani e sale in fretta, più in fretta che può.

«...qui dentro». La voce del guardiano si è fatta più alta. Hans Christian intravede delle luci di sotto, lanterne.

Sono andati a chiamare un paio di poliziotti?

A quel pensiero le forze gli aumentano. O viene a capo di questa vicenda, oppure i sogni finiranno giù al pascolo demaniale quando la sua testa provincialotta rotolerà nel fango.

Finalmente, l'ultimo piano. Entra in una grande soffitta. Un vento freddo gli sferza il viso, e corde e uncini appesi alle travi si urtano sferragliando come campanacci. La botola che dà sul mare è aperta: qui issano i sacchi quando i bastimenti tornano dalle Indie occidentali. Il gancio del paranco pende dalla fune e oscilla cigolando nel vento. Hans Christian riesce a vedere gli alberi delle navi ormeggiate, a sentire l'odore dei cavi incatramati, del mare.

E anche qualcos'altro? Un leggero profumo speziato.

Si volta e scruta il disordine alle sue spalle. Una gabbia per uccelli vuota e una cassa con gli strumenti di una nave. Su un tavolo c'è una vecchia ancora.

Avanza sull'assito, che cigola forte. Camminando di fianco supera delle grandi casse e una montagna di sacchi. Un po' più avanti ci sono il busto in marmo di un giovane in divisa e un tavolo con uno sgabello e una candela di sego. Un esile filo di fumo turbina nella corrente d'aria. Come se fino a un momento fa qualcuno fosse lì seduto a studiare.

In quel punto il profumo è più intenso. Limone? O magnolia?

Sente qualcosa cedere sotto di sé, abbassa lo sguardo e si accovaccia.

Si trova su una grande griglia. È il capo superiore del tubo che corre fino ai sacchi in fondo all'edificio. In pratica, l'intero magazzino funziona come una sorta di enorme imbuto, dove si versa lo zucchero nella griglia riempiendo i sacchi rapidamente. Toglie la griglia e affonda una mano nel tubo, sentendo lo zucchero scricchiolare lungo tutto il bordo.

Nel debole chiaro di luna intravede un disegno scuro su un lato del tubo. Lo gratta delicatamente con un'unghia appuntita. E capisce che cosa è successo.

Non è vernice. Non è ruggine. È sangue.

«È lassù». Le voci sono alte e decise.

Hans Christian si guarda intorno. Come può scappare? C'è soltanto la scala.

*Quando nella galleria il bianco di rosso si sarà tinto... nell'eterno duello il tal dei tali ci avrà vinto*, dice la voce dentro la sua testa.

I cavi, la griglia, il tubo, il sangue.

La verità è insostenibile. È successo proprio qui. Ad Anna. E a Maren la Sbianca.

La corda intorno alle loro gambe, i segni sulla pelle.

Il chiaro di luna sul crepitante zucchero rosso.

Ora riesce a immaginare tutto: come erano appese qui, alle funi e ai ganci, il sangue che gocciolava dai loro corpi colando nello zucchero, dentro il tubo, per finire nei sacchi che venivano caricati sui carri e distribuiti ai droghieri e alle eleganti sale da tè della città.

Hans Christian chiude gli occhi. Pensa al bottinaio, se lo raffigura. Una povera sagoma curva che tira una carretta pesante, quasi troppo per le sue forze, ma continua, a fatica avanza sul selciato scabro. È presto, solo guardiani notturni, straccioni ubriachi e menti malate sono svegli in quelle ore. E i bottinai, che svuotano le latrine della popolazione. Il bottinaio entra nel cortile del castello, la tappa più nobile del suo itinerario notturno. Segue il muro fino alla porta dello scantinato. Prende il secchio del castello, lo svuota, o è sul punto di farlo, quando d'un tratto vede, o sente, qualcosa. Che succede? Un crimine? Sì, un crimine orrendo, forse si intromette, forse vede la principessa in persona affacciarsi alla finestra in quello stesso istante e la guardia del re stesa sul selciato. Il bottinaio capisce subito la propria malasorte e scappa, incespicando si avvia nelle prime luci dell'alba. Un uomo innocente in fuga. *Ahimè, dell'urina del re fedele servente, per un misfatto altrui al patibolo andrò innocente*. Un gran trambusto, chiasso, tutta la città dà la caccia al bottinaio pazzo; il mostro, che ha colpito in fronte la guardia del re, si merita la pena più severa. Ma c'è anche qualcun altro. Nel buio. Il bottinaio lo ha visto, ha visto il vero assassino, ecco perché urla, perché l'altro ha fatto prigioniera Maren la Sbianca e chissà come riesce a rapirla. A condurla fuori dal cortile del castello e giù al porto. Forse ha un carro, forse l'ha colpita facendole perdere i sensi. Ora Hans Christian capisce tutto, come se fosse stato presente quel mattino, al fianco del bottinaio. Si raffigura Maren la Sbianca condotta dentro il deposito dello zucchero, l'assassino che la porta su. Su per la scala, fino all'ultimo piano. E qui... Hans Christian cerca disperatamente di bloccare il cervello. La sua folle fantasia. La folle realtà. Non riesce a sopportarla, non la merita, le immagini orrende di Anna, di Maren la Sbianca. *Una donzella nella botte, un'altra in mezzo all'onde*. Sono appese alle funi. Ed eccolo qui, il bottinaio, che vede tutto. Povera Anna e povera Maren, appese come le bestie del macellaio. Gli attributi muliebri recisi, quelli di Maren ricuciti sul busto di Anna. Entrambe le donne, pallide per l'emorragia, patiscono la morte più orrenda, quella lenta. Come un decapitato, che può vedere la propria testa rotolare giù dal patibolo. E l'assassino mormora tra sé il nome di quel diavolo umano contro il quale perdiamo nell'eterno duello, una lotta tra il bene e il male. Non può essere che così. Se solo Hans Christian riuscisse a ricordare il nome menzionato nella filastrocca del bottinaio. Niente da fare, però può immaginare che cosa il bottinaio vede. Anna che viene gettata in mare. *In mezzo all'onde*. La corrente la trascina fino al canale. Maren la Sbianca finisce nel letamaio. *Nella botte*. Il bottinaio, che pedina ed è inseguito a sua volta, è disperato, conosce la verità, ma non può rivelarla a nessuno, nessuno gli crederebbe. E allora scappa. Via dagli orrori, via da tutto quello che non ha fatto, ma tutti sanno che ha fatto.

È un gioco di specchi. Il bottinaio e Hans Christian, le vittime innocenti. La prostituta e la lavandaia con i seni scambiati. Sono Maren la Sbianca e la donna che se l'è svignata. Sono il sole e la luna sopra il porto, è un assassino bramoso che si nasconde da qualche parte tra la folla e gli somiglia, tanto che Hans Christian sente rizzarsi i peli dei suoi lunghi piedi.

Ode un rumore dietro di sé, troppo tardi, una mano lo afferra per una spalla voltandolo a forza.

Hans Christian vorrebbe spiegarsi. Dire che è tutto uno sbaglio, e scusarsi per aver frugato nelle cose altrui. Cerca di vedere il suo inseguitore, di incrociare il suo sguardo.

Ma vede solo un pugno diretto verso il suo viso. È bianco e pallido e ha qualcosa che brilla e balugina. Questa volta non fa in tempo a scansarsi.

Il pugno lo colpisce sopra l'occhio e il naso e il sopracciglio con uno schianto sordo. Una fitta di dolore scocca dalla radice del naso e si diffonde a tutto lo scheletro, fino ai piedi, che si immobilizzano all'istante; le ginocchia si bloccano, le braccia cercano di alzarsi davanti al viso per ripararlo dal pavimento che si solleva a precipizio verso di lui.

Per un attimo Hans Christian pensa sia il guardiano notturno o i sorveglianti del magazzino, ma poi arriva il colpo successivo. Il colpo di qualcuno che non vuole semplicemente fermare un ladro. Il colpo di qualcuno che lo vuole uccidere. E si rende conto di trovarsi da solo con l'assassino in persona. Finalmente, purtroppo, da solo.

«Aspetti» bisbiglia. Ossia, tenta di bisbigliare. Non riesce a vedere il suo aggressore, solo a udirlo dietro di sé mentre striscia in avanti, alla cieca, come un bambino. Poi si sente premere qualcosa contro il naso e la bocca, un panno che odora di marcio e di metallo. Si dimena freneticamente, come quella volta all'opificio di Odense, quando gli operai volevano palpargli i genitali. Per un momento si libera dalla stretta dell'assassino. A fatica si trascina sull'assito, mentre pensa a Marie, preferisce pensare a qualcun altro che a se stesso negli ultimi istanti. Ha pensato a se stesso per tutta la vita, a tutte le cose che doveva assolutamente fare per poter esistere. Ora si raffigura lei, i suoi occhietti pieni di speranza e di vita.

Poi sente qualcosa proprio davanti a sé nel pavimento, è il bordo del tubo, il tubo in cui il bianco si era tinto di rosso. L'assassino gli è di nuovo sopra e gli preme un panno contro la bocca e il naso. Hans Christian si alza su un ginocchio, e si lancia a capofitto in avanti, in giù, dentro il tubo.

Succede tutto in fretta, la vita gli sfreccia davanti: mamma, papà, lo sconosciuto gentile in riva al ruscello il giorno in cui, a quattordici anni, aveva varcato le porte della capitale, una mattina in calzamaglia, un pomeriggio nella stanzetta con il calamo in mano, le rughe scure di Edvard e la prostituta con i riccioli rossi. E il bambino, che non smette mai di sperare.

Tutto il resto non c'è più.

# 7.

Il diario della vestitrice.

Molly se ne deve assolutamente impadronire. Da quando ha udito per caso il colloquio tra il principe e la donna, ha capito che è molto importante. Che contiene dei segreti. Altrimenti perché il principe dovrebbe essere tanto preoccupato di quello che ha scritto?

Molly non ha mai tenuto un diario. Perché dovrebbe, visto che non sa leggere? Come potrebbe, visto che non sa scrivere? E poi, non saprebbe cosa scriverci. Le giornate di una donna di vita sono più o meno tutte uguali.

Ma per fortuna Salomine sa leggere. Perciò la vecchia prostituta aspetta Molly all'angolo tra la chiesa incompiuta e il castello. Si sono date appuntamento lì. E hanno anche concordato che Salomine passerà da Piccola Marie ogni tre, quattro ore, e le darà una fetta di pane o un boccale di birra, bisbigliandole che presto zia Molly sarà di ritorno.

Il cielo sopra il castello reale è limpido e il sole sta sorgendo quando Molly mostra i documenti ed entra di corsa nel palazzo per affrontare la sua seconda giornata di lavoro. Se fa bene, magari la promuoveranno e diventerà governante. E se fa benissimo, magari Marie potrà essere assunta quando compirà dieci o undici anni. Molly ha visto dei bambini nella stanza in fondo alle cucine, occupati a pelare patate, oppure fuori, dietro le stalle, a badare alle galline.

Molly scuote il capo a quei pensieri, lei è qui per fare giustizia, per Anna. Si lega il grembiule sulla schiena e si copre i capelli con una cuffia, mentre guarda fuori la piazza del castello. Una grande orchestra è arrivata con un carro e viene accompagnata in uno degli altri palazzi dal maestro delle cerimonie e dai suoi assistenti.

«Cathrine Jensen» la chiama una voce alle sue spalle. «Qui non ci si incanta».

Molly si volta. È l'ispettrice.

«Può iniziare dalle cucine, con la porcellana e le posate. Dopo c'è da lavare le scale e apparecchiare per il pranzo».

«Sissignora» si limita a rispondere Molly.

Mentre si dirige verso le cucine, Molly finge di perdersi. Anche molte altre ragazze hanno difficoltà a orientarsi, nonostante lavorino a corte da parecchio tempo, quindi non è inverosimile. I palazzi si somigliano tutti, saloni delle feste con viscidi pavimenti oliati, corridoi coperti da tappeti orientali, bellissimi vasi e brocche di cui non ha mai visto l'eguale, provenienti da luoghi che non conosce, monumentali tavoli con gambe a torciglione, candelabri d'argento a tanti bracci. E armi: asce, spade, picche, schioppi, coltelli e altre che sembrano fatte per essere usate in guerra. Molte sono macchiate di ruggine, che pare sangue coagulato.

Gli alloggi della servitù si trovano dietro l'ultimo palazzo. Molly cammina con gli occhi bassi. Al massimo rivolge un cenno del capo alle persone che incrocia, senza guardarle direttamente. Ha poco tempo. Fra meno di due ore deve incontrare Salomine per consegnarle il diario. Ed è solo questione di minuti prima che qualcuno la fermi chiedendole che cosa ci faccia lì.

Dov'è la stanza della vestitrice?

Molly guarda le porte dipinte di rosso, nessuna targa con il nome, ma anche se ci fossero non sarebbe in grado di leggerle. Si ferma. È il caso di bussare? Nella speranza che Johanne le apra? E che cosa dovrebbe dirle? È sul punto di darsi per vinta quando all'improvviso intravede la vestitrice che esce da una stanza più in là. Ha un'aria indaffarata e supera Molly di corsa, ignorandola. Nella gerarchia una vestitrice occupa un posto molto al di sopra di una semplice domestica, Molly è la più umile, questo lo ha capito, ci è abituata. E ora come ora non le dispiace affatto.

È il momento buono? Se la vestitrice sta andando dalla principessa, dovrà prima salire le scale e poi attraversare il colonnato, un ponte coperto che collega un palazzo con l'altro. In tal caso Molly dovrebbe avere abbastanza tempo a disposizione. E se invece è diretta altrove? Forse deve raggiungere la sala dei banchetti nell'ala vicina, dove stanno preparando gli addobbi per il ballo in maschera. Allora potrebbe tornare presto.

Ode un rumore di passi, in lontananza, certo, però si avvicina.

Le domestiche sono una sorta di rete ramificata di spie, pensa Molly. Sono in ogni angolo del castello, sono tante, c'è un'infinità di cose da fare, e ciascuna ha occhi e orecchie ed è pronta a spiattellare al gran ciambellano o al maestro di cerimonie anche la più piccola irregolarità. Basta che qualcuna batta la fiacca, faccia una pausa, guardi con occhi un po' troppo avidi una mela, o un po' troppo trasognati una scarpa con la fibbia d'oro o una forchetta d'argento. Quasi ogni settimana viene licenziato del personale, soprattutto ragazzine troppo inframmettenti, stando alle voci. Il mese scorso più di sette poverine sono state mandate via a suon di sberle e umiliazioni. Non hanno avuto neanche il tempo di fare i bagagli che si sono ritrovate fuori dal cancello con le guance in fiamme.

Molly decide di rischiare e si avvicina. La porta sarà serrata? Non ha visto Johanne chiuderla a chiave.

«Ha sbagliato strada?» le domanda una domestica dai capelli neri con un marcato accento tedesco. Ha appena svoltato l'angolo, sembra sconvolta. Accidenti, pensa Molly. Era l'occasione buona, e non è detto che se ne presenti un'altra. «Hai decisamente sbagliato strada» dice la domestica, quando Molly le chiede indicazioni. «Seguimi».

Per tutta l'ora successiva Molly non rimane mai sola. C'è sempre qualcuno che le parla oppure la tiene d'occhio, e l'ispettrice si sofferma a lungo a commentare il suo modo di lavare le scale. Quelle della cucina sono difficili da pulire. Grasso e birra vecchia si sono accumulati nelle fessure, e l'ispettrice vuole a tutti i costi che il corrimano brilli come uno specchio. Di sopra, nelle sale eleganti, risuonano risate e strilli, mentre vengono portati su un vassoio dopo l'altro con dolci allo zucchero bruno, uva bianca e aringhe salate.

E intanto il tempo passa.

Fra poco più di mezz'ora Molly ha appuntamento con Salomine. Per l'ennesima volta affonda le mani nella saponata nera: sono macerate, la pelle è tutta rossa e grinzosa. Pensa a Hans Christian e alla puntata che voleva fare giù al porto. Non parla con lui da ieri. Chissà se ha trovato qualcosa nel magazzino. Ripensa alla chiacchierata che avevano fatto distesi sul pavimento della stanzetta. Sulla brama. Lei che cosa brama? Prima, con Anna, era il sogno della locanda a farle andare avanti. Anna era solita dire che a volte i sogni sono importanti. Non devi mai dimenticarli, Molly. Non puoi fare a meno del cibo, non puoi fare a meno dell'aria. E non puoi fare a meno di avere un sogno. Qualcosa che ti faccia alzare al mattino. Qualcosa che ti faccia dimenticare la vita dura di questo mestiere.

Molly si rende conto che ormai non ha più un sogno. Però ha qualcosa che la fa alzare al mattino, qualcosa che le riempie ogni momento della giornata, facendole dimenticare completamente le scale da lavare e i candelabri macchiati e le ispettrici severe. Il forte bisogno di trovare e punire l'assassino di Anna.

Mentre è inginocchiata sulle scale vede di sfuggita la vestitrice che si avvia per il corridoio verso gli appartamenti della principessa. Sicuramente l'ha mandata a chiamare.

Ecco, è il momento buono. Adesso.

«Torno subito» dice Molly a una delle altre ragazze, che non ribatte ma che probabilmente farà la spia all'ispettrice non appena ne avrà l'occasione. Molly si solleva il vestito, sale gli ultimi gradini bagnati e infila la porta nella direzione opposta rispetto alla vestitrice.

Cammina più in fretta che può lungo il corridoio. Si

aspetta che da un momento all'altro qualcuno la chiami, gridi il suo nome. Ma non accade nulla. Supera un paio di altre ragazze senza problemi e prende le scale dei reali fino al pianterreno, è il percorso più veloce. Di lì prosegue giù nello scantinato lungo una scala a giorno. Due cuochi sono seduti sull'ultimo gradino a bere birra. Li supera con un cenno del capo, attraversa la cantina e il laboratorio e sbuca dall'altra parte, per poi ritrovarsi nel corridoio degli alloggi della servitù.

Quale porta era?

L'ultima? No, la penultima, pensa, e afferra la maniglia. La porta non è serrata e si lascia aprire con una leggera spinta.

Nell'angusta stanzuccia c'è un letto disfatto proprio dietro la porta, sul lato più lontano una cassapanca da cui spuntano alcuni indumenti, e alla parete di fondo, accanto alla piccola finestra, è appesa una croce. Il pavimento è fatto di pietre grezze, i cui bordi sono consumati dai piedi di molte domestiche.

Molly ha fretta. Deve incontrare Salomine nel luogo concordato fra meno di dieci minuti. Apre i cassetti del tavolo. Carte, una penna d'oca, un calamaio, due fermacapelli d'argento a forma di fiore. Nessun diario. Poi cerca nella cassapanca. Quando tira su un brutto abito e un paio di coperte fatte con gli avanzi di lana per le notti fredde al castello, si alza una nuvola di polvere. L'unico libro sul davanzale è una Bibbia rilegata in pelle lisa.

Un rumore di passi all'esterno. Molly sobbalza. Deve correre fuori nel corridoio, fingere di essersi smarrita e tornare nelle cucine? Qualcuno si starà chiedendo dove sia finita.

Nel letto. L'ultima possibilità. Molly si inginocchia, dalla finestrella entra poca luce, la mano vaga lungo i lati e il fondo del cassone, in mezzo alla paglia molliccia, che per fortuna non punge più. Ecco. Ha trovato una tavola di legno che fa da rinforzo, la scosta ed ecco che lo sente. Il diario. Lo apre, lo sfoglia frettolosamente e vede una grafia nera e sinuosa con sottolineature e numeri. Ci sono anche parecchi bellissimi schizzi di vestiti, camicette, cappellini, perfino ragazze che vengono prese da dietro da un uomo con un cappello da cacciatore in testa. È il principe Federico?

Per un momento è colta dall'irritazione e dalla vergogna per non saper leggere. C'è tanta gente che non sa leggere. Prostitute, marinai e rivendugliolì, perfino domestiche, ma Molly è sempre stata convinta che un giorno avrebbe imparato. Se solo sapesse leggere in questo momento. Decifrare quegli scarabocchi pieni di svolazzi. E scoprire i segreti della vestitrice. Ma ora deve andare, raggiungere Salomine.

Esita dietro la porta, in ascolto. Poi la apre ed esce.

L'uomo è di fianco, sembra sorpreso quanto lei.

Oppure stava aspettando? Origliava dietro la porta?

«Chi abbiamo qui?» domanda e fa per afferrarla. È alto, vestito di marrone, ha una corda sulla spalla e un coltello alla cintura. E quello sguardo. Di un uomo abituato a prendere ciò che vuole. Senza chiedere.

«Mi lasci» dice Molly. Il libro le cade di mano, il fiato dell'uomo sa di birra. Nella palazzina delle prostitute è abituata a destreggiarsi con quel tipo di uomini, soprattutto la sera tardi quando le taverne chiudono. Ma non è sera tardi, è tarda mattinata, e fra pochi minuti deve incontrare Salomine. L'uomo le infila una mano sotto il vestito, lei si dimena per liberarsene.

«Ce ne andiamo in giro di nascosto? Devi essere nuova» dice lui, armeggiando con il suo vestito. «Siamo in vena di combinare marachelle?»

«Mi lasci» sussurra di nuovo Molly, e le pare di riconoscere quei monconi di denti e la lingua quasi viola. Lo stalliere, così lo chiamano tutte le mondane, puzza di fieno e di sterco di cavallo, e una volta ha tentato di trascinare Molly in un vicolo insieme a un'altra ragazza. Le mette le mani sui seni, tenta di spingerla giù, di farla cadere sul pavimento. Lei si difende, ma considera anche l'idea di dargli quello che vuole, di cedere, per toglierselo di torno il prima possibile.

Ma gli legge qualcosa nello sguardo. Gli piace incontrare resistenza. Lo eccita.

Molly gli sferra un ceffone, così, d'istinto, una delle reazioni per le quali le donne di vita acquistano un'inclinazione particolare. Quest'uomo vuole essere picchiato, glielo legge in faccia. Ha gradito il ceffone.

«Comportati ammodo, ragazzaccio che non sei altro» dice Molly convinta. Poi lo gira e lo colpisce sul didietro. Con tutte le forze. È quasi una bella sensazione. «Su, fila! Ti vengo a cercare più tardi, perciò ti conviene comportarti bene» gli sussurra nell'orecchio e gli morde il lobo in segno di saluto. Lui si mette a urlare come un maiale ed è paonazzo in viso per l'eccitazione. Si allontana di gran fretta giù per il corridoio.

Poi Molly si mette a correre, più forte che può.

Salomine sta andando via quando Molly la chiama. «L'ho trovato» grida e tende il diario all'amica.

«Cosa diamine devo leggere?» domanda Salomine.

Molly non ci ha pensato. Il diario è voluminoso, pagine su pagine piene di parole e di frasi che non capisce.

«La parte più recente» risponde Molly. «Oppure inizia da un punto a caso».

«Ci sono le date». Salomine sfoglia il diario.

«C'è scritto qualcosa su un principe?»

«E dammi un momento, porco diavolo».

Molly non sa come Salomine abbia imparato a leggere. La maggior parte delle ragazze della palazzina viene da famiglie povere, ma ha sentito di alcune cresciute nella borghesia. Ragazze che conoscono i numeri e le lettere, ragazze che avrebbero dovuto contrarre matrimonio con ricchi mercanti, ma erano state respinte all'ultimo momento. Forse è stato questo il destino di Salomine. Strano che Molly non ne sappia niente.

«Ho trovato qualcosa» dice Salomine. «Qualcuno la segue. Uno zoticone».

«Che c'è scritto?» domanda Molly. «Leggimelo».

Salomine alza il diario: «Domenica 17 settembre 1834. Finalmente a letto dopo una serata di duro lavoro con l'abito di Guglielmina. Fuori di me dalla preoccupazione: qualcuno mi segue, ci segue. Ricevuto un messaggio di Frits, lui non è preoccupato. Temo il peggio, mi sento in colpa, non riesco a dormire nel letto dopo la scomparsa di Maren. Chissà dov'è? Qualcuno le ha fatto del male? C'entra forse l'episodio della guardia, quella che è stata assalita? Sono convinta che sia successo qualcosa di terribile. Quel che è successo a Maren doveva succedere a me. Ah, Maren carissima. Scusa. Scusa per tutto quello che ho fatto».

Salomine fa una breve pausa. «Ma che roba!» commenta.

«Vieni» le dice Molly, trascinando la vecchia in un androne. Hanno trovato qualcosa, ne è sicura. Maren è la lavandaia, Maren Jensen. Ma che cosa ha fatto Maren? Ha dormito nel letto della vestitrice? Molly non capisce. Non ancora. «Va' avanti» dice.

«Oh Gesù!» esclama Salomine e poi legge ad alta voce. «Ho tanta paura. Frits è su al castello di Jægerspris, dove lo ha mandato il re. Ho dovuto parlare con mia zia. È come se la malvagità si fosse insinuata nel castello. Ovunque vada, ho la sensazione di essere seguita. E fra pochissimo ci sarà il ballo in maschera. Ah, quanto vorrei potermi divertire a quella grande festa. Temo che sarà la mia ultima sera».

Quelle parole funeste interrompono di nuovo Salomine.

Molly è impaziente. Deve rientrare al castello, rimettere il diario sotto il letto e tornare alle scale unte, alle tende sporche...

«Leggi l'ultima parte» dice Molly. «Le ultimissime parole che ha scritto».

«Che il diavolo mi pigli, te le ho appena lette» ribatte Salomine sfogliando il libro avanti e indietro. Come a Molly, è evidente che le piacciono i bei disegni di vestiti e di scene di passione.

Tornando indietro, Molly ha una sola frase in testa. Quasi che la giovane vestitrice fosse al suo fianco e le sussurrasse all'orecchio: *Temo che sarà la mia ultima sera.*

## 8.

Andersen è morto.

Nessuno sopravvive a quel genere di colpi e alla lunga caduta all'interno del tubo. Madam Krieger quasi non credeva ai propri occhi quando Andersen è strisciato sul pavimento per poi lasciarsi precipitare per diversi piani. Ma il cadavere dello scrittore è stato rinvenuto, e alla gente del porto chiederanno: chi altro hai visto? Hai notato qualcosa? Qualcosa di insolito?

Era stata costretta a portare via il bambino. A nasconderlo in casa sua. È rischioso, tutto è rischioso, perciò deve accadere adesso, la finestra della trasformazione sta per chiudersi, e lei lo sa. Ha chiesto un appuntamento al medico. È giunta l'ora. E lei ha soltanto un'ultima possibilità per far sapere al professore come dovrà procedere, perché si possa preparare, procurarsi gli strumenti necessari.

Madam Krieger indossa abiti da uomo, che pizzicano e le danno il tormento. Si siede su una panchina e cerca il medico con lo sguardo. C'è poca gente nel Parco del re. Due signori fumano la pipa e sembrano discutere sull'intenso traffico di via dell'Argento. Un gruppo di donne incinte passeggia tra i lillà.

Lungo una siepe un giardiniere si fa aiutare da due uomini dalle braccia pallide, forse dei detenuti.

Poi ecco che lo vede arrivare sul sentiero. Fa avanti e indietro nelle vicinanze del punto in cui hanno parlato l'ultima volta. Manca ancora qualche minuto all'ora dell'appuntamento. Madam Krieger si alza e si dirige dalla parte opposta. Supera i due fumatori di pipa, che ammutoliscono di colpo.

Una reazione degna di nota. Bizzarra, addirittura.

Poi guarda dall'altra parte della strada e vede un uomo con una granata che sta spazzando lo stesso punto del marciapiede da parecchio tempo. Da troppo tempo.

Che succede? Il chirurgo ha avvisato la polizia? La sua giovane moglie, tormentata dal dolore e dallo struggimento lo ha costretto ad attirare madam Krieger in una trappola?

Nel parco i due aiutanti del giardiniere si sono spostati verso il punto dove si trova il medico. All'angolo un rivendugliolo indugia con una carriola piena di legna in un atteggiamento che le pare del tutto assurdo. Solo quando lei lo raggiunge l'uomo afferra i manici e spinge la sua mercanzia giù dal marciapiede, passandole proprio davanti.

Madam Krieger fissa le spalle dell'uomo e valuta la situazione.

Appena cinquanta, forse sessanta passi la separano dall'angolo dove l'aspetta il medico. Ha pochi secondi per decidere se presentarsi all'appuntamento o andare via subito, prima di essere individuata per certo come la persona che cercano. Sul lato opposto della strada c'è il negozio del cappellaio Pfaff, che lei conosce benissimo. Nel riflesso della vetrina riesce a vedere che i fumatori di pipa hanno lasciato il parco e la stanno raggiungendo.

Una vettura di piazza si dirige a scossoni verso di lei, mentre in senso contrario arriva un carro da traslochi con in cima tre, quattro ragazzi vivaci che fischiano e gridano a tutto ciò che vedono.

Il medico si è fatto avanti per incontrarla, le mani sulla recinzione.

Poco prima che passi la vettura di piazza, madam Krieger si lancia in strada e l'attraversa di corsa per poi infilare un androne stretto accanto al cappellaio e proseguire dentro un cortile buio. Ode il carro da traslochi rimbombare lungo la strada, riempiendola con il suo fracasso.

Nella cupa luce del cortile madam Krieger scorge una serie di porticine, una delle quali è quella del cappellaio. Entra di corsa e attraversa il laboratorio, dove Pfaff in persona sta attaccando una pelle di talpa a un cilindro. Raggiunge il negozio vero e proprio, dove l'apprendista sta servendo un cliente, un uomo snello in giacca beige.

Madam Krieger saluta entrambi con un cenno del capo e guarda il parco oltre la vetrina.

Il professore è ancora solo: scruta la strada ora in una direzione ora nell'altra e consulta il suo orologio da tasca.

Forse ha preso un abbaglio. È davvero diventata così paurosa, così provata dalla situazione da vedere inseguitori e imboscate dove ci sono solo giardinieri e rivendugliioli?

«Posso esserle utile?» domanda l'apprendista, un ragazzone con la riga di lato, mentre l'altro cliente si è fermato davanti a uno specchio a provare un berretto da caccia secondo la nuova moda inglese.

Il professore sembra deciso ad andare via, quando i due fumatori di pipa gli si avvicinano all'improvviso parlandogli dalla parte opposta della siepe. Arrivano anche i due uomini che aiutavano il giardiniere. Guardano in diverse direzioni, sembrano discutere di che cosa può essere successo. Del perché il rapitore non si fa vivo. Madam Krieger sente tornare l'irrequieto, malvagio fremito. Quell'idiota del medico. È mai possibile che non abbia capito nulla? Rimpiange di non aver portato tutte le dita del bambino in un cartoccio, come zampe di gallina fritte prese al mercato.

«Posso esserle utile?» ripete l'apprendista proprio alle sue spalle.

Madam Krieger continua a fissare gli uomini. Parlano finché, evidentemente, il medico saluta e si avvia lungo il sentiero verso l'uscita, mentre gli altri si dirigono dalla parte opposta.

«Torno un'altra volta» risponde madam Krieger ed esce in strada. Vede i quattro uomini allontanarsi. Quanto a lei, svolta e costeggia il parco; a passo tranquillo segue il medico, che cammina assorto nei pensieri strofinando il manico del suo bastone da passeggio.

Appena uscito dal parco, attraversa il viale dove il traffico diretto alla Porta nord è particolarmente intenso. L'aria è piena di polvere e di botte, galline sciolte e mani pesanti, un'intera carovana di vasai con carri stracarichi. Sulle prime madam Krieger crede che il medico sia diretto a casa, ma anziché svoltare verso la piazza prosegue dritto per le stradine.

Davanti alla sinagoga nuova si ferma a chiacchierare con una coppia e i suoi due figli maschi. Poi sale i gradini ed entra nell'edificio.

Stanno imbiancando alcune parti della sinagoga. Nella strada c'è un gran viavai, operai sporchi e lastricatori che cercano di rendere il fondo un po' più praticabile per i carri e le bestie. Madam Krieger, in piedi dietro un distillatore di acquavite, tiene d'occhio tutti quelli che entrano ed escono dalla sinagoga. La maggior parte entra e solo due escono, e un uomo anziano dalla barba folta con indosso un abito viola e una cintura sgargiante si attarda a lungo a guardare stupito il caos della strada prima di rientrare.

Passa un quarto d'ora.

Madam Krieger pensa alla sorella. Non c'è nessun pericolo. Anche se il bambino dovesse fare un po' di chiasso, non è detto che lei lo senta, o capisca da dove provenga. E poi è ben nascosto, in un punto dove lei non mette mai piede. Di solito la sorella non gira per la casa. Purché non le faccia visita una di quelle orribili donne dell'associazione vedove di soldati, alle quali piace tanto portarla fuori a fare una passeggiata.

Dopo mezz'ora madam Krieger si stanca di aspettare. Attraversa la strada, apre a fatica la pesante porta ed entra in una piccola anticamera. Dentro la sinagoga vera e propria regna una calma assoluta.

Il signore anziano con la barba legge ad alta voce in un flusso ininterrotto e rapido di parole. Nella balconata di destra vede un paio di donne e alcuni bambini, che guardano in basso con gli occhi sgranati. Al centro della sala uomini giovani e anziani siedono in fila, alcuni parlottano l'uno con l'altro, altri sono immersi in un profondo silenzio, due o tre pregano infervorati quasi dovessero trasmettere un messaggio personale urgente.

Da solo, tre file più avanti, è seduto il professore. Madam Krieger prende una delle kippāh che stanno in una cassa all'ingresso e se la mette in testa secondo l'uso degli ebrei. Avanza e si infila nella panca vicino a lui; non ci sono problemi, tanto è vestita da uomo. Un attimo dopo il medico apre gli occhi e capisce chi è.

«Non ha una fede? Non ha un'anima?» le domanda lui, guardando fisso davanti a sé. «Qui tutti sanno che mio figlio è scomparso. E lei si presenta nel tempio».

«Tutt'altro» ribatte lei. «Ho più anima, più fede di chiunque in questa sala».

«Lei è un mostro» ribatte fra i denti il medico guardandosi intorno. «È senza Dio».

«Quanto vale il suo stupido dio, se mi permette di fare quello che voglio?»

«Mi basta gridare forte e posso farla arrestare, posso...»

Madam Krieger gli lancia un'occhiata che lo zittisce. «So che cosa ha tentato di fare. Poco fa. Nel parco. Le avevo detto di presentarsi da solo. Le avevo detto di non dire nulla alla polizia. Se dovesse succedermi qualcosa, suo figlio è spacciato».

«Non posso. Non lo capisce? Non posso aiutare sua sorella».

«Allora resti seduto qui. E si prepari al funerale».

Il medico fa per dire qualcosa, ma le parole gli rimangono bloccate in bocca.

Un uomo si alza dalla fila davanti a loro ed esce.

«La consideri una chiamata» gli dice madam Krieger all'orecchio. «L'unica cosa che deve assolutamente fare. E fra pochi giorni sarà tutto passato».

«Quello che lei mi chiede è impossibile, mostruoso. Inammissibile».

«Un'abile opera di chirurgia. L'ha detto lei stesso, professor Horowitz».

Il medico è angosciato. Sentire le sue stesse parole usate contro di sé. Guarda in direzione del signore anziano con la barba, che ha smesso di leggere dal rotolo. «E se ci provassi e l'intervento non riuscisse? Se sua sorella non dovesse farcela? Ucciderebbe mio figlio?» bisbiglia il medico.

«Dipende dal suo dio» risponde madam Krieger, levando lo sguardo verso le balconate. Le sembra che una delle donne li guardi con troppa diffidenza. «Ha tempo fino a questa sera per ripensarci. E non parli più con la polizia. Accenda una candela sul davanzale se è disposto a fare quel che le ho detto. Se non vedo la candela, il suo principino morirà. Un dito della mano, uno del piede, un occhio per volta».

Il medico crolla piangendo in silenzio.

Madam Krieger si alza, guadagna di corsa l'uscita ed esce in strada.

Solo dopo che è sceso il buio attraversa la piazza nei pressi dell'abitazione del medico e si ferma sotto un alberello.

Tutte le finestre sono buie. Che il diavolo se lo pigli.

Madam Krieger decide di andare via. È tormentata. Ora dovrà tentare di eseguire l'operazione da sola. Ha fallito una volta, anzi due, in realtà, ed è tutt'altro che sicura di essere in grado anche soltanto di salvare il piede di un gatto.

L'unica consolazione è che può colpire il medico con tutta la sua collera, sfogarla contro il bambino e lasciare che sia sacrificato alla dea della vendetta d'amore.

Proprio mentre sta per andare via, vede una tenda muoversi in casa del medico. Forse un viso che fissa l'oscurità di fuori. Lei non ha paura, è impossibile vederla nel buio pesto della sera.

È una mano, una mano che tocca la tenda.

Ed ecco apparire la candela.

Una luce tremula, trepidante in una piccola lanterna.

## 9.

L'obitorio. Hans Christian riconosce l'odore, non ha neanche bisogno di aprire gli occhi, ma lo fa ugualmente, piano piano, prima uno, soltanto uno, l'altro proprio non si apre. Chissà, forse è una cosa che capita ai morti, viene la vista da ciclope. Magari aveva sperato in squilli di trombe angeliche e in una musica celeste, però non è sorpreso. Anche nella morte è stato dimenticato. Piange, un occhio gli brucia dal dolore, piange la propria morte, ma è lecito. Che cosa può muovere alle lacrime, se non la propria morte?

Con uno sforzo si alza su un gomito.

Tutto sommato non c'è tanta differenza tra l'essere vivi e morti. Riesce ancora a percepire il suo misero corpo come un guscio di dolore remoto, a sentire le sue ambizioni di incantare il mondo, a ricordare i visi cari. Ah, si direbbe che la morte abbia dimenticato di ripulire la lavagna dei suoi ricordi, quando lo ha buttato giù nella galleria...

Poi capisce. Proprio sul serio.

«Non sono morto» bisbiglia e solo adesso quel luogo lo spaventa. L'obitorio. Nella luce melmosa che entra da una finestrella. Tutti i cadaveri intorno. Il piccoletto con la mano verde nell'angolo, quello grosso accanto a lui con un braccio mezzo staccato. Non ci si abitua mai alla compagnia della morte, così è. Per quanto spesso la si veda, e per quanto in effetti sia normale, sarà sempre l'assenza di tutto ciò che si ama.

È caduto. Ed è stato trovato.

Devono averlo creduto morto e portato qui. Forse, addirittura, è stato morto. Magari per qualche minuto, o qualche ora, e adesso è tornato, quasi gli avessero offerto un'altra occasione per rimediare. Oppure sembrava semplicemente morto. Contuso, di un pallore spettrale, senza polso. Ha sempre avuto il polso debole. C'entra anche il panno che l'assassino gli ha premuto contro la bocca e il naso. Aveva un odore strano, sconosciuto e pericoloso, e come per magia gli ha tolto tutte le forze. E forse quelli che lo hanno trovato non hanno perso tempo a esaminarlo. Questo qui è spacciato, sì, hanno detto così, e lo hanno fatto portare all'obitorio da due ragazzi del porto. Lo hanno buttato su un ripiano libero, e fine della storia; riposa in pace, fiore di fango.

Cerca di scendere, si trascina nella stanza buia, trova la porta.

È chiusa a chiave. Dall'esterno. Ovvio.

Si gira. Guarda gli altri cadaveri sui ripiani. Sotto i teli intravede due gemelli, mano nella mano, e una vecchia con le unghie nere. Chissà se anche qualcuno di loro si è risvegliato dalla morte ma poi si è reso conto di essere rinchiuso nell'obitorio e perciò ha rinunciato a uscire. No, lui deve assolutamente uscire, il fetore è insopportabile.

Ecco, due gambe si muovono fuori dalla finestra dello scantinato.

«Ehilà! Sono vivo».

Le gambe si bloccano, ma esitando. Quasi si chiedessero se sia il caso di mettersi a correre.

«Sì, quaggiù. Non sono morto» dice Hans Christian, annotandosi mentalmente che in futuro deve portare un biglietto in tasca. «No, non sono morto, la mia è solo morte apparente».

Molly non è in casa. Hans Christian non ha un posto dove andare, crolla accanto alla porta d'ingresso.

È un comportamento del tutto normale in città, può addirittura stendere le gambe sul marciapiede, la gente lo scavalca. Nella capitale ci sono persone distese qua e là e dappertutto. Fa appena in tempo ad appisolarsi, quando ode un rumore di passi e Molly gli si pianta davanti.

Dapprima, vedendolo, si spaventa, poi gli lancia il suo cappellino in faccia.

«Dove sei stato? Che fine hai fatto?»

Lui le fa segno di tacere, cerca di alzarsi. «Molly, l'ho trovato, lo zucchero, lo zucchero rosso, la galleria. Secondo me lo ha fatto laggiù, nel magazzino» dice troppo in fretta, tanto da sembrare un pazzo farneticante. Molly si china verso di lui, e l'espressione della donna gli fa immaginare come dev'essere conciato.

«Che è successo?» gli domanda.

Successo? È morto e si è risvegliato. Così è, Andersen ha più di una vita, ora lo sa, e se la godrà tutta.

Su nella stanzetta Molly riesce ad animare la candela di sego e distende una coperta sopra Marie, che dorme nel suo letto a cassone, le braccia e le gambe scomposte. Poi si siede e guarda Hans Christian.

«Raccontami che cos'è successo» dice, bagnando la punta della sua sciarpa con un po' di saliva. Gli tampona l'occhio, le labbra, le guance. La mano calda sulla sua spalla.

Lui le racconta tutto. Da quando è andato al porto a quando si è risvegliato all'obitorio.

Mentre parla, vede che Marie ha socchiuso gli occhi. Fa finta di dormire e non si perde neanche una parola. Lui esagera un pochino, quando arriva alla descrizione dei cadaveri dell'obitorio, e vede il petto della bambina andare su e giù per l'entusiasmo misto a paura.

«Che aspetto aveva l'uomo? Lo hai visto?» domanda Molly.

«Be', sì, l'ho visto» risponde Hans Christian. «E non l'ho visto. Mi ha colpito. Con la mano. Forte. Come se fosse fatta di ferro o di tuono».

«Pensi che avesse un bastone o una specie di manganello?» gli suggerisce Molly.

Hans Christian riflette. «Ho visto una mano. Un pugno chiuso». Rievoca l'immagine. E poi lo fa di nuovo. Ha quasi la sensazione di riuscire a fermare il tempo. A vedere la mano sospesa in aria prima che lo colpisca.

«Certo che sei proprio stupido» dice Molly, tirandogli un orecchio. «Introdurti a quel modo in un posto del genere, dove sai che potresti trovare l'assassino». Si alza per chiudere bene la finestra.

Marie approfitta dell'occasione per tirarsi su dal letto e raggiungere Hans Christian.

«Marmocchietta» dice Molly sorpresa, appena vede la piccola seduta in braccio a Hans Christian.

«Nessun problema» dice lui.

«Sì, invece» ribatte Molly, «deve dormire».

«Qualcuno ti ha fatto un occhio nero?» gli domanda Marie ispezionandolo. Le unghiette affilate e gli occhi curiosi.

Lui conferma con un cenno del capo.

Molly si volta di spalle, sistema qualcosa, trova un pesce secco in un foglio di carta unto. «E adesso mi devi chiedere com'è andata al castello».

Hans Christian vaga con lo sguardo da Marie a Molly. «Com'è andata al castello?»

«Ho lucidato posate per duecento ospiti e preparato più di trenta letti» dice, rivolgendogli un'occhiata canzonatoria. «Ah, sì, e poi ho trovato la donna misteriosa. Si chiama Johanne. Ed è la vestitrice della principessa».

Molly gli racconta della sua scoperta. Della principessa arcigna, della vestitrice in giallo e dell'incontro segreto sopra la scala segreta, e dell'anatra e della frutta sparse ovunque. L'amante deve essere il principe Federico, che è stato esiliato al castello di Jægerspris, ma Molly non ne è del tutto sicura. È mai possibile una cosa del genere? Non sa ancora neanche quale sia il collegamento fra la vestitrice e la lavandaia, ma qualcosa la induce a pensare che Maren la Sbianca abbia dormito nel letto della vestitrice e forse per questo è stata uccisa. Ora la vestitrice teme per la propria vita. Ha paura di essere la prossima vittima. È convinta che morirà domani alla festa.

«Quindi l'assassino andrà alla festa?» domanda Hans Christian, sentendo una fitta di dolore quando Marie gli mette un dito sulla ferita alla fronte.

«C'è qualcosa là dentro» dice Marie. «Come una faccia».

Anche Molly guarda. Avvicina la candela alla fronte di Hans Christian: «Ha ragione. C'è qualcosa. Una specie di impronta. Sembra la punta di un bastone».

«L'uomo ce l'aveva con te» gli domanda Marie «perché vuoi trovare quello che ha ucciso mamma?»

Molly tace. Hans Christian guarda Marie limitandosi ad annuire.

Molly si sporge e guarda di nuovo la ferita. «È come un timbro premuto forte sulla tua fronte. Ricordi il momento in cui è successo? Ti ha colpito con un bastone, con un'asta o qualcosa del genere?»

Lui scuote il capo. Ricorda le quattro nocche, un balugi-nio. «La mano sembrava un ariete, un animale selvatico che si precipitava verso di me» dice. «E davanti, sul corno, aveva un marchio che mi ha colpito facendomi vedere le stelle».

«Era un anello?» domanda Molly. «L'uomo portava un anello?»

«È possibile» risponde Hans Christian, carezzando i capelli di Marie.

«Su, marmocchietta, adesso fila nel cassone». Molly aiuta Marie a sistemarsi nella paglia del letto. La bambina si muove di qua e di là come un porcellino, poi si calma. Molly le dà un bacio in fronte e spegne la candela, e la stanzetta sprofonda in un'oscurità grigia. Arriva soltanto un filo di luce dalla strada, dove il lampione è ancora acceso.

A Hans Christian viene in mente una cosa che Molly ha riferito. «Hai detto che la vestitrice teme per la sua vita. È convinta che l'assassino volesse colpire lei e non Maren la Sbianca?»

«Così ha scritto nel diario» risponde Molly.

«Il suo ragionamento fila» dice Hans Christian, immaginando un dramma a forti tinte, qualcosa che lui stesso avrebbe potuto scrivere: il sipario si alza ed entra in scena un principe, Frits, che si porta le mani al cuore trafitto. Oh, Johanne. È perdutamente innamorato della vestitrice di sua moglie. Ma il sentimento è stato scoperto dal re, il suo potente suocero, che lo spedisce a Jægerspris per calmare i bollori, come si suol dire. «Una storia del genere potrebbe diventare uno scandalo di corte» commenta Hans Christian. «Pensa se arrivasse alle orecchie dei cantastorie. Che il principe ha una relazione. E addirittura con una donna non blasonata, una semplice vestitrice».

«Il popolo andrebbe in brodo di giuggiole. Lei ha mollato un ceffone al principe, che aveva completamente perso il controllo». Molly racconta tutto quello che ha visto: Frits che mangiava Johanne, quasi fosse per metà donna e per metà cena.

«Già» bisbiglia Hans Christian. «Corrisponde a quello che si sa sul conto del principe. È incontrollabile come un orso in un mercato del miele. E adesso Johanne gli è entrata nel sangue. Ma la sorte e il re vogliono che i due non si vedano. Lui viene esiliato in un noioso castello fuori città e può solo farle visita raramente e di nascosto. Per di più il re ha spie dappertutto, e i dipendenti del castello vengono tenuti sotto stretta sorveglianza. Nessuno deve andarsene in giro di notte».

«Però, però, però» interviene Molly, che ha appena avuto un'idea. «Johanne ha trovato una che le somiglia. Forse l'ha vista al mercato, oppure l'ha incontrata ai campi di sbianca».

«Esatto. Le somiglia abbastanza da potersi coricare nel suo letto quando lei sgattaiola via per incontrarsi con il principe. Johanne fa entrare Maren la Sbianca dal corridoio segreto che sbocca nella stalla, e poco dopo la ragazza si distende nel suo letto. Forse» aggiunge Hans Christian, raffigurandosi il dramma che strepita e tuona sulla scena, mentre il pubblico trattiene il respiro. «Forse la vestitrice lo ha fatto parecchie volte, pagando via via la povera lavandaia. Magari con una bella spazzola. Ma un paio di notti prima... che anche tua sorella fosse uccisa...»

«Anna» sussurra Molly e guarda Marie che finalmente si è addormentata.

Hans Christian continua: «...Maren la Sbianca è stata rapita dal letto della vestitrice. L'assassino non si accorge che è la donna sbagliata, ma una guardia, uno dei soldati della casa reale, lo vede con Maren in braccio. La guardia gli intima di fermarsi, ma l'assassino la atterra e fugge».

«È questo che il bottinaio ha visto?» domanda Molly.

«Sì» risponde lui. «Il bottinaio sta uscendo dal cortile del castello con l'urina del re. Forse vede l'assassino aggredire la guardia e cerca di aiutarla. Ma la principessa, che è stata svegliata dal trambusto, vede soltanto il bottinaio chino sopra la guardia. La principessa urla: fermatelo, fermate l'assassino. Il bottinaio scappa, non ha altra scelta. Chi mai crederebbe a un matto che parla solo in filastrocche? Allora cerca di seguire l'omicida, a distanza, fino al magazzino. Entra ed esce di nascosto dalle ombre e dalle stanze segrete della notte, fino a quando sale e vede il sangue nello zucchero, vede le ragazze che vengono mutilate...»

Molly lo interrompe: «No, basta, basta così. È troppo...»

Hans Christian è completamente preso, non riesce a fermarsi. «Vede le ragazze venire profanate, l'assassino che getta Anna in acqua e trasporta la botte con dentro la lavandaia fino al letamaio; è mattino presto e le porte della città sono appena state aperte, quando l'omicida spinge il carretto fuori verso l'isola dell'Uomo Morto. Il bottinaio lo segue e vede l'assassino buttare Maren la Sbianca nel lago delle latrine. Ben presto tutte le guardie e tutti i poliziotti della città gli danno la caccia, la principessa ha suggellato il suo destino. Lui cerca di spiegarsi come meglio può. Ma nessuno lo ascolta, nessuno capisce le sue strambe filastrocche. Nessuno ha la più pallida idea di che cosa in effetti abbia visto».

«Nessuno eccetto te» dice Molly.

Forse questa è l'unica recensione veramente positiva che Hans Christian abbia mai avuto.

«Ma perché?» domanda Molly, e riflette un po' sulla domanda prima di essere pronta. «Perché l'assassino vuole mettere le mani su Johanne? E perché Anna?»

Hans Christian riflette. L'assassino brama, ma che cosa brama? «Non lo so, Molly» le risponde infine.

«Però ha lasciato una traccia. Una traccia molto evidente» dice Molly alzandosi.

«Dove?» domanda Hans Christian.

«Sulla tua fronte» risponde lei, tendendo uno specchio incrinato. Nella fioca luce Hans Christian intravede il gonfiore intorno alla ferita. «Se solo scoprissimo con che cosa sei stato colpito, forse riusciremmo a trovare l'assassino di Anna».

## 10.

È pomeriggio, il tempo è grigio con un sole autunnale opprimente dietro le nuvole, quando Hans Christian scende le scale ed esce in strada. Non è solo. La vecchia Salomine era introvabile, perciò Molly lo ha convinto a portare con sé la piccola. È buonissima, non dà fastidio, gli ha detto, evidentemente dimenticando che la bambina è curiosissima e non c'è angolo di strada a cui non si fermi, basta che un corvo si posi sull'insegna di un cappellaio o un rivendugliolo agiti un paio di zoccoli a buon mercato.

«Eccone uno, eccone uno» grida in continuazione Marie.

«No, piccolo orologio a cucù che non sei altro» dice lui tirando dritto. «Stiamo cercando un orafo».

Solo quando si vede venire incontro due guardiani ausiliari, Hans Christian prende la piccola per mano e stringe forte. Il calore di quella manina gli fa venire in mente la madre e il suo grande desiderio che un giorno lui mettesse su famiglia. Nei momenti più lucidi, tra un goccio di *snaps* e un sorso di acquavite, era capace di prenderlo per la nuca e dirgli: Christian, tu porterai avanti il nome, non è vero? E con questo intendeva famiglia. Moglie e figli, una caterva di figli. Ma la madre sapeva che non sarebbe andata così. Che un'altra forza albergava in lui, che qualcosa di sconosciuto e sfrenato agitava il suo petto. Non era riuscita a dirlo e non lo aveva mai capito, però lo sapeva. Quando lo sguardo, l'animo, indugia su giovani, dorati pescatori napoletani con il petto e l'addome coperti da un tappeto di peli neri, quando il corpo desidera seguirli nei vicoli roventi e perdersi nell'oscurità tiepida, peli e mani e denti bianchi in una capriola bagnata, be', allora non si è portati. Per moglie e figli e famiglia. Allora non si può semplicemente chiudere gli occhi, chiudere l'animo e andare nella direzione opposta. Stranamente, la bambina gli ha fatto cambiare idea in proposito. Ormai sono passati diversi giorni da quando ha ripensato ai due pescatori, ripensato a quella sera al porto. È apparso qualcos'altro. Come una melodia che si ha in testa, e che di colpo, senza preavviso, sparisce e la si ricorda solo sotto forma di vaghe strofe.

Marie lo tira per il braccio. «Tu sei mio zio?» gli domanda.

«No».

«Allora sei mio papà? Salomine dice che tutti hanno uno zio, e che tutti hanno un papà».

«Io non sono il papà di nessuno» risponde lui. Sono ancora più che altro un bambino, pensa.

«Salomine dice che tutti gli uomini della città potrebbero essere il mio papà. Me lo posso scegliere».

«Ah» dice Hans Christian, cercando le parole. Ne basterebbe una qualsiasi. Non c'è.

Per fortuna arrivano in via Grande del re, dove ci sono tre orafi uno accanto all'altro.

Il primo ha un'insegna vistosa di legno intagliato. Hans Christian bussa, ma non risponde nessuno. Il secondo ha una piccola vetrina che dà sulla strada. Hans Christian deve sollevare Marie per farle vedere l'espositore con una scelta dei manufatti realizzati in oro e argento.

«Questo mi sembra fare al caso nostro» dice Hans Christian e tira la corda di una campanella appesa accanto alla porta.

Dopo un po' si apre uno sportello nel muro. «Ha un appuntamento?» domanda una donna anziana.

«Mi aiuti, sono stato aggredito» risponde Hans Christian.

«Non siamo un ospedale, ma una gioielleria, la più esclusiva di Copenaghen» ribatte la donna dopo averlo guardato stupefatta.

Lo sportello si richiude. E lui e Marie passano alla terza oreficeria. Ha un aspetto tutt'altro che imponente. È situata in un cortile pieno di erbacce. Un pero giallognolo fa ombra a una porta sghemba socchiusa. Un pittore di insegne ha scritto *Meyer - orafo di corte* su una finestra. Attraverso il vetro Hans Christian vede un uomo seduto che esamina un gioiello con un minuscolo cannocchiale fissato a una lente degli occhiali.

«Che cosa vuole?» domanda l'orafo, senza dargli il tempo di bussare.

«Qualcuno ha picchiato il mio papà» gli risponde Marie.

La voce della bambina induce l'uomo ad alzare lo sguardo. «Mi dispiace, piccola». L'orafo guarda Hans Christian. «Eh, lo vedo bene. È stato aggredito?»

«Sì» risponde lui, togliendosi il berretto.

«È successo fuori città? Ci sono stati tanti episodi del genere. I banditi pedinano i clienti che escono dalla gioielleria o dall'oreficeria o dalla banca, e non appena hanno varcato la porta della città entrano in azione. Ma come posso esserle utile? Vuole farsi ricreare dei gioielli di famiglia?»

«Come può vedere, il delinquente mi ha colpito in faccia. E mi è rimasto un segno».

«Già, si vede» concorda l'orafo.

«E la polizia vorrebbe avere qualche informazione su questo segno».

«Mi sembra strano. Assolutamente strano» commenta l'orafo, scuotendo il capo. «E forse non è proprio il mio campo. Forse le conviene rivolgersi a un medico o addirittura a uno di quegli studiosi di crani che vanno tanto di moda».

«Sì, può darsi. Prima, però, mi piacerebbe sapere se può sfruttare la sua lunga esperienza e dare una breve occhiata alla ferita per vedere se riconosce l'anello che ha lasciato il segno». Hans Christian si indica la ferita sopra l'occhio.

L'orafo sembra gonfiarsi un po'. «Sì, certo, nell'arco degli anni ho realizzato tantissimi anelli». Dà una sbirciata alla ferita. «Ma come fa a essere sicuro che sia stato un anello e non un'asta o una clava a essersi impresso nella sua carne?»

«È stata una mano a picchiarmi. Con un anello» risponde Hans Christian. Un po' incerto.

L'orafo sospira. «E va bene, e va bene» dice. «Entrate. Si sieda qui. Scusi il disordine, ma succede quando si è soli in negozio per troppi anni e si ha un figlio testardo che preferisce fare il bancario». Le ultime parole gli tendono la faccia in un sorriso amaro.

Hans Christian rimane in silenzio e si siede su uno sgabello a tre gambe. Marie gli si incolla addosso, si nasconde dietro di lui. Nella stanza fa caldo. Hans Christian nota che l'orafo è nudo sotto il grembiule di cuoio marrone. È quasi calvo e ha i denti molto consumati, un paio d'occhi di un azzurro penetrante e la pelle di un colore che ricorda quell'oro che gli dà di che vivere.

«Mi faccia vedere» dice l'orafo, puntando il piccolo cannocchiale sulla ferita.

Con la coda dell'occhio Hans Christian vede Marie fissare curiosa una serie di mani che spuntano dalla parete. Alle dita sono infilati e appesi ornamenti preziosi, collane e anelli che brillano nella fioca luce. Nel camino nell'angolo un piccolo fuoco arde sotto la cenere, circondato da varie pentole, vaschette e bricchi.

«Più che altro è una ferita sanguinolenta» dice l'orafo. «Per esaminarla meglio devo lavarla. E scostare qualche lembo di pelle. Mi autorizza a farlo?»

Non potendo muoversi, Hans Christian si limita ad annuire con cautela.

«Piccola, corri di sopra e chiedi alla mia dolce moglietti-na di darti un catino con dell'acqua fresca e un panno, da brava» dice l'orafo guardando Marie.

La bambina si precipita su per le scale. Hans Christian sente i piccoli tonfi sul pavimento del piano superiore. Poco dopo Marie ritorna insieme alla donna, che si ferma a guardare sulle scale. L'orafo versa un po' d'acqua sulla ferita e si mette all'opera con delle piccole tenaglie e un coltello affilato.

Hans Christian è sul punto di mettersi a urlare forte tanto pizzica, punge e brucia. È come se sentisse il dolore fisico più degli altri: gli cresce nel corpo, si gonfia, lo lacera.

«Bene» dice l'orafo. «Ora almeno posso guardare dentro la ferita, ed è vero, c'è un'impronta particolare, ma chissà che cosa raffigura. Ha fatto in tempo a vedere qualcosa prima di essere colpito?»

Hans Christian pensa. Fulmini e saette. Un animale feroce. «Ho visto un lampo sulla mano un istante prima che mi colpisse» risponde, senza la più pallida idea di che cosa significhi.

«Sì, sicuramente ha visto un lampo quando è stato colpito, ma purtroppo non credo di poterla aiutare a capirci di più» dice l'orafo, grattandosi la pelata. «Forse dovrebbe rivolgersi a un medico».

Hans Christian non sa bene che cosa si aspettasse. Si alza, ma Marie lo trattiene per la tasca.

«A meno che» riprende l'orafo guardando la moglie. «Marthe, per favore, metti a bollire una tazza d'acqua. Mi è venuta un'idea. Non è assolutamente sicuro che funzioni, ma lo vedremo fra poco».

La moglie raggiunge il camino. Hans Christian la sente rumoreggiare con le piccole pentole e casseruole. E poco dopo vede l'orafo mescolare l'acqua bollente con un po' di acqua fredda e una polvere grigia che prende da un sacchetto su una delle tante mensole.

Dal miscuglio si levano una nuvola di pulviscolo e un fetore di uova marce. Il risultato è un impasto chiaro e fluido che insospettisce Hans Christian. A che cosa serve? L'orafo preme un tubicino di metallo contro la ferita.

«Piccola, potresti tenere la mano a tuo padre? Gli farò male».

Marie prende la mano di Hans Christian. Lo guarda.

«E adesso deve stare completamente fermo. Non si muova. Me lo prometta. Se questa sostanza le finisse negli occhi, non so dirle che cosa potrebbe succedere...»

Il primo impulso di Hans Christian è di gridare. Per la paura. Per il terrore di perdere l'uso degli occhi. Quegli occhi a cui tiene tanto. Che gli hanno dato moltissimo. E adesso perderà la vista a entrambi oppure a uno solo e si trascinerà in giro per la città come un monocolo folle? Quel pensiero è insostenibile. Ma non fa in tempo a dire o a fare qualcosa che l'orefice ha versato l'impasto bianco nel tubicino e lui lo sente colpire la carne viva. Ha la sensazione che sfrigoli e frizzi e cresca dentro la ferita. Il dolore gli attraversa tutto il corpo con una fitta, le sue braccia e le sue gambe vorrebbero dimenarsi. «Che cosa mi sta facendo?» pigola.

«Niente chiacchiere, buonuomo, stia fermo e basta. Adesso deve seccarsi. Mentre aspettiamo, sua figlia può andare su in cucina con mia moglie a mangiare un pasticcino».

Hans Christian stringe la mano di Marie. La bambina sembra inquieta e un po' insicura, ma anche contenta. Non è mai stata in casa di estranei dove le hanno dato un pasticcino. Segue la donna su per le scale. Hans Christian spera sappia che non deve dire niente. Né di Anna, né della palazzina delle prostitute, né dell'assassino.

L'orafo si gira verso un tavolino, lasciando Hans Christian seduto da solo. Quanto tempo deve passare? pensa. Ha premura, il ballo in maschera comincia fra poco, deve essere al castello fra... fra pochissimo. Molly lo aspetta all'ingresso della stalla. E lui non si è ancora fatto una maschera.

«Penso che ormai il gesso si sia seccato. Diamogli un'occhiata» dice l'orafo, staccando il tubicino. Hans Christian ha l'impressione che gli tiri la ferita, poi sente un debole scricchiolio. L'uomo si porta di nuovo il piccolo cannocchiale davanti agli occhiali e osserva a lungo la sua opera. Finalmente parla: «Non ho idea di che cosa raffiguri. Lei ha detto di aver visto un lampo, ma somiglia piuttosto a una croce».

Porge il calco a Hans Christian. Un capo ha preso la forma della ferita che ha in fronte. Non solo della ferita, ma di tutto il segno lasciato dal pugno.

L'orafo ha ragione.

Potrebbe essere una croce. O una bandiera di qualche sorta. Sembra una bandiera che brucia, ma è difficile vederlo. Le piccole rientranze della ferita formano dei puntini e delle linee sull'impronta.

«Lei, che è orafo di corte, ha mai realizzato un anello che somigli a questo disegno? O forse ne ha riparato uno?» domanda Hans Christian. «È possibile che l'uomo che mi ha colpito frequenti la corte».

«Non a quanto ricordi» risponde l'orafo con un'espressione preoccupata. «Lei non ha problemi con la giustizia, vero?»

«No» si affretta a rispondere Hans Christian. «Di nessun genere».

L'orafo guarda di nuovo il calco. «Un momento. Forse ho già visto questo emblema. Mi faccia guardare bene».

Va nel sottoscala e tira fuori un portadocumenti di cuoio contenente dei fogli. Sgombera il tavolo di lavoro, posa il portadocumenti e comincia a sfogliare. Su ogni pagina ci sono dei piccoli, bellissimi disegni, monogrammi e svariati emblemi. Corone e asce e scettri. Lupi e orsi e aquile. «Ho fatto parecchi sigilli e gioielli particolari per la nobiltà di diversi ordini. Anche per giudici e borgomastri» spiega.

Tira fuori un'altra cartella. Sfoglia sempre più velocemente.

«Ecco qui». Si ferma. E indica uno stemma, una figura araldica.

È costituito da un'ancora con un vessillo al centro. Sul vessillo c'è una zampa di leone che stringe un lungo coltello d'oro. L'ancora è sormontata da una corona reale.

«Molto interessante, molto interessante» dice l'orafo. «Lo vede?»

Hans Christian avvicina il calco allo stemma. Potrebbe

benissimo essere questo. Sotto lo stemma c'è una scritta in piccolo.

«Che cosa c'è scritto? Da dove viene?» A questo punto l'orafo è quasi emozionato quanto Hans Christian.

«Accademia navale» risponde Hans Christian. «Non la conosco».

«È la scuola ufficiali della marina militare» spiega l'orafo.

«Quindi, l'uomo che mi ha colpito è un ufficiale?»

«Probabilmente. Oppure ha rubato l'anello di un ufficiale».

Un uomo di mare, pensa Hans Christian, sentendo l'agitazione mentre tenta di cavare un senso da tutto quanto. Sì, quadra. Il magazzino nel porto. Il legame con la casa reale, che annovera molti membri della marina militare.

Stringe la mano all'orafo. «Grazie, grazie mille» dice, passandosi il panno sulla ferita che ancora gli duole. È quasi arrivato alla porta e al pero quando l'orafo lo chiama.

«Non dimentichi sua figlia».

Hans Christian si ferma. «Ah, già, mia figlia» dice e aspetta un momento. Ed ecco arrivare Marie con dei pasticcini in mano e la bocca bella piena. Hans Christian annuisce all'orafo prima di uscire dal cortile. Ode le campane di una chiesa suonare le sette.

Molly lo aspetta fra poco meno di un'ora.

E lui deve procurarsi un costume e una maschera.

# 11.

*È come se la malvagità si fosse insinuata nel castello.*

Le parole del diario della vestitrice tormentano Molly. La spaventano. Forse avrebbe fatto meglio a lasciar perdere questa storia. Non è responsabile solo di se stessa ma anche di Piccola Marie. Se Anna potesse parlarle dall'aldilà, l'avrebbe messa sull'avviso. Lascia stare e occupati di Marie, che è più importante di tutto. Ecco che cosa le direbbe, e invece Molly si trova qui al castello e sente il pericolo in agguato ovunque. Johanne, la vestitrice, è sicura che l'assassino verrà alla festa questa sera. Forse è già qui.

Molly guarda il grande orologio di avorio sulla mensola del camino. Sono le sette meno un quarto. Fra un quarto d'ora dovrà aiutare Hans Christian a entrare. Potrebbe non farlo. Lasciare che si arrangi. Non gli deve niente. Anzi. È lui a essere in debito con lei. Potrebbe rimanere Cathrine Jensen, cavarsela bene al castello, far assumere Marie, e sopravvivere, dimenticare.

No, pensa. È un sogno, un sogno impossibile. Non potrebbe mai sopportare che l'assassino di Anna la facesse franca. Non potrebbe mai sopportare che Hans Christian fosse condannato e decapitato. Gli vuole bene. Come a un fratello. Come una sorella vuole bene a un fratello più piccolo un po' strambo e seccante. Anche Piccola Marie gli è affezionata. Non gli deve accadere nulla.

Per l'ennesima volta ripassa il piano. Per prima cosa deve trovare un pretesto per andare nella stalla. E deve indurre gli stallieri ad allontanarsi. Poi deve aprire a Hans Christian l'ingresso segreto e farlo entrare nel castello di nascosto; spera che sia mascherato abbastanza bene da potersi confondere con gli invitati. Prova un po' di apprensione all'idea di che cosa gli potrebbe saltare in mente. Spera che non si presenti travestito da bottinaio.

Molly lucida l'ennesimo calice da vino con le dita dolenti e irrigidite. Spazia con lo sguardo lungo il tavolo, che è decorato con candelabri, candelieri d'argento e leoni d'oro dalle fauci spalancate. Al centro è stata sistemata un'enorme boccia di vetro con dentro pesci dorati che si dimenano e saltano, tanto da dare l'impressione che tentino di fuggire. In fondo alla vasca c'è una creatura sinistra, che il cuoco chiama aragosta, una bestia rosso scuro con tante zampe e delle forti chele legate con un nastro dorato.

Il maestro delle cerimonie batte le mani tre volte, a indicare che c'è l'ispezione in cantina. Gli ospiti arriveranno fra meno di un'ora. Devono ancora accendere le candele, spazzare il salone per l'ultima volta e spazzolare i tappeti sulle scale.

«Su, sbrigatevi!» grida la governante alla piccola folla di domestiche sudate.

Per poco Molly non fa cadere un bicchiere, ma lo prende al volo. Si mette a correre per raggiungere il gruppo e seguirlo giù in cantina. A più riprese è sul punto di inciampare nel tramestio di gambe frettolose. Il pensiero che fra poco il castello si trasformerà in una specie di bettola per i signoroni e i reali è così strano che non riesce a capacitarsene. È tutto così soverchiante e immenso. Nelle cucine non fanno che apparire altre portate incredibili, altre particolari alzate in legno nella sala dei banchetti, altri musicisti e altre domestiche che non ha visto prima. Lucidano e lustrano e lavano e battono da due giorni, tutte le ragazze sono sfinite, e il maestro delle cerimonie, le governanti e le ispettrici sono sul punto di scoppiare dal nervosismo. Fra poco, però. Fra poco tutto inizierà. Fra poco attaccherà la musica, le porte verranno aperte, il vino sarà versato, e fino all'ultima ragazza è pronta a fare la riverenza e a mostrar pazienza e a inchinarsi e a scusarsi affinché tutto fili a meraviglia, a meno che non voglia vedersela con la governante. Sarà una festa come Molly non ne ha mai viste né tantomeno sognate, e ciononostante non riesce a essere contenta. Ha una missione da compiere. Hanno una missione da compiere.

Il gruppo viene guidato attraverso le cucine dove tutto sfrigola e fuma e cola. Oltre venticinque maiali squartati cuociono sul fuoco vivo. Una delle ragazze ha detto che più di trecento galline sono state spennate e farcite con lardo e merluzzo. Molly non ha mai visto tanto cibo in vita sua. Montagne di patate e cavoletti di Bruxelles, pentoloni grandi come la sua stanzetta pieni di cioccolato fuso gorgogliante. Pensa a Marie. Al suo corpo magro, agli zigomi che quasi spuntano dalla pelle sottile. Che cosa direbbe se vedesse tutto quel cibo?

«Pista, donnette» grida un garzone, facendosi largo a spinte con una carriola piena di legna per i grandi forni. Altri due lo seguono. I loro visi grondano sudore.

Molly è così affamata che le viene il voltastomaco. Considera l'idea di rubare una fragola da un tavolo con frutta fresca zuccherata, ma non osa farlo per paura di rovinare tutto e mettere a repentaglio il piano.

«È arrivato il momento» grida il maestro delle cerimonie schiarendosi la voce. Ripassa il programma dall'inizio alla fine. Tutto è curato in ogni minimo dettaglio, nulla è casuale, seguono un piano preparato dalla principessa in persona. Intanto le governanti distribuiscono i costumi. Le sarte di corte hanno cucito dei vestiti bianchi con piume sul dietro. Non sono da angeli, ma da cigni. A ciascuna ragazza viene anche consegnata una mascherina bianca decorata con piume e perle. È un'idea della principessa. I vestiti sono tutti della stessa taglia. Scoppia quasi il panico: le più grasse e le più magre sembrano inorridite.

A Molly viene assegnato un ultimo compito: deve pulire le due latrine dove gli invitati del ballo in maschera possono stare seduti comodi mentre fanno i bisogni. Le nobili feci scorrono lungo dei piccoli tubi fino al piano sottostante, dove finiscono dentro grossi secchi. Lo stesso tipo di secchi che il bottinaio aveva svuotato quella notte, la notte in cui...

Al pensiero del bottinaio Molly si impaurisce di nuovo. Quell'uomo aveva soltanto cercato di salvare Maren la Sbianca. Aveva gridato e voleva atterrare un assassino. Era innocente, ma il suo intervento gli era costato la vita. Adesso sta per accadere la stessa cosa a lei e a Hans Christian.

Un fracasso insolito rimbomba per i corridoi e le sale.

È l'orchestra che ha attaccato a suonare. Significa che stanno arrivando i primi ufficiali. Molly guarda fuori dalla finestra, i cocchi si fermano davanti al castello, mentre i graduati più giovani e le relative consorti varcano il cancello a piedi. Alcuni non sono travestiti, ma indossano bellissime uniformi e una mascherina legata davanti al viso. Altri sfoggiano costumi incredibili. Piume e colori e stoffe sgargianti. Uno somiglia a un principe persiano, mentre la moglie è una suora in nero. Parecchi indossano lo stesso costume sinistro: una sorta di mantello nero che copre tutto il corpo, mentre il viso è nascosto da una maschera bianca con un naso smisurato. Sembrano delle creature strane, emerse dagli abissi marini.

Quella vista raggela Molly nonostante la serata tiepida senza vento e il lavoro duro.

Quando ha finito con le latrine, corre giù nello scantinato a cambiarsi. Il costume bianco da cigno le sta un po' grande, anche se stringe al massimo la fascia in vita. Ha le spalle esili, e le ali penzolano a metà schiena. Una delle altre ragazze l'aiuta a fissare un paio di spilli e a legare la mascherina dietro la testa. Va un po' meglio. È importante indossare il costume nel modo giusto. Molly non ha voglia di essere rimproverata e attirarsi l'attenzione e lo sguardo critico della governante.

Devono essere quasi le sette. Il ballo inizia fra mezz'ora.

È arrivato il momento di andare a prendere Hans Christian. Perciò deve far allontanare gli stallieri dal loro lavoro o, se non altro, scatenare una confusione sufficiente perché

Hans Christian possa raggiungere inosservato la festa. Molly ha escogitato un trucco, e adesso vedrà se funziona.

Attraversa le cucine. Sotto gli occhi di un cuoco indaffarato prende due caraffe di birra e prosegue fuori, sul retro del palazzo, prima che qualcuno faccia in tempo a dire qualcosa. Supera di corsa il cortile fino alla grande stalla all'angolo. Ferve un'attività intensa, sono stati presi in consegna molti cocchi, e alcuni stallieri sono raggruppati e intenti a strigliare i cavalli appena arrivati.

«Ecco della birra fresca con i saluti delle cucine» grida forte Molly e posa le caraffe su un basso cocchio nell'angolo del cortile. «Dateci pure dentro, ce n'è altra dove l'ho presa».

Il trucco sembra funzionare. Gli stallieri non sono abituati a un trattamento simile e mollano per un po' i cavalli, anche se sono belli, alcuni brillano come porcellana lucidata. Due stallieri accostano le caraffe per brindare a una serata di lavoro duro e bevono levando spruzzi di schiuma. Molly cerca nervosamente con lo sguardo lo stalliere sgradevole che ha incontrato fuori dalla stanza della vestitrice, e lo scorge giù in fondo. Lui non l'ha vista. Spera di non imbattersi in quell'uomo.

Sguscia lesta nell'oscurità fetida della stalla, poi cammina lungo la fila di box. I cavalli la seguono con sguardi curiosi, agitano la coda e girano le orecchie. Uno dei Kladruber bianchi assegnati ai cocchi reali saluta con un nitrito secco.

Arrivata al penultimo box, Molly apre in fretta la porta, tira fuori il cavallo e lo lega a quella di fronte. È un castrone Oldenburger, più alto di lei, con zampe robuste e una stella bianca sulla fronte. Molly è abituata ai cavalli. Ha montato di tutto. Asini e muli e cavalli, perfino vacche. Così era l'infanzia a Cala Odino. Anche per le bambine.

Delle grida risuonano all'esterno. Molly guarda in direzione dell'ingresso della stalla e vede due garzoni azzuffarsi per la caraffa di birra.

Non sa che ora sia, ma ha la sensazione di essere un po' in ritardo. Prende alla svelta la granata e spazza via la paglia e lo sterco, spingendo tutto contro la parete, liberando le pietre e scoprendo la botola nel pavimento. La afferra e tira. La botola cede con un rumore sordo, e liquami di cavallo e terra le schizzano in faccia.

«Ci sei?» bisbiglia. Si inginocchia e guarda dentro il condotto.

Non c'è nessuno. E nessun rumore.

«Hans Christian» chiama.

A questo punto sente cigolare il portone della stalla. Poco dopo qualcuno tira un cavallo giù per la corsia centrale verso di lei. Il rumore dei ferri contro le pietre.

Dove diamine si è cacciato? A quest'ora dovrebbe trovarsi pronto sotto la botola.

O è successo qualcosa? A lui? È successo qualcosa a Piccola Marie? Molly sta per chiamarlo di nuovo, quando all'improvviso vede un volto sinistro sbucare dal buio e risalire il condotto. È una maschera di stoffa nera che somiglia vagamente a quelle che usano i briganti per coprirsi il naso e la bocca.

La maschera scivola di lato.

È Hans Christian. Guarda Molly quasi con entusiasmo.

«Razza di idiota che non sei altro» gli sussurra. «Mi hai spaventata».

«È un vecchio vestito che ho trovato nella tua stanzetta» le bisbiglia lui di rimando. «Avevo poco tempo, perciò...»

Molly gli fa segno di stare zitto. Gli prende la mano e con cautela lo aiuta a salire.

Un rumore proprio alle loro spalle. Un garzone prende a spintoni un cavallo irrequieto, che scalcia contro il box e provoca il brontolio degli altri animali.

«So chi cerchiamo» le bisbiglia Hans Christian.

Lei gli lancia un'occhiata, mentre aspettano che il garzone esca dalla stalla.

«Vieni» gli dice lei, precedendolo in punta di piedi lungo la corsia. «Gli invitati stanno arrivando. Ti faccio entrare dal retro, così non dovrai essere presentato. Rimettiti la maschera».

Escono con cautela fuori dal portone. Gli stallieri hanno quasi finito la birra. Due dei più giovani si colpiscono a vicenda con il berretto, il resto bercia, mentre altri due si stanno occupando di un Frisone nero come la pece con la bardatura rosso fuoco. Nessuno nota l'uomo e la domestica che attraversano di corsa il cortile ed entrano.

Salgono le scale di servizio e incrociano camerieri e cuochi travestiti rispettivamente da corvi e da maiali. Arrivati a un pianerottolo, Molly afferra Hans Christian e lo ferma.

«Che c'è? Che cosa hai scoperto?» gli domanda.

«So chi cerchiamo. Un ufficiale».

«E come lo hai scoperto? Dal segno sulla fronte?»

«Portava un anello» risponde Hans Christian e le racconta della visita dall'orafo e dell'anello con l'ancora, la zampa di leone e il coltello. «Viene realizzato esclusivamente per gli ufficiali della marina reale. Dobbiamo solo trovare l'anello e avremo trovato l'assassino di Anna».

L'ultima frase quasi le mozza il respiro. Lui è di là. Oltre la porta. L'assassino di Anna. In mezzo agli uomini più ricchi e potenti della città. Molly non sa se potrà sopportare di vederlo, di incontrarlo. Che cosa deve fare? Saltargli addosso? Urlare a squarciagola?

«Sono tutti in costume?» domanda Hans Christian.

Molly annuisce e cerca di immaginare quale sia la maschera scelta dall'assassino. La morte? Il diavolo? O magari, chissà, un angelo in bianco, il miglior travestimento del male?

«Ci separiamo e ci ritroviamo fra un'ora» le dice Hans Christian. «Io cerco l'anello, tu tieni d'occhio la vestitrice. Se le cose stanno come penso, è venuto per ucciderla. Maren la Sbianca è stata un errore. Stasera vuole trovare la vittima giusta. Perciò molto probabilmente cercherà la vestitrice».

Molly annuisce. Ancora non sa quale costume la vestitrice indossi, ma spera di riconoscerla dai capelli biondi o dalla corporatura.

«Pronta?» le domanda lui, trattenendo il suo sguardo per qualche secondo.

Lei annuisce di nuovo. «Su, va'» e sente il nervosismo come un formicolio sottopelle. «Hans Christian?»

Lui si volta, gli occhi grigio-azzurri sopra la maschera nera.

«Fa' attenzione» gli sussurra.

Hans Christian apre la porta e sparisce.

Molly scende nello scantinato e attraversa le cucine, infilandosi fra le altre ragazze, fra cigni e piume bianche. Fino alle nove si balla nel salone di gala, poi verrà servita la cena nella sala dei banchetti.

I cuochi fanno sforzi enormi per preparare le vivande in tempo e mantenerle calde. Risuonano grida, comandi da un capo all'altro dello scantinato; ordini vengono distribuiti a destra e a manca. In continuazione c'è da portare di sopra altri vassoi con calici alti di champagne e più bassi di vino e grossi boccali di birra per tutti quelli che detestano la risciacquatura di bicchieri francese e tedesca. Molly si sente sollevata per essere riuscita a far entrare Hans Christian nel castello e reintrodursi inosservata tra le fila, ma all'improvviso l'ispettrice la afferra per le bretelle.

«Che cos'è questo?» le domanda, indicando il vestito. Molly se ne accorge solo ora. Il petto e la fascia sono tutti coperti di grosse macchie marroni. Merda e fango della stalla.

«Il maestro delle cerimonie mi ha detto di portare un paio di caraffe di birra agli stallieri» risponde Molly guardando con timore l'ispettrice, che in costume sembra un piccione grasso.

«Non ti sarai già buttata nel fieno con uno degli ospiti?» domanda l'ispettrice, annusando il collo e il grembo di Molly.

«No, signora ispettrice».

La donna le afferra un orecchio e lo torce. «Ti tengo d'occhio, Cathrine Jensen. Su, porta quei bicchieri di sopra» le bisbiglia. «E ricordati la mascherina».

Il primo pensiero di Molly è di difendersi. È una cosa che le ha insegnato la vita. Non tollera di essere trattata a quel modo. In passato ha picchiato altre mondane, le ha stese e lasciate senza fiato. Al tempo in cui aveva appena cominciato nella casa delle prostitute, succedeva spesso. Ma Anna le aveva insegnato a controllarsi. Anna le aveva insegnato ad andarsene invece di azzuffarsi. «Sissignora» risponde e si cala la mascherina sugli occhi, prende un vassoio e sale le scale facendosi largo. In direzione della musica.

Emerge dietro un'altra ragazza e, quando entra nel salone, per poco non le cade il vassoio di mano, tanto è stordita dalle tuonanti note dell'orchestra e dallo spettacolo che le appare. Ha difficoltà a guardare dai piccoli buchi coperti di piume, ma quello che riesce a vedere è davvero travolgente. Bellissimo e inquietante e seducente. È tutto quanto né più né meno così esotico e irreale come aveva sperato e temuto.

La vestitrice, pensa sforzandosi di mantenere la calma. È lei che deve trovare.

Prima dell'arrivo degli invitati il salone di gala era magnifico. Adesso è caldissimo ed esagitato e inebriante. Le alte colonne tra le finestre e i grandi specchi fanno sì che si estenda all'infinito.

E poi ci sono maschere bizzarre con espressioni smorte e volti orribili. Un'infinità di costumi sgargianti riuniti sotto lo stesso tetto. Una musica incredibile, violini, violini più grandi e trombe che suonano tutti insieme accompagnati da una tastiera tintinnante: sembra quasi il suono delle campane o della pioggia. Così nuova e inquietante alle sue orecchie. Molly conosce soltanto il modesto violino che suonano alla bettola e la musica del cambio della guardia. Questa, invece, sembra una mano che le afferra il cuore e lo lancia su nel vento.

E poi, il ballo. Persone che volteggiano le une fra le altre in una danza senza fine. Corpi che piroettano gli uni intorno agli altri, mani che cambiano di posto, ora sfiorano un lombo, ora un fianco. È uno spettacolo al contempo così bello e così carico di tensione che Molly sente il proprio corpo reagire.

Il suo sguardo viene attirato da un uomo con un mantello nero e una maschera che gli copre quasi tutto il viso. I suoi occhi sono grandi e azzurri, le labbra tinte di nero. È smilzo, lesto come un insetto e viene verso di lei. Scivola tra i ballerini, tra la folla, quasi senza toccare nessuno. Molly abbassa lo sguardo, e quando lo rialza l'uomo non c'è più.

Sparito in mezzo a tutti gli altri vestiti di nero.

Poi scorge un tipo che somiglia a Hans Christian, addossato alla parete, dove quelli che non ballano stanno in piedi o seduti, ma quando gli si avvicina scopre che non è lui, bensì uno dei giovani conti che hanno già bevuto parecchio champagne e battono le mani a tempo con la musica.

Molly guarda le mani dell'uomo cercando l'anello.

Di colpo vede mani dappertutto. Mani che battono, mani che stringono calici, che portano vassoi, che si infilano nei profondi piatti da portata. Ed ecco: una mano con un anello. Sull'anello ci sono un'ancora, una zampa di leone e un coltello.

Molly leva lo sguardo. È infilato su una mano grassa che appartiene a un uomo robusto mascherato da Napoleone. Evidentemente è un ufficiale, anche se deve essere in congedo da qualche anno.

È possibile che sia lui? Se Hans Christian ha ragione, l'uomo che le sta davanti ha ucciso Anna. Molly lo osserva, lo vede vuotare il calice, prenderne un altro e raggiungere una giovane pastorella. I due si avviano sulla pista da ballo e turbinano senza sosta insieme alla corrente.

Altre mani. Su fianchi, su bastoni, su grembi. Mani che spariscono dentro borse, mani che si nascondono dietro un mantello, mani che salgono sotto un vestito oppure scendono sotto la cintola di un paio di pantaloni.

Molly sente il sangue defluire dalla testa mentre avanza tra gli invitati e l'ultimo calice sparisce dal suo vassoio. Ci sono anelli dappertutto. E molti, moltissimi, hanno il sigillo con l'ancora e la zampa di leone.

Dov'è la vestitrice? Molly si fa largo a forza per superare una donna con una strana maschera d'uccello, in cerca di una visuale migliore. Finalmente la scorge. Una rapida occhiata. Tiene qualcosa fra le mani. Un foglietto? Poi Johanne getta il biglietto e scompare tra la folla. In compenso adesso Molly riesce a vedere Hans Christian. Sta parlando con un signore anziano travestito da cinese. Molly supera a forza il cinese e si ferma proprio dietro a Hans Christian, che non l'ha vista.

«Abbiamo un problema» gli dice sottovoce all'orecchio.

Hans Christian si volta spaventato verso di lei. Poi la riconosce.

Si guarda intorno. «L'ho visto» le dice. «È qui».

«Dove?» lo sguardo di Molly vaga per il salone, sfiora tutti gli uomini nelle vicinanze, uno spazzacamino con una maschera nera, un uomo con un mantello rosso e una maschera in tinta, un pagliaccio francese con una lacrima rossa sotto l'occhio.

«No, non quello. Intendevo Cosmus Bræstrup, il questore». Hans Christian indica con un cenno del capo oltre il cinese. «E credo che anche lui mi abbia visto».

«Il pagliaccio francese?» domanda lei.

«No, lo spazzacamino».

Guardano in direzione dell'uomo vestito di nero con la scopa a tracolla e la faccia piena di fuliggine sotto la maschera. Appena si gira, distolgono lo sguardo.

«Allora, abbiamo due problemi» dice Molly. «L'altro è che ci sono troppi anelli. Troppi del tipo che stiamo cercando».

«Sì, l'ho notato. Ho creduto che almeno sette, otto uomini fossero quello giusto. Ma se continuiamo...»

«Vieni qui un momento» lo interrompe Molly.

«Che cosa dobbiamo fare?»

Lo tira in disparte, nell'angolo, gli solleva la maschera. Guarda la ferita. «Sei stato colpito con la mano sinistra» gli dice.

«Come fai a vederlo?»

«La tua ferita è sopra l'occhio destro. Ed è quello il punto che si colpisce se si usa la sinistra. Guardami» dice Molly, facendo oscillare il braccio sinistro in un arco morbido, per poi bloccarlo poco prima di centrare l'occhio destro di Hans Christian. «È mancino, sì, ne sono convinta. Porta l'anello alla mano sinistra».

La musica è aumentata di intensità. Di colpo tutti gli invitati pestano il pavimento, cappelli vengono lanciati in aria. A Molly pare di vedere la vestitrice, o almeno una chioma bionda sopra un costume elegante, una farfalla con un vestito rosso porpora.

«Io sono mancino» dice Hans Christian. «Siamo in pochissimi. Mia madre diceva sempre che solo i re e gli artisti sono mancini».

Molly lo tira a sé e bisbiglia: «E gli assassini».

## 12.

Danno la caccia alla mano di un assassino.

Hans Christian si sente crescere l'agitazione in corpo mentre si allontana dalla finestra e costeggia la folla impegnata nelle danze. La morte gli sguscia accanto con una coppa di champagne in mano. Ma senza anello.

Cerca con lo sguardo quante più mani e dita possibili, grasse e magre, un braccio a cui manca la mano, una mano a cui manca un dito. È incredibile quante mani maschili siano occupate a palpare o a tentare di toccare donne. Dita che si insinuano giù per il solco fra due seni, un indice che scivola lungo un fianco, una mano intera che sparisce sotto il costume ornato di scintillanti perle verdi di una seduttrice araba. Mani con ventagli che frullano nell'aria calda e sudaticcia. È dai tempi delle strade di Napoli che non vede tanta lascivia senza maschera. In compenso ci sono pochi anelli su mani sinistre.

Vede un signore anziano in una tunica da sacerdote con vari anelli a entrambe le mani, ma anche se non vorrebbe escludere nessuno, scarta subito quel pallone gonfiato che fuma il sigaro. C'è un pirata in giubba verde e con un cappello decorato. Porta l'anello da ufficiale alla sinistra. Ma non può essere lui, pensa Hans Christian. È troppo allegro, troppo contento. Al massimo un assassino è ironico, mai allegro.

Ha caldo sotto la maschera. Il suo fiato ha inumidito la stoffa simile a seta, che gli si incolla in modo fastidioso alla pelle. In compenso il vino dolce gli ha fatto venir voglia di berne ancora. Tende la mano per prendere un calice dall'orlo dorato.

Ed eccola. Un'altra mano sul vassoio.

Prende il bicchiere accanto, per un momento le loro mani sono vicinissime. Niente anello, ma qualcos'altro: un segno rosso, un piccolo solco nella pelle. Come se ci fosse appena stato un anello... sulla mano sinistra. E adesso è stato tolto.

«Mi dica, questo non è Andersen? O mi sbaglio?»

La voce proviene da dietro le sue spalle. Hans Christian la riconosce. Non è mossa da buone intenzioni nei suoi riguardi. Vuole riportarlo nella schifosa guardina del palazzo di Giustizia, vuole fargli il terzo grado, dargli il tormento, estorcergli una confessione. E farlo finire sotto la mannaia.

Il viso del questore Cosmus Bræstrup è nascosto dietro la maschera da spazzacamino.

E quando Hans Christian cerca con lo sguardo l'altro, quello con il segno dell'anello, l'uomo è sparito tra la folla in mezzo a corpi turbinanti e costumi scintillanti e candelabri guizzanti e gocciolanti.

«Le intimo di farsi riconoscere immediatamente. Le faccio notare che si trova al cospetto del questore in persona» dice Cosmus togliendosi la maschera.

Una breve pausa della musica sparpaglia la folla, invitati stanchi si dirigono verso i tavoli in cerca di cibo e di bevande, o di una boccata d'aria fresca vicino alle finestre aperte. Hans Christian si abbassa alla svelta e sparisce dietro a un uomo alto e alla sua consorte, che procedono in testa a un imponente corteo nei panni del re Sole e di Maria Teresa d'Asburgo, e si lascia trascinare dalla folla, fuori dal salone, lontano da Cosmus Bræstrup che sta chiamando le guardie. Hans Christian si ritrova una penna d'oca in un occhio e qualcuno gli pesta i piedi, però riesce a guadagnare il corridoio. C'è gente qua, là e dappertutto.

«Trovatelo, prendetelo» sente urlare Cosmus.

Lancia una fugace occhiata sopra la spalla.

Le guardie gli danno la caccia, sono tante, ma proprio tante. Un intero esercito di guardie capeggiate da Cosmus. Hans Christian cerca di raggiungere la porta della sala dei banchetti, ma a quanto pare è impossibile svignarsela. E in fondo, a che pro? Cosmus l'ha già riconosciuto, prima o poi lo prenderanno, ci sono guardie ovunque.

Là. Su un piccolo secrétaire orientale qualcuno ha lasciato una maschera, una maschera nera con un becco bianco.

Lesto come un fulmine Hans Christian si toglie la sua e si cala l'altra sul viso. Stringe un po', è così aderente che fatica a respirare. Basterà a non farsi riconoscere da Cosmus? Oppure no? Sul pavimento un berretto da marinaio con il nastro bianco è stato spinto a calci sotto un tavolo. Hans Christian lo raccoglie, lo indossa e se lo calca sulla fronte.

Poi si arma di coraggio, si gira e torna sui suoi passi.

Cosmus viene dritto verso di lui.

Hans Christian trattiene il respiro. Il suo cuore cessa di battere mentre tiene gli occhi bassi.

Il questore lo supera di corsa, con tanto di scaletta, scopa e tutto l'armamentario, insieme a un paio di guardie, e si allontanano giù per il corridoio. Hans Christian li segue con lo sguardo nelle numerose immagini riflesse. La festa continua. Nessuno si è accorto di nulla. A quanto pare il suo travestimento funziona.

Ma per quanto ancora?

E che fine ha fatto l'uomo con il segno rosso sul dito?

Un ciccione mascherato da faraone egizio con una maschera d'oro si mette davanti all'orchestra e batte ripetutamente una campanellina, fino a quando ottiene un silenzio accettabile. «La famiglia reale ha il grande onore di invitare tutti a tavola» grida l'uomo da sotto la maschera.

La musica attacca di nuovo, le porte al capo opposto si spalancano, e la compagnia raggiunge di corsa la sala dei banchetti, quasi fosse inseguita da un branco di tori infuriati. Sospiri e ansimi si levano davanti alla bellezza della tavola.

La prospettiva di rifocillarsi lo stomaco va benissimo a Hans Christian. Durante la giornata non ha mangiato granché. E nemmeno ieri, se è per questo. Si rende conto che Molly non sa che ha cambiato maschera. Non sarà in grado di riconoscerlo. La cerca tra la folla, cerca i suoi capelli rossi nel brulichio di domestiche, che sono tutte vestite da cigno, ma non la vede, e intanto la calca lo trascina verso la tavola e alla fine si ritrova con una sedia spinta sotto il sedere.

A ogni coperto c'è una zuppa calda fumante, che ha un odore stracotto e bruciato di cipolla, anguilla e pepe. Gli invitati si spostano la maschera sulla fronte e prendono i cucchiai, mentre i camerieri versano vino rosso e bianco e champagne e birra e *snaps* nei bicchieri, che si svuotano così in fretta da farli correre per riempirli di nuovo. Le domestiche portano vassoi con oche arrosto decorate con penne di pavone e fagiani farciti di prugne e pere, pesci spada con teste imponenti, aringhe fritte in salamoia alle cipolle, patate saltate nello zucchero e salsa ai capperi e rum. Allo stesso tempo vengono fatti entrare nella sala fagiani e pavoni vivi. I volatili starnazzano confusi di qua e di là e fanno un gran chiasso ogni volta che qualche ospite cerca di avvicinarli o un forte rumore li fa svolazzare verso il soffitto scintillante.

Il banchetto è al culmine. A poco a poco gli ospiti perdono il contegno, tanto da sconvolgere Hans Christian. Dal suo arrivo a Copenaghen, in casa Collin ha imparato a stare seduto a tavola, a non parlare con la bocca piena, a usare forchetta e coltello anche con le pietanze più difficili, a servirsi diligentemente del tovagliolo, e mai e poi mai inseguire gli altri commensali sopra il tavolo da pranzo.

Qui, a quanto pare, le regole sono diverse. Oppure non esistono.

Col procedere dei saluti e dei brindisi e delle bevute, il cibo comincia a volare per la sala, patate e ossi seguiti da piatti, parrucche e sottogonne. A una delle domestiche viene strappata via la parte superiore del costume da cigno, e la ragazza attraversa di corsa la sala con il seno denudato per l'entusiasmo dei più. Al centro della tavola nuotano dei grossi pesci dorati in una boccia enorme, e un uomo immerge la faccia e una mano per presentare un'aragosta gigante ai commensali. Solleva l'animale che si dimena e gli affonda i denti nella coda mentre qualche signore grida: «Dai! Dai!»

Hans Christian non può lasciar cadere il suo travestimento. Perciò infila il cucchiaio sotto la maschera e assaggia la calda zuppa piccante mentre si guarda intorno. Dov'è l'uomo con il segno sulla mano sinistra? Dov'è Cosmus? E dov'è Molly?

Un giovanotto dall'altra sponda della tavola gli chiede urlando se ha mai provato a cacciare cervi nella Bassa. Lui risponde scuotendo la testa e con suo grande sollievo vede che lo spazzacamino è seduto all'altro capo della tavola. Almeno una dozzina di passi e un'infinità di persone mascherate li separano. Si sente invadere dal sollievo, finché nota un altro spazzacamino seduto a sinistra sulla sponda opposta. Con il viso girato verso di lui. Hans Christian non ha il coraggio di guardare in quella direzione e non riesce a stabilire se è Cosmus. Allora si volta dall'altra parte, verso la donna seduta al suo fianco. Indossa un abito bianco, quasi come una sposa, e anche la sua maschera è bianca, con gli occhi dipinti chiusi e la bocca aperta da cui penzola la lingua.

Per un istante sulla sala scende un silenzio quasi assoluto.

Le note dell'orchestra si dissolvono, tutti mangiano, un pavone fa la ruota.

Un uomo travestito da grande mercante italiano con borsellino, maniche a sbuffo e un berretto floscio si è alzato in piedi. Ha preso in braccio un bambino e lo sistema sul tavolo, togliendoli il mantello. Il piccolo si ritrova piantato nudo al centro del tavolo. Avrà sì e no sei, sette anni. Ed è nero come la pece. La timidezza e il disagio che prova in quella situazione sono evidenti. Ma gli ospiti non se ne curano. Per loro costituisce uno spettacolo affascinante. Molti non hanno mai visto un piccolo selvaggio dell'Africa. Poi il mercante gli dà una forte pacca sul culetto, e il silenzio si interrompe. Uno scroscio di risa rimbomba contro le pareti della sala. Il negretto si incammina sul tavolo, scavalcando l'arrosto e la boccia dei pesci. Le donne chiudono i ventagli e li usano per colpirlo sul sedere strillando, come se avessero immerso le dita dei piedi nell'acqua fredda.

Poi esplodono le salve di applausi, fragorose e intense.

Il mercante si crogiola nel suo successo e allarga le braccia, come Hans Christian ha visto fare a un gruppo di trapezisti in una piazza nello Harz, quando atterravano dopo un salto mortale.

Hans Christian guarda il bambino, che ha percorso un tratto di tavolo tenendosi in equilibrio tra vassoi con conigli farciti e datteri avvolti in fegato di maiale cotti al forno. Nei suoi viaggi Hans Christian ha visto bambini come quello. E anche adulti. Nei quartieri poveri delle città, nei mercati e nel porto di Napoli, dove venivano utilizzati come schiavi. Africani selvaggi con ornamenti infilzati nei capezzoli e ossa lunghe come le zampe degli struzzi, neri come i pezzi degli scacchi, belli come statue di marmo. Ma non li ha mai visti in una situazione del genere, messi in mostra davanti a un nutrito gruppo di invitati che gongola alla vista di una creatura rara completamente fuori di sé e sopraffatta dalla vergogna per i fischi e le grida di scherno. Quando il piccolo si avvicina, Hans Christian è tentato di aprire un varco nel muro di persone e farlo scendere, ma ha paura di attirare troppo l'attenzione, sia dell'assassino sia di Cosmus. Allora abbassa lo sguardo sulla zuppa, che si è raggrumata scoprendo un occhio di pesce che lo fissa di rimando. Il bambino si volta e corre indietro tra scappellotti e grida e lanci di cibo.

«Piccolo Victor-Negro» sbraita il mercante, gettandolo in aria.

Altri ospiti lanciano cappelli e un fagiano nella stessa direzione.

Poi il mercante rimette per terra il bambino, che corre

con quanto fiato ha in corpo fuori dalla sala. Il mercante accoglie il plauso con grande soddisfazione. «Sì, forse l'ho trovato io, ma ora appartiene a Sua altezza reale» grida e fa un inchino, rivelando a Hans Christian i capelli e parti del viso. Un paio di penetranti occhi celesti, una barba bianca come la neve. «Lo consideri un regalo».

Hans Christian è sicuro di averlo già visto.

«Chi è?» domanda con cautela alla sua vicina di posto di sinistra, una signora anziana mascherata da gatto.

«È il signor Schneider» gli risponde ad alta voce la donna-gatto.

Schneider. E Hans Christian ricorda. È il signore che cenava con Cosmus all'Anatra dorata, e adesso, nel bel mezzo degli incensamenti, anche lo sguardo del mercante indugia così a lungo su di lui da indurlo a pensare che il riconoscimento sia reciproco. Un uomo ricco, molto influente e potente, questo è quanto Hans Christian sa sul suo conto. Però ha la sensazione di conoscerlo. Di aver già fissato quegli occhi celesti.

«E mi dica, lei chi è?» gli domanda la donna-gatto, ma non riceve risposta. Hans Christian fissa il signore che gli è seduto di fronte. La sua mano. Il segno rosso sull'anulare sinistro. È lui l'uomo che lo ha aggredito. È l'assassino. Indossa una divisa discreta con i bottoni dorati. La sua maschera è bianca e copre tutto il viso, fatta eccezione per due buchini davanti agli occhi e un'apertura all'altezza della bocca. Ha sempre indossato la maschera? Ha evitato, come lui, di togliersela per mangiare? Hans Christian non ricorda, la sua attenzione era concentrata su Cosmus, sul mercante, sul povero negretto.

L'orchestra riattacca a suonare. Un enorme sospiro corre tra i commensali. Con timore Hans Christian vede la gente alzarsi da tavola e affluire verso il salone di gala. Anche l'uomo con la maschera bianca; è il momento di colpire. Hans Christian si alza, mentre un gruppo di uomini si accende dei grossi sigari, foglie di tabacco rosseggiano nel buio, il fumo soffiato verso il soffitto traccia volute. La divisa con la maschera bianca sparisce subito in mezzo ad altri ufficiali. Hans Christian si guarda intorno, piccoli gruppi giocano a mosca cieca, mentre diverse coppie hanno saltato tutti i convenevoli e se ne stanno piegate l'uno sopra l'altra con manifesta lascivia.

Ma l'assassino non si vede da nessuna parte. Hans Christian si avvia nella direzione in cui è sparito.

La musica, il chiasso, le voci, tutto gira dentro la sua testa, si sente peggio che dopo aver trascorso una giornata intera in diligenza.

Poco prima che abbia inizio il secondo ballo, il personale accende le candele dei lampadari e poi li issa verso il soffitto. Le candele guizzano e gocciolano sul pavimento, sui copricapi e sui capelli, ma nessuno ci fa caso.

Un pavone corre di qua e di là tra i piedi e sotto le gonne. Un ospite cerca di colpirlo con un calcio e ride a squarciagola del gallinaceo terrorizzato. Poi Hans Christian lo scorge di nuovo. Come lui, l'uomo sta cercando con lo sguardo qualcuno, forse la vestitrice, la sua prossima vittima. Hans Christian gli si avvicina da dietro, mentre si rende conto di non avere nessuna esperienza nel combattimento corpo a corpo. Non ha mai steso né catturato nessuno, neanche con le sue storie. Eppure, non può starsene lì con le mani in mano.

Si ferma vicino all'uomo, cerca le parole. Che cosa dire a un assassino il cui misfatto minaccia di mandarti al patibolo? «Ho l'impressione di conoscerla» grida per coprire la musica. L'uomo con la maschera si gira un po' troppo rapidamente: sta sul chi vive.

«Ah sì?»

«Mi pare di averla vista giù ai magazzini, o sbaglio?» domanda Hans Christian, pentendosene all'istante. È stato incauto, se ne rende conto. Ma, d'altronde, se ha preso una cantonata, non dovrà più perdere tempo con quella storia. L'uomo lo fissa da dietro i buchi per gli occhi. Per un po' indugiano in una sorta di stupore reciproco. Chi sei? Che cosa vuoi?

Un braccio teso cerca di afferrare Hans Christian. Fa in tempo a pensare che è Cosmus, che è finita, che di sicuro la sua testa si staccherà spontaneamente dal collo, prima ancora che la mannaia lo tocchi.

Invece, è Molly. Ha l'espressione sconvolta. «Non riuscivo a trovarti, hai cambiato maschera» gli dice seccata. «Ti ho cercato dappertutto».

«Molly, lui è qui, eccolo là». Hans Christian si gira e con un cenno del capo indica l'uomo con la maschera bianca. Ma vede soltanto una spalla e uno sprazzo di bianco, mentre quello si allontana.

«Quanto hai bevuto?» gli domanda lei, lanciandogli un'occhiata. «Ho trovato la vestitrice. È andata di sopra. Passando per le scale di servizio. Ed era sola».

«Allora, dobbiamo agire subito» dice Hans Christian, sentendosi invadere da una nausea fortissima. Avrebbe dovuto mangiare ancora un po' di zuppa. E forse non avrebbe dovuto bere. «L'uomo è corso da quella parte».

«Su, vieni» gli dice Molly, tirandolo verso le scale.

Per un attimo, mentre la segue, coglie lo scorcio di una buffa figura in uno dei grandi specchi a tutta parete: un cadavere rigido con il viso pallido e uno spavaldo berretto da marinaio. Sembra un bambino, un pesce fuor d'acqua, un tipo strano, e Hans Christian è colto dall'antico dubbio: in realtà è la fantasia folle a fargli uno scherzo?

Ed è se stesso che incontrerà quando fra poco si troverà faccia a faccia con l'assassino?

## 13.

Madam Krieger è scossa. Andersen è ancora vivo. Come un fantasma. Un non-morto.

È sicura che sia lui. Lui e la sua prostituta. In un primo momento era incerta, ma nonostante il costume da cigno e la mascherina bianca, aveva riconosciuto la bocca della donna con le labbra troppo carnose e gli incisivi grandi. Non capisce come sia riuscita a farsi assumere al castello, né come diamine abbia fatto Andersen a sopravvivere alla caduta nel magazzino. Però capisce che i due sono qui per cercarla. Per sventare il suo piano.

Madam Krieger si affretta in fondo al corridoio e sale le scale di servizio nell'ala nord del palazzo. C'è un viavai di camerieri e domestiche. Nessuno la ferma per chiederle che cosa ci faccia là. Per loro non è che un ufficiale mascherato. Neanche il maestro delle cerimonie reagisce, e la incrocia rivolgendole un saluto, come se fosse un ufficiale qualunque.

In qualche modo, Andersen e la sua prostituta hanno capito che vuole rapire Johanne. Non ha importanza, non adesso. Deve concentrarsi su Johanne, e basta. È questo il momento in cui può trovarla. Adesso.

Madam Krieger non l'ha persa di vista un attimo per tutta la serata. Neanche quando aveva lasciato la pista da ballo ed era corsa fuori in corridoio dirigendosi verso le scale di servizio. Ma ora, tutt'a un tratto, è introvabile.

Può essere andata solo da questa parte, pensa madam Krieger facendo le scale a due a due, sentendo il cuore, il petto e il ventre traboccare di sangue collerico.

Al primo piano attraversa un grande caposcala e prosegue varcando una porta aperta che dà su un lungo corridoio. Arrivata all'ingresso del colonnato si guarda frettolosamente intorno. C'è un'altra porta aperta.

Johanne è corsa in quella direzione. Ha attraversato il colonnato e raggiunto il palazzo Levetzau.

Madam Krieger si chiude la porta alle spalle e la blocca con un pesante comò. Fra poco arriveranno Andersen e la prostituta. Spera che il mobile riesca a fermarli. Saranno costretti a fare il giro lungo scendendo e attraversando il piazzale del castello, oppure raggiungendo il capo opposto del palazzo dove c'è l'altra scala.

Entrambe le alternative richiederanno tempo. Magari i due si smarriranno addirittura nei corridoi, oppure perderanno l'orientamento per via delle numerose porte e stanze. Magari si daranno per vinti, o incapperanno nelle guardie che stanno già dando la caccia ad Andersen. Le serve tutto l'aiuto possibile. Ormai è vicinissima alla meta.

Madam Krieger prosegue lungo il colonnato. Il soffitto, in legno, è basso. Il loggiato segreto è stato costruito in fretta e furia in un'epoca in cui il re voleva poter passare da un palazzo all'altro senza bagnarsi. Lo si vede dall'illuminazione: c'è solo qualche candela di sego e una si è spenta.

Arrivata all'altro capo del colonnato entra in una stanza che sembra una specie di ufficio, con uno scrittoio e tre sedie intorno a un tavolino. È già stata qui tre anni fa, in occasione del banchetto reale di Capodanno, ma non ricorda quell'arredamento.

Emerge sulla scala. L'illuminazione è sempre pessima. La servitù non ha pensato che qualcuno sarebbe venuto in questa parte del castello, perciò c'è un'unica lampada accesa a ogni pianerottolo. Ecco. Un'altra porta aperta. E madam Krieger ode dei rumori provenienti dal secondo piano. Si precipita su per le scale e per poco non urta un uomo che si è fermato e respira a fatica, evidentemente afflitto dal troppo cibo e dal troppo vino. Solo quando l'uomo si volta per vedere chi sta salendo, madam Krieger si rende conto che è lui. Lui, il centro di tutto, il suo grande amore.

Il principe. Il suo principe.

«Chi va là?» domanda il principe appena vede il suo costume da ufficiale. «Che ci fa in questo palazzo?»

«Sua altezza reale» lo saluta lei avvicinandosi di qualche passo. Si spinge la maschera bianca tra i capelli. «Credo che ci siamo sviati entrambi».

Dapprima il principe fa un'espressione delusa, poi ride. Un po' brillo, però il sorriso è affabile. «Lei non dovrebbe assolutamente parlare con me» dice il principe. «Io non sono qui. Nel modo più assoluto». Fa finta di allontanarsi in punta di piedi.

«Nessuno sa mantenere un segreto meglio di me» dice lei, sperando che quell'incontro duri il più a lungo possibile.

«Ho capito» ride il principe. Poi la guarda dall'alto in basso, strizzando gli occhi e stringendo il corrimano. «Io la conosco, non è vero? Incontro tanta gente, ma ho come la sensazione di conoscerla. È stato sotto il mio comando?»

«Ci conosciamo meglio di quanto lei immagini, Sua altezza reale» risponde lei. «Come va la spalla?»

I loro sguardi si incontrano. Molto più a lungo di quanto lui sia tenuto a sostenerlo. Molto più a lungo di quanto lei avrebbe potuto aspettarsi da un incontro casuale. È seccata che sia ubriaco. Ha gli occhi velati, la mente offuscata.

Poi il principe si illumina. «Sì, sì, sì. Ci sono» dice e scende un gradino verso madam Krieger. «Lei è quello della bella nave *Stella della sera*. Diamine. Che piacere rivederla». Si toglie il cappello da caccia e lo tiene tra le mani.

Lei non riesce ad aprir bocca, sente solo un'intensa lascivia, come se le avessero versato dell'acqua calda sui genitali. «Grazie, altrettanto, Sua altezza reale».

«Ah, lasci stare, siamo pari, lei e io. Non le hanno dato una medaglia, un'onorificenza per la sua impresa? Sapesse quanto ho pensato a...»

Una porta più su lungo le scale si apre. È Johanne: indossa un seducente abito rosso che mette in risalto il seno e fa sembrare il suo collo più lungo. Esce dalla porta a braccia conserte.

«Ah, fagiana mia» prorompe lui. «Sei già qui. Pensa, ero convinto che ti stessi aspettando».

«Sono io che stavo aspettando te» ribatte Johanne arrabbiata. Poi scorge madam Krieger nel buio delle scale e le lancia una rapida occhiata.

«Ti presento...» riprende il principe. «Già, come la devo chiamare? Il mio angelo custode? È grazie a lui se sono qui, anzi, se sono vivo». Il principe si gira verso Johanne. «Il giovane ufficiale qui presente è colui che mi ha salvato in mare. Senza di lui non sarei vivo» aggiunge, e madam Krieger lo sente bisbigliare all'orecchio di Johanne: «Senza di lui non potrei mangiarti questa sera».

Johanne tace e si libera dalla stretta del principe, lanciando un'occhiata a madam Krieger come se la considerasse meno di zero. In quel momento lei non vede l'ora di tranciare il petto alla ragazza, quasi fosse un'oca.

Il principe fa un'espressione sciocca, allarga le braccia. «Sono richiesto» dice, salendo a fatica le scale. «Mi ha fatto piacere incontrarla. Ehi, un momento, questo resterà fra noi, vero?»

Madam Krieger annuisce, si sforza di farsi venire in mente qualcosa da dire. Forse dovrebbe rammentare al principe le parole che le aveva detto quando si era buttata in acqua dietro a lui dal parapetto della fregata? Era riuscita ad afferrarlo e lo aveva tratto in salvo. Gli aveva battuto il petto fino a fargli uscire l'acqua, lo aveva riportato in vita e, quando lui aveva ripreso conoscenza, l'aveva guardata con due grandi occhi spaventati. Mai ho visto una cosa tanto benedetta, aveva mormorato. Aveva portato la mano al suo viso. Se solo fosse una donna, se solo fosse una donna. E poi aveva tirato Krieger a sé piangendo nel suo grembo, le labbra contro il suo orecchio, il calore del petto contro il suo.

Madam Krieger vede il principe entrare nella stanza. Johanne lo segue.

La porta si chiude.

Al mondo c'è giustizia. C'è ordine nel caos. Forze immense portano in continuazione la vita in armonia con il grande disegno. Lo sa per certo: è la dottrina di Schneider. E Johanne dovrà pagare per la sua arroganza. Dovrà lasciare che madam Krieger si prenda tutto quel che le appartiene.

Al piano sottostante, il rumore di qualcosa, di qualcuno che picchia contro una porta.

Deve essere Andersen. E la prostituta.

Può ancora farcela. Il tempo è dalla sua.

Madam Krieger sale, addentrandosi nell'oscurità. Si abbassa, tira su una gamba dei pantaloni e infila la mano nello stivale sinistro. Il pugnale ha la lama a doppio filo. Che sia fatto ordine nel caos.

## 14.

Si fermano di colpo davanti alla porta del colonnato, il passaggio che collega un palazzo all'altro. È chiusa, e non c'è verso di aprirla. Qualcuno l'ha bloccata dall'altra parte.

Molly la prende a calci e guarda Hans Christian, che riprende fiato. Si alza il becco sulla fronte per vederlo meglio. «Forse l'hanno sprangata per via della festa» dice.

«È stato lui, ci ha sbarrato il passaggio» dice Hans Christian. «Dobbiamo fare il giro».

«Sei sicuro di quello che fai?» gli domanda Molly. «Magari la vestitrice è semplicemente andata a dormire. Può essere sgusciata fuori dalla porta senza che la vedessimo».

Hans Christian ha un'espressione titubante. «È lui, l'ho visto, è, è...»

«Di qua» dice Molly e imbocca un corridoio stretto, attraversa una stanza buia e scende una scala a giorno che conduce in fondo alle cucine. Uno stivale di Hans Christian scricchiola. I locali sono cosparsi di vassoi vuoti con avanzi, di piatti sporchi e di bicchieri da vino rotti. Alcune ragazze sono riunite nella pasticceria a masticare tabacco e bere birra. Ci sono ospiti ubriachi ovunque, o perché sono scesi nelle cucine in cerca di altro cibo, o perché hanno inseguito un'ospite mascherata o una domestica giù negli angoli dello scantinato. Molly e Hans Christian attraversano di corsa una stanza dopo l'altra, le pareti li accerchiano.

«Adesso ci troviamo sotto l'altro palazzo» spiega Molly e prende la prima scala che trovano.

Salgono al secondo piano, dove la candela di sego si è spenta.

Nessuno dei due parla.

Il pianerottolo è immerso nell'oscurità. Una pesante

tenda si muove nel vento. Molly è sul punto di chiedere a Hans Christian di togliersi lo stivale che scricchiola, ma poi raggiunge la porta sulla sinistra e accosta l'orecchio.

«Senti qualcosa?» bisbiglia lui.

In un primo momento Molly non sente nulla. Solo il suo cuore, che le saltella irrequieto nel petto.

Poi, d'un tratto, dei rumori.

Un colpo. Un grido.

Un oggetto pesante che si rompe contro il pavimento.

Un altro grido. Un grido forte e stridulo.

«Dobbiamo entrare là dentro» dice Hans Christian. «Quello la sta ammazzando».

Spinge la maniglia con tutto il peso del corpo e irrompe nella stanza, dove otto candele ardono in un candelabro su un grande tavolo.

Molly e Hans Christian si guardano intorno.

Le pareti sono dipinte di verde scuro e hanno i bordi dorati. Il soffitto è a cassettoni esagonali che formano un motivo ipnotico in oro e azzurro. In un angolo c'è una scala a pioli e degli attrezzi abbandonati sotto un quadro raffigurante una bellissima composizione floreale. Su un elegante tavolo al centro della stanza c'è la composizione che a quanto pare ha ispirato il pittore: un cesto che trabocca di profumati gigli, tulipani e rose.

Sul pavimento, fra il tavolo e la parete di fondo, ci sono un bicchiere da vino rotto, una camicia, un paio di pantaloni marroni, delle scarpe e un abito rosso. E proprio davanti a loro – su un divano azzurro – è distesa una donna nuda con le gambe sollevate. In mezzo alle gambe c'è un uomo in piedi. Ha la schiena e i glutei pelosi e un cappello da caccia in testa. È così sudato che ha i capelli incollati alla fronte.

«Che diamine?» esclama il principe, vagando con lo sguardo da Molly a Hans Christian.

«Fa' qualcosa» dice la donna, che Molly riconosce come la vestitrice, anche se indossa ancora la sua maschera da farfalla e ha i capelli raccolti da un nastro.

Il principe molla il culo della donna e la lascia scivolare giù sul divano.

Per un momento il suo organo genitale rimane scoperto, in bella vista in tutta la sua potenza, nudo ed eretto. Non è certo uno spettacolo in grado di sconvolgere Molly, mentre Hans Christian inorridisce al punto da indietreggiare di un passo.

«Ma che vi salta in mente?» Il principe avanza e con il palmo mira a Hans Christian: il colpo è forte e storce la maschera.

«È lui. Quello che mi ha seguita» risuona la voce della vestitrice, semidistesa sul divano, quasi si gustasse la scena. I suoi capezzoli brillano di saliva e di sudore.

Il principe guarda prima Hans Christian, poi Molly, vagliandoli.

«Andiamo via» dice Molly a Hans Christian.

Qui non c'è nessun assassino, tutto è perduto.

«Resta dove sei, mocciosa. Non ti muovere. O ti farò frustare» dice il principe con il tono di una persona avvezza a veder realizzata la sua volontà con le sole parole. Molly ha conosciuto parecchie donne di vita che hanno assaggiato la frusta legate a un palo. Un principe ha la facoltà di ordinare un castigo del genere a un comune cittadino.

«Chiedigli che fine ha fatto fare a Maren» dice la vestitrice.

«Anche tu, Johanne, sta' zitta» dice il principe, avanzando verso Hans Christian. «Ti ho già visto, nasone. E adesso so anche dove. Ma non capisco come abbia fatto uno smidollato a capitare qui, in questa stanza».

Unisce le dita di una mano, poi le preme forte contro la fronte di Hans Christian. «Mi era parso di riconoscerti giù nel salone, ma non ricordavo dove ti avessi già visto. Adesso lo so».

Molly si sente mortificata dal modo in cui viene umiliato Hans Christian, che per un momento sembra sul punto di dire qualcosa, ma poi il principe gli afferra le mascelle e le stringe l'una contro l'altra, facendogli increspare le labbra.

«Eri quel seccatore di un leccapiedi che voleva tanto studiare, anche se non eri più grande di me. Avevo undici anni. Facesti talmente colpo su mio padre e sul re che dovetti prendere ancora più lezioni di latino e di greco. Non sai quanto ti ho pensato. Ogni volta che ero seduto al banco anziché in groppa a un cavallo pensavo a te e maledicevo il tuo lungo naso. Quel naso che Dio ti ha donato perché potessi riconoscerti».

Ogni volta che pronuncia la parola "naso", batte le dita contro la fronte di Hans Christian.

«Non... non lo sapevo» dice Hans Christian. «Credevamo che...»

Rumori e voci sulle scale. Qualcuno sta salendo.

Una folata di vento fa guizzare le fiammelle del candelabro, seguita da un'altra che le spegne. La stanza resta al buio, solo il chiaro di luna penetra dalle finestre.

«Ah, dannazione» sbotta la vestitrice. «Adesso arrivano tutti quanti». Salta su dal divano, afferra l'abito dal pavimento e corre fuori dalla stanza, il rumore dei suoi piedi nudi contro l'assito. La porta si chiude piano alle sue spalle.

«No, fagiana mia» mormora il principe.

«Non deve lasciarla sola» si affretta a dire Molly, prima che il principe si inalberi di nuovo. «Un uomo le sta dando la caccia».

Il principe si tira su i pantaloni e cerca di infilarsi gli stivali.

«Si fermi» grida Hans Christian, rincorrendo la vestitrice. Molly non fa neanche in tempo a seguirlo. Sente il principe afferrarla in vita.

«Tu non vai da nessuna parte» le dice. «Ti pentirai...»

Per un momento il principe lascia la stretta. Lei lo allontana con una spinta e si precipita verso la porta. Un attimo dopo è sul pianerottolo, mentre da sotto arriva il rumore di parecchi uomini che stanno salendo.

Dov'è Hans Christian? Molly immagina che abbia attraversato di corsa il pianerottolo e poi infilato una porta socchiusa.

Corre da quella parte.

Entra e si ritrova in una grande stanza senza finestre, solo il buio assoluto.

A tentoni supera dei mobili che le sembrano uno scrittoio e una sedia e un paio di strani aggeggi rotondi, non ha idea di che cosa siano. Fuori sul pianerottolo sente gli uomini parlare a voce alta con il principe. E poco dopo un rumore di passi, da cui capisce che la stanno cercando.

Sono muniti di lanterne.

Una luce entra dalla porta, che viene spalancata da un calcio. Grandi armadi a tutta parete contengono libri, Molly non ne ha mai visti tanti. Gli uomini si prendono a spintoni per essere i primi e i più veloci a entrare nella stanza. Molly fa solo in tempo a buttarsi per terra e a infilarsi sotto una chaise longue. Guarda fuori tra le frange del rivestimento e vede i piedi allontanarsi rimbombando: sei, sette guardie che gridano tra loro, e dietro il principe che con voce roca urla più forte che può.

«Trovateli, porco diavolo, trovate quei due maledetti».

## 15.

Johanne sta scappando, madam Krieger l'ha vista. L'ha vista come il cacciatore vede un movimento improvviso in mezzo agli alti giunchi.

Insegue la vestitrice, che attraversa la biblioteca a precipizio, nuda e fuori di sé. Il sedere bianco e i capelli svolazzanti rilucono nel buio, mentre cerca un varco fra due grossi mappamondi montati su supporti in legno e un felino selvatico africano impagliato. Si copre il seno, piagnucola come un bambino.

Madam Krieger aspetta al buio, si annota mentalmente la direzione in cui Johanne corre, e riflette su dove e come catturarla.

Johanne inciampa giù per alcuni gradini, spalanca una porta e piomba nella stanza successiva. Madam Krieger le sta alle calcagna, il coltello ancora in pugno. Nel salone si intravede un lungo tavolo da pranzo decorato con sculture e porcellane. Johanne raggiunge il capo opposto e prosegue in preda al panico, spalanca porte e sfreccia attraverso una sala dopo l'altra.

Hanno raggiunto un lungo corridoio con stanze su entrambi i lati. Johanne afferra ogni maniglia, scommette su ogni porta, ma sono tutte serrate. Madam Krieger si avvicina nell'ombra, si è tolta le scarpe e corre in punta di piedi, facendo meno rumore possibile sul tappeto.

Percepisce il sudore di Johanne, ha un odore acre. È così vicina che riesce a udire il suo respiro affannato. La vestitrice raggiunge le scale di servizio e si precipita giù per i gradini. Al capo opposto del lungo corridoio madam Krieger ode un rumore di passi, uno strano scricchiolio. Si guarda indietro e intravede la sagoma di Andersen. Lo spilungone corre incespicando e per poco non fa cadere un vaso da un tavolo.

«Ehi, si fermi» le grida.

Madam Krieger raggiunge le scale. Spinge una grossa poltrona davanti alla porta. «Signorina Poulsen, signorina Poulsen» sussurra.

Sente Johanne che continua a scendere.

Madam Krieger la segue. «Permetta che l'aiuti, sono l'amico del principe».

L'ultima frase induce la ragazza a fermarsi.

Madam Krieger scende con prudenza, mentre tira fuori il flaconcino con il soffio d'angelo e il panno dalla tasca della giubba.

«La proteggerò» la rassicura. «Finché il pericolo non sarà cessato».

Madam Krieger scorge le dita di Johanne sul corrimano poco più in basso.

«Non deve aver paura. Attraversiamo il salotto e lo studio» continua, sforzandosi di ricordare che cosa c'è al piano terra. «E poi passiamo per il colonnato fino al palazzo Brockdorff. Se vuole, l'accompagno fino alla sua stanza».

Sopra di sé madam Krieger ode Andersen che cerca di forzare la porta.

«Presto, andiamo!» la sprona, ma Johanne la guarda.

«Come fa a sapere dove alloggio?»

«Mi scusi, davo solo per scontato che stesse nelle camere della servitù... nell'altro palazzo».

Johanne leva lo sguardo verso il caposcala.

«È sicuro che mi posso fidare di lei?»

La migliore domanda in assoluto. La domanda più innocente in assoluto. La dimostrazione che le parole da sole nulla possono se non ci si fida di chi le pronuncia. Può essere posta soltanto da una persona ignara della malvagità del mondo. Una persona incapace di immaginare un panno avvelenato nella mano di madam Krieger, che scende le scale camminando di fianco, sempre più vicina.

Johanne tiene un cuscino davanti al bassoventre, i grossi seni mezzo coperti dal braccio. I fianchi sono quasi troppo spigolosi. Perfino al buio madam Krieger riesce a vedere i capezzoli come fiori appassiti contro la pelle pallida. Presto non saranno più sul corpo della ragazza.

«Sì, signorina cara» risponde. «Riponga pure fiduciosa il suo cuore nelle mie mani».

# 16.

La vestitrice si è lasciata dietro una scia di porte aperte. Porte tirate, sbattute, forzate.

Hans Christian la rincorre, inciampa in oggetti al buio, corridoi mal illuminati e stanze troppo ingombre. Nella biblioteca per poco non va a sbattere contro un leone mogio. L'animale era stato imbalsamato o in altro modo conservato dopo morto e innalzato su un supporto perché sembrasse avanzare quatto quatto nel territorio incolto. È una moda diffusa tra i nobili e i ricchi. Lo ha visto durante il suo viaggio l'anno scorso, un tassidermista in gamba riesce a eternare gli animali morti nelle posizioni più incredibili: a caccia, nel gioco, addirittura nella danza di accoppiamento.

Ora il cacciatore è lui. O meglio, è al contempo cacciatore e preda.

Dà la caccia alla vestitrice e ha Cosmus e le guardie alle calcagna.

A ogni passo il suo stivale scricchiola, quel rumore lo precede, tanto varrebbe che portasse una campanella appesa al collo: eccomi, sto arrivando. Per fortuna non ci sono guardie in giro, ma teme che il rumore metta in fuga la vestitrice e considera l'idea di toglierselo, anzi, di toglierseli tutt'e due e proseguire scalzo.

La chiama un paio di volte – signorina vestitrice! – uno sciocco tentativo di calmarla, ma non riceve risposta. E quando il corridoio si restringe, la intravede giù in fondo, prima che sgusci fuori dalla porta.

Tenta di correre ancora più forte, ma ha le gambe molli dopo una giornata lunga e sfiancante. Afferra la maniglia, contando di mantenere la velocità, ma qualcuno spinge dall'altra parte costringendolo a puntare la spalla contro la porta con tutte le forze per averla vinta.

Infine – con uno schianto – il battente cede.

La vestitrice aveva tentato di bloccarlo con un tavolo, che adesso è rovesciato. Hans Christian riesce a passare a mala pena dalla porta e si ritrova sulla scala usata dalle domestiche. È disadorna e grigia e completamente buia.

Vorrebbe continuare a correre, ma si ferma un momento tendendo l'orecchio.

La prima cosa che sente è un rumore spaventoso proveniente dalle stanze che ha appena attraversato. Gli ricorda un grosso tiro di cavalli. Decine e decine di piedi. No, non sono giumente al galoppo, bensì guardie in divisa completa. Il frastuono si mescola a brevi grida, ogni volta che gli uomini conquistano una stanza.

Poi ode un altro rumore, proveniente dal piano di sotto. Una sorta di fruscio, di raschio. Scende lesto un paio di gradini e sbircia da una porta che geme. Ancora una volta, fa appena in tempo a intravedere Johanne, i capelli biondi e tutto il viso, prima che scompaia. Ha l'impressione che si allontani da lui scivolando all'indietro. È una scena assurda, grottesca, tanto da fargli temere che la vista gli stia giocando brutti scherzi.

Riprende la corsa. Una stanza dopo l'altra.

Nella fuga Johanne ha rovesciato sedie, sgabelli e tavolinetti, addirittura un catino, per ostacolarlo e indurlo a demordere. Hans Christian corre rumorosamente lungo un basso passaggio, deve essere il loggiato che collega i due palazzi, quello che l'assassino aveva cercato di barricare. Nel passaggio arde un'unica candela di sego, e Hans Christian vede di nuovo la vestitrice uscire dalla porta librata a mezz'aria.

D'un tratto capisce com'è possibile.

La ragazza non sta scappando. Qualcuno la porta sulle spalle. Un uomo.

Tutto il sangue gli defluisce dalla testa. Il modo in cui

l'uomo si muove gli fa venire in mente il magazzino. Quando per poco non è stato ucciso. La stessa forza. È lui. Hans Christian non ha dubbi. È l'assassino, l'assassino di Anna, l'assassino di Maren la Sbianca.

E adesso ha rapito Johanne.

Rallenta, cerca di procedere di soppiatto, mentre il fracasso e le grida delle guardie si avvicinano. Davanti a lui c'è una porta aperta sulle scale che conducono giù nello scantinato. Scende, guarda in fondo, dove qualcosa si muove: una mano bianca.

Ai piedi delle scale ci sono le cucine. L'assassino intende fuggire dal castello passando per le cucine? È un percorso arduo. Qualcuno lo vedrà, lo fermerà, gli chiederà chi è e perché porta una donna in spalla. Oppure qualcuno riconoscerà Johanne. Sicuramente l'assassino cercherà di fargli credere che la vestitrice è svenuta, che la sta salvando. Hans Christian continua a scendere le scale, c'è un gran caldo. Nelle cucine sono ancora indaffarati: si versa vino nelle caraffe; pentole e vasi e porcellane vengono lavati, portati di qua e di là e a volte si rompono, tanto che un cameriere si ritrova carponi.

«Ha visto un uomo che portava una donna in spalla?» domanda Hans Christian al cameriere, che leva lo sguardo.

Nessuna risposta. Hans Christian alza la voce, si avvicina. «Un uomo con una maschera bianca» spiega. Si rende conto che forse l'assassino ha cambiato maschera, come ha fatto lui. «Porta una donna nuda sulle spalle».

«Poco fa sotto le scale c'era una coppia sdraiata» risponde il cameriere, indicando in quella direzione.

Hans Christian guarda sotto le scale. In effetti, c'è un ufficiale che dorme, i pantaloni calati intorno alle ginocchia e la bocca aperta.

«Non è lui» dice, ma il cameriere non c'è più.

Hans Christian torna alle scale e apre una porta che dà sul cortile.

È entrato da qui insieme a Molly. Esce nell'aria della sera. C'è tanto autunno nelle nuvole pallide. Il selciato e il tetto della stalla sono scuri e lucidi di pioggia. Attraversa il cortile e intanto cerca con lo sguardo gli stallieri. Forse per questa sera hanno finito di lavorare.

Al cancello c'è una sola guardia. Se ne sta seduta rilassata su un calesse, un carrozzino a due ruote con la capote, senza cavallo, sprofondata nel sonno con la testa inclinata all'indietro, il fucile appoggiato alla fiancata del calesse. «Sveglia» la chiama Hans Christian. «Ha visto un uomo? Portava una donna in spalla».

La guardia non risponde.

Poi dalla stalla si levano urla e risate. Hans Christian passa davanti a botti e casse rovesciate e si affaccia nell'odore dolciastro di liquami e di paglia della stalla. Sente la presenza di un paio di cavalli negli ultimi box, ma il chiasso proviene dal primo a destra. Tra le assi vede un gruppo di stallieri e una guardia che stanno bevendo. Una delle domestiche, una ragazzina pallida, siede sulle ginocchia della guardia con il costume da cigno tirato sopra la testa e il seno scoperto, per la grande gioia degli stallieri.

Hans Christian fa per aprire la porta del box e chiedere aiuto, quando sente uno sferraglio. Si volta e si infila tra le botti e le casse da dove proveniva il rumore. Forse l'assassino si è sbarazzato della povera vestitrice?

Hans Christian vede due occhi bianchi e dei denti bianchi. È Victor, il bambino nero.

È seduto piegato su se stesso, incatenato al muro. A parte un panno intorno alla vita, è nudo come quando Schneider lo ha messo sul tavolo. Qualcuno gli ha lasciato vicino un pitale pieno di birra.

Il bambino indica sopra le botti, il suo lungo dito sembra un ramoscello bruciato.

«Che cosa cerchi di dire?» gli domanda Hans Christian. «Hai visto qualcosa?»

Il piccolo annuisce e si alza facendo sferragliare la catena. Agita la mano e poi indica il cancello.

«L'uomo è andato in quella direzione?»

Il bambino annuisce di nuovo. Infervorato. Impaurito.

Hans Christian gli dà un buffetto sulla testa, non c'è tempo per altro. Raggiunge di corsa il cancello. È aperto, e intravede il marciapiede deserto del castello. È mai possibile che l'assassino sia fuggito di là? Con Johanne sulle spalle? Hans Christian lancia un'occhiata alla guardia addormentata. L'uomo ha gli occhi aperti, come se fissasse la capote del calesse. Non dà più l'impressione di essersi messo comodo, bensì di essere caduto sul sedile morbido.

«Ehi, amico» dice, afferrando l'uomo per una spalla.

Le braccia della guardia ricadono di lato, un oggetto pesante ruzzola a terra. Hans Christian lo raccoglie. È un coltello lungo, un bellissimo aggeggio letale con la lama e la punta affilati.

E sangue, sangue fresco sia sul manico che sulla lama.

E gli indumenti della guardia sono intrisi di sangue: i pantaloni e la giubba, soprattutto all'altezza dell'addome. Christian intravede due, forse tre buchi nella camicia.

Getta l'arma inorridito. Deve essere appena successo.

Si volta e guarda verso il bambino, che se ne sta in mezzo alle botti e indica il cancello. Ma quanta strada può aver fatto l'assassino? Forse cento, duecento passi? Senza dubbio è andato a destra, lungo la via del castello. A sinistra sarebbe finito nel cortile e avrebbe dovuto passare davanti ad ancora più guardie.

Ode una serie di forti boati su in alto. Leva subito lo sguardo al cielo, dove cento razzi salgono illuminando il cortile come se fosse pieno giorno, facendogli venir voglia di nascondersi. Invece apre il cancello e si mette a correre.

Ma appena tocca il marciapiede, sbatte la testa contro un uomo in una divisa nera con i bottoni lucidi.

Fa solo in tempo a orientarsi un minimo che si sente circondare da più uomini. E di fronte a lui c'è Cosmus. Ancora in costume da spazzacamino ma senza maschera, la pipa spenta stretta fra i denti.

Hans Christian vaga con lo sguardo a destra, lungo la via del castello.

È deserta, la luce fioca dei lampioni a olio di balena si riflette in un paio di pozzanghere. In lontananza, in fondo alla strada, intravede un uomo che scompare dietro l'angolo con un fardello chiaro sulle spalle.

«Che cosa vedono i miei occhi?» domanda Cosmus sollevando le mani di Hans Christian, rosse di sangue sotto la luce dei razzi tonanti.

«Non è mio, non sono stato io» risponde Hans Christian.

Botti fortissimi, tutto il cielo sta per cadere.

Uno degli agenti di Cosmus li raggiunge sul marciapiede. «È morto, è stato lui a uccidere la guardia».

«Peccato, Andersen» dice Cosmus. Scuote il capo, la voce piena di finta compassione. «E così, il lieto fine non c'è stato».

Innocente. Una parola impossibile. Più la si pronuncia e più si sembra colpevoli.

Hans Christian l'ha gridata più volte, si è umiliato, si è buttato in ginocchio. Sono innocente, sono innocente. Cosmus deve credergli. Lui non ha ucciso nessuno. Né Anna, né la guardia, né chicchessia. Ha tentato di far parlare Cosmus con il bambino nero, ma invano. Tutto è stato inutile, e adesso lo conducono a un carro chiuso e lo buttano dietro. Hans Christian sente la testa colpire il pavimento, la guancia sfregare contro le assi grezze. Infine la portiera si chiude con uno schianto.

«Mi ascolti» grida di nuovo. «Mi stia a sentire, sono innocente».

Il questore non reagisce. È nel cortile sul retro, circondato da gente: guardie, qualche invitato ubriaco, perfino domestiche, richiamate dalle urla, e assaggia la pipa.

Cosmus raggiunge il finestrino del carro. Per un momento Hans Christian si sente invadere dalla speranza.

«Ho ascoltato fin troppo, signor Andersen» risponde il questore. «Ed è costato la vita di un brav'uomo, forse a più di uno, quando saremo arrivati in fondo a questo tragico caso».

«Parli con Molly» grida Hans Christian. «Lavora al castello e sa che cosa sta succedendo. Sa tutto su Maren la Sbianca, che è stata uccisa per errore. E sull'amante del principe. E sa che io non ho ucciso nessuno».

«E io so che lei è pazzo, signor Andersen. Infine la follia ha preso dimora nella sua testa e ha scalzato la ragione. Parta!»

L'ultimo grido è per il cocchiere. Il carro si avvia con un sobbalzo.

Hans Christian rinuncia ad aggiungere altro. È assurdo, ora se ne rende conto. È lasciato al suo destino. Ai suoi pensieri, che lo colpiscono come scudisciate. Il corpo di Anna appeso al gancio sopra il canale, il suo primo incontro con Molly, l'esecuzione del bottinaio, il cadavere nel letamaio, e le risate roche delle lavandaie, il ritratto della donna misteriosa, lo zucchero rosso, il pugno in faccia, il ballo in maschera, il leone impagliato. Immagini riflesse e raddoppiate. Come quando si apre il foglio di carta ritagliata: tutto si moltiplica, le donne, i seni, le teste che rotolano, gli occhi che spiano nell'oscurità.

Tutto lo attraversa a precipizio. E altre immagini si aggiungono, ormai non può più fermarle.

La sua testa mozzata nella cunetta. Il seno di Molly quando siede a cavalcioni di un cliente. La piccola mano di Marie che afferra la sua.

È tutta colpa sua.

Quel pensiero lo tormenta. Ha il corpo in fiamme, il cuore sul punto di spaccarsi. Quando finalmente il carro si ferma, si alza e aspetta di sentire il rumore della serratura. Non appena la portiera si apre, Hans Christian balza in avanti. Sente un'agitazione sconosciuta dentro. La voglia di dare di matto, di sfasciare, di mordere, di lasciarsi smembrare. La voglia di lottare furiosamente.

Invano. Fuori gli uomini sono troppi e troppo forti. Sente le sonore percosse sul corpo e sul viso, ma nessun dolore.

«Impiccatelo subito» grida qualcuno.

«Buttatelo in una gabbia dei matti» propongono altri.

Poi Hans Christian non ode più nulla.

Ha difficoltà a stabilire se passano ore oppure giorni.

Giace in un bugigattolo delle dimensioni di una cassa troppo corta. Non riesce a stendere le gambe, non si può sedere, può soltanto stare rannicchiato e girarsi e rigirarsi con grande sforzo per alleviare i dolori che lo tormentano in tutto il corpo per le tante percosse ricevute. È sicuro di trovarsi in un ospedale. Gli odori e i suoni sono quelli: il fetore di morte, i gemiti di persone che soffrono, la particolare eco tra i muri di un edificio vecchio.

Cosmus viene a trovarlo. Ovvero, Cosmus lo sorveglia.

Ovvero, Cosmus si è insinuato addirittura dentro di lui. Vallo a sapere.

Hans Christian è in preda a una sorta di delirio, a uno stato di agitazione in cui nulla ha senso. È come se lo spazio angusto fosse troppo piccolo perfino per i suoi pensieri, che volano da tutte le parti, mentre lui è al contempo in ogni luogo e in nessuno. Vede se stesso come giovane e vecchio, come uomo e donna, come un cadavere pallido in un letto e un uomo a colori con le guance rosse e un panciotto sgargiante. È così piccolo da riuscire a stare in piedi su un caminetto, e abbastanza grande da riempire tutta Copenaghen. È un bambino sotto il cespuglio di uva spina che cuce vestiti per i suoi burattini, è un ragazzino sul postale che si allontana rimbombando a passo di lumaca, mentre lancia un'ultima occhiata a Odense e alle due guglie della città, sugge i seni della madre fino a svuotarli, insegue una persona che non conosce attraverso un parco dove i cespugli sono potati a forma di caprioli e sirene.

I suoi pensieri non solo inventano storie che sembrano

reali, ma fanno anche sembrare la realtà una storia. Come se centinaia di calami fossero collegati direttamente alle sue immagini interiori e generassero in continuazione nuove storie, che vengono sistemate in una biblioteca grande come Copenaghen, i cui palazzi sono come tante librerie, ogni piano uno scaffale di volumi pieni di drammi e di commedie.

Tutto questo lo spaventa.

Cosmus gli grida, gli bisbiglia, gli parla come un padre, gli parla come un prete, come un amico, un diavolo. È in piedi davanti al bugigattolo, la sua voce è ovunque, sotto e sopra, si insinua nella pelle come tante sanguisughe. Cosmus sa tutto, Cosmus ha letto i suoi pensieri, Cosmus è in grado di parlare in sua vece.

Il peggio è che Hans Christian riesce a vedere se stesso con il coltello in mano. Riesce a vedere il viso di Anna nel momento in cui esala l'ultimo respiro. Riesce a vedere i seni sanguinanti della lavandaia. Riesce a vedere gli ultimi spasmi della guardia prima che una bollicina di sangue scoppi sulle sue labbra.

Non è forse vero, Andersen, che hai fatto tutto questo perché ci ricordassimo di te? Non è forse vero che il tuo nome non doveva assolutamente cadere nell'oblio, come quello di tuo padre e di tua madre, anzi, come i nomi di tutto il ceto inferiore, che non vengono pronunciati da nessuno con piacere, ma solo con disprezzo? Non è forse vero che hai ferito e mutilato quelle donne se non altro per lasciare un segno nei nostri verbali giudiziari, affinché la folla raccolta intorno al patibolo dell'isola dell'Uomo Morto ricordi il condannato la cui testa ha visto staccare dal corpo per sempre?

E così continua all'infinito. Fino a quando Hans Christian non sa più se le parole sono di Cosmus o sue, oppure nient'altro che pensieri o il sussurro del vento da qualche parte.

Una goccia di sudore gli cola dall'attaccatura dei capelli giù per la fronte.

Nessuno ti crederà mai, Hans Christian. Non ci sarà mai un solo orecchio che ti ascolti. Né giudici, né cittadini, amici o nemici, bambini o adulti, uomini o animali. L'unica cosa che puoi dire, l'unica cosa che sarà ascoltata, non come una persona che si esprime, ma come un filo d'erba che si piega al vento, sarà il tuo: *Sì, sì, sì, sono stato io, perdio sono stato io*.

Hans Christian è stanco, stanco di tutto quanto, stanco delle fatiche e delle pene, stanco del teatro e delle favole, del rumore e del furore che non significano nulla.

Sono stato io, sono stato io, dice. Piangendo, singhiozzando. Lo dice, o no?

Sembra una nube che finalmente scarichi il suo fardello a lungo atteso sopra la campagna, mentre il grano si tende verso ogni goccia e ogni albero batte i rami dalla liberazione. È più facile ammettere una colpa che lottare per l'innocenza.

«Lo sapevo» dice Cosmus da qualche parte. Fuori dall'angusto bugigattolo.

Hans Christian lo sente alzarsi da una sedia, forse un vecchio sgabello consumato, e raggiungere la porta, i suoi stivali contro il pavimento. «Presto sarà tutto finito, Andersen. Presto».

# Parte terza

*27 settembre-1º ottobre 1834*

## 1.

È giunto il momento.

Madam Krieger lo percepisce con tutto il corpo. Il senso di coronamento. Intinge la penna d'oca nel calamaio e guarda Johanne, che giace legata al tavolo della vecchia aula.

«Sarà bellissimo» bisbiglia.

Johanne è fuori di sé. Trema e respira a fatica, può farlo solo dal naso, perché madam Krieger le ha tappato ben bene la bocca con uno straccio e una corda. Non era previsto che Johanne si svegliasse. Madam Krieger aveva sperato che la narcosi sarebbe durata fino a quando il professore avesse concluso il suo compito.

Infine Johanne riesce a controllarsi e rimane distesa immobile. Ha il viso bagnato e attaccaticcio di saliva e muco e pianto. La paura le attanaglia le mascelle, tutto il suo corpo è teso come un arco. Madam Krieger la osserva. Sapesse quanto la imbruttisce, quanto non le dona contorcersi e comportarsi a quel modo. Il principe non potrebbe mai amarla, non veramente. Come si fa a voler bene a una troia che morde e caca prima di essere macellata?

Madam Krieger ha acceso cinque lampade a olio di balena e le ha disposte intorno al tavolo. Sulla parete di fondo c'è una bassa scansia che di solito, quando c'è lezione, è nascosta dietro una cortina marrone. I ripiani sono stipati di contenitori e vasche contenenti mani, occhi, mezzi feti, gemelli siamesi, anatroccoli sezionati, murene scuoiate e meduse piene di tentacoli. Uno spettacolo grottesco immortalato nell'alcol, che sotto la luce delle lampade è marrone come urina vecchia.

Il resto dell'aula, gli ordini di sedili, da dove lei stessa ha seguito le lezioni del medico, è avvolto nell'oscurità.

Ode una porta sbattere da qualche parte dell'edificio.

Un rumore di passi risuona contro le mattonelle del corridoio. Infine cessa davanti all'aula.

Madam Krieger traccia un cerchio intorno a un seno di Johanne. Poi sposta la scodella sull'altro, intinge la penna e traccia un altro cerchio. Perfetto.

«Arriva proprio al momento giusto, professor Horowitz» dice madam Krieger. «Aspettavamo solo lei».

Johanne dà forti strappi alle corde e pigola.

Madam Krieger le copre la bocca con una mano. «Sst, zitta».

Johanne risponde con brevi suoni soffocati. Un momento dopo il medico scende le scale e compare nella luce. Ha l'aria stanca. È vestito in modo trasandato, il fazzoletto da collo penzola floscio. Tutto il contrario del brillante uomo di mondo che si presentava alle lezioni.

Madam Krieger lo guarda. «È solo, spero?»

Il medico si limita ad annuire. Posa la borsa su uno dei tavoli e si volta. «Non posso. Non posso aiutarla. È troppo pericoloso. La donna rischia di morire. Anzi, è molto probabile che muoia. Non posso».

«Io l'ho vista farlo, sicuramente lei se ne ricorda» ribatte madam Krieger, avvicinandosi e prendendo un bisturi dalla borsa del medico. Fa scorrere il dito lungo il filo tagliente. «So che lo può fare».

Il medico guarda Johanne che si contorce. «Era un animale, uno stupido animale. Con le persone è diverso, completamente diverso. Siamo, sotto ogni aspetto, più complicati».

«Pensi alla battaglia di Copenaghen» dice madam Krieger. «In quella circostanza sicuramente lei ha eseguito degli interventi molto più complicati: uomini con le ossa frantumate, arti fatti in mille pezzi».

«Non voglio» dice il medico. «Non so come lei abbia... questa povera donna» bisbiglia nascondendosi il viso con le mani. Balbetta sputacchiando. «Io... io... io non voglio.

Non posso... non... non posso incidere la carne di una persona viva. È sbagliato».

Madam Krieger si mette dietro a Johanne. La collera le monta dentro, e sì che aveva sperato di riuscire a mantenere la calma. Ma qui, davanti al medico smidollato e incapace di agire, che rappresenta tutto ciò a cui Schneider si oppone, prova solo disprezzo. «Si decida, professor Horowitz. Lei vuole e può. Ci penso io».

Con un movimento rapido guida il bisturi dall'orecchio di Johanne fino alla base del collo. Il sangue esce a fiotti dal taglio sottile e profondo. La ragazza cerca di gridare, ma il suono si trasforma subito in un faticoso verso di affogamento, mano a mano che il sangue le riempie la trachea e i polmoni.

«Fra poco sarà morta, e allora potrà operarla» dice madam Krieger.

«Lei è folle» dice il medico.

Madam Krieger gli porge il bisturi. «Ha detto che qualsiasi arto può essere riattaccato con un intervento. È solo questione di bravura».

Il medico indugia un attimo guardando Johanne, che diventa sempre più pallida, cerca di respirare, il suo petto sale e scende rapidamente. All'improvviso l'uomo prorompe in un grido roco, alza il bisturi e si avventa contro madam Krieger. Ma è troppo debole, non è abituato a gesti di quel genere. Madam Krieger si sposta agilmente di lato, lo afferra per il collo e immobilizza la mano che stringe il bisturi.

«È mai possibile che sia tanto sciocco?» gli bisbiglia all'orecchio.

Lo spinge contro la scansia, facendo tremare e tintinnare tutti gli oggetti di vetro. Al medico è caduta la kippāh e ha i capelli brizzolati dritti sulla testa. Per un momento madam Krieger teme che sia troppo agitato, troppo scosso per eseguire l'operazione. Ma non si può tornare indietro.

«Ho segnato dove deve incidere» dice madam Krieger. «Ma devo guardarla mentre opera. Così avrò la certezza che faccia bene il suo lavoro. Pensi a suo figlio, professor Horowitz».

Funziona. Il medico tossisce, si raddrizza.

Poi estrae dalla borsa la lente supplementare e la applica agli occhiali. Si sistema accanto a Johanne, recita una breve preghiera e comincia a incidere lungo le linee nere. Inizia dalla parte inferiore del seno sinistro, lungo lo sterno. Sangue e grasso fuoriescono da sotto il bisturi che fende la carne rosa, simile a seta delicata. Il corpo di Johanne si rifiuta di congedarsi dalla vita, è ancora scosso da piccoli, improvvisi fremiti. Per un momento il medico deve aspettare che sia finita, che Johanne non possa più soffrire. Poi si rimette all'opera. Penetra la pelle sottile sopra il seno, poi prosegue oltre l'ascella e completa il giro.

«Lo stacchi completamente e lo metta qui». Madam Krieger gli porge un catino di metallo ammaccato.

Il medico rimuove il seno e lo mette nel catino.

È bello e tondo. Più pallido di quanto madam Krieger avesse immaginato.

«L'altro» gli dice.

Il medico si rimbocca le maniche e le ferma con un bottone. Gli tremano impercettibilmente le mani, le tempie grondano sudore. Il seno destro di Johanne sembra un po' più grande dell'altro, ma è difficile a dirsi.

Lo stesso procedimento di prima. Il medico inizia dalla parte inferiore del seno e incide lungo lo sterno. Ormai, però, la mano gli trema tanto che non riesce a seguire la linea d'inchiostro con il bisturi. Il sangue gliela inonda.

«Lasci fare a me» gli dice madam Krieger scansandolo con una spinta.

Prende il bisturi e segue con rapidità e precisione il cerchio. Una volta staccato il seno, lo mette nel catino accanto all'altro. Poi taglia le corde, afferra Johanne sotto le braccia e dal tavolo la trascina a terra. Un attimo di silenzio riempie l'aula. Madam Krieger assapora la soddisfazione. Alla fine ha dovuto farlo da sé.

Il medico guarda nel catino. Ha la nausea. «Dov'è sua sorella? A quest'ora dovrebbe essere qui. Bisogna procedere prima che la temperatura cali».

Madam Krieger non riesce a trattenere una risata. «Non lo ha capito?» Si toglie la giubba e la camicia. «Deve operare me, non mia sorella».

Il medico la squadra. «Ma. Non può. Non posso. Lei è un uomo. È un ufficiale».

«Zitto. Non ho chiesto la sua benedizione» ribatte lei. «Io sono opera mia, non del suo dio pigro e assente. Si prepari all'intervento».

Madam Krieger ha nascosto il flaconcino con il soffio d'angelo nella scansia. Svita il tappo e preme tre volte il contenitore contro un panno, su cui si forma una grossa macchia bagnata. Poi si distende sul tavolo. Indica i due cerchi che ha sul petto. Non c'è granché da asportare, ma i cerchi hanno le stesse dimensioni di quelli di Johanne. «Fra poco respirerò in questo panno, perderò conoscenza e non sentirò nulla. Dopo di che tutto dipende da lei».

Il medico si sporge verso di lei. «E perché non dovrei lasciarla dov'è e chiamare la polizia, prima che si risvegli? O magari estrarle il cuore, mentre è priva di sensi?»

«In tal caso le chiederei di pensare a una cosa, prima di uccidermi o di avvisare la polizia. Ovvero alla faccina impaurita di suo figlio, quando si renderà conto che sta per morire, che nessuno lo troverà vivo, che l'unica persona che avrebbe potuto salvarlo lo ha tradito. Che suo padre lo ha tradito».

Il medico scuote la testa. «No, no!» esclama ripensandoci. «Però mi prometta una cosa. Dopo questa storia lascerà andare mio figlio e non tormenterà più né me né la mia famiglia».

«Non nutro sentimenti ostili nei suoi confronti, professor Horowitz. Soltanto rispetto. Ma innanzitutto le conviene recitare una preghiera, affinché abbia la mano ferma e il controllo della situazione. E fare come le ho detto. Altrimenti, sarà peggio per Isak. E per la sua consorte e per lei stesso».

Il medico annuisce. L'incarnazione della resa totale. Un uomo distrutto.

«Ci siamo» annuncia madam Krieger, portandosi il panno davanti al naso. Profuma della casa pulita della madre, degli aranceti nei dintorni di Atene, quando la sua nave rimase ormeggiata al Pireo per due settimane. Tende le mani verso i frutti, così pesanti da piegare i rami verso terra. Sente la ghiaia scricchiolare sotto i suoi piedi. Una farfalla passa svolazzando.

Sono stata definita uomo, pensa madam Krieger. E ho prestato servizio come ufficiale per sopravvivere al disprezzo di papà e alla vergogna di mamma. Ma dentro di me non sono mai stata un uomo. Ora la mia attesa è finita. Morirò come uomo e mi risveglierò come donna.

E il principe mi aspetta.

## 2.

È notte e le porte della città sono chiuse.

La migliore possibilità, pensa Molly, è la Porta ovest, dove ci sono le guardie più libidinose. Le prostitute della capitale, specialmente quelle della palazzina, condividono volentieri pettegolezzi ed esperienze, riflessioni sui giorni e sui mesi in cui gli uomini sono più alticci, e su cosa piace ai clienti dei vari quartieri e dei vari ceti sociali. I ricconi si infoiano con la frusta e i morsi all'orecchio, i vetturini hanno una vera passione per il buco del culetto, ai preti piace succhiare le poppe, e le guardie della Porta ovest sono le più libidinose. Forse vedono i lati peggiori della città così spesso che non riescono a tenere a freno gli istinti.

Molly cerca di togliersi quel pensiero dalla testa. Innanzitutto deve arrivare alla porta senza farsi scoprire. E poi uscire dalla città. Ha offeso un membro della famiglia reale, le guardie del castello la stanno cercando, forse rischia la pena capitale o una misera cella per il resto dei suoi giorni.

Marie dorme sul fondo della carretta. La bambina si era a mala pena accorta quando la zia era rientrata e l'aveva tirata su dalla paglia, portata fuori in strada e caricata su una vecchia carretta che qualcuno aveva lasciato sotto una tettoia in via della Vigna. Molly non aveva perso tempo a darle spiegazioni, anzi, se è per questo, non aveva idea di che cosa dire alla piccola. Da quando era scappata dal castello, la testa le risuonava delle grida del principe. *Trovateli, trovate quei due maledetti.* Quelle parole l'avevano spaventata, perseguitata. Era saltata fuori da una finestra fuggendo a precipizio attraverso la città. Lungo le strade bagnate, fino alla stanzetta nella palazzina delle prostitute, che tutt'a un tratto le era sembrata accogliente e pacifica, nonostante le solite chiacchiere e liti e grida e urla. Si era tolta il costume da cigno e aveva indossato i suoi vestiti, poi aveva raccolto alla svelta qualche carabattola, preso in braccio Piccola Marie ed era tornata giù in strada, mentre i fuochi d'artificio rimbombavano in lontananza, e si era avviata tirandosi dietro la carretta e i brandelli di una vita.

Tuttavia, l'unico suo pensiero era... Hans Christian. Il nasone sotto la maschera. La figura dinoccolata. Le sue grida penose quando era uscito dalla porta inseguendo la vestitrice.

No, se lo deve scordare. Deve pensare a se stessa e a Piccola Marie. Lasciare di nascosto la città, raggiungere la strada maestra e tornare a casa a Cala Odino. Fra tre giorni lei e la piccola avranno raggiunto la Bassa; o forse due, se riuscirà a farsi dare un passaggio dal postale o da qualche contadino gentile. Di lì avrà soltanto i soldi per il traghetto, che costa quattro scellini, oppure potrà remare lei stessa fino alla cala, se riuscirà a trovare una barca e la corrente sarà propizia.

La carretta sobbalza sulle pietre, trema tutta. Piccola Marie si sveglia e leva lo sguardo confusa. Adesso non c'è tempo per consolarla. La carretta è pesante da tirare, e la testa di Molly è un guazzabuglio di preoccupazioni. Come faranno a superare la guardia? Come riusciranno ad arrivare fino a Cala Odino, dove giornalieri e viandanti possono essere importuni e fare un sacco di domande? Che cosa dirà sua mamma, quando Molly si presenterà con la bastarda di Anna e la notizia della sua morte?

Arrivano in piazza del Fieno e si fermano a distanza di sicurezza dalla porta della città. Un cavallo e un paio di vitelli smagriti si abbeverano a un grosso trogolo. Due o tre garzoni dormono distesi in cima a un carro di fieno, una donna anziana si riposa seduta su una pietra. Sulla destra c'è il Corpo di guardia con due piccole garitte ai lati dell'ingresso. Molly vede una lampada accesa nell'ufficio e una guardia con una pipa in bocca seduta all'interno. Un'altra è in piedi alla destra dell'edificio, sotto un albero, quasi invisibile.

Molly tira su Piccola Marie, che è fiacca e fredda ed emette dei gemiti fiochi. «Stammi a sentire, marmocchietta» le dice Molly. «Non abbiamo scelta, dobbiamo lasciare la città. Per il tuo bene e per il mio. Mi puoi aspettare qui?»

«Che cosa devi fare, zia?»

«Devo parlare con la guardia. Torno» le dice Molly e fa un respiro profondo. È la sua unica possibilità, e ne è consapevole. Se non riesce a passare, forse la troveranno e l'arresteranno nel giro di poche ore. È difficile nascondersi a Copenaghen. Soprattutto con una bambina. C'è sempre qualcuno che fa la spia. Appena vede Molly, la guardia sotto l'albero si raddrizza, ma poi si rilassa quando si rende conto che è solo una donna.

«La porta è chiusa» le dice, scacciandola con un gesto della mano.

«Devo uscire dalla città» gli dice Molly. «Siamo inseguite».

«Veramente?» domanda la guardia avanzando di un passo. «E chi sareste?»

«La mia nipotina e io» risponde lei, indicando verso le case, dove la piccola l'aspetta in piedi e infreddolita. «Sua madre è morta. Posso pagare, ho dodici scellini» aggiunge, sperando che l'uomo sia disposto a contrattare. Molly è brava in queste cose. Se è disposto a contrattare, andrà sicuramente bene. Sarebbe peggio se non fosse disposto. In tal caso non sa come andrà a finire.

La guardia scuote il capo e la squadra. I suoi seni sotto il vestito sgualcito e un po' troppo leggero. Fa per dire qualcosa. Proporre qualcosa, una possibilità. Ma in quel mentre si leva un gran fracasso accompagnato da grida.

Un cocchio nero trainato da quattro grossi cavalli irrompe rombando in piazza del Fieno.

È seguito da una carrozza più piccola.

Gli uomini addormentati balzano su dal fieno, i vitelli muggiscono impauriti.

Il cocchiere incita i cavalli con la frusta, ma poi tira le

briglie per farli andare al passo. Prima che Molly riesca a pensare, il soldato si dirige a rotta di collo verso il Corpo di guardia.

Piccola Marie compare al fianco di Molly: «Zia, che succede?»

«Non lo so» le bisbiglia lei, tirandola con sé nell'oscurità sotto i rami dell'albero.

Entrambe le carrozze hanno raggiunto la porta, il cocchio nero appartiene alla casa reale, la corona riluce perfino al buio. Una sagoma con un cappuccio nero in testa e una lanterna in mano scende dalla carrozza piccola e si avvicina al cocchio. Dietro il buio del cappuccio Molly intravede due occhi azzurri. Li ha già visti. Al castello, dove l'uomo era mascherato da mercante. Ma anche all'Anatra dorata, dove era il signorone taciturno che mangiava insieme al questore.

«Chi va là?» grida la guardia con voce insicura.

«Mi chiamo Schneider. Non deve aprire la porta prima del mio ordine».

«Sì, invece! Apra subito la porta e mi faccia passare» sbraita una voce dall'interno del cocchio. Molly la riconosce immediatamente. È la voce del principe.

La guardia tira subito il catenaccio e afferra la maniglia. Molly si chiede se lei e la bambina farebbero in tempo a sgusciare fuori. O magari potrebbero seguire di nascosto il cocchio appena parte.

«Alt, soldato» dice Schneider in tono calmo, come se parlasse a un bambino. «Scostati dalla porta e non ti muovere. E non fare niente se non ti autorizzo io».

La guardia si blocca e resta impalata, guardandosi intorno.

Schneider sale a bordo del cocchio, tenendo la lanterna davanti a sé. La portiera è aperta e Molly è abbastanza vicina da riuscire a vedere il rivestimento dorato della bellissima vettura e la sagoma dell'uomo che vi è seduto. È il principe. Ha più vestiti addosso delle altre volte in cui lo ha visto.

Schneider gli si siede di fronte e si tira giù il cappuccio.

«Mi rifiuto» dice il principe. «E poi su quella maledetta

isola. Che diamine c'è da fare lassù? È un posto strano, abitato da gente testarda... e a mille miglia da tutto».

«Sua altezza, credo che sia proprio questa l'idea» dice Schneider. «Il re non intende più permettere che lei si introduca di nascosto nel castello per far visita alla sua musa. Finché sarà una donna diversa da sua moglie».

«Non è giusto. Non può mandarmi via così. Nessuno deve decidere per gli altri in questo modo. Morirò di noia».

«Sarà soltanto per un periodo. Un paio di mesi. Stia tranquillo, proverò a parlare con suo suocero» riprende Schneider, e la luce della lanterna gli lambisce il viso facendo brillare i suoi occhi.

«Ma quello stecco d'uomo dà retta solo a se stesso» ribatte il principe. «Hai ragione, gli conviene mandarmi via. Si direbbe che abbia giurato che non mi avvicinerò mai al trono. Prima mi ha mandato fuori città, e adesso mi manda in Islanda».

Molly zittisce Marie, trova il coraggio di avvicinarsi di un passo al cocchio reale, e sente Schneider parlare al principe in tono penetrante: «Faccia come dice il re. Vada al Magazzino delle vettovaglie, dove stanno armando la magnifica nave *La stella della sera*. E si ambienti in Islanda. Poi torni quando l'umore del re sarà migliorato. Presto il potere sarà in mano a lei. Presto sarà lei a decidere come governare il paese. Se darà ascolto alle persone giuste».

«Sei al mio servizio o al servizio del re?» domanda il principe seccato.

«Sono al servizio della ragione. Sono al servizio del progresso. Che regni il più intelligente».

«Sempre scaltro» ribatte il principe, fissando a lungo Schneider. «Ma promettimi almeno due cose».

«Dica pure».

«Devi trovare Johanne».

«La stiamo cercando. La troveremo presto» risponde Schneider. «E la seconda?»

«Promettimi che quei due maledetti avranno il castigo che

meritano. È colpa di quell'Andersen se adesso mi mandano lontano su un'isola vulcanica popolata da maestri d'ascia e balenieri. E poi, per la miseria, trova quella traditrice di una domestica. Voglio che le vengano cavati i denti, a uno a uno. E sia messa sottochiave ad annoiarsi fino al mio ritorno. In modo che io possa assistere personalmente alla sua esecuzione».

Molly è scossa da un brivido. La bambina sussurra: «Che c'è, zia? Perché sei triste? Che cosa dicono quegli uomini?»

Schneider riprende la parola: «Andersen è già rinchiuso con i matti all'ospedale vecchio e aspetta solo la mannaia. Cosmus lo sta facendo crollare, e presto probabilmente sapremo anche dove trovare la domestica. Per di più, non è affatto una domestica, ma una prostituta che ha aiutato Andersen a commettere i suoi crimini».

«Pensa a trovare quella bastarda» dice il principe.

«Nulla mi sta più a cuore» dichiara Schneider.

Dal suo nascondiglio Molly vede i due uomini scambiarsi una stretta di mano, poi Schneider scende dal cocchio. Con un rapido cenno della mano fa segno alla guardia che il cocchio non deve più passare dalla porta.

«Voi non avete visto niente» dice Schneider.

La guardia annuisce, fa l'inchino e corre dentro l'ufficio dal compagno d'armi.

«Che facciamo, zia?» domanda Marie. «Partiamo?»

Molly esita. Vede i due veicoli fare inversione, ode gli zoccoli dei cavalli.

«Sì» risponde, guardando la bambina. «Andiamo a Cala Odino. Io e te, Piccola Marie».

Davanti a loro la porta della città è socchiusa, e le guardie sono dentro l'ufficio.

Lei e la bambina non avranno problemi a sgusciare fuori dalla porta, ad attraversare il ponte levatoio e a raggiungere la strada maestra prima dell'alba.

Scusa, Hans Christian, pensa Molly. Ma devo pensare a me stessa. E a Marie. Prende la bambina per mano e le due emergono dal nascondiglio dietro l'albero.

## 3.

È tanto solo. Qui non c'è conforto, non c'è speranza.

Una tipula gli cammina sul viso. Le zampette gli sembrano bagnate e appuntite; me la svigno, bisbiglia l'insetto. Aspettami, bisbiglia Hans Christian, ma quello è già sparito in una crepa del muro.

Il bugigattolo è troppo piccolo, troppo angusto, troppo buio. Ha l'impressione che le pareti gli si incollino addosso come vestiti bagnati. Gli manca il respiro, solo quando muove con il piede lo sportellino del passavivande entra un po' d'aria insieme al fetore di vomito, umidità e malattia. Lo sportellino con i cardini scricchiolanti gli ricorda il giorno in cui era andato in visita al manicomio di Odense, dove i suoi genitori erano in rapporti amichevoli con la portinaia. Lui aveva quattro o cinque anni. Era andato in giro un po' per conto suo e aveva sbirciato da uno sportello. Dentro c'era una donna nuda. Aveva scorto il suo ventre aperto e i seni pesanti. Una vista così commovente, così bella. La donna sedeva immobile, cantando e intrecciandosi i capelli scarmigliati. Poi all'improvviso, inaspettatamente, era balzata in piedi tendendo una mano verso di lui nel vano dello sportello, e con la punta delle dita come il becco della gazza gli aveva tastato il petto. Erano accorse le guardie, la madre lo aveva sgridato per la sua curiosità, mentre la portinaia era stata l'unica a ridere, perché capiva gli alienati. Quella donna avrebbe capito anche lui, Hans Christian: sapeva che la fantasia folle è una tara ereditaria insieme alla mente sconclusionata e debole. Prima o poi tutti in quella famiglia impazzivano.

«Sono io» mormora, «sono io».

In risposta gli arriva soltanto il soffio della polvere.

E un po' più distante: il cicalio roco di tanti poveretti che come lui giacciono piegati su se stessi nelle gabbie, e i suoni lontani degli altri pazzi nella stanza grande, fortunati perché possono gridare e prendere a testate la porta e strapparsi i capelli a vicenda.

«È sveglio, Andersen?» chiede una voce dallo sportellino aperto.

Hans Christian sente odore di fumo di pipa. Deve essere il questore.

«Mi racconti come ha fatto, Andersen. Dall'inizio alla fine. Come ha ucciso la povera Anna Hansen e pianificato l'attentato al principe. Si prenda pure il tempo che le occorre». Cosmus soffia il fumo dentro lo sportello. «Ho l'intera notte a disposizione».

Ha tutta l'aria di un ultimo racconto.

Un ultimo foglio bianco.

Un calamo temperato e inchiostro fresco che odora di sterco di gallina.

Il suo pubblico ridotto a un'unica persona, che lui non riesce nemmeno a vedere.

Basta con la fretta e l'incostanza. Solo la possibilità dell'increato di essere creato. Come un ebanista che vede la sedia a dondolo nascosta nel ceppo. O il compositore che sente una sonata nel canto dell'usignolo. Deve seguire la parola, seguire la storia, in profondità, dentro il buio, da una traccia all'altra, come briciole gettate nel sottobosco da un bambino smarrito.

Comincia a raccontare. Una storia orrenda, così orrenda che si gira e si rigira mentre parla, come se non riuscisse a capacitarsi di se stesso né a comprendere la sua esperienza.

«Vivo una vita segreta» dice, e sente Cosmus brontolare con approvazione dall'altra parte. Anche per suo nonno era così. La mattina faceva cose da pazzo, e poi la sera non le ricordava più. «Ho commesso atti orrendi, di nascosto dal pubblico che mi tiene d'occhio. Tutti notano quel che faccio. Sguscio giù in strada, nascosto nei miei vestiti. Non mi sento a mio agio nel mio corpo, non mi sento me stesso, mi sento fuori di me. Al contempo dentro e fuori. Al contempo me stesso e un'altra persona. Come un gemello, che non sa se è l'uno o l'altro» dice e sa che è la verità. In questi giorni ha dato la caccia a se stesso, alla sua pazzia. Ora l'ha trovata. È al contempo un sollievo e una perdizione.

«E poi, Andersen?» domanda Cosmus. «Parli!»

«Una sera vedo Anna sulle scale davanti alla palazzina delle prostitute. È una mondana, lo so, ma ciononostante sembra un fiore selvatico tra i ciottoli, così bella e colorata che devo staccarle la testa. La vedo diverse volte per strada, le passo accanto e le lancio occhiate, fino a quando, un giorno, la prendo per mano e la conduco su nella sua stanzetta. Lei non sa chi sono. Posa per me. Per i miei ritagli, per le mie storie. Racconto i suoi fianchi, i seni, le cosce, le caviglie, le dita dei piedi, gli occhi, i riccioli».

«E poi, poi che cosa succede?» domanda Cosmus.

«Passo le notti sveglio nel letto a pensare a ogni dettaglio dell'ovale dell'areola, i puntolini nella pelle, il piccolo beccuccio del capezzolo, l'attrazione del seno materno come una forza inspiegabile, che fa impazzire gli uomini, così come la luna fa agitare i cani. La vado a trovare parecchie volte, percorro le strade di Copenaghen furtivo come un'ombra. Lei è una pozione potente, mi dà la sensazione che il mio corpo avvolga con naturalezza le mie ossa, non mi basta mai. Deve essere così» continua, figurandosi tutto quanto. Non può essere diversamente. «Sono malato» conclude.

«Questo è poco ma sicuro» commenta Cosmus. A Hans Christian sembra di udire un abbozzo di sorriso sulle sue labbra. «Racconti i misfatti che ha commesso, Andersen».

«So parlare con gli oggetti. Loro mi parlano».

«Ah! In che senso? In che senso, parlare con gli oggetti?»

«Per me i candelieri e i soldatini di stagno sono dotati di vita, e gli alberi e i fiori sono in grado di pensare e di sentire come noi. Tutte le cose sono prigioniere della loro forma e anelano a uscirne».

«Maledette sciocchezze, Andersen. Torni al punto. Segue quella donna di malaffare, Anna, e poi, poi che cosa succede?»

«Fino a quando non mi basta più, fino a quando lei non mi basta più. Devo raccontarla meglio, devo tagliarla con le forbici, devo farla più mia. Forse sono le forbici che mi parlano, che mi convincono. Non vogliono più tagliare la carta, e chi le può biasimare? Quella sera la sbatto a terra e la trascino fuori dalla stanzetta, il duro pavimento di legno le conficca schegge nelle gambe, ricorda le schegge, signor Bræstrup? Giù in strada è buio, la gente è ubriaca, e il guardiano notturno è appena passato. La carico su una carriola e vado al porto, dove ho una stanza segreta nel magazzino che conosco dai miei viaggi. È deserto. Nessuno mi può disturbare. Ma poi mi rendo conto che me ne occorre un'altra. Come uno scultore che combina l'aspetto di più persone in un'unica figura, mi occorre un'altra donna per completare la mia opera».

«Dove? Che cosa fa? Dove la trova?»

«Al castello. È una vestitrice. La bellezza fatta persona. La sua risata fa crepare gli spessi muri del castello, solleva la polvere e fa evaporare il lezzo di urina negli angoli. Ha un incedere elegante, un petto florido e riccioli biondi. La seguo per giorni di fila, la osservo quando compra abiti, gioielli e scarpe per la principessa, ma non è mai sola ed è impossibile avvicinarla. Finalmente, un giorno, mentre esce dal castello, approfitto dell'occasione. La aggredisco e proprio mentre mi affanno a farla tacere arriva una delle guardie reali».

«Ah!» esclama Cosmus sorpreso.

«La guardia è colta alla sprovvista. Una breve scazzottata e alla fine picchio la sua testa contro il selciato. Mentre scappo con la ragazza in una carretta, un bottinaio mi vede e mi grida il chi va là. Un gruppo di guardie accorre dal castello. Con un po' di fortuna riesco a sfuggirgli. Ma invece di credere al racconto del bottinaio, le guardie sono convinte che il mio crimine lo abbia commesso lui, e viene rinchiuso nel sotterraneo del palazzo di Giustizia».

«Lo sapevo!» prorompe Cosmus.

«Solo una volta arrivato al magazzino scopro che ho preso la donna sbagliata. La vestitrice ha un'amica che le somiglia, e quest'amica l'aveva coperta per permetterle di avere un convegno amoroso con il principe, dormendo nel suo letto e fingendosi lei. L'amica non è che una povera lavandaia, che abita da sola in una triste stanzetta, quando non lavora. Io sono pieno di rabbia e di frustrazione. Tento di asportare i seni della prostituta e della lavandaia e di scambiarli, ma non ottengo il risultato che speravo. Cancello le mie tracce, butto una delle donne in mare e l'altra nel letamaio».

«Quindi lei ha ucciso due donne, Andersen?»

«Sì. Due donne. E il fatto che Anna venga rinvenuta così presto mi sconvolge. Sento che stanno per trovarmi, ma sono pervaso dalla brama di essere di più di me stesso, di essere un'altra persona. Con l'immaginazione devo avvicinarmi sempre di più alla bellezza. Non posso fermarmi, devo arrivare alla vestitrice. So che se la uccido al castello rischio di essere scoperto, perciò il ballo in maschera è l'occasione ideale per nascondere la mia identità e sfruttare il caos e il chiasso della festa per attirarla in disparte. Aspetto il momento giusto e sono sul punto di soffocarla per farle perdere i sensi, quando all'improvviso vengo bloccato. Scoppia un putiferio e lei scappa attraverso il palazzo, per i lunghi corridoi e le stanze infinite. Sta per sfuggirmi quando per un soffio riesco a catturarla, me la butto sulle spalle e corro fuori, passando dal cortile. La guardia si sveglia, ma non fa in tempo a reagire che la fermo con la sua stessa lama; mi infilo fuori dal cancello e svolto l'angolo, brucio, ribollo come una pentola dimenticata sul fuoco, così vicino a farla franca da sentire l'ebbrezza e l'entusiasmo fin nella punta delle dita. Posso...»

«No, Andersen. No, no, no» lo interrompe Cosmus. «A

questo punto lei è stato arrestato. È finita prima che riuscisse ad arrivare in strada. Dov'è la sua complice, la prostituta? Si chiama Molly, vero? L'ha nascosta all'interno del castello?»

Hans Christian è nel suo mondo. Riesce a vedere tutto quanto. «Mi rifugio nel magazzino, anzi, no, non ho più il coraggio di andare laggiù, mi rifugio in casa, ecco che cosa faccio. Le strade sono silenziose, la prima foglia d'autunno si stacca da un ramo, un gatto si nasconde dai ratti della città. Vivo da solo. La getto sul tavolo della cucina. Ho un coltello. È un rasoio, di quelli che usano i barbieri. È giunto il momento. È giunto il momento di...»

Cosmus picchia rumorosamente la pipa contro lo sportellino. «Basta, Andersen, basta, per carità. Stava andando così bene. Mi racconti della prostituta, quella che l'ha aiutata. Dov'è finita?»

«Non mi ha aiutato nessuno. Ho fatto tutto da solo».

«Impossibile» ribatte Cosmus. «Lei mi è venuto a cercare insieme alla prostituta, è stato visto al castello insieme a lei, era travestita da domestica».

«Non mi ha visto nessuno. Mi sono nascosto nelle vicinanze. Quando il principe ha spaventato la vestitrice, facendola scappare dalla stanza verde, l'ho seguita».

«Signor Andersen, lei sta fantasticando. Non c'è nessun principe. Sua altezza reale il principe Federico Carlo Cristiano è stato esiliato in provincia e non può per nessun motivo soggiornare a Copenaghen o al castello, tantomeno quando il re è assente».

«Io ho visto il principe...»

Cosmus lo interrompe: «Stia attento, Andersen. La mia gentilezza è una concessione che le faccio, ma solo a patto che lei collabori. Se nomina ancora una volta il principe, la farò fustigare ininterrottamente fino all'alba. Su, mi dica un'ultima cosa per dimostrare la sua buona volontà, e io trasmetterò la sua confessione al giudice Schwarz, nella speranza di poter avviare un procedimento rapido, così lei potrà uscire da questa gabbia dei matti e mangiare una scodella di farinata dolce».

Alla festa Hans Christian ha mangiato soltanto una cucchiaiata di zuppa, perciò il pensiero del cibo, perfino di una sbobba appiccicosa e nauseante come la farinata, lo rende remissivo. «Che cosa vuole sapere?»

«Mi dica perché! Perché ha sentito il bisogno di torturare quelle povere ragazze?»

Sulle prime pensa di dare a Cosmus una risposta breve. Di quelle che Cosmus vorrebbe. Di quelle che mettono in risalto il concetto che Cosmus ha della malvagità. La malvagità come vuoto: un assassino incapace di riflettere, di percepire, di sentire. O la malvagità come idiozia: un assassino che ode il dolore come una lingua che non capisce. O la malvagità come piacere: un assassino che ama infliggere dolore alle sue vittime. Ma ormai Hans Christian sa che non è così. Che non è mai così. Che nessun assassino e nessuna persona è così.

E se Cosmus dovesse fare la domanda sbagliata?

E se lui non avesse mai voluto tormentare nessuno né, tantomeno, uccidere nessuno?

È come trovare le frecce del cacciatore nel bosco. Una in un cespuglio, una in un vecchio albero, una tra i giunchi del ruscello. La domanda non è: perché il cacciatore voleva tormentare il cespuglio, l'albero o i giunchi, ma piuttosto: che cosa cercava di catturare?

E se lo scopo fosse stato fin dal principio qualcosa di diverso e di più grande del dolore e della morte?

I seni.

Tutto ruota intorno ai seni.

Hans Christian sente una lama di luce attraversarlo, attraversare tutta la gabbia, che quasi si illumina e scocca scintille, come quando un fulmine si abbatte su un albero.

Lo scambio tra i seni di Anna e della lavandaia non era espressione del desiderio dell'assassino di fare del male. Era l'assassino che faceva pratica. Era l'assassino che si esercitava a ricucire un seno su un corpo umano e che, intelligentemente, aveva usato le due donne sia come donatrici sia come riceventi. Non era questione di generare dolore, bensì di generare trasformazione.

«Voglio sembrare una donna» dice Hans Christian. «Ecco perché. Ho bisogno di un seno, così potrò sembrare una donna».

È così semplice. È così chiaro.

Passa un momento.

«Purtroppo, lei è gravemente malato» dice Cosmus. «Dimentichi pure la farinata o qualunque cosa possa addolcire la sua condizione. La sua dichiarazione verrà presentata al giudice Schwarz. Sono sicuro che, con l'aiuto del re, vorrà accorciare al più presto tanto i tempi del suo processo quanto il suo corpo. Provvederò di persona a procurare sia a lei sia alla prostituta una fossa anonima, dove potrete condividere le tenebre eterne, e neppure i vermi vi aiuteranno a tornare a quella terra da cui provenite».

«Io...» Hans Christian non fa in tempo ad aggiungere altro che sente il rumore degli stivali di Cosmus contro il pavimento e di porte che sbattono alle sue spalle.

Le voci dei pazzi ritornano. Come un cacofonico coro infernale.

La fame quasi lo annienta, ora che sa che per il momento non avrà da mangiare.

È prigioniero. Prigioniero di quello spazio angusto.

Prigioniero del suo corpo e dei suoi bisogni.

Prigioniero della sua mente, prigioniero delle immagini del cadavere di Anna appeso al gancio sopra il canale, delle immagini del braccio pallido della lavandaia nella melma del letamaio, delle immagini dell'assassino che fugge con la vestitrice in spalla. Prigioniero della sua brama di sentirsi voluto e amato su questa terra, in questa vita.

Già, tutti sono prigionieri. Ognuno a suo modo. Sua madre era prigioniera della povertà, e suo padre dell'orgoglio. Edvard è prigioniero delle sue virtù, Cosmus della sua ambizione. Perfino Piccola Marie è prigioniera: della disperazione e della povertà, di una vita che non potrà mai cambiare.

Anche l'assassino si sentiva prigioniero del suo corpo? Forse non accetta la sua prigione, cerca di evadere, di cambiare il suo destino. Ha un folle piano per diventare un'altra persona e una versione migliore di sé, e Hans Christian capisce quel progetto e lo ammira. Anche lui ha desiderato cambiare il suo destino di figlio di un povero calzolaio e di evadere da quella solitudine che conosce come il peso delle ossa nel corpo. Solo che l'assassino è disposto a spingersi oltre e a sacrificare molte più cose di lui. È disposto a mettere a repentaglio tutto – la sua reputazione, il suo corpo e la sua vita – per diventare la persona che vuole essere.

Disposto, o disposta.

Un'ondata di grida, un fragore di vetri rotti.

Hans Christian apre lo sportellino facendolo sbatacchiare. «Lo so!» grida. «So tutto, fatemi uscire, fatemi uscire». La sua voce rimbalza contro le pareti della gabbia e risuona nel corridoio, per poi sparire di nuovo nella sua bocca. Cerchi di parole e di pensieri. La sua anima vaga di qua e di là sulle gambe magre, dentro e fuori, come fumo.

Come fumo. Hans Christian è sicuro che ci sia fumo nell'aria.

Forse sono i resti del tabacco da pipa di Cosmus.

Forse è scaturito dalla minaccia di Cosmus delle tenebre eterne e delle fiamme dell'inferno.

Hans Christian è completamente irrigidito dalla paura.

Forse è la sua immaginazione, ma sembra vero: sente il puzzo di legno bagnato e di carne cotta, e riesce a vedere il fumo bianco infilarsi dallo sportellino e girare turbinando come un'anima derelitta.

Comincia a tossire.

Ode delle voci, qualcuno che grida: «Al fuoco! Al fuoco!», forti colpi contro una porta.

In un certo senso è un sollievo. Non è lui il problema.

I suoi sensi non lo ingannano. Ma al tempo stesso è anche terribile, raccapricciante. La paura sgorga dalla pelle riversandosi nella tenuta da matto, il puzzo del suo sudore si mescola al fumo.

Con ogni probabilità qualcuno sta cercando di cancellare tutte le tracce, è così impaziente di farlo sparire dalla faccia della terra da non poter aspettare il corso della giustizia e il colpo della mannaia. Qualcuno non solo vuole porre fine alla sua vita, ma anche cancellare la sua esistenza.

Ecco, adesso sa che cosa nella natura del fuoco lo spaventa di più.

Divora, fonde e distrugge.

Non lascia nulla alla posterità. È capace di devastare un'intera biblioteca radendola al suolo in poche ore. Come se non fosse mai esistita.

Vorrebbe prendere a calci lo sportellino, vorrebbe chiamare aiuto.

Ma è già avvolto dalle nebbie del fumo.

## 4.

Un giorno le avrebbero rese ricche. Gli zolfanelli di Anna.

Adesso Molly ne sfrega uno contro la parete e vede il tizzone saltar giù in un mucchio di paglia sparsa. Una fiamma quasi invisibile stilla lungo il canaletto del pavimento pieno di immondizia, panni strappati ed escrementi, si gonfia formando una palla di fuoco arancione che sfreccia sopra il sottile rivestimento della stanza fatto di ortiche rinsecchite e sacchi vecchi. La prima nuvoletta di fumo si leva verso la finestra chiusa dello scantinato. Il magazzino dei viveri dismesso è isolato rispetto all'edificio principale; sicuramente l'incendio rimarrà circoscritto a questo padiglione senza estendersi al resto dell'ospedale, però sarà sufficiente.

Fra un paio di minuti il fumo diventerà molto più intenso.

Presto potrà allertare le inservienti e tutti i matti che si trovano nello scantinato. Poi, per qualche minuto, scoppierà il caos. Spera di avere abbastanza tempo per trovare Hans Christian e tirarlo fuori di lì.

Per un attimo quasi si pente. Avrebbe fatto meglio a scappare, a raggiungere Cala Odino e ricominciare daccapo? Una nuova vita, o una vita vecchia, insieme alla madre e a Piccola Marie? Era una prospettiva allettante. Le era sembrata giusta. Ma non poteva. Non poteva voltare le spalle alla giustizia. A Hans Christian. Deve assolutamente farlo uscire da quell'orrendo ospedale. E trovare il vero assassino.

Raggiunge il corridoio e si imbatte in un'inserviente con gli occhi cerchiati, che scruta Molly come per capire se è una paziente e poi nota la divisa che ha rubato da un filo del bucato dietro l'ospedale. «Che cosa ci fa qui, signorina?»

«Mi hanno mandato a prendere l'ortica» risponde Molly. Dai tempi in cui lavorava all'ospedale ricorda che la usavano per fustigare i malati di mente. «Ma poi ho sentito un odore di fumo».

«Fumo?»

In quello stesso istante si ode un forte crepitio.

«Che succede?» L'inserviente si avvicina alla porta e guarda dentro la stanza. Tutta la parete è in fiamme, le assi del soffitto sono arroventate. Molly vede le sopracciglia dell'inserviente aggrottarsi e le sue guance avvampare per il calore.

«Attenzione» le dice, tirandola via all'ultimo momento, prima che le fiamme avvolgano il telaio della porta. Aveva solo voluto creare un po' di confusione con il fumo. Tutti i copenaghensi hanno il terrore del fuoco. Vecchie paure e vecchie storie dilagano in sovrabbondanza dagli incendi del 1728 e del 1795. L'ultimo lo ricordano in parecchi per averlo vissuto sulla propria pelle. Molte famiglie erano rimaste senza casa per anni, dopo che quasi mille abitazioni erano state distrutte dalle fiamme. Ma non era stato nelle intenzioni di Molly che il fuoco divorasse voracemente lo scantinato dell'ospedale.

«Al fuoco» dice l'inserviente tra sé. Poi lo grida, ripetutamente, corre verso le scale e sale di sopra.

Molly si unisce al grido. «Al fuoco! Al fuoco!» urla, precipitandosi verso il reparto dei pazzi. Apre il cancello arrugginito e si guarda intorno per orientarsi. Le gabbie dei matti sono allineate nel lungo corridoio proprio davanti a lei. Prende una lanterna appesa a un gancio, scavalca un gradino alto e comincia a bussare alle porticine.

«Hans Christian, sei lì dentro?»

Si mette in ascolto. Dietro le porticine sente sferragliare, rumoreggiare e sbraitare. Un paziente ulula come un lupo, un altro singhiozza e prega il re di concedergli la grazia.

«Salvatemi!» grida un altro ancora.

«Hans Christian, sei tu?» Molly poggia l'orecchio contro la porticina. «Di' qualcosa. Hans Christian?»

«Sono io» è la risposta. «Sono io. E papa Pio VIII, siamo in tanti, tutti nello stesso corpo» sente gridare, ma non è la voce di Hans Christian.

Al capo opposto del corridoio ode una guardia organizzare una catena per portare l'acqua giù nello scantinato, ma il fuoco si è già fatto impetuoso e il fumo si espande, si infiltra sotto ogni soffitto e penetra da ogni crepa.

Molly prosegue a passo svelto. Senza aspettare che le rispondano, bussa alle porticine e riprende la corsa. «Hans Christian, dove sei?»

Il corridoio termina bruscamente con una parete scintillante di umidità. Qui il fumo è bloccato e vortica diventando sempre più fitto, tanto da costringere Molly a trattenere il respiro.

Nell'ultimo tratto buio ci sono soltanto due porticine.

Bussa a entrambe, senza ottenere risposta.

Davanti a una c'è uno sgabello. Scansa lo sportellino del passavivande e sbircia. L'interno è pieno di fumo.

«Sei tu?»

Non riceve risposta. Si china, accosta la lanterna allo sportellino e guarda dentro la gabbia. Intravede un petto gracile nella misera tenuta da matto e un viso ridotto a una massa sanguinolenta dalle percosse, la bocca aperta piena di bava, la lingua bianca. Quasi non lo riconosce, sembra un lebbroso, un poveretto distrutto.

Però è lui.

Molly tira il grosso catenaccio della porticina e la apre. Non è la prima volta che vede una gabbia dei matti, ma resta ugualmente sorpresa. Non è più grande della cassa di legno in cui fu seppellito suo padre. Il fondo è cosparso di terra e di paglia e strani ricordini rinsecchiti, e Hans Christian giace in un lago di sangue e di piscio.

Cerca di prendergli la mano, lui strilla, le resiste, forse è tutto inutile, se non era pazzo prima adesso lo è diventato di sicuro.

# 5.

L'odore di fumo e di zolfo nelle narici, non ha più dubbi: sta scendendo nell'abisso, nell'inferno. Il diavolo ha spalancato le braccia. Sicuramente è l'unico che può volere un pessimo cantante, un pessimo scrittore, un pessimo assassino. È un'ironia della sorte e una fine estremamente appropriata. Colare a picco tra le fiamme, dato che in vita nulla faceva più paura a Hans Christian dell'idea del mare di luce divoratore del fuoco.

«Hans Christian?»

La voce di Molly. Lontana. Forse lo sta chiamando dal suo letto di morte per dirgli addio.

«Hans Christian? Mi senti?» Di nuovo la voce di Molly: sta gridando.

«Addio, Molly, mia amica impossibile» le grida di rimando. Se le sue tendenze non fossero state così sbagliate, e se lei non avesse fatto la vita, e se l'idea non gli fosse apparsa così terrificante, forse l'avrebbe sposata.

«Salutami Marie» grida.

«Riesci ad aprire gli occhi?» strilla Molly, sollevandogli a forza le palpebre. Eccola, una gran bella vista: arrabbiata e agitata e affannata e piena di vita.

«Sei diventato completamente pazzo?» gli domanda lei tirandolo.

«Sono sempre stato pazzo. Sono stato io a uccidere tua sorella».

Molly lo guarda, cerca le parole, ma non le trova. Allora gli tira una fulminea, fortissima sberla sulla guancia e poi gli sussurra affettuosamente all'orecchio: «Su, vieni, dobbiamo uscire di qui».

«Ah sì?» domanda lui.

Molly lo aiuta a tirarsi fuori. C'è fumo ovunque. Gli afferra la mano, punta il piede contro la parete e lo porta fuori nella luce. Hans Christian è un unico fascio di dolore.

Il fumo si è infittito. Dappertutto si odono urla, richieste di aiuto. Un pazzo sbraita un inno: *I miei giorni svaniscono in fumo, e le mie ossa si consumano come un tizzone.*

Molly tossisce. Hans Christian fa per vomitare, ma non ha niente in corpo. Adesso è completamente sveglio, batte le palpebre sotto grumi sanguinolenti. «Molly, sei davvero tu?»

«La tua unica amica» sussurra lei. Lo tira su in ginocchio e poi in piedi. Non può portarlo in braccio, ma non può nemmeno sostenerlo. Scivolano di qua e di là sulle pietre viscide, ogni passo è un supplizio.

«Credevo di essere nell'inferno dantesco» dice lui. «Credevo che le fiamme fossero venute per far evaporare il peccato dal mio corpo».

«Sta' zitto» gli bisbiglia Molly all'orecchio.

Hans Christian si sforza di vedere, ma i suoi occhi sono ancora sofferenti, rovinati dal buio della gabbia e da quelli che gli sembrano tanti giorni di disperazione. «Che succede?»

«Inservienti, guardie» risponde Molly. «Cercano di spegnere l'incendio, ma è inutile. Fino a quando non si sposteranno, non possiamo uscire».

Con uno sforzo Hans Christian apre gli occhi e vede delle persone faticare per calare acqua giù nello scantinato. Tossiscono e gridano in preda al panico mentre il fumo si fa sempre più fitto.

«C'è solo una via d'uscita» dice Molly. «Su per le scale. Attraverso il cortile. Fuori dal cancello. Ma non possiamo superare quella gente».

Si odono ancora grida, le sirene della paura alle loro spalle.

Hans Christian si volta verso le numerose porticine

chiuse da dove provengono le grida. «Perché nessuno li aiuta? Non penseranno, spero, di...»

«Hans Christian, no» dice Molly. «Non farlo».

Lui raggiunge una delle porticine. «Non possiamo abbandonarli così. Dobbiamo aiutarli».

«Dimentichi che sono pazzi, creature folli, assassini, non devono scappare, hanno bisogno di docce e di misture vomiche e di fustigazioni con l'ortica».

Hans Christian riesce a immaginare fin troppo vividamente il panico di cui sono preda in questo preciso istante. «Avremo anche più possibilità di svignarcela, se li...» Hans Christian agita la mano per allontanare il fumo. «...liberiamo. Così terranno occupate le guardie mentre noi scappiamo».

Molly lo guarda a lungo. «Forse hai ragione».

Le gabbie di contenzione sono oltre quaranta. Non appena riescono a scassinare la serratura e ad aprire la porticina, strane creature, corpi deformi e figure urlanti strisciano fuori nel corridoio. Molti indossano le tenute a righe, alcune ridotte in brandelli; due o tre sono nudi e impiastrati di polvere e di merda. Le loro voci quasi coprono il rombo del fuoco, molti vengono subito colti dal panico e corrono verso le scale. Due si azzuffano.

Hans Christian cerca di guardare in direzione delle scale. Il fumo è fitto come una giungla marrone, e solo la fioca luce delle fiamme rimbomba giù in fondo. Le sagome delle inservienti si stagliano contro il fumo mentre tentano in tutti i modi di impedire ai pazzi di scappare.

«Dobbiamo uscire, subito» dice Molly, spingendo Hans Christian sulla schiena.

Sono quasi arrivati alla porta delle scale e stanno per uscire zigzagando tra le inservienti.

D'un tratto Cosmus si para davanti a loro. Il suo imponente corpo riempie tutto il vano della porta.

Molly lo vede e si ferma di botto. Hans Christian fa per dire qualcosa, per spiegarsi, ma Cosmus lo precede.

«Ma dove va, Andersen?» urla con una forza che taglia il fuoco e il fumo.

«Dobbiamo uscire, rischiamo di finire carbonizzati» risponde Hans Christian e comincia a tossire. Si avvicina alla porta per poter vedere il questore, che si copre il naso con un fazzoletto.

«Voi restate qui» dice Cosmus, spingendo Hans Christian indietro nel corridoio. «E lasciate che la giustizia superna si occupi di voi».

«Non puoi farlo» tossisce Molly, avanzando verso il questore. «Non è stato lui. È innocente. Sono stata io a...»

«È finita, Andersen» grida Cosmus, spingendo anche Molly, che inciampa e cade dentro una stanzetta buia. Cosmus quasi scompare nel fumo fitto. Hans Christian lo vede girarsi verso le inservienti. «Le chiavi» sbraita, chiudendo la porta con uno schianto, tanto che lo spostamento d'aria fa turbinare il calore e il fumo in faccia a entrambi.

Il buio li inghiotte di nuovo. Solo la lama di luce arancione sotto la porta permette di orientarsi un minimo. La chiave sferraglia nella serratura.

«No» urla Hans Christian, picchiando contro la porta rovente. «No!»

Non accade nulla, il rumore delle sue nocche si dissolve nel frastuono e nel fragore.

Molly è rimasta distesa sul pavimento nel punto in cui è caduta. Hans Christian striscia fino allo spiraglio. Nelle vicinanze del pavimento c'è meno fumo. Intravede a mala pena Cosmus, che tenta di mandare su per le scale le inservienti e i guardiani ausiliari mentre si azzuffano con un paio di evasi; i guardiani brandiscono i manganelli a più non posso, uno dei folli si è trasformato in una fiaccola accesa e assale un ausiliario; i due cadono in terra in una scazzottata infernale che nessuno può vincere, perché entrambi vengono sconfitti dal fuoco. Si levano grida stridule. I due corpi divampano. Cosmus li osserva terrorizzato senza intromettersi, poi scansa a spinte due inservienti e si fa largo su per le scale. «Fuori! Tutti quanti fuori! Subito!» sbraita. E sparisce.

Tutti se ne vanno, resta soltanto il fuoco. Sembra inghiottire tutti i muri e il vano delle scale in un sol boccone mugghiante e sfrigolante.

Alle proprie spalle Hans Christian riesce a vedere Molly, che respira con grande fatica. Anche a lui manca l'aria e la cerca sotto la porta, mentre vorrebbe strisciare fino a lei.

Poi, ecco che le vede.

Le chiavi del guardiano. Sono là fuori, accanto ai resti dell'uomo, strette in qualcosa che somiglia a una mano, cinque dita strette intorno alle lucide, sfavillanti chiavi.

«Molly?» grida, senza distogliere lo sguardo. «Molly, resisti».

Non la sente piangere, ma sente quasi il suono delle sue lacrime, che colano sul pavimento infuocato come pioggia su un falò ridotto a braci.

«Credo, credo...» dice fissando le chiavi. Se solo potesse arrivare a prenderle. Parlarci.

Molly è strisciata fino alla porta. Guarda fuori e vede la stessa cosa. «Tieni» gli dice, porgendogli il suo spillone.

Hans Christian si rende subito conto che non potrà funzionare, ma prova lo stesso: la distanza è troppa. «Non... ci... riesco» dice, ritirando il fermacapelli.

«Ci siamo? Ci siamo veramente?» dice Molly tossendo.

Hans Christian guarda di nuovo dallo spiraglio.

Le chiavi sono infilate in un anello nero. Cinque chiavi in una grossa corona di ferro. Se solo si lasciassero convincere ad alzarsi, se solo si lasciassero attirare da un bocconcino prelibato. O magari basterebbe spiegare alle chiavi che devono venirgli un po' incontro invece di starsene buttate lì inutilmente? In fondo, perché non svegliare un mazzo di chiavi? Da sempre sa parlare con gli oggetti: da piccolo aveva un bastoncino che riusciva a convincere a fare di tutto.

«Ehi, care chiavi» sussurra, perché non si deve mai gridare agli oggetti, ascoltano solo le voci più esili, quelle dei bambini e degli animi fanciulli.

Sbircia Molly: ha lo sguardo velato, l'affanno. Poi volge di nuovo gli occhi verso le chiavi.

«Avete aperto questo e quello, siete state girate e rigirate, chiuse dentro e chiuse fuori. Nelle mani sbagliate avete tenuto prigioniera l'innocenza e sbattuto la giustizia dietro un catenaccio. Ma mai di vostra volontà. Voi volete soltanto custodire e proteggere. O sbaglio?»

«Con chi diamine parli?» grida Molly alle sue spalle. Lui agita la mano per farla tacere.

«Proteggete la donna sola nella stanzetta, proteggete la capanna nel bosco, il rifugio sicuro della famigliola. Proteggete la porta della dispensa, per impedire ai ladri e ai roditori di rubare le gioie del cibo. Siete voi. È il vostro lavoro, care chiavi. O sbaglio?»

«Hans Christian, basta... basta». Molly è scoppiata a piangere di nuovo. Bisbiglia il nome di Piccola Marie, si scusa con Anna, si scusa perché non ce l'ha fatta ad accudire sua figlia.

«Care chiavi, sapete una cosa?» sussurra Hans Christian.

«No, cosa, signor scrittore?»

«Adesso avete l'opportunità di alzarvi e fare di più che liberare la gente e rinchiudere gli oggetti. Di far ruotare il mondo intorno al vostro asse invece di lasciarvi girare a forza per mano d'altri. Dovete semplicemente alzarvi sulle vostre zampette di ferro; ecco, così, siete in cinque, dipende da voi se avete due gambe e tre braccia, oppure quattro gambe e un bastone; alzatevi comunque e venite da questa parte, chiavi care».

Dietro di lui Molly piange, tossisce e piange. È in balia del fumo. E al contempo sussurra disperata il nome di Hans Christian, accorciandolo sempre di più, finché resta solo Hans, Ha, H, parole che si dissolvono, come una noce di burro nella farinata calda.

Un'ultima occhiata alle chiavi. Ed ecco che succede. Ne era sicuro.

Gli oggetti sono dotati di vita, le trottole e gli alberi e le bambole e i soldatini di stagno. Ci sono spiriti negli acciarini e vecchie anime nelle fiamme, il mondo si muove, e le chiavi di ferro possono camminare. Insicure, esitanti, come un bimbetto che va incontro alle braccia aperte della madre. Eppure. Camminano.

## 6.

Molly ansima e piange.

Piange per se stessa e per lo scrittore pazzo, che si è messo a parlare alle chiavi. Piange per Anna e per la dolorosa ingiustizia della vita che costringe una brava persona in ginocchio e la calpesta, schiacciandola nel fango finché non riesce più a respirare. Ma soprattutto, piange per Piccola Marie. Che ne sarà di lei? La aspetta davanti all'ospedale. Ma presto si renderà conto che non tornerà. Sicuramente nei primi giorni vagherà per le strade. È il periodo più pericoloso. E se cadesse nelle mani di uno dei fabbricanti di tabacco che hanno fama di prendere i bambini per strada e tenerli occupati da mattina a notte fonda ad arrotolare sigari, lasciandoli riposare soltanto per poche ore in squallide baracche? Sarà questo il destino di Piccola Marie, ora che non ci saranno più né la madre né la zia a prendersi cura di lei? Oppure la bambina ha imparato a sufficienza le regole della strada e le leggi crudeli della città per badare a se stessa e tornare nella palazzina delle prostitute? Salomine si muoverà a compassione, oppure la venderà al miglior offerente? O forse Piccola Marie si avvierà alla volta di Cala Odino e magari troverà una nuova casa lungo la strada, presso un contadino al quale possono tornar utili due braccia in più e una natura a disposizione? Era stato il compito di Anna prima e di Molly poi donare a Marie una vita migliore di quella che era stata offerta a entrambe. Ma quel compito non è riuscito. Piccola Marie è abbandonata a se stessa.

«Molly, Molly...»

Molly leva lo sguardo. Hans Christian è lontanissimo.

Ma davanti a sé tiene le chiavi, le chiavi della porta.

«Come...?» domanda lei tossendo, mentre a fatica si tira su in ginocchio.

«Mi sono venute incontro» risponde lui con una spiegazione assurda. Sostiene che tutto sogna di essere qualcos'altro: i poveri vogliono diventare ricchi, i ricchi vogliono essere liberi, gli alberi vogliono uscire dal bosco, il bosco vuole raggiungere la città, gli uccelli guardano con invidia i pesci sotto le onde scintillanti, mentre le chiavi e gli oggetti di ferro vogliono essere duttili come la poesia.

«Ah, smettila» ribatte lei, strappandogli di mano le chiavi e aprendo la serratura.

Ormai il corridoio è deserto: il fumo e le fiamme hanno svuotato l'edificio.

Molly prende Hans Christian per mano: «Stringila forte, conosco la strada».

Tutto il cortile è in subbuglio. Uomini che urlano, donne che si sono tolte i vestiti. C'è chi vomita in un angolo, chi si azzuffa per arrivare all'acqua del trogolo, una ressa di pazzi e maiali e galline scappa dal cancello, dall'ospedale, mentre due o tre guardie cercano invano di trattenerla. Le inservienti sono impegnate a organizzare una catena umana che trasporti secchi pieni d'acqua fino a una pompa antincendio che manda un getto dentro una finestra dello scantinato, ma che rimane a secco perché né le inservienti né il pozzo ce la fanno a tenere il ritmo. Un cavallo si impenna ed è sul punto di rovesciare un carro carico di mercanzie. Una giovane inserviente avvolge la testa di un vecchio in un telo bagnato.

«Scappiamo» grida Molly all'orecchio di Hans Christian. «Prima che qualcuno si accorga della nostra sparizione».

Corrono verso il cancello e si mescolano a un gruppo che si riversa fuori in strada, esultando o urlando dal terrore. Molly scorge una guardia nell'androne, ma proprio in quel mentre viene assalita da due in tenuta da matti che le strappano di mano la mazza chiodata, le sfilano il berretto e si disperdono per la città insieme a tutti gli altri.

Molly afferra Hans Christian e lo trascina via.

Davanti all'ospedale c'è più gente che in pieno giorno, e quando escono in strada vengono superati da un grande carro con un'altra pompa antincendio e otto uomini che gridano e suonano una campanella. Da qualche parte nelle vicinanze un poliziotto soffia in un fischietto.

Molly cammina davanti, attraversa la strada e guida Hans Christian sotto un gruppo di alberi sul terrapieno. Lui la guarda stupito. Poi scorge Marie che, nascosta dietro una sterpaglia, li guarda con tanto d'occhi. Quando si avvicinano, la piccola scende di corsa il pendio e si getta fra le braccia di Molly.

«Su, su, marmocchietta» ansima Molly, appoggiandosi a un albero. Le sembra di avere i polmoni pieni di cenere, schegge di legno e scintille. Rigetta. Il vomito caldo di un pasto che non ricorda. «Ti avevo detto...» dice a Marie, respirando a fatica.

«È stata zia ad appiccare l'incendio» sussurra Marie a Hans Christian. «Voleva farti uscire».

«Smettila» le dice Molly, passandosi una mano sulla bocca. «Non sono cose di cui vantarsi. Ho commesso una sciocchezza. Queste cose non si fanno».

Si ode uno strano tamburellio. Prima sull'asfalto, poi sulle chiome degli alberi.

Si voltano a guardare. Lungo la strada. È pioggia, a goccioloni, che cade fitta e pesante dai nembi scuri. La luce guizza e tremola sopra l'ospedale, mentre la fiumana di gente in fuga continua, ormai in preda a un panico ancora più sfrenato. Un poliziotto è impegnato a catturare alcuni giovani che se la stanno svignando con un cavallo.

Hans Christian si sofferma di fronte a Molly e la guarda con un'espressione strana. La sua tenuta da matto è lacera e fuma di calore, mentre le gocce gli cadono sulle spalle e sui riccioli. Il viso è nero di fuliggine e rosso di sangue. L'abbraccia. Lei sente il suo scheletro tutto spigoli, le costole e le mani nodose. Sembra un gesto innaturale e rigido. Come abbracciare una mensola.

«Ti devo tutto» le dice. «Grazie, grazie».

Indugiano per un momento con il rumore stridulo della città alle spalle. Molly lo sente fiutare il suo odore. Fa una serie di respiri profondi, avvicina il naso al suo collo e la annusa. Poi si libera dalla stretta e la guarda.

«Quest'odore» dice lui. «È strano».

Lei lo scosta con una spinta, sentendosi in imbarazzo. Si è ammazzata di fatica al castello, ha apparecchiato per mille ospiti, ha dato la caccia a un assassino, si è sottratta alla polizia, ha liberato lui dalla gabbia dei matti e da un mare di fiamme, si è addirittura cambiata quando è salita nella stanzetta a prendere Marie, ma ovviamente non odora come una madame di Parigi. Odora di paura e di rogo.

«Non era questo che intendevo» dice lui additandola. «Dove l'hai preso?»

«Che vuoi dire? Dove ho preso cosa?»

Molly nota che è agitato. Hans Christian afferra il foulard, affonda il naso nella stoffa. «È lo stesso odore, lo stesso odore di quando sono stato aggredito» dice e racconta dell'assassino che gli ha premuto la stoffa contro il naso e la bocca, e di come quello strano odore per poco non lo ha ucciso.

«E che ne so?» ribatte Molly seccata. «Non è neanche mio. Era di Anna».

Piccola Marie scuote il capo.

«L'ho trovato nella sua stanzetta. Probabilmente era suo» aggiunge Molly.

«Dove? Quando lo hai trovato?» le domanda Hans Christian.

«Quel giorno» risponde lei. Il giorno in cui aveva visto tirare fuori dall'acqua Anna e arrestare il ritagliatore di carta. «Sono salita a mettere in ordine. L'ho trovato per terra». Si toglie il foulard e lo guarda. «Però non l'ho mai visto addosso ad Anna, non l'ho mia vista con un foulard così fine». Molly lo annusa, ma sente soltanto l'odore di fumo. Coglie solo un vago sentore di qualcosa di esotico, forse limone.

«Me lo fai vedere?» Hans Christian apre il foulard e lo alza verso il cielo che pian piano si sta schiarendo. «Da dove vieni?» domanda, come rivolto al foulard.

«Chissà. Forse da un cliente? Da un mercato? Un ambulante».

«È di fattura squisita» commenta Hans Christian. «Con ricami. Tanti ricami. Non è un fazzoletto da quattro soldi. È un lussuoso effetto personale della consorte di un orologiaio, della figlia di un carraio, è il regalo di un direttore alla madre».

Molly lo sa. Proprio per questo le piace. Le vengono in mente le piccole lettere ricamate sulla stoffa. «Ci sono delle inimilineali» dice.

Hans Christian la guarda: «Delle cosa?»

«Sì, insomma. Inimissiali. Come l'abbreviazione di un nome».

«Ah. Volevi dire iniziali?»

«Sì» risponde Molly, sentendosi avvampare. «Non è quello che ho detto?» domanda a Piccola Marie, che scuote il capo.

«AVK» legge Hans Christian, guardando il foulard.

Lei non sa che cosa dire. Lo ha solo trovato lì. Dietro la porta. E se fosse dell'assassino? L'idea di essere andata in giro con qualcosa che li potrebbe riportare sulle tracce dell'assassino è quasi insostenibile. Perché quell'idea non l'ha neppure sfiorata?

«Sappiamo con sicurezza una cosa» dice Hans Christian guardandola. Tende la mano con un dito puntato. «Che l'assassino è un ufficiale. Un ufficiale di marina».

«Sì» conferma lei. E guarda le tre lettere.

«E dove abitano gli ufficiali di marina danesi?» domanda Hans Christian.

Lei sa tutto in proposito. «Alla base navale» risponde. Tutte le prostitute hanno clienti che abitano in via dell'Unicorno e in via del Cammello e in tutte le altre strade con nomi che i naviganti danesi hanno riportato dai loro viaggi. L'intero quartiere intorno alla base navale è stato battezzato con quel sistema.

Hans Christian annuisce. «Quindi, forse sappiamo dove abita».

Molly considera l'idea di misurarsi di nuovo con quella parola: iniali? Ma ci rinuncia. «E forse sappiamo addirittura che ha un nome con AVK».

«Sì, forse, se mai questo foulard potesse appartenere a un uomo» risponde Hans Christian esaminandolo.

In quell'istante arriva una carrozza in senso opposto al traffico e si ferma davanti all'ospedale. Le portiere si spalancano, alcune sagome si mettono in posizione nell'androne. Poco dopo il questore scende sul marciapiede sotto la pioggia e si guarda intorno furioso, prima di slacciarsi l'elmetto e risalire nella carrozza.

«Isolate tutta la città, perquisite ogni singola cantina, ogni singola soffitta» sbraita agli agenti in strada, che battono i tacchi e raggiungono il cortile.

Hans Christian segue con lo sguardo la carrozza che sparisce in fondo alla strada a una velocità pazzesca, costringendo la gente a saltare dentro la cunetta.

«Andiamo via di qui» dice, affrettandosi in mezzo agli alberi in direzione della strada che passa dietro l'ospedale.

Molly lo segue. Marie le prende la mano. Forse per evitare di cadere al buio, forse perché sente che la zia è frustrata. Quella manina calda nella sua mano fredda. Si lasciano alle spalle gli alberi e raggiungono il marciapiede. Le finestre si illuminano. Abitanti si riversano in strada per vedere la causa di tutto quel trambusto. Si odono boati e rimbombi, grida e urla. Molly tiene forte Piccola Marie e prosegue lungo la strada.

Hans Christian sembra un sonnambulo, con la tenuta da matto a righe larghe piena di fuliggine.

Fra mezz'ora sorgerà il sole. Fra mezz'ora forse avranno preso l'assassino.

## 7.

«Dov'è?»

La voce è lontana. Viene da un altro mondo. O da dentro di lei.

«Dimmi, dov'è? Dov'è Isak?»

Un boato. Un fiore che si schiude. Madam Krieger si risveglia.

La luce del mattino che entra da una finestra. L'uomo è chino sopra di lei. Lo riconosce immediatamente. Il medico. La faccia spruzzata di sangue. Una palpebra è rossa, l'altra bianca. Come la maschera di un pagliaccio. C'è sangue sul labbro, sul mento e sul collo, c'è sangue sulla camicia bianca. Le sue mani le cingono la gola. Lei riesce a vedere il suo odio, ogni sua fibra gli grida di annientarla, di strangolarla, di spegnerla. Ma si controlla. È costretto a farlo.

Madam Krieger è confusa, ha la testa pesante. Come dopo una colossale sbronza di acquavite. Scorci della festa e della notte e del torpore l'attraversano a sprazzi, un ultimo ricordo del chirurgo, il bisturi scintillante e luminoso nelle mani prima di affondarlo nella sua carne. Aveva sperato di risvegliarsi trasformata. Di risvegliarsi piena di forza, come se tutte le stelle del cielo fossero cadute su di lei. Di risvegliarsi in un mondo fulgido, dove ogni cosa fosse al posto giusto.

Ma nulla sembra cambiato. A parte il bruciore al petto. È addirittura distesa nello stesso posto, sul tavolo della grande aula. Sente dei rumori nell'edificio, passi lontani. È mattina presto, forse i primi medici e assistenti stanno arrivando all'accademia. Deve trovare il modo di uscire, di nascondersi, escogitare un altro piano che metta le cose a posto e le faccia sentire che tutto è come deve essere. Si alza sui gomiti, spazia con lo sguardo nella stanza.

«Dov'è mio figlio? Parla, razza di...»

«Nel magazzino» gli risponde lei, impaziente di levarselo di torno. «Giù al porto». A ogni parola si sente trafiggere da un dolore lancinante come un colpo di baionetta.

«Quale magazzino? Dimmelo, lascia che lo aiuti».

Lei gli dà indicazioni su dove si trova il magazzino. Il deposito di zucchero. Forse ha fatto male. Forse avrebbe dovuto indirizzarlo da un'altra parte, ma l'importante è che l'uomo se ne vada. E poi il figlio non è nel magazzino, lo ha portato via di lì un bel po' di tempo fa. Si trova a casa sua, ma non glielo vuole dire. Sicuramente è morto. Non mangia e non beve da parecchio, forse diversi giorni.

«Se non è là» dice il professore. «Se... se gli è successo qualcosa, giuro sulla tomba di Davide che ti ucciderò. Hai capito che cosa ho detto, razza di mostro?»

Quando il medico esce dall'aula, lei ode il rumore dei suoi passi. Si sente sollevata di essere di nuovo sola. Il cadavere di Johanne giace per terra. Buttato da una parte come la carcassa di una volpe malata. C'è sangue sul suo viso, sul suo collo e sulle sue braccia, sangue sul telo bianco che il medico le ha avvolto intorno al petto. Ha le labbra nere, la bocca bloccata in una brutta smorfia, il petto pallido e scheletrico come un pollo morto da un giorno appeso al gancio di un rivendugliolo.

La morte non è bella, non tira fuori nessuna bellezza dalla vita, pensa madam Krieger.

C'è sangue dappertutto. Sul tavolo, sul pavimento, sulle pareti.

Ha perso tanto sangue anche Johanne, o solo lei? Quanto sangue può contenere un corpo? Non c'è da meravigliarsi se si sente mancare, debole e sfinita. Quel medico maledetto, pensa. Forse l'ha dissanguata di proposito, per farle perdere le forze. Si deve assolutamente guardare. Capire che cosa è successo. Ma nell'aula non ci sono specchi. Forse lungo il corridoio, nello studio di qualche docente. Madam Krieger si alza e si dirige vacillando verso la porta. Dopo pochi passi è costretta a fermarsi, si aggrappa al tavolo. Le gira troppo la testa, si sente malata e vecchia, indegna. Che fine hanno fatto le sue forze, tutta l'energia che aveva immaginato avrebbe riempito il suo corpo dopo l'intervento del medico?

Poi scorge un armadietto incorporato nella scansia della parete di fondo. È pieno di farmaci e di sieri, in esili contenitori e coppette munite di coperchi. Lo sportello di vetro rispecchia i contorni del suo viso. Si avvicina al mobile, stacca lo sportello e lo appoggia alla parete. È appannato sul retro. Raccoglie la sua camicia dal pavimento e pulisce il vetro sottile.

Indietreggia di un passo e riesce a intravedersi.

Finalmente, pensa pervasa da un'ebbrezza piena di speranza.

Vede il proprio viso. E il busto coperto. Via, va' tolto. Comincia a strappare il telo. Dalle clavicole e giù, verso l'addome. Il tessuto è incollato alle ferite, ogni volta che lo tira sente dolore. L'ultimo pezzo resiste, poi cede con uno strappo e una fitta che copre il bruciore.

Infine lascia cadere il telo per terra e si guarda.

La vista è sconvolgente, affascinante, stordente. L'uomo, che per tutti questi anni ha occupato il suo corpo contro la sua volontà, non c'è più. Il petto spianato non c'è più. Severin non c'è più.

Al suo posto c'è soltanto madam Krieger.

Le sue guance avvampano, le lacrime scorrono dagli angoli degli occhi. È la turgida mela sull'elegante ramo del biancospino, e lo sente in tutto il corpo. È una bellezza con una figura incantevole, il seno più attraente che una donna possa avere. Non si capacita della sua fortuna, della sua felicità. Non appena avrà sostituito gli orribili indumenti da ufficiale con gli abiti del guardaroba della sorella, si muoverà per la capitale a passo lieve, senza toccare terra, sostenuta dal favore del principe. La gente aprirà le finestre per salutarla, donne e uomini per strada le faranno l'inchino dalla cunetta, e il sole brillerà fortissimo. Ormai il principe non potrà respingerla, non potrà più guardare oltre.

Ode dei rumori nell'edificio, voci da qualche parte sopra di lei.

È di nuovo nella stanza rosso sangue.

I dolori tornano, urenti e lancinanti, ma non le importa. È solo il corpo che deve abituarsi alla nuova forma. Deve andare a casa, per compiere la trasformazione finale. Ha passato in rassegna il guardaroba della sorella e sa esattamente quale vestito indosserà all'incontro con il principe. Madam Krieger si riavvolge con delicatezza il telo intorno al seno e si abbottona la camicia sopra per nascondere la magia che si è compiuta. Le fa male, così male che è colta dalle vertigini ed è tentata di sedersi. Solo un momento per ritrovare le forze.

Si allaccia l'ultimo bottone della camicia. È soddisfatta. Il dolore lo può sopportare, presto passerà. Nei suoi lunghi viaggi per mare ha visto persone vincere dolori ben più grandi del suo. Un cadetto con il viso in fiamme dopo una violenta scaramuccia. Gli erano rimasti solo i denti, pigolava come un bambino, ma poi era passato. Il dolore esiste per acuire la logica, come dice Schneider.

Madam Krieger sguscia fuori dalla porta, raggiunge il corridoio e l'ingresso principale senza incontrare nessuno. Il suo corpo è tutto un dolore, tanto che quasi non ce la fa a camminare, e più che altro vacilla in avanti respirando a fatica. Esce all'aperto. Spaventata, si rende conto che la città è piena di gente e di carrozze, anche se piove e il sole non è ancora sorto. Si affretta a mescolarsi alla folla prima che qualcuno la veda sulla porta. Solo quando si avvicina alla via Grande del re, sente che sta succedendo qualcosa. Il traffico è fuori controllo, i cavalli prendono la mano, la gente attraversa senza riflettere, due uomini in tenuta a righe stanno in piedi su una mucca coricata e la pestano, una donna, anche lei in divisa a righe, si è lanciata a capofitto in una botte di acquavite mentre il bottegaio si lamenta a voce alta. Troppo tardi madam Krieger scorge due agenti che si riparano dalla pioggia. Si nasconde sotto il cappello e li supera camminando di fianco.

«Alt!» intima uno dei poliziotti. «Dove va?»

Madam Krieger si volta, pronta a mettersi a correre. «Sto giusto rientrando dalla festa degli ufficiali al castello. Sono stanco, devo andare a casa» risponde, indicando vagamente la strada. Quel gesto le procura dolori in tutto il corpo. Come se avesse degli uncini nella cassa toracica che tirano ciascuno in una direzione. È soddisfatta della sua risposta. Una festa al castello significa che è una persona importante, forse addirittura amica della famiglia reale. Chi la contraddirebbe o le farebbe il terzo grado in questo momento?

«Mi spiace, signore» dice il poliziotto, avvicinandosi. «Al crocevia alcuni matti hanno rovesciato un carretto pieno di anguille e di granchi. Ci vorrà del tempo prima che si possa attraversare la strada».

Madam Krieger intravede un gruppo di persone che litiga, mentre gabbiani volteggiano garrendo nelle vicinanze. «Da dove viene tutta quella gente?» domanda senza l'intenzione di aspettare la risposta.

«C'è stato un incendio all'ospedale. Qualcuno ha liberato tutti i poveri dell'ospizio e i matti. Siamo appena stati presi a male parole da un uomo convinto che Copenaghen fosse stata attaccata da un esercito ugonotto. Donne e bambini vengono aggrediti, nessuno può considerarsi al sicuro».

«Giro al largo. Grazie del consiglio, agente».

«Buon rientro, signor ufficiale» dice l'altro poliziotto, ma poi ci ripensa e afferra madam Krieger per un braccio. «Tutto bene?»

«Sì» risponde lei, con le labbra che fremono dal dolore.

«Perde sangue» dice il poliziotto.

Lei abbassa gli occhi e si guarda. Teme di vedere il sangue che potrebbe essere passato attraverso il telo e la camicia. Ma non c'è niente.

«Che cosa le è successo?» Il poliziotto indica la borsa da

ufficiale che porta a tracolla. Al centro c'è una grossa macchia di sangue.

«Ah, non è mio» risponde lei. «Andando via dal castello per poco non sono rimasto coinvolto in una rissa a Porto Nuovo. Un giovane marinaio si è dovuto difendere da un coltello. Ho tentato di aiutarlo, ma poi sono stato costretto a tirarmi indietro».

«Gentaglia» commenta l'agente, scuotendo il capo. «E noi che facciamo il giro per raccomandare ai bravi cittadini di rimanere in casa e di non aprire agli estranei».

«Già, le disgrazie non arrivano mai da sole» dice l'altro poliziotto, levando lo sguardo verso le nuvole e la pioggia, che è diminuita di intensità.

Madam Krieger si porta la mano al cappello e sta per rincamminarsi per via del Cittadino. Ma qualcosa nelle parole del poliziotto la stupisce. «A che cosa si riferisce?» domanda.

«Se viene dal castello, dovrebbe saperlo» risponde l'agente. «Corre voce che il giovane principe abbia trasgredito l'ordine di esilio presentandosi alla festa degli ufficiali. Certo, non vorrei spargere pettegolezzi, ma non è la prima volta che si sente parlare dei capricci festaioli del principe».

«Non ci ho fatto caso» dice madam Krieger. Le basta sentir nominare il principe che un dolore pulsante l'attraversa tutta. Anche il cuore. Il suo principe. Se solo potesse vederla ora, vedere che cosa ha fatto per lui.

«Pare che sua maestà fosse già arrabbiata di suo. E così adesso il genero sarà mandato in Islanda». Il poliziotto scuote il capo. Madam Krieger non sa se quel cenno riguardi il comportamento del principe o la decisione del re.

«In Islanda?» ripete. «Come mai?»

L'altro agente si intromette. «Mio fratello presta servizio al Corpo di guardia. Mi ha detto che questa mattina stanno armando la fregata del re. E il principe è a bordo».

Madam Krieger sente il sangue defluire dalla testa. Per un attimo i poliziotti si riducono a due puntini neri. Non può essere vero, pensa. Non deve essere vero. «Vicino alla dogana?» domanda, sforzandosi di dissimulare la disperazione.

«Al magazzino delle vettovaglie. *La stella della sera* è già ormeggiata là».

*La stella della sera*, pensa madam Krieger. Deve essere un segno. È la stessa nave a bordo della quale lei e il principe si sono incontrati la prima volta.

«Devo andare a casa, arrivederci» dice e si allontana di fretta, senza aspettare la risposta dei poliziotti.

Ha difficoltà a camminare. È come se dei punteruoli acuminati e dei coltelli affilati la trafiggessero a ogni passo. E i dolori sono peggiorati da quando ha saputo del principe. Ma non si dà per vinta. Non appena il principe scoprirà che cosa ha subito per lui, tutto cambierà. Staranno insieme in mare, dove tutto è cominciato. A bordo della *Stella della sera*. Diretti verso un nuovo futuro.

## 8.

Prima di andare giù alle casette nei pressi della base navale devono lasciare Marie a Salomine che, quando la trovano nella bettola vicino alla casa delle prostitute, è ubriaca. Hans Christian aspetta fuori, mentre Molly parla con la vecchia donna di vita, chiedendole di badare a Marie e magari di procurarle una ciotola di farinata. Hans Christian capisce che Molly non è contenta della soluzione, ma la prospettiva di incontrare l'assassino con Marie al seguito è ancora meno allettante. La moglie del bettoliere presta a Hans Christian una camicia e un paio di pantaloni un po' troppo corti da indossare al posto della tenuta da matto bruciacchiata e bagnata.

La città è più assordante e pericolosa del solito. È cosparsa di botti sfasciate e carriole e carrette inutilizzabili. Le campane suonano, e dalle torri arrivano grida. I pazzi aggrediscono le pescivendole dirette al mercato e lanciano pietre a grandi e piccoli e a chiunque faccia capolino. Un uomo nudo è seduto sulla statua equestre di piazza Nuova del re e sbraita sulla venuta delle macchine a vapore.

Hans Christian e Molly si affrettano giù per via dei Goti.

«Quindi sappiamo che è un ufficiale» dice Hans Christian con l'affanno. «E che il suo cognome inizia per "K". E che ha un segno sull'anulare sinistro».

«Non è affatto sicuro che sia in casa; magari sta scappando come tutti gli altri, insieme alla vestitrice» dice Molly, fermandosi.

Lesto come un fulmine Hans Christian la tira dentro un androne. Un gruppo di pazzi scappati passa di corsa colpendo tutto e tutti, rompendo vetrine e mercanzie esposte davanti al negozio di un rivendugliolo. Hans Christian stringe Molly a sé, mentre seguono con lo sguardo il gruppo che si allontana.

«Hai ragione» dice Hans Christian. «Ma dobbiamo fare un tentativo».

Attraversano la strada e si dirigono verso la base navale.

«E adesso che facciamo?» domanda Molly, quando si ritrovano davanti al quartiere degli ufficiali.

Un albero è stracarico di panni appesi ad asciugare, e la bandiera in cima a un basso pennone penzola floscia nell'aria immobile del mattino. In diverse casette donne e bambini impauriti stanno sull'uscio e alla finestra. Un maiale strilla e svolta l'angolo di corsa.

Entrambi fissano sgomenti le strade. Ci sono tante case, tante porte.

«Non possiamo bussare a tutte le case» dice Hans Christian.

«Aspetta» dice Molly, indicando uno scantinato. È una bettola. *L'ultima via d'uscita*, c'è scritto su un'insegna sopra l'ingresso. Un odore di acquavite e di pane trapela dalla porta semiaperta. «Entro a domandare se qualcuno conosce un ufficiale il cui cognome inizia per "K"».

Hans Christian aspetta fuori. Certe cose sono più facili per una donna, per esempio attaccare discorso con marinai ubriachi in una bettola senza buscarle. Altre sono più facili per un uomo. Solo che Hans Christian non ha mai avuto l'impressione che ce ne fosse una. Né che lui appartenesse al tipo di uomini ai quali vengono tributati gloria ed encomi e una statua nella piazza della città natia. La sua mente è troppo dispersiva e la sua curiosità troppo confusionaria. Spesso ha esaminato le sue dita, concludendo che erano a malapena abbastanza forti per stringere un calamo, ma non per battere pelli o risuolare scarpe o versare la polvere da sparo in un fucile pesante, come aveva fatto il padre. Dalle finestre della bettola riesce a vedere Molly e la sua leggerezza giocosa nei rapporti con gli altri. Quasi la invidia. Può anche darsi che lui sappia parlare con gli oggetti e con i matti, ma certe volte sarebbe più utile saper parlare con la gente.

«Mi hanno dato tre nomi» dice Molly, scuotendolo dalle sue fantasie. «Ovviamente, possono essercene altri, magari ne hanno dimenticato qualcuno. O forse non conoscono tutti. Mi hanno scritto una lista con i nomi e gli indirizzi». Gli porge un foglietto.

«Krieger, Karlsen e Kronborg» legge lui. «Il primo abita al civico 23 di via della Volpe, l'abbiamo appena passata».

Svoltano l'angolo e imboccano la strada. Via della Volpe è stretta e fiancheggiata da esili betulle.

La casa è in ombra. Alcune crepe profonde solcano il muro imbiancato. Sulla porta c'è scritto solamente Krieger. La campanella tace. Hans Christian deve tirare la cordicella più volte prima che la porta si apra. Il viso che si ritrova davanti lo spinge ad arretrare immediatamente di un passo. La donna è debole e malferma, forse addirittura malata. Anche nella penombra sembra quasi che la morte sia in agguato. Nessun colorito, gli occhi sembrano essersi infossati in un viso peraltro bello.

«Krieger?» domanda Molly.

«Sì» risponde la donna con voce affaticata. Guarda Hans Christian e Molly. «Chi siete?»

«Cerchiamo suo marito» risponde Molly.

«Mi spiace, non sono sposata» dice la donna e fa per richiudere la porta.

«Ci hanno detto che qui abita un ufficiale» insiste Molly.

«Forse intendete mio fratello? Severin?»

«Sì, suo fratello. È in casa?» domanda Molly.

«Severin si è imbarcato qualche mese fa» risponde la donna, guardando il buio dentro l'abitazione. Un dolore le attraversa gli occhi. Si porta una mano al petto. «Ha votato la sua vita al mare e al servizio della corona. Vi prego di scusarmi, ma ho una commissione importante da sbrigare».

«Ma certo. Permetta un'ultima domanda». Molly le tende il foulard. «Lo riconosce? Suo fratello ha mai posseduto cose del genere?»

La donna lo guarda. «Vediamo» risponde prendendolo. Lo esamina. E lo restituisce a Hans Christian. «Non credo. Non l'ho mai visto».

Hans Christian prende il foulard e se lo infila in tasca. «Grazie, signorina Krieger» dice.

Il cognome successivo della lista è Karlsen. «Che cosa c'è scritto?» domanda Molly tendendo il foglio.

«Via del Delfino» risponde Hans Christian, mentre l'incontro con la signorina Krieger continua a mulinargli nella testa. Non lo ha ancora detto a Molly, ma se la visione che ha avuto mentre era rinchiuso nella gabbia dei matti è giusta, l'assassino è un uomo che in qualche modo cerca di ricreare se stesso come donna. Tuttavia la signorina Krieger era palesemente una donna e palesemente malata. Su questo era impossibile imbrogliare, non aveva fatto la commedia. Hans Christian lo sa, ha esperienza nel campo, si è esibito diverse volte a teatro, in balletti e in vaudeville. Eppure, la signorina Krieger aveva qualcosa di strano, che Hans Christian ha difficoltà a individuare.

Molly conosce la strada e va avanti, svolta l'angolo di via del Delfino, che è un po' più larga delle altre strade. La casa è identica alla precedente. Bussa.

«Otto sta dormendo» dice una donnetta aprendo la porta. «Che cosa ha fatto questa volta?»

«Ci lasci parlare direttamente con suo marito, gentile signora» dice Hans Christian, cercando di replicare il tono che più di una volta ha colto nella voce di Cosmus.

Funziona. La donna si fa da parte.

Attraversano con cautela un ingresso buio fino al soggiorno. Hans Christian è costretto a curvarsi ogni volta che deve passare sotto le grosse travi del soffitto. L'alcova nell'angolo è riparata da una cortina a scacchi.

«Otto?» chiama la donna. Scosta la cortina e gli tira un alluce. «Otto, sveglia, ti cercano».

Hans Christian si guarda intorno nella stanza. Come vive un assassino? Si possono vedere le colpe di un uomo dagli oggetti di cui si circonda? No, è una sciocchezza. La malvagità non si lascia individuare negli orpelli e nelle porcellane. Non abita gli oggetti, bensì le persone. Nondimeno, Hans Christian vaga con lo sguardo lungo le pareti e gli scaffali fino al filatoio. Accanto alla stufa è appesa una sciabola. E sull'altro lato un quadro raffigurante una battaglia navale, forse la Prima battaglia di Copenaghen.

È tutta questione di brama, ricorda a se stesso. La brama di essere diversi da come si è. La brama si annida nei recessi più profondi del cuore dell'assassino. È così forte, così violenta da averlo spinto a uccidere.

Ripensa alla propria casa paterna. Tutti i giorni, da prima dell'alba a dopo il tramonto, il padre sedeva con la sua incudine, il piede di ferro, e tentava di salvare suola e tacco agli zoccoli, agli stivali e ai sandali della povera gente in cambio di pochi spiccioli. Ma nel suo intimo il padre aveva sempre aspirato ad altro. Dapprima a diventare avvocato e sfruttare le sue capacità di argomentare. E poi, in seguito, a prestare servizio come soldato e guadagnarsi onore e gloria nella guerra napoleonica. Ma la carriera di avvocato era fuori discussione per un apprendista calzolaio, e il campo di battaglia non aveva altro da offrire che un breve incontro con la morte, e poco tempo dopo il padre era tornato dalla guerra. Era morto ancora infiammato dalla brama di una vita che non aveva mai avuto.

La brama come un'ossessione, una malattia del sangue.

«Chi siete?» gracchia l'uomo. Otto. Si è alzato dal letto. La camicia sudicia gli ricade floscia intorno al corpo quasi verdognolo. Va in un'altra stanza. Una sedia stride contro il pavimento, un armadio viene aperto. «Potrò pur infilarmi i pantaloni» dice.

Hans Christian cerca di confrontare la voce di Otto con quella sotto la maschera bianca del ballo al castello.

«Lei è mancino?» domanda Molly mentre l'uomo si veste.

«Sono destrimano quanto lo si può essere con tre dita» risponde Otto, agitando la mano destra a cui ne mancano due.

Molly lancia un'occhiata interrogativa a Hans Christian. È lui?

Hans Christian non lo sa.

Sul davanzale è adagiata una bottiglia con uno schooner a tre alberi su un piccolo mare. Infilarlo là dentro è stato un gran lavoro di pinzette, dita agili e ore e ore di profonda concentrazione.

«Scommetto che siete dell'Ente assistenziale dei veterani della marina» dice Otto, infilandosi la camicia in un paio di pantaloni mentre Hans Christian lo scruta. L'altezza è la stessa dell'assassino. E anche la corporatura, a quanto ricorda. Gli occhi sono ravvicinati e il naso è piatto come quello di un attaccabrighe, ma la voce? È difficile stabilirlo con certezza.

Hans Christian porge il foulard a Otto. «È suo, questo?»

L'uomo scuote il capo. «C'è scritto "AVK", non ne so niente» risponde Otto facendo cadere il foulard, e Molly lo deve raccogliere. Otto prosegue parlando del sostegno sotto forma di un po' di pane e di legna che l'Ente assistenziale dei veterani gli ha promesso come risarcimento del danno subito.

Intanto qualcosa ha attirato l'attenzione di Molly. Senza dire una parola mostra a Hans Christian il foulard, indica una sfumatura della stoffa, una macchia rossa che quasi si confonde con il disegno.

«C'è sempre stata?» le bisbiglia lui.

Molly scuote il capo.

Hans Christian tocca la macchia. Stinge. Non molto, ma abbastanza da non dare adito a dubbi che è fresca. L'assaggia con cautela. Ha un sapore dolce, attaccaticcio, ma ha capito cos'è.

È sangue.

Hans Christian fissa le dita di Otto, quelle di Molly e le

proprie. Poi si rende conto che c'è una sola persona che lo ha tenuto in mano abbastanza a lungo per poterlo macchiare di sangue. Tira Molly, forte quanto basta per farla uscire insieme a lui dalla stanza, verso la porta d'ingresso, mentre Otto interrompe il suo racconto e li segue con lo sguardo.

Molly fa appena in tempo a salutarlo con un gesto della mano che escono dalla casa. «Dove andiamo?» grida dietro a Hans Christian, che si è messo a correre. «Aspettami».

Tornano indietro per la stessa strada da cui sono venuti. Hans Christian si sforza ancora di concepire l'inconcepibile: può un uomo diventare una donna? È un'idea così assurda e innaturale eppure così logica che non ha il coraggio di pronunciarla ad alta voce. Scuote il capo disapprovando se stesso, la fantasia deve avergli preso la mano, non sarebbe la prima volta. Ovviamente, la signorina Krieger non è un uomo. Rallentano solo quando si trovano davanti alla casetta dove sono stati poco fa. Hans Christian bussa. Una, due, tre volte.

«Signorina Krieger» chiama. «Signorina Krieger».

A meno che non sia uscita a fare la spesa subito dopo la loro visita, la signorina Krieger è ancora in casa, ma si rifiuta di farli entrare, pensa. Non aveva forse detto che aveva una commissione da sbrigare?

Molly gli fa un cenno e accosta l'orecchio alla porta.

«Che c'è?» Hans Christian non sente nulla.

«C'è qualcuno. Una voce».

«Che cosa dice?»

«Dice "avanti". O "fatevi avanti". Non si capisce bene».

Si guardano. Hans Christian non è sicuro di averne il coraggio. E se l'assassino fosse pronto dietro la porta? Ma non fa in tempo né a dire né a fare nulla che Molly abbassa la maniglia e la apre.

## 9.

Hans Christian va avanti. La casa è buia, solo i raggi del sole più testardi riescono a infilarsi negli spiragli degli scuri. «Signorina Krieger?» chiama.

Ora sentono meglio la voce, ancora fioca. «Non posso scendere» risponde. Ha un che di familiare.

Una scala conduce al piano superiore.

Ai suoi piedi, sulla sinistra, c'è uno studio. Hans Christian china la testa per varcare la porta bassa e si guarda intorno. Un vecchio orologio ticchetta e ronza. Si trova nella casa di un assassino? Alla parete, sopra un divano verde, c'è un quadro raffigurante uno schooner con le vele spiegate. Sul tavolo ci sono un paio di forbici e un calamo. Torna indietro. Il pavimento è cosparso di sabbia ed è stato spazzato di recente. Scricchiola a ogni passo. Una porticina che dà sul cortile è socchiusa e sbatacchia al vento. Hans Christian si affaccia. Il cortile è ben tenuto. Nell'angolo c'è una botte. Un rosaio ha avuto la libertà di crescere tanto da nascondere quasi completamente la legnaia. Alcune galline agitano irrequiete le ali tarpate.

A parte il chiocciare delle galline e il pianto di un bimbo nelle vicinanze, il cortile è avvolto nel silenzio.

Hans Christian segue Molly, che è andata nella direzione opposta, passando dalla cucina. Molly si china e raccoglie dei pezzi di stoffa dal pavimento. Due sono rossi di sangue. Li mostra a Hans Christian.

In questo luogo, in questa casa, si è svolto qualche fatto orrendo.

«Signorina Krieger» chiama di nuovo Hans Christian.

Nessuna risposta. Indica le scale.

Si avvicinano con prudenza. In fondo alle scale c'è una

borsa da cui spuntano una busta, un vestito e un cappellino da sole. Qualcuno ha fatto i bagagli, ma è stato interrotto. Cominciano a salire. Un gradino alla volta. Hans Christian cerca di non mettere i piedi al centro, dove il cigolio è più forte.

«Sono qui» dice la voce flebile. «Chi è?»

È una trappola? si chiede Hans Christian. Un trucco dell'assassino per attirarli e poterli aggredire con un coltello o ucciderli sparando a distanza ravvicinata?

Dalle scale riescono a vedere l'interno di una stanzetta con indumenti, stivali e cappelli. Ci sono divise e vestiti da donna, ci sono stivali lucidati con abbondante grasso e scarpe a tacco alto, ci sono giubbe e corsetti.

Hans Christian sbircia nella stanza successiva.

È una camera disadorna: un tavolino con un libro e una lampada a olio, un letto rincalzato alla perfezione, come solo un ufficiale sa fare. Sopra la testiera una bellissima sciabola, l'impugnatura curva come una "G". Accanto al letto una piccola placca in una cornice da tavolo. La Medaglia al Valore della Reale Marina Militare Danese. *Assegnata nell'anno 1828 a Severin Krieger, che con gesto eroico affrontava il mare agitato salvando vite umane, ivi compresa quella del principe di Schleswig-Holstein-Sønderborg-Glüksborg, la cui riconoscenza non avrà mai fine.*

Senza dire una parola, Hans Christian prende la cornice e la mostra a Molly.

Sul tavolo c'è un opuscolo della Regia Società delle Scienze. Conferenziere ospite: W.H. Schneider, *L'essere umano ideale e la sua opera.*

Schneider. Di nuovo lui. Il mercante con il bimbo incatenato.

Hans Christian sfoglia il libriccino. C'è scritto che Schneider terrà una lezione sulle sue dottrine riguardanti la supremazia della ragione e il diritto del più intelligente di governare, seguita da tè e caffè e torta *esterházy*. Hans Christian si raffigura Severin Krieger che assiste, entusiasta e attento, alla conferenza. Forse è stato lui ad annotare con una grafia elaborata in margine al pamphlet: «La compassione è il punto debole della persona intelligente», sottolineato due volte.

È questo il volto della malvagità? si chiede Hans Christian.

«Di qua» dice una voce flebile da una stanza vicina.

Nella stanzetta una porta apre su un'altra camera. È buia, entrambe le finestre hanno le tende accostate. Fa caldo e c'è un odore di rinchiuso.

La donna è a letto, non è la stessa che era venuta ad aprire la prima volta. I capelli lunghi e biondi spuntano scarmigliati da una cuffia bianca. Quando Hans Christian e Molly varcano la soglia, aggiusta il guanciale e si tira su a sedere.

La stanza è bianca e spartana come la cella di un convento. C'è un catino su un piccolo lavamano. Accanto al letto un tavolino con un piatto vuoto e un bicchiere.

«Chi siete?» domanda la donna. «Siete voi che avete bussato prima?»

Hans Christian si avvicina al letto. La donna ha gli occhi aperti, ma è come se guardasse oltre, anzi, addirittura oltre le pareti della stanzetta disadorna verso un orizzonte lontano che le getta una luce rovente negli occhi celesti. Ha i lineamenti delicati, fini, particolari, ma meno belli di quelli della donna che era venuta ad aprire.

È più giovane di qualche anno – ed è cieca.

Hans Christian trasalisce appena se ne rende conto.

«Siamo dell'Ente assistenziale dei veterani della marina» risponde Molly, agitandole una mano davanti agli occhi. La donna non dice nulla, ma sposta un po' il capo, come se sentisse il movimento d'aria contro il viso. «Cerchiamo il signor Krieger».

La donna cerca tentoni sopra le coperte e poi afferra Molly per il braccio. «Severin è mio fratello, mio fratello maggiore» dice. «È un uomo molto buono, molto affabile.

Non lo avete visto quando avete bussato? Sono sicura che vi ha aperto lui».

Molly lancia un'occhiata confusa a Hans Christian.

«E lei, come si chiama?» le chiede Molly.

«Augusta Valentina Krieger» risponde la donna, levando leggermente il capo.

Hans Christian indica il foulard che Molly tiene in tasca. Lei abbassa lo sguardo e lo tira fuori con delicatezza. Fa scorrere le dita sulle tre iniziali sul bordo. Hans Christian annuisce.

Il foulard è della sorella. AVK.

La donna si muove, quasi percepisse l'aspro odore di limone della stoffa.

«Sa dov'è suo fratello?» riprende Molly.

«Ah, è appena uscito. L'orologio ha battuto due volte. Di che si tratta? Non posso fare granché senza l'aiuto del mio adorato fratello, ma forse potrò darvi qualche chiarimento. Perché non vi accomodate?»

«Grazie, signorina Krieger» risponde Molly. «Ma siamo venuti soltanto per sapere dov'è suo fratello, poi dobbiamo andare via di fretta».

«E come mai vi interessa, se permettete la domanda?»

Molly esita e lancia un muto "Aiuto!" a Hans Christian.

«Un sussidio» risponde lui. «Una bella somma, diverse centinaia di talleri per lui e la sua sorella cieca, ma deve firmare la ricevuta di suo pugno».

La donna tende le braccia e afferra le mani di Hans Christian. I suoi occhi spenti sono già colmi di lacrime. «Ma veramente? Ma veramente? Buffo, come la fortuna può girare. A dire il vero abbiamo avvertito le ristrettezze dei tempi da quando è venuto a mancare nostro padre».

«Comunque suo fratello avrà un lavoro, suppongo?» domanda Hans Christian. «Magari al castello?»

«Forse lei si riferisce ai suoi incarichi speciali a corte. Lo hanno ingaggiato con questo inquadramento nelle ultime settimane, ma purtroppo lo pagano una miseria. È stato costretto a prendere un congedo per badare a me, è un bravo fratello, il migliore che si possa desiderare» risponde la giovane donna, asciugandosi gli occhi con il lenzuolo. «Immagino sappia che ha ricevuto un'onorificenza per il suo eroismo?»

«Vorremmo parlare con lui» dice Molly impaziente.

La sorella tace per un momento. «Tutt'a un tratto è stato colto da una premura tale che si è dimenticato di dirmi quando torna. Però stava poco bene, si è limitato a darmi un bacio sulla guancia. E poi è andato via. Giù al porto».

«Al porto?» ripete Hans Christian. Le parole gli escono quasi come un'esclamazione, troppo alta per quella stanzetta così quieta.

«Deve prendere commiato nientemeno che dal principe Federico, che ha servito per tanti anni. E vorrebbe poter passare con lui un momento significativo. Sono come fratelli di sangue, mi ha spiegato Severin. Si comprendono, come capita solo tra ufficiali».

«E Severin era in casa ieri sera?» le domanda Molly.

«Non siete dell'Ente assistenziale?» La sorella fa un'espressione stupita. «Senz'altro saprà che c'era la festa degli ufficiali. Un ballo in maschera, a quanto ne so. Severin era l'ospite d'onore. È rientrato solo stamattina. È stata una bella festa, sicuramente ha ballato con tutta l'anima».

Molly fa per dire qualcosa, interrompere la donna, distruggere le sue illusioni. Ma Hans Christian scuote il capo. Lasciale le sue fantasticherie, pensa. Vive in un mondo tutto suo. Forse è il posto migliore per chi non riesce a vedere quello reale.

«Togliamo il disturbo, signorina Krieger» annuncia Molly, uscendo a ritroso dalla stanzetta.

«Grazie della visita» dice la donna. «Spero che troviate Severin. Dio sa se ci fa comodo un aiuto del re per tirare innanzi. Il mese scorso uno dei nostri vicini è stato buttato fuori di casa». La donna fa il segno della croce davanti al viso.

Scendono le scale in silenzio. I pensieri mulinano nella testa di Hans Christian. I sentimenti turbinano nel suo petto e nella sua pancia. Un ufficiale che si prende cura della sorella malata. Un ufficiale che ha salvato il principe dall'annegamento in mare. Un ufficiale che cerca di tramutarsi in donna. Perché? Perché quest'ossessione? Forse non è diversa dalla sua, quando deve scrivere drammi e racconti, dalla sua brama di mostrare al mondo di appartenergli, dalla sua nostalgia a Napoli e a Roma e a Parigi di avere un momento, un'ora sola, in compagnia di Edvard.

È possibile che il fratello della donna cieca provi la stessa cosa per l'uomo che ha salvato in mare? È cominciato tutto con abbracci innocenti e sentimenti fraterni? Il suo piano è un tentativo di fare colpo sul principe indisciplinato? Perché il mondo è così crudele che due grandezze diverse possono nutrire una simpatia reciproca ma mai congiungersi? Un asino può provare un sentimento per lo spaventapasseri del contadino?

Il pianto di un bambino interrompe il corso dei suoi pensieri. Se ne era quasi dimenticato. Ora lo sente di nuovo. Più forte ma stridulo. Tendono entrambi l'orecchio ed escono nel cortile.

«Ehi?» grida Hans Christian.

Poi il suono scompare. Dissolto nello stormire del vento.

Il cortile misura appena cinque, sei braccia per lato. È cinto da una palizzata alta come un uomo. Hans Christian guarda in direzione della legnaia. Nella terra secca c'è un segno a forma di arco che induce a pensare che la porta sia stata aperta di recente.

Forse Severin non è fuggito? Forse non ha fatto in tempo?

Forse ha pensato che la soluzione migliore fosse nascondersi?

Hans Christian si avvicina e afferra la maniglia. Se solo avesse un'arma, qualcosa con cui difendersi. Il suo pensiero corre alla sciabola sulla parete della camera di Severin. È il caso di tornare indietro a prenderla? La porticina si apre, la luce fioca penetra a stento. Hans Christian intravede una sella e una staffa, vecchi vestiti, una cassetta di attrezzi, cordame, un tappeto liso che copre qualcosa.

Poi sente dei raspii e dei fruscii. Un animale, forse?

Solleva un angolo del tappeto e scorge un baule. Un baule stravagante, di quelli con cui si può viaggiare, ne ha visti sui tetti delle diligenze durante il suo viaggio attraverso l'Europa. È chiuso da un grosso lucchetto.

«Hans Christian?» Molly è dietro di lui. Lo tira a sé. «Dobbiamo andare. Giù al porto».

«Perché ci sono dei buchi?»

Tacciono entrambi e fissano il baule. Quei buchi neri.

«Johanne» mormora Hans Christian.

Afferra un grosso martello dalla cassetta degli attrezzi, mira al lucchetto e lo colpisce una, due, tre volte. Infine il lucchetto salta via e il gancio si apre di scatto. Hans Christian solleva il coperchio del baule.

Non c'è niente.

Solo un ripiano con dei piccoli scomparti pieni di toppe e di bottoni, di aghi e di fili. Non c'è niente.

«Non c'è niente. Dai, andiamo» dice di nuovo Molly. «Se Severin prende il largo insieme al principe, sarà troppo tardi».

Un rumore appena percettibile. Hans Christian ne è quasi sicuro. Si porta un dito davanti alla bocca e accosta il capo al baule.

Di colpo afferra il ripiano e lo solleva a forza, lancia tutto quanto alle sue spalle, fuori in cortile. Guarda in fondo al baule, da cui si leva un forte lezzo.

Un paio di occhietti lo fissano di rimando. Occhi terrorizzati.

È un bambino. È legato mani e piedi e ha un bavaglio in bocca. Prova a dire qualcosa, a balbettare una parola, ma non ci riesce. Solo suoni insensati.

«Che diamine?» esclama Molly ad alta voce.

Dal piano di sopra arriva la voce della sorella. «Sei tu, dolce Severin? Sei tornato?»

No, pensa Hans Christian. Il dolce Severin non è tornato. Né tornerà. Bisogna essere più che disperati per abbandonare una sorella cieca e lasciare un bambino chiuso in un baule. Solo una persona pronta a sacrificare tutto è capace di un simile gesto.

Una persona fuori di sé. Una persona che non è più se stessa.

E ora quella persona è diretta giù al porto. Per raggiungere il suo principe.

## 10.

Il petto di madam Krieger è tutto una fitta e un formicolio e un bruciore. La pelle è indolenzita e tesa, come se non bastasse a coprire la sua carne. Sente il sangue colare sotto il vestito, la stoffa è incollata alle ferite. Si guarda alle spalle. Sa che la stanno cercando. È solo questione di tempo. Deve sbrigarsi. Ormai è quasi arrivata.

Non ha fatto in tempo a passare da quella megera della moglie del capitano, che in cambio di qualche scellino si lascia convincere a badare alla sorella. Quanti giorni e quante notti Augusta aspetterà disperata nella sua stanzetta, prima di cercare di alzarsi dal letto e scendere al piano di sotto? Madam Krieger se la raffigura mentre vaga a tentoni per il soggiorno, brancola e inciampa, piange e chiama aiuto. E alla fine cade in terra, cercando di capacitarsi che è stata abbandonata, che l'unica persona che aveva al mondo l'ha piantata in asso senza dirle niente, né salutarla. Quanto tempo passerà prima che Augusta sia costretta ad andarsene, a trasferirsi in un ospizio per invalidi?

Madam Krieger scavalca il sudiciume della cunetta. Supera di corsa due giovanotti che si contendono una vecchia pelle di cavallo e dei soldati piazzati all'angolo di via della Dogana. Dalle finestre i ligi cittadini di via Grande del re seguono con lo sguardo atterrito i poliziotti a cavallo e i tumulti in strada.

Nessuno segue con lo sguardo una donna che corre.

O forse sì, lo fanno. Sia uomini, sia donne. La sua figura graziosa, il seno e le gambe nel vestito elegante. Seguono con lo sguardo una povera, bellissima donna, rossa in viso e indignata, seguono con lo sguardo l'innocenza che fugge. Ma nessuno la ferma, né prova a farlo. E perché dovrebbero? È libera di fuggire. Tutte le donne fuggono dai pazzi, dalla caotica follia della strada. E poi madam Krieger non è semplicemente una donna. Ci ha riflettuto molto in questi ultimi giorni. È più di una donna, più di un'accidente biologico, dell'iniziativa capricciosa della natura. Lei ha *scelto* di diventare donna. È più donna di qualsiasi altra donna, più della prostituta, più della principessa, più di Johanne.

La piazza antistante la chiesa è deserta. Spesso c'è un mercatino nell'angolo est, ma non oggi. Solo un paio di venditori di pesce secco, uno di carne e uno speziale hanno avuto il coraggio di montare i banchi, e alcuni guardiani ausiliari stanno dicendo a una signora grassa accompagnata dalla domestica che possono circolare con sicurezza nella zona. Quasi tutti i pazzi sono stati arrestati e portati fuori città, spiegano per tranquillizzarle. Madam Krieger rallenta il passo e per un momento teme di svenire.

Si aggiusta il cappellino e supera gli ausiliari.

Ecco, la intravede. La nave. *La stella della sera*.

Una scintillante fregata impeciata, al cui confronto i due brigantini nel porto sembrano barchette a remi. Le sue vele bianche sono ammainate. In cima ai tre alberi le bandiere garriscono nel timido vento di sudest, la direzione ideale per un viaggio verso nord. Gabbiani sciamano intorno alla banchina come api impazienti, il porto ferve di attività. Ci sono decine e decine di carri e carretti carichi di vettovaglie, e una fitta fiumana di ragazzi percorre le due passerelle tenendosi in equilibrio con pesanti botti e sacchi, che vengono portati sottocoperta. Il cambusiere, un tipo sgarbato, dà di continuo ordini ai ragazzi soffiando in un fischietto sottile. Cavolo, stoccafisso e paglia fresca nella stiva. Cognac e mele per il principe. Nulla sale a bordo senza qualche parola del cambusiere, senza che sollevi un coperchio per controllare che cosa c'è sotto e dire dove va portato.

Madam Krieger esita. Si rende conto che non può salire a bordo così, senza documenti né un invito. Se il principe sapesse del suo arrivo, le permetterebbe immediatamente l'accesso, ma lei vuole fargli una sorpresa. Il loro incontro deve essere sconvolgente come la prima volta che si sono visti. Di nuovo i suoi pensieri tornano alla burrasca e alla notte in cui il principe era finito in mare e lei si era tuffata e lo aveva trovato sott'acqua. Quelle labbra fredde, quando gli aveva insufflato la vita sull'arenile, i suoi occhi che si erano spalancati, la scintilla che aveva attraversato entrambi appena i loro sguardi si erano incrociati.

Le suture pungono la pelle sottile sopra le costole, i pezzi di carne fredda contro le ferite calde. È ipersensibile, si sente perfettamente desta. Tutti i suoni e i movimenti le paiono eccessivi e insostenibili.

Come fare per salire a bordo?

Quando un carro o un carretto è stato svuotato, un altro avanza sulle ruote cigolanti. Ce ne saranno venti in coda. Se sarà sfortunata, la nave mollerà gli ormeggi e salperà non appena l'ultimo sacco sarà a bordo. Madam Krieger vede che le vettovaglie, le botti e le casse pesanti vengono caricate tramite la passerella larga, la più vicina, mentre le valigie, i cuscini e i libri vengono portati su quella più stretta. Quando un membro dell'equipaggio, un cuoco con cui madam Krieger ha navigato in passato, ha problemi a far salire un grosso verro per la passerella larga, tutti gli uomini accorrono per aiutarlo, lasciando quella stretta priva di sorveglianza. Appena il maiale scompare oltre la murata, gli uomini ridono e urlano e tornano subito ai loro posti.

Se solo anche lei riuscisse a distogliere l'attenzione degli uomini. Al momento sono tutti presi dal tabacco: si riempiono le pipe e sembrano discutere di una faccenda importante in attesa di qualcosa. Il cambusiere è curvo su una pila di documenti. Il fabbro si sta preparando a sollevare la passerella stretta.

«Che nave maestosa» dice una donna con un parasole dai colori vivaci.

«*La stella della sera*» spiega il marito, che si è fermato accanto a madam Krieger. «Non è una delle fregate del re?»

Sì, è sul punto di confermare lei. I seni nuovi le bruciano sotto il vestito. Il capogiro si fa risentire, questa volta ancora più forte: ha forse perso troppo sangue?

«Qualcosa non va? Ha un'aria molto sofferente» domanda la donna, ma il marito l'allontana a forza. In città c'è una gran paura delle malattie. Voci di colera dilagano in continuazione.

Madam Krieger è sollevata. Se c'è una cosa di cui non ha bisogno sono le domande indiscrete. Due poliziotti arrivano insieme al questore. Cosmus, le braccia conserte, ha l'aria di essere venuto per assicurarsi di persona che il principe parta senza problemi.

All'improvviso accade qualcosa.

Madam Krieger vede tutto. Un fatto dopo l'altro.

Un marinaio sputa in un secchio di lische di pesce. Un ratto balza fuori dal secchio e sfreccia sul selciato, passando in mezzo a persone e ad animali e a un carro carico di botti fermo davanti alla nave. Nonostante i paraocchi, il cavallo al tiro del carro si accorge della fuga della bestia pelosa e fa un rapido passo in avanti; una botte rotola giù dal carro e con un forte schianto si rompe in mille pezzi sulla banchina, spaventando ancora di più il cavallo, che si impenna. Una donna urla, tira via il suo figlioletto. L'agitazione si trasmette a tutti i presenti sulla banchina, fatta eccezione per due uomini coraggiosi che cercano di calmare il cavallo, ma ormai l'animale è fuori di sé. Alcuni gabbiani si levano in volo dalla cima del trinchetto, garrendo un addio seccato. Adesso anche le altre botti cadono oltre la sponda. Lardo e patate e birra esplodono da ogni parte. Risate sparse e imprecazioni turbinano sopra il porto. I poliziotti levano lo sguardo: hanno fiuto per i disordini. Il cambusiere molla i documenti, raggiunge di corsa il carro portabotti e afferra la cavezza del cavallo.

È un caso. Una concatenazione di casi, pensa madam

Krieger. Ed è proprio ciò che le serve: disattenzione. Solo un attimo in cui la passerella stretta rimane incustodita. Madam Krieger si precipita in avanti dal suo nascondiglio dietro il carretto, supera un carro stracarico di casse e raggiunge la passerella. Non perde tempo. I piedi sulla passerella, su per i gradini ripidi, oltre il parapetto ed eccola a bordo della fregata.

Gira intorno al primo albero, si guarda indietro. A quanto pare nessuno ha notato nulla. Oppure pensano semplicemente che sia una signora fine che ha un'incombenza importante da sbrigare a bordo. C'è una scala che scende. Otto, dieci piccoli gradini e si ritrova in uno stretto corridoio dove due porte danno rispettivamente su un ufficio e una grande cabina.

Madam Krieger sbircia dalla prima porta sulla sinistra, nell'ufficio, dove grandi carte nautiche e attrezzi vari sono sparsi su un tavolo sotto un lampadario con fiammanti candele di sego. La nave geme, tutto scricchiola.

Gli uomini hanno ripreso a portare a bordo i carichi.

Madam Krieger si precipita in fondo al corridoio ed entra nella cabina. La luce penetra da vetri sul soffitto e da un'alta finestra sopra il letto. È una stanza bellissima, quasi sacra, che sembra la sala di un piccolo castello. Ci sono una chaise longue rosso rubino e una profonda poltrona intorno a un tavolo di legno inchiodato al pavimento. Accanto alla poltrona c'è un supporto a stelo con uno spadino di ferro nero, una sciabola delle guardie reali e un pugnale lungo. Sopra la chaise longue, a una catena dorata è appesa una gabbia con dentro due uccelli di un giallo sfolgorante, che non emettono il minimo suono e si limitano a dimenarsi sul piolo.

Contro la parete c'è un letto di dimensioni enormi, forse sei braccia per sei, pieno di piumini, guanciali e pelli. Madam Krieger si siede un momento sulla sponda e si lascia scivolare all'indietro, affondando nelle morbide coltri. E se morisse qui? Non le sembra un pensiero tremendo. Insieme al principe. Tirare l'ultimo sospiro fra le sue forti braccia, le sue mani intorno al collo, la sua lingua sul capezzolo. Una scossa la attraversa.

Sente un movimento. Tutto lo scafo si torce, mentre la grande nave pian piano si sposta sull'acqua. Madam Krieger si alza, guarda fuori dalla piccola finestra. Si sente stringere il petto. I punti nei seni tirano, la colonna vertebrale brucia dal dolore. Per un attimo è colta dal panico. Il principe non è ancora salito a bordo.

Poi capisce. Il principe verrà portato per ultimo con una lancia. In gran segreto.

Si guarda intorno alla ricerca di un nascondiglio. Scruta le possibilità che offre la stanza. Dietro la chaise longue e il portaspade a stelo con le bellissime armi? Escluso. Troppo vicino. In fondo alla parete c'è una stretta tenda di velours rosso. Scosta il drappo, che rivela una piccola latrina, la toilette notturna del principe. Entra nel vano di servizio e accosta la tenda, lasciando solo un sottile spiraglio da cui si intravedono la cabina e il letto.

Ora non le resta che immaginare che cosa accadrà. Il principe salirà a bordo. La porta si aprirà. Madam Krieger se lo raffigura mentre si butta sulla chaise longue. Forse il cambusiere lo ha accompagnato e gli sta illustrando il viaggio. Dovranno fare tappa a Thorshavn prima di traversare il mar di Norvegia, gli spiega il cambusiere, e madam Krieger sente distintamente ogni parola.

Poco dopo il principe resta solo. Così crede. Si siede sul letto e si lascia cadere indietro con un sospiro stanco, la camicia si apre rivelando il petto villoso.

Ma non sei solo, pensa madam Krieger. Siamo congiunti.

Ora mi vedrai. Ora mi avrai.

# 11.

Manca ancora qualche centinaio di passi su ciottoli scabri per arrivare all'ospizio degli invalidi di guerra. Attraversano di corsa la piazza tra robaccia d'ogni genere, sterco di cavallo e cani zoppi.

«Su, vieni» grida Molly. Corre più forte di lui, deve aver imparato a farlo sulle distese della Bassa. Nella città natale di Hans Christian è impossibile correre veloce, capita sempre qualche ostacolo: un angolo di strada stretto, fagiani fuggiti sul selciato irregolare, un mozzo di stalla sudicio con il tabacco nell'angolo della bocca, o un padre che dispensa sculacciate con il battipanni. Ma non nella Bassa; laggiù si impara a correre. Hans Christian sta per perderla di vista.

Finalmente Molly si ferma e si appoggia un momento a un muro. *La stella della sera* si dondola giù nel porto. Marinai si arrampicano sugli alberi e di lì a poco sciolgono le vele.

E per Andersen calerà il sipario, pensa esausto, immaginando che l'assassino non verrà mai preso, mentre lui sarà condannato e giustiziato.

Il posto è affollato e qua e là ferve un'attività intensa. Carri e carretti stanno andando via. Il fumo dello stabilimento di bollitura del grasso di balena del Porto di re Cristiano forma tante nuvolette sopra l'imboccatura e puzza di carne.

«Che cosa aspettano?» domanda Molly.

«Guarda» dice Hans Christian, puntando l'indice.

Un cocchio nero percorre a scossoni la banchina. La tappezzeria di velours rosso dei sedili riflette i raggi del sole. I due cavalli bianchi impiegano qualche istante a fermarsi quando il cocchiere tira forte le redini. Nella carrozza ci sono due persone. Hans Christian cerca di avvicinarsi, ma c'è troppa gente. Uno dei passeggeri viene aiutato a scendere da una mano tesa, percorre un tratto della banchina, scambia qualche parola con un signore distinto, una rapida stretta di mano, e poi scende in una piccola barca a remi.

«È lui. Il principe» dice Hans Christian. «Lo accompagnano alla nave adesso».

«C'è anche Cosmus» dice Molly, scostandosi di un passo.

E, in effetti, dietro il cocchio c'è un gruppetto di uomini, tra cui il questore: è avvolto nel fumo e ha la pipa infilata in bocca.

«Vieni» dice Hans Christian, andando nella direzione opposta, allontanandosi dalle forze dell'ordine lungo la banchina, fino a quando entrambi sono nascosti dietro montagne di casse e sacchi. Nulla fa pensare che qualcuno li abbia visti, sono tutti presi dalla barca con il principe, che sta salpando proprio in questo momento.

«È finita». La voce di Molly è venata di disperazione. «Fra poco raggiungerà la nave. E leveranno l'ancora».

Hans Christian non apre bocca. Il sole freme sopra l'acqua quando il principe si volta nella barca e saluta qualcuno sulla banchina, agitando il grosso tricorno. È finita. Forse era già finita quando lo hanno rinchiuso nella gabbia dei matti. O quando ha cercato Molly chiedendole aiuto. Oppure quando, parecchi giorni fa, ha lasciato cadere l'ultimo frammento di carta nella stanzetta di Anna. Sicuramente Krieger è già a bordo della fregata, e fra poco lo sarà anche il principe. La grande nave è in rotta per il mar di Norvegia – e Hans Christian per la mannaia.

Un rumore di secchi sbattuti attira lo sguardo di Hans Christian verso un punto più lontano della banchina, dove c'è uno stretto pontile. Vi è ormeggiata una barca a remi in condizioni pietose, e un pescatore barbuto è appena salito sul pontile con due secchi di sgombri scintillanti. Forse il pescato della notte e del mattino.

Hans Christian afferra Molly e la trascina verso il pontile.

«Dove andiamo?» gli domanda lei.

Molly scende nella barca terrorizzata. «Facciamo in tempo?»

Hans Christian afferra deciso i remi e cerca di infilarli negli scalmi. Un gabbiano garrisce sopra le loro teste. «Renditi utile con quelle cime» grida, lanciando un'occhiata verso la banchina dove il pescatore, il proprietario della barca, è sparito dentro un androne, ma potrebbe ricomparire da un momento all'altro. «Sbrigati».

Molly esita un momento, poi ubbidisce e, appoggiandosi ai pali del pontile, cerca di districare il cordame fradicio che tiene ormeggiata la barca.

«Così. E adesso spingi» le grida lui, mentre solca invano l'acqua con il remo, sollevando spruzzi addosso a Molly, che cade sul fondo della barca. Pian piano si allontanano dalla banchina e prendono il largo.

Più avanti, la barca del principe si avvicina alla fregata reale puntando verso la poppa. Hans Christian ficca i remi nell'acqua e poi li tira a sé, quasi senza risultato, poiché le onde risucchiano la spinta. Incrocia lo sguardo pieno di diffidenza di Molly.

«Non facciamo in tempo» gli grida.

Le impugnature bagnate sfregano contro le dita esili di Hans Christian. A ogni colpo di remo gli vengono in mente le ore tremende passate nella gabbia di contenzione. E le botte che ha preso dai poliziotti. Avanti, giù, indietro, su. È quasi come fare gli esercizi di danza davanti allo specchio. Gesti ripetuti all'infinito, finché si perde la percezione del movimento. Ma non aiutano granché l'avanzata.

La barca è uscita dal porto, ma è quasi bloccata in mezzo alle onde.

«Lascia che ti aiuti» dice Molly e si siede al suo fianco.

Hans Christian si volta, guarda verso *La stella della sera*. Il principe sta salendo a bordo. Riesce a vedere delle braccia robuste che aiutano Sua altezza reale nel trasbordo. Saluti e voci corrono sopra il mare. La grande fregata ha spiegato le vele e aspetta che il vento faccia la sua parte.

Pian piano le vele si gonfiano d'aria, simili a un uomo intenzionato a spegnere un enorme falò con un soffio.

«Più veloce» grida Molly, dandogli una gomitata nel fianco. Sono seduti vicini, spalla a spalla, e stringono un remo ciascuno, entrambe le mani intorno all'impugnatura bagnata, cercando disperatamente di avanzare. Per un po' si sentono solo loro due e il loro respiro, i gabbiani e lo sciabordio delle onde contro i fianchi della barca.

Finalmente. A ogni colpo di remo si avvicinano sempre di più alla nave e raggiungono la murata. Lo scafo di legno è di una grandezza quasi sconvolgente. Se rollasse solo un pochino dalla loro parte potrebbe schiacciarli.

«E adesso?» domanda Molly, levando lo sguardo verso il parapetto con il viso grondante di sudore.

«Su, su» risponde Hans Christian alzandosi e tendendo un braccio per afferrare un cavo che penzola dalla murata della nave. «Dobbiamo salire lassù. Dobbiamo chiamare i marinai...»

Un fragore lo interrompe. Arriva dal nulla, come se l'aria si spaccasse in due. Infine il vento prende le vele enormi e fa cigolare e scricchiolare tutta la fregata, quasi stesse per sollevarsi sopra il mare e volare via.

Molly fa un tentativo di gridare aiuto, ma in quel mentre la nave vira e urta la barca. Hans Christian si siede aggrappandosi alla falchetta, mentre Molly si lancia verso la murata cercando di afferrare il cavo.

E poi, ecco che succede: vengono sbalzati in acqua. La barca viene tolta di mezzo con una spinta come un cagnolino disobbediente e rotola tra i flutti.

«Hans Christian...» grida Molly. Il resto della frase viene inghiottita dal mare.

E così anche lui.

Per un attimo è tutto buio, ma poi Hans Christian apre

gli occhi sott'acqua. Sopra di lui galleggiano il fasciame distrutto e i remi della barca, e al di sotto il fondale scintilla come mille schegge di vetro.

Da qualche parte la nave passa scivolando, una gigantesca bestia marina che ha tentato di inghiottirli in un sol boccone e di trascinarli a fondo, e che ora riprende la sua rotta.

Hans Christian trattiene il respiro, fa capriole e ruota su se stesso all'infinito come un ballerino, libero dal peso dei suoi arti e dalla serietà dell'esistenza. Ecco, questo lo sa fare, sa nuotare, rammenta a se stesso. Ha nuotato nel fiumiciattolo da bambino, però questa è tutta un'altra situazione, più turbolenta; le acque del fiumiciattolo erano miti e premurose, il mare tra la Danimarca e la Svezia è ostile quanto lo sono i rispettivi popoli tra loro. Sente i suoi polmoni fremere e dolere, mentre cerca di orientarsi e di capire qual è l'alto e quale il basso, qual è il cielo e quale il mare.

Intravede per un attimo Molly, che sfreccia rotolando come una barchetta di carta di giornale in un rigagnolo. Sferza disperata l'acqua con le braccia, le gambe scalciano invano in tutte le direzioni, i lunghi capelli rossi ondeggianti sembrano i filamenti di una medusa criniera di leone.

Hans Christian tende le mani e riesce ad afferrarla prima per un braccio e poi per la vita. Ma come fare a tirarla su? Già lui pesa quanto una campana. E adesso pesano ancora di più. Due campane, anzi, no, un campanile intero. Affondano. Hans Christian non può fare nulla, anche se ha sempre sentito parlare della spinta idrostatica dell'acqua. Ossia, che gli esseri umani e gli animali possono galleggiare sul grande mare. Ma non è vero, appura adesso, sarà colpa dei vestiti o della loro lotta terrorizzata per la sopravvivenza, fatto sta che affondano. Sempre di più. Finché qualcosa arriva sfrecciando vicinissimo. Prima congettura: un serpente marino, un mostro degli abissi che si precipita verso di loro.

Invece è un cavo con un nodo, una pesante fune rossiccia.

Presto. Hans Christian tende il braccio verso il nodo e sente un forte strattone quando insieme a Molly viene tirato... verso l'alto. Tieniti forte, pensa, e vorrebbe tanto gridarlo a Molly. Per l'amor del cielo. Tieniti forte.

Finalmente emergono in superficie. Hans Christian ansima e a stento riesce a riempire i polmoni di aria. Lo scafo della nave dista solo poche braccia. Ma come fare per salire?

«Aiuto!» grida, non ha quasi le forze per tenersi aggrappato al cavo.

«Chi siete?» domanda una voce brusca dal ponte. «Questa nave fa parte della flotta della marina reale danese. È vietato l'accesso agli estranei».

«Affoghiamo, razza di deficiente» grida Molly.

Viene calato un altro cavo, più grosso.

«Aggrappati» grida qualcuno. «Anzi, no, aspetta».

Un giovane marinaio scelto viene incaricato di tirarli su. Un altro sul ponte lo aiuta a calarsi dal parapetto, mentre due uomini robusti tengono il cavo. Il giovane punta i piedi contro la murata. «Aggrappati alla mia mano» grida.

Prima Molly. Hans Christian fa del suo meglio per spingerla.

Il marinaio, per aiutarla, urla: «Stringimi intorno alla vita».

Molly si avvinghia al marinaio e al grosso cavo. Uno sguardo accanito, sfiancato. La sua è mera forza di volontà, conclude Hans Christian, mentre un po' viene portata e un po' si issa lungo il cavo. Due braccia si sporgono dal parapetto, pronte ad aiutarla nell'ultimo tratto. Intanto Hans Christian si stringe al cavo e urta la murata come un pesce sbattuto contro un sasso.

«Tieniti» grida il marinaio scelto. Una mano forte tira Hans Christian. Per il braccio, per la spalla, viene sollevato un pochino, quel tanto che gli basta per puntare i piedi contro lo scafo viscido.

Ha un attacco di vertigini.

Dopo svariati giorni di caccia estenuante, di colpo ha

solo voglia di darsi per vinto, di piegarsi all'indietro, di lasciarsi scivolare in acqua, giù nell'universo ignoto sotto le onde, giù in mezzo ai fluttuanti fiori marini e alle scintillanti meduse e alle migliaia di racconti che abitano gli abissi gelidi.

Uno strappo nel corpo. Il marinaio è arrabbiato, vuole che lotti. «Forza!»

E finalmente si aggrappa, si aggrappa forte al cavo con le mani, aiutato dal giovane che lo cinge in vita.

Mancano solo poche braccia, ma sono le più lunghe della vita di Hans Christian. Poi dall'alto una mano lo afferra per un polso. Un'altra per l'altro. Il marinaio lo spinge da dietro. Oltre il parapetto, fino a un brusco atterraggio sul ponte duro.

«Chi siete?» sbraita un comandante dalla faccia interamente coperta di barba e un cappello legato sotto il mento. «Che diamine ci fate qui? Questa nave è proprietà del re».

Hans Christian non riesce a parlare.

«Il principe» risponde Molly e vomita acqua. «Dobbiamo parlare. Con il principe».

## 12.

Fuori si odono delle voci. Un rumore di stivali.

È giunto il momento. Il principe la vedrà per quella che è veramente.

Madam Krieger sbircia dallo spiraglio della cortina rossa e avverte il dolce movimento del mare. Ha trascorso gli ultimi minuti seduta sul bordo della latrina, lottando contro le vertigini e i dolori al petto. Si alza.

La porta si apre, una ventata irrompe nella cabina, la tenda si muove un po'.

«Naturalmente provvederò, Sua altezza reale» dice una voce. «C'è altro in cui posso servirla?»

Stivali contro il pavimento lucido. «No, ma ricordi al cambusiere che il bagno caldo deve essere pronto per quando passeremo al largo di Elsinore. E questo è quanto». La voce fa ardere madam Krieger. È il principe. È così vicino che sente i dolori farsi più lievi, il cuore battere forte.

«Ah, a proposito» riprende il principe.

«Sì, Sua altezza?» dice l'altro.

«Tenga il capitano lontano da qui. Parla più di mia moglie. Voglio stare in pace, ho bisogno di riposare» dice, stiracchiandosi così forte che madam Krieger sente il suo corpo scricchiolare.

«Farò in modo che non la disturbino, Sua altezza».

Le voci innervosiscono appena gli uccelli, che cambiano piolo un paio di volte. Infine la porta si chiude.

Madam Krieger trattiene il respiro. Le fa male il torace, le costole le sembrano delle ali tarpate, al suo corpo manca il sangue che ha perso. Soffrire è terribile, ma anche bello. Quante ne ha passate per il principe, per l'amore.

Lui viene avanti, permettendole di vederlo dal piccolo spiraglio.

La penna di struzzo del cappello è rosa e sfiora il vetro del soffitto. Il principe si toglie il cappello, lo posa sul tavolo, si avvicina alla finestra e guarda fuori. È di un'eleganza stupefacente, là, in piedi, immerso nei suoi pensieri; forse, come lei, è pervaso dalla brama. Poi si inclina all'indietro lasciandosi cadere sul bordo della chaise longue, avvicina il poggiapiedi tappezzato di rosso e si toglie gli stivali, che si sono attaccati ai piedi umidi. Aggiusta i cuscini dalle fodere fantasia. Con le dita giocherella un po' con le frange dorate che orlano la chaise longue.

Ora la vedrà. Ora gli si mostrerà.

D'un tratto è colta dal dubbio, dal nervosismo. Quando la vedrà, che cosa vedrà?

Il suo amore? O le sue ferite? Il suo vecchio io, o quello nuovo?

Prima di uscire di casa in fretta e furia, aveva appena fatto in tempo a specchiarsi nella stanzetta di Augusta. L'immagine riflessa l'aveva soddisfatta. Addirittura colmata di speranza. Si era incipriata, aveva tracciato una sottile riga intorno alla bocca e agli occhi. La sua carnagione è così bella e pallida, addirittura più bianca di quella di Johanne e della principessa. E il suo collo è adorno della vecchia catena d'oro della madre, con il medaglione raffigurante un sole fulgido. L'abito è liscio e aderente e incornicia il seno, proprio come aveva sognato. È di Augusta, se lo è fatto stringere, e non è un'esagerazione dire che è più bella e più seducente di quanto sia mai stata la sorella con quello stesso vestito indosso.

È giunto il momento. Deve essere un'occasione bella e pulita. Come la prima volta.

Due anime che si incontrano e stringono un legame. Senza parole. Senza limiti.

Madam Krieger scosta la tenda e viene avanti.

Il principe solleva il capo. Il suo sguardo si sforza di

comprendere, di concepire quello che vede. Lei si aspettava di trovarlo con gli occhi chiusi, di avere il tempo di sistemarsi nel posto giusto, nell'angolazione giusta, al centro della stanza a sinistra del portaspade, davanti alla finestra. Quest'ultimo particolare era importante per lei, avere il mare alle spalle, quel mare che li ha fatti incontrare, passato e presente che si ritrovano nell'abbraccio dell'amore.

«Chi è lei?» domanda il principe. Il suo tono di voce è più sorpreso che arrabbiato, nondimeno la irrita. Non era assolutamente previsto che si parlassero. Quale risposta potrebbe spiegargli anche solo lontanamente qualcosa? Io sono tua, io sono noi, io sono io, tu sei me. Tutti i sottintesi racchiusi nello sguardo che si erano scambiati là sull'arenile: un legame che cancella tutte le differenze.

Il principe si alza. Un movimento rapido, allarmato. «Ah, è...?» domanda.

Ma a questo punto le parole vengono meno anche a lui. La scruta. Ha l'impressione di riconoscerla.

Una sensazione di calore attraversa madam Krieger.

Mi riconosce. Vede quello che vedo io.

«Come? Che cosa ci fa lei qui?»

Uno degli uccelli batte le ali nella gabbia.

Il principe si guarda intorno nella cabina come in cerca di qualcosa.

Non doveva andare così. Lui avrebbe dovuto aiutarla. Mettersi alle sue spalle, vicinissimo, magari davanti a un grande specchio, per guardare assieme il suo corpo trasformato; lui l'avrebbe cinta con le braccia sollevandole l'abito con un movimento stuzzicante, e lei avrebbe sentito la sua pelle contro la propria, il suo fiato sul collo, il suo membro che si rizzava e si pigiava addosso a lei.

Invece, la nave rolla e geme, e il principe sembra sentirsi male.

«Mi risponda, perdio, o chiamo...»

Non c'è tempo da perdere. Alzare le braccia le provoca dolore, la pelle le brucia, ma deve assolutamente sfilarsi il vestito. Un movimento rapido, spera; bisogna togliersi il pensiero, lui deve vederla. Madam Krieger tira forte facendo scivolare il vestito sopra la testa.

«Oh, santo cielo, ma che fa?»

Lei getta il vestito per terra, si avvicina di un passo, si rivela a lui.

Tutto si ferma.

La nave rimane sospesa su un'onda, il becco dell'uccello si spalanca in uno strido, una goccia di sudore nel sopracciglio del principe.

Madam Krieger vede una mela sul biancospino. E vede se stessa fondersi con il principe in un abbraccio che può durare un secolo o solo un istante.

Poi d'un tratto si vede com'è veramente. Riflessa negli specchi neri degli occhi sbarrati del principe.

Vede il corpo martoriato, i seni cuciti addosso che pendono come pallidi frutti malati da un albero vizzo. Vede il sangue coagulato che copre tutto l'addome come una lucida scorza rossa. Vede le innumerevoli righe perpendicolari di sangue che colano sotto la crosta delle ferite e proseguono sui suoi genitali denudati, sull'inguine, sulle cosce. Vede le costole, che hanno quasi perforato la pelle sottile e rovinata.

Il principe ha aperto la bocca. Di colpo il suo grido riempie ogni angolo della stanza. Spacca i timpani come cento violini striduli, spinge gli uccelli a buttarsi sul fondo della gabbia e fa sbandare la nave, quasi si fosse arenata nei pressi dell'isola di Hven.

Ma non è il suono del grido a riempirla di rabbia e a far tornare i dolori. È la vista della paura negli occhi del principe. È la paura dell'uomo piccolo. Come se il principe si fosse tramutato in un semplice mugnaio davanti a un dominatore formidabile, un bimbo nelle grinfie di un drago. Mentre lei, un tempo un comune figlio di un cadetto dell'Accademia navale, si è sacrificata sull'altare del cambiamento ed è cresciuta, diventando un essere più grande di quanto il principe possa concepire.

Di colpo lui non è che uno spregevole animale trasparente in fondo a un secchio.

«Guardie, guardie!» pigola il principe, lanciando un'occhiata al supporto con le tre armi.

Lei vuole farlo tacere, mozzargli tutte le parole dalla lingua. Non gli permetterà di distruggerla, di distruggere la sua creazione. Senza riflettere, senza esitare, fa per afferrare il pugnale scintillante nel portaspade, sente l'impugnatura fredda e dura nella mano. La compassione è il punto debole delle persone intelligenti.

## 13.

«Sbatteteli giù nell'alloggio dell'equipaggio» urla il comandante, mentre la nave rolla più volte scaraventando qualche secchio e marinaio lungo il ponte.

Il marinaio afferra Molly e la tira su. Hans Christian si aggrappa a un albero, il vomito attaccato ai vestiti fradici, mentre due uomini dell'equipaggio cercano di tirarlo via.

La giustizia non è mai regalata. Mai. Questo, almeno, Molly lo ha imparato. Bisogna prendersela. Agguantarla, tenerla stretta, strapparla dalle mani dei potenti.

«Ma siete scemi? Non capite che è in pericolo?» dice. «Il principe è in pericolo».

«Chiudi la bocca, bella, o te la chiudiamo noi» urla il comandante, costringendola ad avviarsi a suon di spinte.

Molly cerca di concentrarsi, sta malissimo. Le sartie gemono, il vento strattona le vele, tutto ondeggia. Non è mai stata a bordo di una nave così grande in vita sua. E tanto al largo. Le sembra un fatto innaturale, sbagliato. Il posto degli esseri umani non è il mare, ma la terra. Le sembra un atto di superbia spingere una tinozza tanto lontano dalla terraferma. Una volta sua madre le aveva detto che, quando un pescatore affogava nelle placide acque di Cala Odino, significava che aveva sfidato la natura e perso.

Si dirigono verso una scala che conduce sottocoperta quando odono delle voci alte. Un tonfo sordo provocato dalla caduta di un oggetto pesante. E poi... un urlo che fende ogni cosa. Il marinaio lascia Molly e scende un paio di gradini, ma poi si volta a guardare indietro con espressione impaurita. Gli altri marinai accorrono e guardano di sotto, come se fosse apparso il diavolo in persona.

«È Severin?» bisbiglia Hans Christian, che è proprio dietro a Molly.

Lei non fa in tempo a rispondergli. Ancora frastuono, grida, rumore di vetri rotti.

«Via di qui, tornate indietro». Una voce dura e stridula dal buio.

Pian piano gli uomini si allontanano. Molly riesce a vedere la mano del comandante impugnare un randello che tiene nella cintura, mentre retrocede per mettersi al riparo dietro l'albero.

Il principe appare ai piedi della scala e a passo lento sale in coperta. C'è terrore nel suo sguardo. Terrore e sconfitta. Un uomo che non è mai stato toccato nemmeno con un dito e raramente ha ricevuto un rifiuto. Inciampa leggermente nell'ultimo gradino, ma una mano ferma lo trattiene.

Un brivido corre tra i marinai sul ponte. Tutti i rumori sono svaniti, anche se le onde martellano implacabili contro la nave, e i cavi oscillano come corde di campane.

Soltanto ora Molly riesce a vederla, la riconosce dal viso, la donna che ha aperto la porta a casa Krieger. Si è tolta il vestito e se ne sta nuda in un bagno di sangue. Come una madre morta di parto che si è risvegliata nella tomba ed è venuta a prendere il figlio. Un bel viso dagli occhi neri, e un corpo che sembra andato a male e divorato dall'interno dai vermi. I seni somigliano a due masse di impasto marrone che pendono da fili attaccati al torace, e in mezzo alle gambe Krieger è ancora uomo, un uomo piccolo, si è depilata intorno al membro. È un essere, non una persona, pensa Molly.

«Via!» urla l'essere, premendo un lungo pugnale contro la gola del principe, proprio all'altezza della laringe, dove le pieghe della carne morbida coprono il filo del pugnale.

L'essere avanza, supera l'albero, costeggia il parapetto, sospingendo il principe da dietro.

Altri marinai, dei soldati, che forse se ne stavano sottocoperta, sono accorsi, richiamati dalle grida del principe. Chi snuda lo spadino, chi impugna una pistola e la punta contro l'essere, che si fa scudo con il corpo pingue del principe.

«In nome del re. Lasci andare il principe o le spariamo» grida il comandante. Tutt'intorno Molly sente mormorare e chiedere se è un diavolo vero, un animale o una persona. È venuto dal mare, è in arrivo la fine del mondo?

Per tutta risposta l'essere preme più forte il pugnale contro il principe, e si ode un flebile pigolio; pian piano tra le cosce del prigioniero si forma una macchia scura. Molly trattiene il respiro quando il sangue comincia a stillare e gli cola giù per la gola, per il colletto della camicia bianca.

«È pazzo, mi uccide» ansima il principe. «Abbassate... le armi».

I soldati indietreggiano mentre l'essere, l'essere Krieger, prosegue sul ponte, camminando adagio a ritroso, sempre con la lama puntata contro la gola del principe. Si muovono tra casse e cordame e infine scavalcano la catena ammassata dell'ancora. L'ancora all'estremità della catena pende sul lato esterno del parapetto.

«Via!» grida l'essere a un soldato che si è avvicinato troppo.

I soldati e i marinai si dispongono a semicerchio intorno al principe e all'essere, che hanno raggiunto la prua e non possono proseguire.

Qual è il piano? Che cosa ha intenzione di fare la donna, l'essere, Krieger? Buttarsi in mare... insieme al principe?

Molly intravede Hans Christian qualche piede dietro di sé: sta fissando affascinato la scena. Ha gli occhi sbarrati, la bocca aperta. Per il momento i marinai e i soldati e il comandante hanno dimenticato i due clandestini. Tutta l'attenzione è rivolta al principe e all'essere grottesco. Molly retrocede pian piano e bisbiglia a Hans Christian: «Non bisogna permettergli di farla franca».

«Guarda» si limita a dire lui.

«Che cosa devo guardare?»

«Quell'uomo ha cercato di trasformarsi in un'altra persona» risponde Hans Christian sottovoce. «L'inumano vuole avere un volto, il brutto vuole essere bello. Tutto e tutti vogliono essere qualcos'altro».

Molly non sente il seguito, Krieger grida di nuovo, forse dal dolore.

Poi Molly capisce perché.

I seni. Quelle masse polpute, attaccate ai lembi di pelle dell'essere. Probabilmente erano della vestitrice. Non che Molly le riconosca, però le ha viste in libertà, quando ancora facevano parte del corpo di Johanne. Forse era per questo che Krieger le dava la caccia. Perché era convinta, anzi, *convinto*, che gli avrebbero procurato il fisico della vestitrice, la sua bellezza, il desiderio e l'amore del principe. Ora penzolano grigi e morti, nient'altro che grasso e carne e sangue, sul corpo di Krieger.

Forse in un primo momento aveva fatto un tentativo con Anna e Maren la Sbianca. O forse si trattava solo di prove premature, esperimenti forieri della sua grottesca trasformazione.

L'odio invade di nuovo Molly. Per un po' era sparito sotto l'ammaliamento e l'orrore, ora è tornato. Gli insistenti rulli di tamburo della giustizia. L'essere ha ucciso Anna.

«Non bisogna permettergli di farla franca» sussurra di nuovo a Hans Christian.

Poi guarda verso la terraferma, che si intravede come una striscia scura sotto il cielo marrone. Non può scappare, si trova su una nave in mezzo al mare. Nessuno può coprire una distanza simile a nuoto. E anche se ne fosse capace, non avrebbe successo. Anche se potesse sfidare le leggi della natura e fuggire a nuoto, o se dovesse raggiungere la riva con una barca più piccola, o facesse invertire la rotta alla fregata per tornare in porto, troverebbe i soldati ad aspettarlo. E anche se dovesse arrivare in Svezia o fino in Francia o, addirittura, in qualche altro paese, gli uomini del re lo cercherebbero, gli darebbero la caccia, lo troverebbero e lo impiccherebbero. E lui lo sa.

«Per l'ultima volta. Deponga il pugnale, lasci andare Sua altezza» grida il comandante.

«Io... ti concedo la grazia» ansima il principe, tanto che quasi non si odono le sue parole. «Purché... mi lasci andare, dimmi che cosa... vuoi...»

Un'onda si infrange contro la fregata, mandando spruzzi di schiuma e d'acqua sul ponte: i marinai si voltano dall'altra parte e il comandante cerca tentoni di rimanere aggrappato all'albero.

Molly vede che Krieger ha afferrato di nascosto la piccola cima che è legata alla catena dell'ancora. Avanza di qualche passo, muovendosi di lato, e sguscia intorno a una botte, in modo da trovarsi di colpo più vicina a Krieger rispetto ai soldati. L'essere le lancia un'occhiata delusa, poi riprende subito a fissare il soldato con la pistola e il comandante, che trattiene gli uomini.

Molly incrocia lo sguardo di Hans Christian e cerca di farglielo abbassare sulla mano di Krieger che stringe la cima; lui non capisce e lo sposta sul principe, che sembra sul punto di svenire, il pugnale contro la gola, il colletto non più macchiato ma intriso di sangue.

D'un tratto, con un violento, brusco strattone, Krieger costringe il principe a inginocchiarsi.

Tra i soldati del re si levano urla, e la pistola di uno di loro spara un colpo che riecheggia sopra il mare, così forte che a Molly fischiano le orecchie. Due marinai fanno per attaccare Krieger, ma poi perdono il coraggio. Il principe urla.

Il comandante quasi aggredisce il soldato con la pistola. «State calmi, rimanete ai vostri posti». Si volta verso Krieger. «Non faccia niente, niente sciocchezze, il principe...» dice esitando e si blocca.

Con la mano che non impugna il pugnale, Krieger si avvolge la cima intorno a una gamba. Ecco, adesso è legato alla catena dell'ancora.

«Ma che fa?» bisbiglia Molly a Hans Christian.

«Carica la pistola» grida un marinaio.

«No, non farlo» ordina il comandante.

Krieger si rialza. Stringe forte il principe per la camicia, il pugnale ancora contro la sua gola. «Sganciate la catena dell'ancora. Subito» ordina a denti stretti.

Nessuno si muove. Krieger costringe il principe a guardare in alto... verso il cielo, l'alberatura, un paio di gabbiani che svolazzano come dei fazzoletti bianchi.

«Ubbidite...» dice il principe, cercando di guardare i suoi soldati. «Sganciate la catena dell'ancora».

Un cenno della testa del comandante a un marinaio che è in piedi vicino al parapetto.

«Subito!» urla Krieger.

Il marinaio si inginocchia, un altro lo aiuta: tolgono delle viti, quelle che fissano l'ancora e la catena alla nave. Se l'ancora cade in mare, la catena non farà che seguirla inabissandosi.

Poi Krieger fa un passo verso l'ancora.

Molly comincia a capire che cosa sta succedendo.

Due o tre soldati si avvicinano a Krieger e al principe inginocchiato. Il principe strilla, gli è venuto meno il coraggio e sembra uno di quegli uomini che Molly ha visto crollare sui gradini davanti a casa sua dopo una visita a una mondana e chiedere perdono per quello che hanno appena fatto.

Krieger sferra un calcio al fermo dell'ancora, la piccola coppiglia che trattiene la catena; adesso non c'è più. E l'ancora scende sferragliando lungo la murata e colpisce l'acqua con un tonfo, mentre la catena si muove iniziando la corsa, l'argano gira, dapprima adagio, poi sempre più velocemente.

All'improvviso Molly capisce. Di colpo sa che cosa vuole fare Krieger.

Si vuole affogare. È legato alla catena, e l'argano gira, cedendo sempre più catena all'ancora che scende, cade verso il fondale, chissà quanto tempo impiegherà a raggiungerlo.

E Krieger ha intenzione di tenersi stretto al principe, di trascinarlo giù con sé.

Se non può avere lui il principe, non lo avrà nessuno.

Nessuno dei soldati né il comandante sembrano aver capito. Sono paralizzati in una sorta di gara di sguardi con Krieger. Solo quello con la pistola, che con fare febbrile la ricarica, sembra aver capito che qualcosa bolle in pentola.

L'argano gira sempre più forte. Il principe lancia un'occhiata alla catena, che sparisce oltre il parapetto. Krieger mantiene la presa. La cima è stretta intorno alla sua caviglia, fra pochi secondi verrà trascinato giù, in mare, sparirà negli abissi, affogherà. Insieme al principe.

Il vento mugghia nelle vele, la catena stride, il principe piagnucola, i gabbiani garriscono.

Un movimento improvviso di Krieger e del principe, quando l'ultimo pezzo di catena sparisce e i due vengono trascinati bruscamente verso il parapetto. Krieger urla per un attimo, forse ha il piede incastrato nella cima, ma stringe forte il principe, dalla cui gola esce un fiotto di sangue.

Il principe cerca tentoni di aggrapparsi al parapetto. Si è reso conto di che cosa sta succedendo, forse ha addirittura intuito le intenzioni di Krieger. Le sue mani scivolano, non riesce a tenersi, l'ancora è troppo pesante. Il panico gli incrina il volto come una crepa.

In quello stesso istante Molly si porta una mano alla crocchia. Più che un'idea, il suo è un impulso, è l'istinto di sopravvivenza, è la vita contro la morte, è la luce contro le tenebre. Ed è il presentimento che finisca qui.

Adesso.

Eccolo, il fermacapelli che le ha dato Anna, la sciabola da prostituta.

Il lungo spillone in mano e rapidi passi in avanti. Si avvicina al fianco di Krieger. Qualcuno grida, la chiama, sta' attenta, forse è Hans Christian, forse un marinaio.

Krieger leva lo sguardo.

Tutto succede rapidamente, ma Molly è sicura di essere

stata riconosciuta; in quel momento l'assassino riconosce la sorella della sua vittima, mentre avanza con lo spillone e lo lancia.

Il fermacapelli si conficca in mezzo ai seni morti, affonda con uno scricchiolio nella cassa toracica e sparisce nel petto dell'essere, della donna, dell'uomo che si chiamava Krieger. Lo spillone penetra talmente in profondità che Molly percepisce il calore e i battiti del cuore dell'assassino mentre abbassa lo sguardo sconvolto sull'oggetto che lo ha colpito.

«Da parte di Anna» dice Molly.

Krieger lascia cadere il pugnale, il principe si accascia.

Poi arriva l'ultimo strappo della catena. Per un attimo l'espressione di Krieger è piena di spavento, di dolore, quasi di compassione per se stesso. Infine la catena lo scaraventa giù lungo la murata, e un urlo belluino risuona sopra la nave, ma ben presto viene sommerso dal chiasso.

L'equipaggio accorre, per raggiungere il parapetto i marinai spintonano Molly, che guarda in acqua. Per un momento ha l'impressione che Krieger galleggi, quasi il mare lo respingesse, non lo volesse.

Ma poi lo prende, lo avvolge e lo inghiotte in un sol boccone.

Lo vedono trascinato rapidamente a fondo nell'acqua limpida. Il suo viso sparisce sotto uno strato d'acqua via l'altro, limitandosi a guardarli con un'espressione perplessa, come se all'ultimo momento si stupisse che nonostante tutto il mare sia diventato la sua fine.

Hans Christian ha raggiunto il fianco di Molly. E il principe si è fatto avanti strisciando carponi e guarda le onde; sembra un pezzente trascinato nella cunetta con indosso gli abiti troppo grandi di un riccone.

Molly sente battere il proprio cuore. Per la giustizia. E per Anna. Quasi copre il mugghio del vento e il fragore delle vele. Ma tornano anche i suoni della nave. Le voci sparse di marinai e soldati alle sue spalle. Chi era? Che diamine è successo? Da dove è sbucata? E il tenero, sciocco Hans Christian, che cerca di rispondere a tutti, di insegnare le sue teorie sulle persone che bramano di essere diverse da quello che sono. Lo ode addirittura spiegare al comandante che Krieger doveva sentire un legame particolare nei confronti del principe, un vincolo fra due esseri che bramano. Ma il comandante non ne vuole sentir parlare e scende di sotto insieme al principe avvolto in una coperta.

Molly guarda giù. E le sembra di vedere quell'uomo, o quella donna, o quell'essere contorcersi un'ultima volta mentre cade verso il fondo del mare.

## 14.

Il messaggio è arrivato questa mattina, per iscritto e consegnato da uno degli uomini di Cosmus.

*Alle undici all'Hotel Royal.*

Niente cordiali saluti. Nessuna spiegazione.

Se non altro il questore non gli ha dato appuntamento al palazzo di Giustizia.

Hans Christian pulisce lo specchio con un fazzoletto.

È cambiato. È diventato vecchio. Gli occhi sono rossi, la pelle è verdognola come quella di un marinaio malato, la ferita fa sembrare il suo naso più grande, più grottesco. Se solo avesse qualche scellino per andare dal barbiere. Le labbra sono rosse. Per l'acqua di mare. Per la fatica. Per la carenza di sonno. Quando infine era tornato a casa non aveva dormito, ma era rimasto in uno stato di dormiveglia, incapace di comprendere il silenzio, di comprendere il profumo caldo della stanza, di comprendere i guizzi delicati della candela. Aveva cercato di collegare fra loro gli accadimenti, di unire con dei fili i vari pezzi dell'agghiacciante storia.

Guarda l'orologio. È ora.

Ha male alla schiena e alle gambe, ma si sforza di scendere le scale, si sofferma sulla porta d'ingresso e annusa Porto Nuovo: pece e sale. Si avvia di buon passo lungo i palazzi, evita gli sguardi della gente. Durante la notte il vento e la pioggia hanno riversato l'autunno su Copenaghen.

I ciottoli sono bagnati, gli alberi hanno perso parecchie foglie. Il fabbro e il calzolaio non lavorano più in strada, ma al riparo dell'androne. Al capo opposto della piazza scorge una figura nera in piedi sotto i tigli vicino all'Hotel Royal.

È Cosmus. Hans Christian immagina che gli abbia dato appuntamento là per mangiare insieme nelle eleganti sale dell'albergo. Un bel trancio di frittata con l'erba cipollina e la pancetta lo corroborerà. Oppure uno stufato caldo di coniglio. Ah, un goccio di vino per accompagnare il pasto e qualche parola cordiale con il bicchiere in mano. È chiedere troppo per aver salvato la vita del principe – e la propria?

Sta per salutarlo quando nota che Cosmus non è solo. C'è Molly con lui, e alle sue spalle due guardiani ausiliari. Non capisce il motivo della loro presenza, né quale compito abbiano. Quando lui e Molly erano stati accompagnati prima a terra e poi in centro con una vettura di piazza, gli avevano detto più volte che era tutto finito. Che non doveva tormentarsi per cercare di capire. Ma, ovviamente, lui si era tormentato. Ovviamente, aveva cercato di capire. Non era proprio questo che gli riusciva meglio?

«Signor Andersen» dice Cosmus con freddezza, quando Hans Christian si avvicina. «Credo che voi due vi conosciate». Cosmus si volta immediatamente dall'altra parte e si incammina. Hans Christian guarda Molly, che scrolla le spalle, poi gli ausiliari danno a entrambi una spinta nella schiena costringendoli a seguire il questore. Passano davanti all'Hotel Royal, e Cosmus non pare intenzionato a entrare nel ristorante. Addio stufato e vino bianco.

Invece, guarda la sua pipa e brontola mentre la carica. «Davvero una storia incredibile» dice rivolto a se stesso e al vento, scuotendo il capo. Si gira e cerca Molly con lo sguardo. «Signorina Hansen?»

«Sì» risponde Molly, avvicinandosi al questore.

«Lei non si è mai fatta assumere sotto falso nome al castello».

Molly lancia un'occhiata interrogativa a Hans Christian. Lui non fa in tempo ad arrivare in suo soccorso che Cosmus riprende il suo discorso.

«Certo che non lo ha fatto. Le costerebbe l'ergastolo. Significherebbe che la casa reale è stolta e matta da legare» aggiunge, per poi continuare sottovoce. «Lo è, secondo lei, signorina Hansen?»

«No» risponde lei, anche se Hans Christian capisce che invece pensa di sì, eccome.

«Se dipendesse da me, verrebbe condannata alla stregua di chiunque altro. Ma evidentemente il principe Federico non vuole. Le è riconoscente e sostiene che lei gli ha salvato la vita» spiega Cosmus, vagando con lo sguardo da Molly a Hans Christian.

Hans Christian abbassa gli occhi. Teme le sue prossime parole.

«E adesso chiedo a lei, signor Andersen» riprende Cosmus e si ferma per accendere la pipa sfregando uno zolfanello contro la ringhiera che costeggia il canale. «Le è capitato qualcosa di insolito in questi ultimi giorni?»

«Di insolito?» ripete Hans Christian. Rivede se stesso in un lago di escrementi. Sente se stesso parlare con il bottinaio. Vede una sventurata creatura sparire in fondo al mare.

Ma sa che cosa intende il questore. Sa che dietro le quinte ci sono uomini che muovono le fila affinché il popolo veda soltanto la rappresentazione che fa comodo al re e a tutti quelli che ogni giorno servono il suo regno. Questa storia deve essere negata e sepolta.

Per qualche motivo lui non vuole farlo. Non più. È stufo di strisciare ai piedi dei suoi mecenati, degli uomini danarosi, dei vertici del potere, del questore, di chiunque. Prova un improvviso disprezzo nei loro confronti. Per tutti quelli che vogliono piegare, sottomettere, castigare, tiranneggiare, biasimare e umiliare, soltanto perché sono convinti di passarla liscia.

«Pensa forse che viviamo in un mondo guasto, Andersen?» domanda Cosmus, quasi gli avesse letto nel pensiero. Il questore indica un cocchio nero che si è appena fermato dall'altra parte del canale. «Ma, come dice il signor Schneider: non è il mondo a essere sbagliato, bensì noi, gli uomini».

Hans Christian guarda dentro il buio del cocchio. Un viso appare fugacemente. È il mercante del ballo in maschera. Un viso tondo e capelli bianchi. Potrebbe essere il nonno di un bambino: gli occhi sbiaditi, inaffidabili come quelli di un felino delle montagne italiane. Di colpo Hans Christian ha un'illuminazione: l'ultimo dettaglio della poesia del bottinaio. «Quando nella galleria il bianco di rosso si sarà tinto, nell'eterno duello Schneider ci avrà vinto» dice e guarda Cosmus. «Era Schneider a cui si riferiva il bottinaio nella sua poesia».

Cosmus quasi scompare nel fumo, e lo scaccia con un gesto della mano insieme alle parole di Hans Christian: «Basta con le sciocchezze, signor Andersen. Schneider è un uomo rispettabile. E il re gli dà ascolto. Dopo le agitazioni in Francia e la rivolta nello Holstein c'è chi pensa di poter governare il paese meglio del re in persona. Ma è pericoloso. Per governare un paese ci vogliono una logica rigorosissima e una morale fortissima. Mi ascolta?»

Hans Christian guarda Molly, che si sta contando le dita.

«Ma Krieger è stato ispirato da Schneider» ribatte, pensando al pamphlet che avevano trovato in casa dell'assassino.

Cosmus scuote il capo. «Krieger era malato, immaginava cose impossibili. È assurdo voler essere una donna, se si è un uomo. È assurdo, e pericoloso. E io ho bisogno, anzi, il regno ha bisogno di una cosa: che lei capisca, Andersen» dice, abbassando lo sguardo sul tabacco rovente, che arde senza fiamma. «Copenaghen e i suoi cittadini non sopportano questo genere di cose. Hanno subito incendi e bombardamenti e agitazioni da parte dei nostri vicini a sud. C'è bisogno di ordine nel caos, c'è bisogno di pace e di stabilità, di un governo forte e di un re saggio. Niente disordini per le strade. Niente pettegolezzi. Niente storie...» Cosmus cerca la parola giusta «...su un parto della fantasia, su un essere frutto di un'immaginazione distruttiva. Lei non deve scriverne, neanche una parola, altrimenti tornerà là da dove è venuto, sotto il palazzo di Giustizia, così potrò controllarla meglio».

Hans Christian capisce e non capisce. Cosmus e chi la

pensa come lui hanno paura del suo racconto, paura di tutto ciò che potrebbe dare nuove forze a chi vuole rompere gli schemi, a chi vuole essere qualcos'altro che povero, calzolaio, prostituta, uomo o donna, danese o prussiano. E se la gente potesse plasmare la propria vita? Allora sarebbe ingovernabile. E gli ingovernabili non vogliono essere governati. Non capisce come si possa ragionare così. La natura indomabile, selvaggia e fantasiosa è la vita stessa, è il balletto, ed è il mare, ed è la danza delle parole e la folla della città.

Ma non apre bocca, si limita a guardare le acque del canale.

«Il professor Horowitz vi ringrazia per il contributo che avete dato per ritrovare suo figlio» riprende Cosmus con tono distaccato, prima di pronunciare il suo ultimo ordine. «Ma voi due non potrete più farvi vedere insieme. Sarebbe sconveniente».

Poi si scappella e si allontana.

Passando, uno degli ausiliari dà una leggera spallata a Hans Christian.

Lui segue con lo sguardo Cosmus, che sparisce nel buio del cocchio, dove c'è quel tale Schneider. Poi la carrozza parte e si dirige a tutta velocità verso Christiansborg. Ma anche se vede il cocchio scomparire insieme a Cosmus e a Schneider e alla minaccia della sua stessa fine, Hans Christian non si sente libero. Sente piuttosto che la città è diventata più sinistra, più cupa. Teme che la malvagità iniziata con l'assassinio di Anna e della lavandaia non finisca con loro. È convinto che le idee di Schneider riguardo alla logica contrapposta alla fantasia si tradurranno in una battaglia ancora più grande, in una guerra universale, nella quale le anime degli esseri umani saranno liberate oppure incatenate per sempre. E che lui stesso è stato prescelto dal destino, prescelto come condottiero dei sogni, della fantasia, di tutte le carabattole dimenticate che sanno parlare, e di tutto quello e di tutti coloro che vogliono essere qualcosa di diverso da ciò che altri intendono costringerli a diventare.

Prescelto per essere il generale che dovrà combattere contro Schneider e l'iniqua logica del potere.

Forse avrebbe fatto meglio a rimanere a Odense, ad assecondare il desiderio di sua madre.

Molly sbuffa come un cavallo non ferrato, impaziente di avviarsi.

Lui la guarda: «Come sta Marie?»

Ha nostalgia dell'indole lieve come una piuma e delle domande dirette della piccola. Del loro amore condiviso per le storie. Si rende conto che i bambini sono i più bravi a vedere cose che non sono visibili, a parlare con oggetti che non rispondono, e a immaginare mondi che non esistono ancora.

Molly si volta dall'altra parte e si incammina. «Hai sentito che cosa ha detto? Quelli come noi non devono essere visti insieme».

«Ehi, aspetta!» Hans Christian la segue per dirle che non deve dare ascolto a Cosmus. Considera l'idea di spiegarle perché Cosmus e Schneider si sbagliano, ma non è sicuro che lei abbia voglia di sentire la sua difesa della forza creativa dell'immaginazione, della follia galoppante e dell'umana capacità di trovare un senso in un letamaio. Pochi sono disposti a sentire simili discorsi, questo lo deve ammettere.

«Tu hai riavuto la tua libertà: auguri. Noi non abbiamo nulla, abbiamo perso tutto» dice Molly.

«Li troverò io i soldi» tenta lui. «Come avevamo concordato».

«I soldi?» ripete Molly, fermandosi con la voce incrinata dal pianto, gli occhi pieni di rabbia. È sul punto di dirgliene tante, di investirlo di insulti, ma si blocca.

«In questo momento non li ho, ma farò di tutto per procurarli» riprende Hans Christian, ma capisce subito di aver detto la cosa sbagliata.

Molly scuote il capo. «Ma sì, fa' pure. Procura un po' di soldi. Chiedili ai tuoi amici altolocati».

Con queste parole gira sui tacchi e si allontana lungo

l'ampio viale, e la sua folta chioma è l'ultima cosa che Hans Christian vede, come una nuvola rossa lasciata da un postale.

Trascorre gran parte della giornata camminando per le strade della città. Alla vista di due ragazzini che attraversano due pozzanghere a cavallo di manici di scopa si ferma. Legge un paio di colonne di un giornale da dietro la spalla di un signore che si sta facendo lustrare gli stivali: neppure una parola su Krieger e tutta la vicenda. Evita di passare per la strada dove c'è la palazzina delle prostitute, ma si ferma all'angolo, nella speranza di intravedere Molly o Marie. Prima di mezzogiorno è sfinito. La luce si affievolisce, l'autunno spinge tutti al chiuso con un vento gelido da sud. Si affretta verso casa. E mangia prugne cotte fredde dalla padrona, che parla infervorata dei pettegolezzi che circolano in città sul ballo in maschera al castello, su un bambino negro che ballava con un orso russo.

C'è un posto vacante alla libreria di C.A. Reitzel. Cercano una persona che metta a posto i libri. Han Christian è seduto allo scrittoio della sua stanzetta. Nel silenzio. E si chiede dove mai il vento della vita voglia portarlo.

L'unica cosa che riesce a vedere sono i contorni della sua penna d'oca stagliati contro la luce giallastra di Porto Nuovo.

Quante impressioni. Gli odori, i suoni. Il sapore dell'acqua di mare e la musica dei piedi danzanti alla festa. Le labbra cianotiche di Anna e le dita pallide della lavandaia. La testa mozzata del bottinaio sotto il patibolo e il figlio del medico in fondo al baule nella legnaia. Il bel viso di Krieger e il suo corpo martoriato. Il soffitto di legno della gabbia dei matti e l'acqua torbida della galleria.

Mille storie, mille finali, mille inizi.

Come potrà mai riuscire ad assimilare tutto questo? Come si potrà mai riuscire a comprendere il folle mondo degli uomini... in tutta la sua lucentezza e la sua bruttezza, la sua bestialità e il suo sangue? Come si può scrivere del desiderio di tutti di essere qualcos'altro?

C'è una risposta sola.

È proprio davanti a lui. È la sua risposta a Schneider e il suo disprezzo per Cosmus.

Accende la candela di sego e affila il calamo.

Il foglio è bianco. Non gli è permesso di raccontare ciò che gli è capitato. Gli è stato vietato di raccontare ciò che lui e Molly hanno visto e fatto. Gli è stato vietato di raccontare come Krieger si era mutato e aveva sacrificato tutto per l'amore. L'indicibile assurdità e atrocità di quando si è disposti a fare qualunque cosa pur di essere amati, perfino uccidere l'oggetto del proprio sentimento.

Quello che Cosmus e Schneider non capiscono è che il racconto trova sempre una via. Come l'erbaccia nell'acciottolato, spunta là dove è più necessario. C'è un modo di narrare la storia che il re non può vietare, un modo di sussurrare la storia proibita che permetterà perfino a Marie di ascoltarla, e nessuno riuscirà a fermarla.

Un rapido tuffo del calamo nell'inchiostro, perché all'inizio una penna d'oca nuova macchia sempre di più.

Poi scrive senza pensare, così gli sembra: la storia c'è già, Hans Christian l'ha vista, e ora la deve mettere per iscritto. Comincia dalla prima frase, è senz'altro il modo più semplice. Pensa ad Anna e a Molly, ma soprattutto a Krieger e alla sua fede cieca di poter modificare se stesso per ottenere ciò che bramava.

*Lontano, lontano, in alto mare, le acque sono azzurre come i petali del più bel fiordaliso, e limpide come il vetro più puro, ma sono assai profonde, così profonde che nessun cavo d'ancora ci arriva. Si dovrebbero mettere tanti e tanti campanili uno sopra l'altro per arrivare alla superficie dal fondale. Laggiù vive il popolo del mare.*

## Ultimo capitolo

*31 dicembre 1834*

«E grazie altrettanto, grazie a voi, grazie per il grog e il dolce, sono felice, grazie, molto felice, buon anno a voi, grazie».

La campanella sopra la porta suona quando esce. Il freddo già gli punge le labbra, la neve scricchiola sotto le galosce. Ha dimenticato la sciarpa a casa, quando è uscito di corsa, ma adesso non gliene importa, sente il calore del grog diffondersi nel corpo, il calore della pacca sulla spalla del tipografo e della risata di Sophie, la sua dolce moglie. È davvero incredibile sentirsi così bene, anche solo per un momento, prima che l'anno finisca.

Ma, meglio di tutto, sente sessantotto talleri tintinnare nel borsellino di pelle. Il tipografo ha pagato sessantotto talleri per pubblicare un fascicolo con favole per bambini, il primo vero anticipo che abbia mai ricevuto.

«Congratulazioni, H.C.» sono state le parole del tipografo, quando gli ha dato i soldi. «Mi raccomando, non li spenda tutti in viaggi. Veda di comprarsi degli abiti nuovi e dell'inchiostro fresco».

Non poteva spiegare al tipografo che cosa aveva in testa, mentre contava le calde monete e le faceva cadere nel borsellino. Ora finalmente potrà andare da Molly e da Marie e saldare il suo debito. È passato troppo tempo. Chissà se è ancora piccola o se è diventata alta e tonda come la madre. Affretta il passo, mentre pensa agli occhi sgranati della bambina quando le aveva raccontato la storia della candela che era innamorata di una persona anziché di un candeliere. Gli adulti non hanno quello sguardo quando sentono qualcosa di nuovo e di incredibile. Sono scettici nei riguardi di tutto ciò che non è fuso nello stagno. Prima siamo bambini, anime capaci di percepire, di comprendere e di credere, e poi, ecco che succede: ogni singolo anno successivo all'infanzia è come una pietra di una fortezza che cresce via via, fino a diventare inespugnabile; i giorni grigi e gli innamoramenti tristi sono la malta che lega insieme i mattoni chiudendo fuori la bellezza del mondo.

Ma non Piccola Marie. Lei non deve diventare dura come la pietra e chiusa come una fortezza.

Hans Christian si ferma davanti al negozio di abbigliamento dei fratelli Raphael: qualcosa ha catturato il suo sguardo come un amo, e lui abbocca come un pesce nel canale. È il pesante cappotto foderato con le pellicce di dodici conigli bianchi? No, anche se gli piacerebbe non patire il freddo, non è quello. È il cappello, nero e lucido, alto come un comignolo sopra i tetti della città, che poi per la borghesia è ciò che un anello d'oro è per il matrimonio: un segno di appartenenza.

«Scusi?» Si rivolge al commesso che sta chiudendo. Nonostante le proteste – è l'ultimo dell'anno e deve andare a casa dalla moglie – a suon di chiacchiere Hans Christian riesce sia a farsi aprire sia a infilarsi il cappello in testa. Certo, quando fa tintinnare i talleri delle fiabe nel borsellino di pelle diventa convincente.

Molly e Marie devono vederlo. Devono vederlo entrare dalla porta come una buona notizia, pieno di sé con il cilindro in testa e i soldi in tasca, non il poveraccio che hanno visto l'ultima volta. Vorrebbe tanto sedersi accanto alla piccola e raccontarle come tutto sia finito bene. E porterà Molly e la bambina alla bettola e le rifocillerà con pancetta e mele fritte e riso al latte e birra leggera e dolci, fino a quando Marie non si reggerà più in piedi e lui dovrà portarla in braccio fino a casa. Portarla attraverso la notte di Capodanno, inspirare il fresco residuo di infanzia che le è rimasto attaccato ai riccioli. Forse Molly gli prenderà il braccio, e comunque le darà il resto dei talleri; potranno parlare della locanda che vorrebbe acquistare e di come lui può ottenere un prestito, ora che hanno i soldi per la caparra.

Già più povero di qualche tallero, ma con il cappello in testa, Hans Christian affretta il passo. È felice, assai felice, non c'è via né modo di negarlo, è proprio ebbro di felicità, forse grazie anche a una punta di grog.

La neve si è posata lungo i muri di via dei Salici; un ambulante di generi alimentari tira la sua carretta attraverso i cumuli, scivola di qua e di là con gli zoccoli, mentre la moglie spinge da dietro. Hans Christian si ferma davanti a una delle bettole e guarda attraverso i vetri appannati. Dentro l'allegria e i festeggiamenti impazzano, ma Molly non c'è. Per strada c'è un viavai da sera della vigilia di Capodanno, gente con marmotte e orsi addomesticati, gli italiani con donne barbute di un circo dismesso, che cercano di guadagnare qualche spicciolo in questa sera dell'ultimo dell'anno a Copenaghen, la città più antica e più bella del mondo, se lo chiedete a Hans Christian Andersen. Questa sera riesce a sentire la fiaba, è dentro le sue gambe e le sue braccia e vuole uscire. Quale storia deve pubblicare per prima? Forse è meglio aspettare con *La sirenetta*. Se Cosmus dovesse riconoscere i fatti reali, rischia di finire di nuovo in gattabuia. Un brivido lo scuote.

Si ferma davanti ai gradini che conducono alla porta della palazzina delle prostitute. È buio, sicuramente la sera dell'ultimo dell'anno non lavorano. Spinge la porta. È serrata, ma c'è qualcuno disteso sui gradini. Un'ubriacona che cerca di salire o di scendere. È stata buttata fuori. Ha come minimo tre strati di vestiti addosso, due berretti di lana e addirittura un paio di muffole, però è evidente che ha freddo. Urla. «Andate a quel paese, tutti quanti».

Solo allora la riconosce. È Salomine. La afferra per un braccio. Lei lo allontana con una spinta, e lo prende a male parole, mentre cerca di alzarsi sui gradini scivolosi, ma appena scorge la sua giacca, la bella camicia e le galosce, il suo sguardo sotto i berretti cambia.

«Mio caro maledetto signore, posso farle un servizietto piacevole?» domanda, accasciandosi tra le mani di Hans Christian.

«Madam Salomine, sono io, Andersen, l'amico di Molly. Si ricorda di me?»

La vecchia mondana sorride con i pochi denti che le restano. Un fugace velo di riconoscimento nello sguardo. «Ma è ancora vivo?» gli domanda. «O è un fantasma di merda?» Perde di nuovo conoscenza, straluna gli occhi. Hans Christian non l'ha mai vista tanto ubriaca.

Due uomini escono dalla bettola di fronte: uno canta mentre l'altro si slaccia i pantaloni e manda un getto di pipì fumante sui cumuli di neve.

Hans Christian abbassa gli occhi e guarda la vecchia. «Ma non può stare qui al gelo! Deve entrare» le dice e cerca di rialzarla, mentre le chiede di Molly.

Salomine leva lo sguardo. Come se si fosse accorta solo adesso della sua presenza. «Ah, la povera Molly è malata, maledettamente malata, Andersen, non la vedo da quando...» Si assopisce, diventa pesante tra le sue braccia.

Hans Christian le dà una scrollata. «Da quando cosa?»

Gli occhi della vecchia sono completamente assenti. La tira su, deve metterle in corpo del caffè o dell'acquavite. La prende per un braccio e apre la porta della bettola con un piede. Per poco non sviene per il caldo e il fetore e l'umidità; si fa largo a forza tra la gente, marinai in congedo e studenti e due o tre donne in vestiti osé. Nessuno ha voglia di spostarsi per farlo passare, tanto meno quando vedono Salomine. La fa sedere su una panca, ordina un caffè a uno dei ragazzi e paga subito, per paura che qualcuno veda tutti i soldi che ha nel borsellino. Quasi butta il caffè caldo in corpo alla vecchia, che nasconde la lingua viola.

«Dov'è Molly?» le domanda di nuovo, la bocca vicinissima al suo orecchio. «E la piccola?»

«Non lo sopporto, che il diavolo mi pigli. La mia Molly».

Lui le fa bere dell'altro caffè. «Che cos'ha?» Un brutto

pensiero gli si affaccia. «Aspetta un bambino?» Tutto intorno a lui scompare: i corpi che spingono, il puzzo di umidità e di sudore. Hans Christian guarda solo le labbra della vecchia. Si sforza di capire che cosa dice.

«È mal di petto, maledizione. Tossisce sangue, è orribile».

«Dov'è adesso? E Marie?» prova a chiedere di nuovo.

Salomine scuote il capo. «La bambina, la bambina non l'ho mica vista, porco diavolo...» Si accascia.

Hans Christian la scuote così forte che il caffè le esce dalla bocca, le cola giù per il collo e sparisce sotto i numerosi strati di indumenti. «È all'ospedale?» le domanda e in risposta riceve un impercettibile cenno d'assenso.

Hans Christian si precipita fuori in strada e corre in direzione dell'ospedale dei poveri. Si solleva il bavero e corre più forte che può, con gli stivali che scivolano nella fanghiglia.

La neve turbina e si incolla ai muri dei palazzi, e fuori dalle porte i pitali con le deiezioni si sono ghiacciati. Due uomini hanno acceso un falò e stanno scongelando un coniglio.

Una prostituta apre una finestra e tenta di fare affari. «Che ne direste di iniziare l'anno nuovo con una bella botta?» È vecchia, avrà almeno quarant'anni, e ha del tabacco bagnato in bocca.

L'ospedale si trova dove è sempre stato, Hans Christian non ci mette piede da quando Molly lo ha tirato fuori quella notte di qualche mese addietro. Lo aveva salvato, gli aveva creduto. Il cortile è deserto, un corvo si leva in aria con uno strido contrariato sollevando turbini di neve. Fa due giri sopra il cortile e poi si dirige svolazzando verso il centro della città. Nella portineria c'è un caminetto in un angolo. Il vapore sale da una pentola. Accanto al fuoco siede una donna nera minuta coperta da uno scialle. Dalla bocca le esce un fiato caldo.

«Cerco Molly» le dice Hans Christian. «La signorina Hansen. Dovrebbe essere ricoverata».

La portinaia leva lo sguardo. «Stasera niente visite» risponde. «E nemmeno domani».

«Sa dove si trova? Ha il mal di petto».

La portinaia dice qualcosa a proposito dei malati vecchi e nuovi, i primi arrivati e gli ultimi. I più recenti stanno sopra, se riescono a camminare. Se non ci riescono, stanno di sotto, giù, accanto all'obitorio, così è più semplice per tutti.

Senza fare altre domande né chiedere il permesso, Hans Christian supera di corsa la portinaia e si precipita su per le scale. La sente gridargli dietro. Non può curarsene, il suo cuore è agitato e non ha pazienza. Prima stanza: Molly non c'è. Chiede a un'inserviente che si è appena accesa una lunga pipa, ma per tutta risposta riceve uno sguardo perplesso. Corsia successiva: Molly non c'è. Quella dopo ancora: Hans Christian grida il suo nome.

Finalmente vede un movimento fiacco sotto una coperta, i capelli rossi che sembrano un cespuglio in fiamme.

«Molly» la chiama, buttandosi in ginocchio accanto al letto.

Molly è pallida, perfino le lentiggini sono sbiadite, batte i denti, ha le labbra rosa chiaro. Nonostante la coperta pesante, ha freddo. Hans Christian ne strappa un'altra dal letto del vicino, un vecchio che russa, e l'avvolge intorno alla sua. Lei apre gli occhi. Lo guarda.

«Il mio scrittore» dice con voce flebile e gli stringe la mano.

«Molly, Molly. Perché non... mi hai mandato a chiamare?»

Lei richiude gli occhi. «Che signore distinto. Con tanto di cappello».

«Perché dici questo? Ogni giorno ho pensato a te e a Marie. Credevo non mi volessi vedere finché non avessi trovato i soldi che ti devo» dice lui e gli viene in mente il borsellino con i talleri. «Tieni» aggiunge, premendolo nella sua mano. «Me li hanno dati oggi. Tutto quello che ti devo. Sono tuoi, sono vostri, per la tua locanda».

Un sorriso troppo, troppo debole sulle labbra di Molly.

«Ti rimetterai, vedrai. Adesso tutto andrà meglio» la rassicura Hans Christian.

Molly tossisce. Una tosse crepitante.

Hans Christian si guarda intorno: la stanza piccola, gli altri malati. Questo non è un posto dove si guarisce. «Dobbiamo portarti da un medico, da un medico bravo». Pensa a quello a cui avevano salvato il figlio. Gli ha scritto due volte. Ringraziandolo da parte sua e della moglie. Sicuramente aiuterà volentieri Hans Christian e Molly.

Lei ha chiuso gli occhi. E non li riapre.

«Molly, Molly? Dov'è Marie?» Le mette una mano sulla fronte: è fredda.

«La nonna. La nonna sta arrivando» bisbiglia Molly.

«Come, sta arrivando? Dov'è Marie? Molly, rispondimi».

«Nella palazzina, le inservienti... non la devono vedere» sussurra Molly, scuotendo il capo. «Ha i bastoncini e la colla... e lo zolfo. Salomine si prende cura di lei».

«No, no». Hans Christian si alza di scatto, tanto che il sangue gli defluisce dalla testa.

Molly si sforza di tenere gli occhi aperti, ma non ci riesce: «Che cosa?»

Come trovare le parole? «L'ho appena incontrata, Salomine» spiega. «Era ubriaca. Non si prende cura di nessuno, neanche di se stessa. Non ha menzionato Marie. Non l'ha vista».

Molly spalanca gli occhi e cerca di scansare le coperte. «Devo... uscire, devo...»

Lui la trattiene con una mano. «Tu resti qui. Sotto le coperte. Vedrai che sarà a casa di una delle altre ragazze. Vado a cercarla io». Hans Christian ha uno strano presentimento.

«Io non potevo... Mi sono sentita male» bisbiglia Molly. È troppo stanca, troppo debole per piangere.

«Lo so» dice Hans Christian, dandole un bacio sulla guancia. È fredda. Sembra non accorgersene neanche.

Lui si precipita giù per le scale, fuori dall'androne. Non sente né il freddo né il vento, non fa più caso alla neve che gli sferza il viso né al selciato viscido sotto i piedi. La vibrante allegria del grog si è bell'e dissolta. Corre a perdifiato attraverso i portici, attraverso le strade, le viuzze, dietro l'Hotel Royal. Anche se non ha motivo di cominciare a cercarla prima di essere passato dalla palazzina delle prostitute e dalla stanzetta di Molly, vede tutto e tutti, grandi e piccoli, che avanzano a fatica nella neve implacabile; vede una bambina che tiene la madre per mano mentre si dirigono verso casa, e un'altra seduta in finestra insieme al fratello più grande. Vede un invalido con un braccio solo, una donna di età indefinibile che canta ballate e chiede la carità, mentre tutti la superano frettolosamente.

Infine arriva alla palazzina delle prostitute e questa volta non aspetta che gli rispondano, punta la spalla contro il battente e spinge. La porta si spalanca con uno strido e Hans Christian sale le scale a quattro a quattro. La porta della stanzetta di Molly è socchiusa.

«Marie» chiama, poi entra. Nella camera fa freddo e Marie non c'è.

Hans Christian mette una mano sulla stufa: non è neanche tiepida. Si guarda intorno senza sapere perché; non c'è un posto dove Marie potrebbe nascondersi. È uscita. Dopo aver aspettato per un paio di giorni la zia o Salomine, le è venuta fame ed è uscita in strada a cercare qualcosa da mangiare.

O a vendere zolfanelli.

Sul tavolo vede dei bastoncini e una scatola di zolfo.

Anna aveva avuto una buona idea: gli zolfanelli si vendono bene d'inverno.

Hans Christian torna giù in strada, nel freddo terso. Sulla porta incrocia un tizio che puzza di pesce, ed è sul punto di chiedergli se ha visto una bambina alta all'incirca così, ma quello è già arrivato in cima alle scale e dà la caccia a una prostituta libera.

Hans Christian fa il giro della palazzina. Guarda nel cortile e nell'edificio sul retro, la chiama. Pronuncia il suo nome, che di colpo gli fa un effetto sinistro. Lo sente rimbombare nel cortile, nelle strade deserte. La neve attutisce quasi completamente i suoni, e tutto gli sembra così sbagliato che gli riesce insopportabile.

Comincia a cercare nelle strade circostanti. Domanda a tutti quelli che incontra. L'avete vista? Una bambina che vende fiammiferi? Qualcuno gli risponde, ma la maggioranza è indaffarata e tira dritto.

Un fabbro ha visto una bambina, ma è stato ieri o un altro giorno, non riesce più a distinguere i giorni con quella tremenda tempesta di neve. Una coppia sposata ha fretta di superare i cumuli, però ha visto una bambina girare per la città a piedi nudi. La donna la ricorda benissimo, ma non dove l'ha vista. Il marito la tira spazientito e i due si allontanano.

Un guardiano notturno accende un lampione che è stato spento dal vento.

Le strade si fanno sempre più silenziose. Non nevica più, e tutti hanno cercato riparo al chiuso per l'ultimo pasto dell'anno; solo i più debosciati vanno ancora in giro.

Hans Christian vede le famiglie raccogliersi intorno alle tavole dentro le case. C'è chi mangia una testa di maiale con il grasso che cola dagli occhi vacui e chi gioca a carte. In una casa elegante di via dell'Ammiraglio ascoltano una lettura: un giovane attore dalla gestualità penosamente affettata declama i suoi versi in piedi davanti a una stufa rombante.

Chissà se anche Marie ha visto scene simili? Chissà se si è fermata a guardare dalle finestre tutto ciò che non ha e non avrà mai? Chissà se ha desiderato disperatamente una nuova esistenza come lui, quando aveva lasciato Odense?

La campana suona le dieci. Il canto del guardiano notturno è sinistro, un memento del tempo che passa. D'un tratto l'anno nuovo è un colosso minaccioso.

Per un attimo gli viene l'idea di entrare nelle case della gente e incitarla a dargli una mano a cercare Marie, ma ci vorrebbero troppo tempo e troppe chiacchiere per destare la compassione dei copenaghensi. No, in questo momento è la città più fredda del mondo.

Corre per le strade intorno a piazza Nuova del re, sbircia dentro il teatro, nella fugace speranza che Marie sia stata attirata dalle luci e dagli sfarzi dell'edificio e abbia sentito tuonare la musica. Ma la bagarina non ha visto nessuna bambina, né bambini in generale, e l'ultimo spettacolo è terminato da parecchio per via del Capodanno.

Hans Christian cerca nei cortili, si affaccia nel Parco del re e infine nell'orto botanico. Sono tutt'e due chiusi e bui e non sono posti dove una bambina si rifugerebbe. Dove mai si rifugerebbe una bambina?

È arrivato a Porto Nuovo. Le luci oscillanti sugli alberi dei pescherecci. Sulla riva opposta del canale, da uno scantinato gremito di marinai risuonano urla, musica di violini e mezze ballate. Una carrozza avanza in silenzio sulla neve, e Hans Christian ne segue i solchi fino al ristorante di lusso, quello in cui aveva raggiunto Cosmus mezza vita fa, almeno così gli sembra. Non trova Marie neanche là. Però, un momento: una strana figura è seduta contro il muro davanti alle finestre.

La figura è al contempo grande e piccola.

Solo quando si avvicina, vede che è stata la neve a ingrandirla. Uno strato l'ha coperta completamente, tanto da farla sembrare un pupazzo di neve, un gioco di bambini. Ma non ha né bocca né naso né cappello. Non ha niente... E quando spazza via la neve Hans Christian vede i capelli scarmigliati.

«No!» grida, accasciandosi pian piano. «No. Piccola mia, piccola mia».

Getta il cappello e la libera dalla neve, la prende fra le braccia, sente il corpo freddo contro il suo. Non è gelata, solo fredda; dev'essere trascorsa appena qualche ora, forse pochi minuti, da quando le si è fermato il respiro. Perché è così: ha la bocca chiusa e le labbra cianotiche, e gli occhi guardano fisso in avanti, quegli occhi azzurri, come può averli soltanto un bambino.

Le annusa i capelli bagnati, la pelle fresca.

Hans Christian urla, non ha mai urlato come adesso. Un attimo di silenzio. Dentro il ristorante i clienti si bloccano nel bel mezzo del pasto, una forchetta trema davanti alla bocca di un riccone, la salsa gocciola nel piatto, qualche donna volge lo sguardo verso la strada. Ma poi qualcuno pronuncia una battuta, una risata liberatoria avvolge le urla della notte e salute! Riprendono a mangiare, i vassoi vengono vuotati e i bicchieri riempiti. Come se nulla fosse successo.

Ma è successo tutto. Tutto è cambiato.

Niente sarà più come prima. Marie giace qui, nient'altro che una bambina con un paio di zolfanelli in mano. Non doveva morire, doveva vivere, non poteva morire.

Lo devono sapere, pensa Hans Christian. Lo devono sentire. Gli abitanti della terra, i fachiri e i mangia-sciabole e gli artisti itineranti lo sapranno per primi. Portano le storie di paese in paese, e quella di Piccola Marie verrà raccontata dai fornai di Palermo mentre vendono il pane ai pescatori, e i pescatori incontrano i pirati, che incontrano i pigmei, e prima che finisca questo secolo gli uomini e le donne e i bambini della Terra avranno pianto come piange ora Hans Christian.

«Verrà raccontata, Marie» sussurra Hans Christian, «verrà raccontata».

Finito di stampare
nel mese di settembre 2020
per conto di Neri Pozza Editore, Vicenza
da Grafica Veneta spa di Trebaseleghe (Padova)
Printed in Italy

Questo libro è stampato col sole

Azienda carbon-free